Spaanse fu

Van dezelfde auteur

Camouflage
Hammerhead
Dodelijke stijging
De Orde

Paul Goeken

Spaanse furie

A.W. Bruna Uitgevers B.V., Utrecht

Omslagontwerp
Plan B

ISBN 978 90 229 9244 9
NUR 332

Derde druk, juli 2007

1

Donostia (San Sebastián), vrijdag 23 maart

'Welkom, vrienden,' zei Aitor Belasko monotoon. Hierna knikte hij zijn vijf tafelgenoten toe. Ze reageerden allen direct met een soortgelijke groet. Belasko was in Baskische kringen een zeer gerespecteerd man die vanwege zijn enorme verdiensten voor de ETA boven de partijen stond. Een mening die de rest van Spanje niet deelde. Daar zag men 'de Patriarch' voornamelijk als een terrorist, wiens grootste prestatie het was uit de jeukende handen van opsporingsambtenaren te blijven. Een gave die hij in de loop der jaren tot een ware kunst had verheven.

'Vanavond staan wij op de drempel van een historische beslissing. Ons wordt een mogelijkheid aangereikt om Euskadi naar een hoger plan te tillen, wat uiteindelijk tot volledige zelfstandigheid zal leiden.' In plaats van het Spaanse Pais Vasco, benadrukte hij bewust de Baskische variant ervan. In de ogen van zijn toehoorders de enige juiste. Door de subtiele stembuiging zette hij de zaak net iets meer op scherp dan tijdens de maandelijkse bijeenkomsten gebruikelijk was.

Om vanaf het begin duidelijk te maken dat het voorstel dat hij straks op tafel zou leggen van extreme importantie was, gleden zijn donkerbruine ogen streng over de gezichten van de afgezanten.

Schuin links van hem zat Maikel Gorrotxatequi van de PNV, de Baskische Nationalistische Partij. Met zijn ingevallen wangen, sjofele colbert en plukjes grijs haar van wat ooit een weelderige haardos was, leek de man even oud als zijn partij die eind negentiende eeuw door Sabino Arana Goiri was opgericht. Gorrotxatequi stond bekend als een gematigd man. Iemand die te veel familie en vrienden aan 'de zaak' had verloren. Vanwege de schat aan ervaring die deze levenswijze met zich meebracht, bekleedde de afgeleefde man naast hem een hoge functie binnen de oudste partij die het Baskenland kende.

Gorrotxatequi zou het nooit tegen hem op durven nemen, wist Belasko. Daarvoor was die ouwe te veel bezig met de komende jaren na zijn voorzitterschap, die zomaar zijn laatste konden zijn: als extern adviseur van de PNV die het merendeel van zijn tijd doorbracht achter een hengel. In de Golf van Biskaje en de bordelen van San Sebastián. Nee, die halve dooie was geen partij voor hem, schoot het door zijn hoofd, en hij moest een grijns onderdrukken. Het leeftijdsverschil tussen hen bedroeg slechts vijf jaar.

Gorrotxatequi's buurman, Ainhoa Etxeberia van Eusko Alkartasuna, was van een ander kaliber. Een man van halverwege de vijftig met politieke ambities. Vandaag gold dit als een voordeel. Etxeberia zou in het plan dat hij straks op tafel ging leggen ongetwijfeld mogelijkheden zien. Persoonlijke, welteverstaan. Voor de meer begaafde politici was er namelijk veel winst te boeken. En Etxeberia rekende zichzelf tot die categorie.

De volgende die in zijn blikveld kwam was Jon Erkiana van de Partido Comunista de Euskadi, de communistische partij. Een ijzervreter wiens politieke voorkeur van zijn gezicht was af te lezen. Met zijn boksersneus, tanige postuur en onafscheidelijke bruinleren jas, zag zelfs de meest nuchtere geest hem in zijn verbeelding zó in het voorste gelid van een arbeidersdemonstratie lopen. Toch was het allemaal schone schijn, wist Belasko. In werkelijkheid liep de communistische partij aan de leiband van de PNV. Alleen tegenover de boze buitenwereld mochten Erkiana en zijn maatjes opstandig blaffen. Binnenskamers moesten ze netjes opzitten en een poot geven aan de leiders van de PNV die met hun 29 zetels in het Baskische parlement een ruim driemaal grotere achterban hadden.

Erkiana zou zich dus zonder voorbehoud achter de mening van Gorrotxatequi scharen. Een goede zaak, aangezien de voorzitter van de PNV er niet over peinsde om op zijn oude dag nog mot met de ETA te krijgen.

De vierde man in het gelid rond de ovale tafel was Patxi Ochoa. Een notoire lastpost die de afgelopen jaren door tientallen volksvertegenwoordigers op het matje was geroepen. Hij was de voorman van JARRAI, de partij van Baskische jongeren. Een van de weinige partijen in de regio die qua volume daadwerkelijk groeide. Qua politieke uitstraling was het echter niets meer of minder dan een zootje. Een rebellenclub die voor het overgrote deel bestond uit geronselde randgroepjongeren uit achterstandswijken. Aangezien zij het merendeel van hun tijd besteedden aan het afpersen en bedreigen van welgestelde middenstanders en politiek andersdenkenden, hadden Ochoa en consorten een flink streepje voor bij de militaire tak van de ETA, aan wie ze een substantieel deel van hun illegale inkomsten afstonden. Deze stevige band was de reden dat Baskische politici zich tegenover de media nimmer laatdunkend omtrent JARRAI uitlieten.

Van de jonge Ochoa verwachtte hij openlijke weerstand tegen het plan dat hij zo op tafel ging leggen. Of was hier de wens de vader van de gedachte? Hij liet deze bespiegeling voor wat hij was en wierp een korte blik op zijn rechterbuurman. Idoca Mendiazabal was de partijleider van Euskal Heritarrok, de voormalige Herri Batasuna. Deze organisatie gold als de politieke woordvoerder van de ETA. Mede door de politieke chaos die Baskenland zo kenmerkte, bleef Euskal Heritarrok een vaste waarde in de arena waar zowel mentale als fysieke duels werden uitgevochten.

Belasko schraapte zijn keel.

'De afgelopen weken is er weer veel gesproken. Zowel onderling als met de bezetter.'

Op de stoïcijns voor zich uit kijkende Mendiazabal na zag hij de onverschilligheid van de overige gezichten druipen. In Euskadi was de politieke discussie op elk niveau een even dagelijkse gewoonte als eten en drinken. Onderling, of met vertegenwoordigers van Madrid, dat maakte weinig uit. Gesproken werd er toch wel. Een overeenkomst of iets wat daar enigszins op leek was daarentegen een utopie. Daarvoor waren de tegenstellingen nu eenmaal te groot.

'Het is ruim een jaar geleden dat we een algehele wapenstilstand hebben aangekondigd,' vervolgde Belasko. 'Een gebaar dat inhoudelijk veel verderging dan onze eerste poging in 1998.'

Vanuit zijn rechterooghoek zag hij de grimmige trek op het gezicht van Ochoa. De voorman van JARRAI was een uitgesproken tegenstander van elke toenadering tot Madrid. Ondanks de gemaakte afspraken in het voorjaar van 2006, waren zijn mensen op dezelfde voet verdergegaan. Er hadden zelfs vermanende woorden van de militaire ETA-tak aan te pas moeten komen om hun fysieke activiteiten enigszins in te dammen. Sindsdien waren Ochoa en zijn achterban een kruitvat dat smekend op dat ene vonkje wachtte.

'De progressie die we verwachtten te boeken is echter uitgebleven. De vertegenwoordigers van Madrid waarderen ons gebaar, maar blijven op hun strepen staan. Een wapenstilstand is voor hen geen eind-, maar een beginpunt. Voordat zij ook maar over concessies willen nadenken, moet er van onze kant meer op tafel komen.'

Met de vingers van zijn rechterhand graaide Belasko in de schaal met *pintxos*. Deze Baskische tapas werden altijd geserveerd tijdens hun maandelijkse bijeenkomsten. Hij liet een handvol Gernika-pepers in zijn mond glijden. De pittige smaak van de in olijfolie gebakken en met grof zeezout bestrooide groene pepertjes zette zijn gehemelte voor even in brand. Aansluitend gromde hij goedkeurend en nam een handvol ansjovis. De stukjes witte tonijn en heek die rechtstreeks uit de haven van Rosajes kwamen, liet hij onaangeroerd. De fijne smaak ervan zou nu als laf overkomen, en dat was zonde.

Terwijl hij wat herkauwde, wierp Belasko een nonchalante blik op zijn tafelgenoten. Ook zij genoten inmiddels van de *pintxos*. Of ze deden alsof, terwijl hun hersens overuren draaiden. Bij Basken wist je het namelijk nooit. De Fransozen en Spanjolen noemden hen niet voor niets 'het meest ondoorgrondelijke volk ter wereld'.

'Naar aanleiding van deze onverzoenlijke stellingname door Madrid heeft het Kader een vergaande beslissing genomen. Aangezien zij een brede draagkracht willen, praten wij nu in deze kamer en in dit stadium nog slechts over een voorstel. Pas bij voldoende steun van het Pact van Estella Lizarra overweegt men sterk om met dit statement naar buiten te treden.'

Terwijl hij op een stukje witte tonijn kauwde, gleed er een flauwe glimlach over Patxi Ochoa's lippen.

'Laat me eens raden,' sprak hij cynisch. 'We gaan het Spaanse volk onze excuses aanbieden.'

Deze oneliner veroorzaakte een onbestendig gebrom bij Gorrotxatequi, Etxeberia en Erkiana. De oudgediende, de politicus en de communist waren het klaarblijkelijk met elkaar eens. Een unicum. De voorzitter van Euskal Heritarrok onthield zich daarentegen van elk commentaar. Hij keek strak voor zich uit, waardoor het drietal hun binnensmondse gemompel direct staakte. Duidelijker kon de hiërarchie niet worden uitgebeeld.

Belasko keek Ochoa nu recht aan.

'Inderdaad, Patxi. Dat is exact wat het Kader heeft besloten.' Hij knikte licht in de richting van Idoca Mendiazabal. De voorzitter van de machtigste partij van het Baskenland nam daarop het woord.

'Onze wens is een autonoom Euskadi. Het doel om dit te bereiken heiligt de middelen. Waarschijnlijk alle middelen.' In zijn stem klonk vastberadenheid door. Zijn oogopslag was die van een man die de hel enkele malen had bezocht en steeds een retourtje had weten te bemachtigen. De prijs hiervoor was hoog geweest. Zijn getekende gezicht, waarop oneindige vermoeidheid stond te lezen, bewees dit.

'Uiteindelijk hebben we er in 2006 voor gekozen om de politieke weg te bewandelen. Met de intentie van een definitieve wapenstilstand hebben we een aankondiging op tafel gelegd waar Madrid niet omheen kon. In ruil voor het doorbreken van de geweldsspiraal vroegen wij om een hoge vorm van autonomie in de nabije toekomst. Hierbij lag de nadruk op het woord "vroegen", in plaats van "eisen", en op "nabije toekomst", in plaats van "nu". Een strategie die ons na lang debatteren de juiste leek. Hierover zal ik verder niet uitweiden, aangezien de details van deze gesprekken bij jullie bekend zijn.'

Belasko knikte stellig na het horen van de leugen. Geroutineerd speelde hij het spel mee. Evenals het vredesakkoord van een jaar geleden was deze nieuwe zet reeds door het hoogste kader van de ETA gefiatteerd. Het theater dat Mendiazabal opvoerde diende enkel om de politieke achterban tevreden te houden. Door op een verkapte wijze om toestemming te vragen, bleef hun eigenwaarde intact.

Hij moest een grijns onderdrukken. In tegenstelling tot de wapenstilstand van 2006 waren de leidinggevenden van de ETA niet de architecten van dit nieuwe plan. Die eer kon geheel op zijn conto worden geschreven. En op Mendiazabal na was er niemand die daar ook maar het flauwste vermoeden van had.

'We staan op een driesprong,' ging de voorman van Euskal Heritarrok verder. 'Linksaf is voor ons eigenlijk geen optie meer. Stoppen met onderhandelen betekent onherroepelijk onderling gedonder in de tent, waardoor het wapengekletter weer oplaait en we twintig, of wellicht meer jaar terug in de tijd worden geworpen.

Rechtsaf wil zeggen dat we politiek gezien onze poot stijf houden. Hierdoor ontstaat een stagnatie in het door ons gewilde proces. Onze afgezanten zullen doorgaan met onderhandelen, terwijl Madrid geen duimbreed toegeeft. Een soort van patstelling, dus.

Ten slotte de route die wij van Euskal Heritarrok nemen: rechtdoor, zonder dralen op ons doel af. We geven Madrid met grote tegenzin wat ze willen. In ruil daarvoor verwachten we serieuze politieke concessies omtrent onze ophanden zijnde autonomie.'

Mendiazabal spreidde zijn armen en legde zijn handen met de palmen naar boven op tafel. Vervolgens keek hij Maikel Gorrotxatequi vragend aan. De voorzitter van de PNV glimlachte dunnetjes.

'Jij staat bekend als een goede chauffeur, Idoca,' antwoordde de oude man. In zijn ogen flikkerde plotseling een handvol pretlichtjes. De innerlijke reflectie van een veteraan die precies wist wat er speelde, maar het wel prima vond zo.

'Ik stap met een gerust hart bij jou in de auto.'

Hoewel de steunbetuiging in de lijn der verwachtingen lag, knikte Mendiazabal hem toch subtiel toe. Hierna keek hij Ainhoa Etxeberia aan. Diens vriendelijke glimlach vertelde wat hij eigenlijk al wist: de man met ambitie koos de kant met de beste toekomstperspectieven. Voor de partij en bovenal voor zichzelf.

'Is er voor mij nog een plaatsje op de achterbank vrij, Idoca?' Zijn woorden gingen vergezeld van een stroperige grijns. Ondanks zijn natuurlijke afkeer van slijmjurken antwoordde Mendiazabal: 'Natuurlijk, Ainhoa.'

De woorden die Jon Erkiana een halve minuut later sprak, strookten perfect met zijn zorgvuldig opgebouwde imago.

'Wij doen mee.' Doordat deze afgebeten zin van zijn samengeperste lippen gleed, leek het alsof dit versteende antwoord zowel uit zijn tenen als uit zijn hart kwam. Hij stak een stukje heek in zijn mond en keek onverstoorbaar voor zich uit.

Belasko zag dat Mendiazabal oogcontact met Patxi Ochoa zocht. De voorman van de jongerenbeweging JARRAI had de afgelopen minuten met stijgende verontwaardiging geluisterd. Dat hij veruit de minste ervaring in de politiek had, was duidelijk op zijn gezicht waarneembaar. Zijn donkere ogen fonkelden en zijn mondhoeken stonden strak naar beneden gericht. Met zijn zwarte krullen en knappe gezicht had hij wel iets weg van een jonge Antonio Banderas, dacht Belasko. Als ze qua opvliegendheid ook zouden matchen, dan kwam het helemaal goed. Wederom onderdrukte hij een opspelende glimlach.

'Patxi?' zei Mendiazabal. 'Ook voor jou is er een plaatsje gereserveerd.'

De grijns op het gezicht van Ochoa werd grimmiger. Zijn bovenlip trilde licht toen hij begon te spreken.

'Ik geloof gewoon mijn oren niet. Het is nauwelijks te beseffen wat jullie zojuist hebben besloten. Ruim een eeuw historie wordt door jullie met één achteloos gebaar van tafel geveegd.'

De emotie had hem te pakken. Zijn borstkas ging in een wild ritme op en neer, de aderen in zijn hals zwollen op.
'Zijn jullie nou helemaal stapelgek geworden?' riep hij uit.
Belasko stak zijn rechterhand dwingend in de lucht.
'Patxi, luister nu eens...'
In plaats van dit advies op te volgen stond Ochoa direct op. Door deze ongecontroleerde beweging kantelde zijn stoel en klapte tegen de grond.
'Nee, jullie luisteren naar míj!' siste hij met opeengeklemde kaken. 'Ik zal nooit ofte nimmer mijn excuses aan Madrid maken. Iedere Bask die dat wel doet is een vuile verrader.'
Hij wierp een snelle blik op de gezichten van zijn tafelgenoten.
'Het smerige spelletje dat jullie spelen druist in tegen alles waar de ETA voor staat. Euskadi Ta Askatasuna, voor degenen die dit plotseling vergeten zijn, betekent "Baskenland en Vrijheid". Excuses aan de bezetter staat gelijk aan het besmeuren van de Ikumña. De vlag waar zovele Basken voor zijn gestorven.'
Op zijn gezicht stond pure minachting voor zijn toehoorders te lezen.
'Konkelen jullie maar verder, stelletje verraders! JARRAI trekt zich bij dezen terug uit de coalitie.' Zonder iemand verder een blik waardig te keuren draaide hij zich om en verliet het appartement.
'Heethoofd,' sprak Gorrotxatequi als eerste toen de woedende voetstappen in het trappenhuis door de geluiden van het stadsverkeer werden opgeslokt.
'Daar gaat de brede steun,' zei Etxeberia.
'Dat valt wel mee,' antwoordde Belasko. 'JARRAI behoorde niet tot de ondertekenaars van het Pact. Zij zijn pas later op verzoek van de militaire leiding aan deze groep toegevoegd.'
Na enige aarzeling knikte de rest instemmend. Ze realiseerden zich dat hetgeen Belasko zei technisch gezien klopte. Nadat Herri Batasuna vlak voor de verkiezingen op 25 oktober 1998 haar naam had veranderd in Euskal Heritarrok, zodat ze als politieke partij en niet als ETA-vertegenwoordiger mee konden doen, werd het Pact getekend. Een gezamenlijk front van vier nationalistische partijen. Zonder zich schriftelijk te conformeren was JARRAI hier later bij aan tafel geschoven.
Toch zat de uittreding van Patxi Ochoa niemand lekker. Hij mocht dan een notoir heethoofd en dwarsligger zijn, de connecties die hij had bij de militaire tak van de ETA logen er niet om. Na een tweede overweging bleek

het nare gevoel dat hen dwarszat niet meer dan een kleine oprisping die met een virtueel boertje uit hun lijf kon worden verwijderd. Ochoa had namelijk openlijk de degens met Aitor Belasko gekruist. Een uiterst domme zet, aangezien de Patriarch boven de partijen stond. Daar was zelfs de dagelijkse leiding van de ETA het over eens. Zijn positie was onaantastbaar. Belasko keek hen aan met de zelfverzekerde blik die van iemand zoals hij werd verwacht. Zijn hele houding straalde rust en leiderschap uit. Terwijl hij de mannen aankeek, complimenteerde hij zichzelf in gedachten met de huidige gang van zaken. Zowel de groep als Patxi Ochoa had precies zo gereageerd als hij van tevoren had ingeschat.

'Nu de rust is wedergekeerd, kunnen we ons over de details buigen, heren,' sprak hij op beminnelijke toon.

2

Woensdag 4 april

Alfonso Silva luisterde met een half oor naar de ochtendklanken die Madrid produceerde. Het geluid dat in zijn werkkamer doordrong was slechts een fractie van het ware aantal decibellen, wist hij. Gelukkig maar. Daar buiten was het lawaai nauwelijks te harden. Over de stank wilde hij niet eens denken.

Hij wierp een ongeïnteresseerde blik op de dossiers die keurig op een stapeltje lagen. Met een gebaar van zijn linkerhand dat dagelijkse routine verraadde, promoveerde hij de zes statige kantoormappen tot een frivole waaier. Een gebaar zonder achterliggende artistieke gedachten. Door dit handigheidje kon hij in één oogopslag beoordelen hoe belangrijk de stukken waren. Er zaten geen rode stickers op de dossiers, wat aangaf dat hij tegen dagelijkse kost aankeek. Dat was maar goed ook, want als hoofd van de inlichtingendienst Nueve kon hij urgentiegevallen missen als kiespijn. Hoewel hij een plichtsgetrouwe werknemer van het ministerie van Binnenlandse Zaken was, kon hij zich er niet toe zetten een willekeurige map te openen. Daarvoor was hij nog niet scherp genoeg. Aangezien de dossiers standaard vertrouwelijke informatie bevatten, dienden ze stuk voor stuk zorgvuldig te worden bekeken. Hij had genoeg plichtsbesef om dit te onderkennen. Hij glimlachte flauw om dit kantoorgrapje.

Hoe is het toch in godsnaam mogelijk dat ik er met mijn gedachten niet bij ben? vroeg *el Jefe de Operaciones Secretas* zich voor de zoveelste maal af. Waarom heb ik het gevoel naar dood papier te kijken in plaats van informatie?

Het antwoord op zijn vragen bevond zich op twintig kilometer van het Nueve-hoofdkwartier. Ze heette Carmen en was vier jaar oud. Vandaag was een speciale dag voor haar. Voor de eerste maal in haar jonge leventje ging ze op schoolreis. 's Morgens met de bus naar de speeltuin, 's middags

weer terug. Een onderneming die al wekenlang hét gesprek van de dag was in huize Silva.
En nu was het dan eindelijk zover. De dag van de waarheid. Vanmorgen had hij samen met zijn vrouw Grace hun kleine meid uitgezwaaid. Toen de bus wegreed, hadden ze vrolijkheid gesimuleerd en haar talloze kushandjes toegeworpen. In werkelijkheid zat er een stevige brok in hun keel. Draaiden twee magen imaginaire salto's. Toch bleven ze uitbundig lachen. Het leek meer op een wedstrijd waarin de een vooral niet voor de ander onder wenste te doen. Onzin natuurlijk, maar zo was het nu eenmaal gegaan.
Daarna waren Grace en hij ieder hun eigen weg gegaan. Zij naar de universiteit om haar studenten verder wegwijs te maken in hun specialisme ichtyologie, terwijl hijzelf een wakend oog op de veiligheid van Spanje diende te houden. *Just another day at the office*, dus.
Zijn mondhoeken krulden licht. Geen van beiden hadden ze gedaan wat er in eerste instantie van hen werd verwacht. Via een omweg was hij naar de speeltuin gereden. Blijkbaar wist Grace een snellere route, want haar auto stond er al. Vijftig meter achter de bus, geparkeerd tussen een bestelwagen en een rode Seat. Zelf liep ze nonchalant langs het hek van de speeltuin. Om de vijf seconden wierp ze een snelle blik op Carmen, die zich met haar klasgenootjes uitstekend vermaakte. De observatie van Grace duurde een vol kwartier, waarbij ze zorgvuldig in de gaten hield dat ze buiten het gezichtsveld van Carmen bleef. Hierna stapte ze in haar auto en reed weg. De opluchting was van haar gezicht af te lezen. Vanuit zijn auto zag hij hoe zijn vrouw één met het verkeer werd. Een langdurige blik op zijn spelende dochter later besloot hij haar voorbeeld te volgen.
Een korte, felle klop op de deur onderbrak ruw zijn overpeinzingen. Hij bromde: '*Pasa*', en knipperde een paar maal met zijn oogleden. Het troebele beeld werd op slag helder.
'*Buenos días, jefe*,' sprak zijn rechterhand Carmen Marrero. Ze trok een stoel bij, ging zitten en legde een dossier op zijn bureau. De rode sticker op de voorkant bezorgde hem een ouderwetse adrenalinestoot. Van het ene op het andere moment was hij weer helemaal bij de les.
'Vanochtend bezorgd bij de media,' zei Carmen op neutrale toon. Hij knikte en sloeg de map open. Het dossier bestond uit een enkel A4'tje. Met stijgende verbazing nam hij de inhoud ervan tot zich. Omdat het statement in korte, krachtige bewoordingen was gesteld, besloot hij het

nogmaals te lezen. Op de achtergrond ging Madrid door met datgene waar het de hele morgen al mee bezig was. Carmen keek voor zich uit en zei niets.

'Opmerkelijk,' was het eerste woord dat hem te binnenschoot. 'Zeer opmerkelijk, zelfs.'

'Ik hou het op ridicuul,' zei Carmen.

Silva keek haar aan.

'Hoe reageerden de media?'

Ze haalde licht haar schouders op.

'Verdeeld. De provinciale kranten in het noorden gaan het waarschijnlijk wel plaatsen. Daar valt het onder regionaal nieuws, en dat scoort altijd goed. Aan de andere kant hebben ze wel met een dilemma te maken. Het overgrote deel van de Basken zit hier absoluut niet op te wachten.'

'En de landelijke dagbladen?'

'Fiftyfifty. *El Pais* en *El Mundo* twijfelen zowel over de nieuwswaarde als over de betrouwbaarheid van de bron. In tegenstelling tot de plaatselijke blaadjes willen zij de kans op een uitglijder minimaliseren.'

'Kan ik in komen,' bromde Silva. 'Dit is toch wel zo'n beetje het laatste wat je verwacht.' Hij schudde mismoedig zijn hoofd en voegde eraan toe: 'Helemaal op dit tijdstip.'

Carmen knikte. 'Mee eens. Het is ongeveer een jaar geleden dat de ETA de wapens heeft neergelegd. Sindsdien is er door beide zijden stevige progressie geboekt. Er zijn flink wat wapendepots ontmanteld en op het aanslagenfront is het rustig gebleven. Van onze kant is er medewerking geweest in verband met de overplaatsing van ETA-gevangenen. Tientallen van hen zijn vanuit het zuiden naar het noorden geplaatst om de bereikbaarheid voor hun familie en vrienden te vergemakkelijken. Alles ter bevordering van de dialoog.'

Silva grijnsde. 'Vergeet niet dat wij het Kader ongemoeid hebben gelaten en die gasten van het Pact elke maand hun bijeenkomst gunnen.'

'Ik doelde op de hoofdpunten,' reageerde Carmen emotieloos. 'Het instandhouden van het ETA-kader en het Pact is puur eigenbelang. Het Kader bestaat uit drie oude mannen die met de dood in hun schoenen lopen – vergane glorie. Door die vijf afgezanten onder leiding van Belasko maandelijks te laten bijpraten geven wij ze het idee dat hun mening er werkelijk toe doet, maar in feite hebben ze geen enkele invloed. De reguliere landelijke partijen zoals de socialistische PSOE en de rechtse PP hebben in Baskenland een grote meerderheid. Enkel de PNV en in mindere mate Euskal Heritarrok hebben in het parlement iets te vertellen. De rest stelt helemaal niets voor.'

Silva liet bewust een stilte vallen. De scherpe analyse van de intermediair van Nueve kende een vervolg, wist hij.

'En de wapenstilstand van maart 2006 kwam natuurlijk niet zomaar uit de lucht vallen,' ging Carmen verder. 'De jaren daarvoor hebben de overheidsdiensten enorm in hun organisatie geïnfiltreerd en op de juiste momenten huisgehouden. Het hoofdbestand van hun militaire tak werd opgepakt en financieel zaten ze volledig aan de grond. Alleen door een wapenstilstand aan te kondigen konden ze nog enigszins hun gezicht redden. Van een rijke, gewelddadige organisatie was de ETA verworden tot een straatarm clubje zonder actieve leden. In de straten van Burgos, Bilbao en San Sebastián was geen strijder met een wollen bivakmuts en linkeroorbel meer te vinden. Die hadden wij namelijk allemaal opgepakt.'

Deze laatste zin ontlokte Silva een flauwe glimlach. 'Blijkbaar zijn we er een paar vergeten,' sprak hij even later op serieuze toon. 'Het lijkt er namelijk verdacht veel op dat een stelletje gekken de strijdbijl weer heeft opgegraven.'

Van Carmens gezicht viel af te lezen dat wat haar betrof in dit geval de logica ver te zoeken was. 'Een onbekende organisatie genaamd El Fuego de los Vascos stuurt een brandbrief naar de media. Hierin stellen zij dat binnen vier dagen door de Spaanse regering vergaande pogingen moeten worden ondernomen om de vier provincies Vizcaya, Guipúzcoa, Alava en Navarra onder volledige Baskische autonomie te krijgen. Een belachelijke eis, gekoppeld aan een idioot tijdschema. Ook al zou de regering toegeven, dan nog is het volstrekt onmogelijk om het binnen vier dagen te laten verlopen.'

'Er staat ook "vergaande pogingen", Carmen. Daar kun je vele kanten mee op.' De woorden 'of geen enkele kant' die ergens door zijn hoofd zweefden, negeerde hij. Speculeren had op dit moment geen enkele zin. Dat maakte de zaken alleen maar ingewikkelder.

'Inderdaad heel vreemd,' antwoordde Carmen. 'Hetzelfde kun je van hun eis zeggen.'

Silva liet zijn blik in rap tempo over de brief gaan. Hoewel het hem daarnet al was opgevallen, wilde hij zekerheid.

'Volgens de nationalisten telt het Baskenland zeven provincies, de zoge-

noemde *herrialdes*,' zei Carmen. 'Drie daarvan – Zuberoa, Bembarre en Laburdi – liggen op Frans grondgebied, oftewel Noord-Euskadi.'
'Waar dus met geen woord over wordt gerept,' gromde Silva. 'Deze actie is puur tegen Spanje gericht. Het Franse gedeelte brengt men niet ter sprake. En dat gebeurt bewust, dat kan niet anders.'
'Als er niet aan onze eis wordt voldaan, stort Spanje zich in de bloederigste oorlog van zijn bestaan,' citeerde Carmen uit haar hoofd. Ze had het kernachtige manifest reeds enkele malen gelezen en kon de inhoud ervan dromen.
Met de vingertoppen van zijn rechterhand tikte Silva ritmisch op de brief. 'De kans is groot dat we hier met een misplaatste grap te maken hebben. Ook de naam van die organisatie wakkert die gedachte aan. "Fuego de los Vascos" klinkt als een rebellenclub die is opgericht door hangjongeren.' Hij klakte met zijn tong.
'Behandel het desondanks als een code oranje. Het blijft een precair onderwerp.'
Terwijl ze opstond, knikte Carmen hem kort toe. Voordat ze het kantoor van Silva betrad, had ze voor zichzelf dit geval eveneens onder code oranje gekwalificeerd: belangrijk, maar zonder de status van directe importantie. In de inlichtingenwereld maakte het lichte nuanceverschil tussen oranje en rood letterlijk een wereld van verschil. Ze draaide zich om en liep naar de deur.
'Carmen?'
'Jefe?'
'Hebben jij en Enrique al over kinderen nagedacht?'
Het was eruit voordat hij er erg in had. Om het terug te draaien zou hij met alle liefde het puntje van zijn tong hebben afgebeten. Desnoods de helft. De vraag die daarnet spontaan over zijn lippen rolde sloeg werkelijk helemaal nergens op, maar getuigde slechts van onprofessioneel gedrag onder werktijd. En dat voor de chef van Nueve, de inlichtingendienst die onder zijn buitenlandse collega's te boek stond als de beste ter wereld. Hij wilde het liefst door de grond zakken om daar een tijdje onder het puin bedolven te liggen. Lekker rustig, dan kon hij ook geen stomme vragen meer stellen.
'Eh... nee, chef. We focussen ons de komende tijd op onze carrière. Misschien over een paar jaar. We wonen nog niet zo lang samen, weet u...'
Silva stak met een schuldbewust gezicht zijn linkerhand omhoog.

'Sorry, Carmen. Ik ging buiten mijn boekje. Jouw privéleven gaat mij niets aan. Zullen we mijn laatste vraag maar schrappen?'
Carmen opende de deur. Ze grijnsde en zei: 'Prima, chef. Wat u wilt.' Na die woorden verliet ze zijn kantoor.
Silva haalde diep adem door zijn neus en blies krachtig door zijn mond uit. Wat kun jij soms toch een onbehouwen boer zijn, was de eerste gedachte die in hem opkwam. Hij schudde vol ongeloof zijn hoofd. Hoe kun je toch zoiets stoms zeggen, man? Denk eerst eens na voordat je met zulke teksten komt. Ben je soms seniel aan het worden?
Omdat dit laatste zeker niet het geval was, stegen zijn mondhoeken een fractie. Zijn blik ging naar de plek waar Carmen zo-even nog had gestaan. De enige vrouw bij Nueve, tevens intermediair. Eén functie die ze door haar prestaties en talent zelf had afgedwongen. Modernismen als 'positieve discriminatie' stonden hierbuiten. Ze was een prima intermediair. Waarschijnlijk beter dan hij ooit was geweest.
Even verplaatste hij zich in haar positie, probeerde te bedenken hoe hij deze zaak als intermediair zou aanpakken. In volle vaart zette hij een aantal punten op een rij: contacten bij de media, het inzetten van enkele onderzoeksteams, infiltranten... Een afgebeten 'Ophouden, joh' bracht hem terug in zijn huidige functie. De verantwoordelijkheid die die met zich meebracht, schoof hij nog even terzijde. In plaats van een dossier open te slaan dwaalden zijn gedachten af naar de speeltuin waar zijn dochter zo genoot. Hij zag haar lachen zoals alleen een kind dat kan. Onbevangen en oprecht, geheel gefocust op haar eigen omgeving. Dit waren tijdelijke eigenschappen, wist hij. Het leven zou ze onherroepelijk terugvorderen. Het was zijn wens én taak om er tot die tijd mateloos van te genieten.
Vijf minuten later opende Silva de eerste map. Hij las dat er afgelopen nacht weer vier boten met vluchtelingen uit Afrika op het Canarische eiland Fuerteventura waren geland. Honderdtwaalf mensen die linea recta op het vliegtuig naar Madrid werden gezet. Over degenen die het niet hadden gehaald, repte men in het rapport met geen woord. Wellicht zou de Atlantische Oceaan hierover de komende weken iets prijsgeven.
Hij zuchtte diep, sloeg het dossier dicht en opende daarna de volgende map met onheilsberichten.

3

Zondag 8 april, 15.00 uur

Niet te uitdagend, dacht ze. Je mag best een beetje met je kont schudden, maar overdrijf het niet. Dan kijken er te veel mensen. Misschien verkeerde mensen. Of je wordt niet serieus genomen. Met andere ogen bekeken dan de eerste blik deed vermoeden. Een huivering gleed over haar ruggengraat. Haar vrouw-zijn was een prioriteit, helemaal op dit moment.

Ze stak de straat over die langs de boulevard van Benidorm liep. Hoewel de stand van haar hoofd deed vermoeden dat ze recht voor zich uit keek, schoten achter de zwarte zonnebril haar bruine ogen heen en weer. Ze wilde elk detail in zich opnemen: het verkeer, de onverbloemde uitbundigheid van talloze vakantiegangers en de bewonderende blikken van mannen die haar stiekem nakeken. Tweemaal zag ze een oogopslag waaruit vrouwelijke jaloezie sprak. Ook dat deed haar goed.

Het appartementencomplex dat ze tijdens haar verkenning had uitgekozen lag twintig meter van het brede zandstrand vandaan, met uitzicht op zee. Een paradijselijk onderkomen voor gepensioneerden uit Noord- en West-Europese landen. Uit de kentekens van de geparkeerde auto's bleek dat het volk uit Madrid en Valencia eveneens een voorkeur voor dit toeristenoord had.

Ze vertraagde haar pas. Het gebouw recht voor haar telde vier verdiepingen. Boven de ingang hing een zwart bord waarop in smetteloos witte letters weinig origineel VISTA PLAYA stond geschreven. Alsof het dagelijks werk was, liep ze naar de ingang. Terwijl ze een schuine blik op de inhoud van haar tas wierp, gleed haar rechterhand in de voorste zak van haar spijkerbroek. Omdat ze haar linkerzij naar de deur had gericht, onttrok ze het slot aan het oog van een eventuele passant die toevallig haar kant opkeek. Zo iemand zou een jonge vrouw zien die naarstig op zoek was naar de sleutels van haar appartement, die zich natuurlijk op de bodem van haar

strandtas bevonden. Een dagelijks terugkerend ritueel in de straten van Benidorm.
Vijf trage seconden later deed het geprepareerde ijzerdraad zijn werk. De pal van het slot sloeg terug, waarna zij de deur met haar linkerschouder opende. Ogenschijnlijk op haar gemak liep ze de verlaten hal binnen. Om het risico van herkenning zo klein mogelijk te houden, vermeed ze de lift. De bewoners van dit complex waren voor het overgrote deel op leeftijd. De kans dat zij de trap namen was nihil.
Gerekend vanaf het trappenhuis, behoorde de vierde deur op de derde verdieping toe aan nummer 37. Met een zelfverzekerde tred betrad ze de galerij. De afstand tot het appartement bedroeg ruim tien meter: de meest risicovolle stappen van haar trip, wist ze. Ze ging ervan uit dat de meeste bewoners van dit gebouw elkaar in elk geval van gezicht kenden. Als er zich dan een vreemde eend in de bijt in het gesloten complex meldde, kon dat argwaan opwekken, zeker in tijden waarin inbraken aan de orde van de dag waren. Terwijl ze zichzelf dwong om kwiek voort te stappen, zoog ze haar longen vol met nieuwe energie.
Eenmaal voor de deur van nummer 37 griste ze chirurgenhandschoenen en de sleutelbos uit haar strandtas. Binnenkomen zou geen enkel probleem opleveren, wist ze. De lopers die aan de kleine metalen ring hingen behoorden tot de beste die er waren. Het eenvoudige slot was voor dit gereedschap een simpele horde. Wat nu echter telde was de tijd waarin dit obstakel werd genomen.
Toen het slot zich gewonnen gaf, keek ze snel om zich heen. Tot haar opluchting zag ze nergens een nieuwsgierige buur of medebewoner die toevallig de galerij op kwam lopen. Ze opende de deur en stapte naar binnen. Aansluitend slaakte ze een diepe zucht.
Het lastigste deel van haar missie zat erop.

De doelgroep was redelijk definieerbaar. Hun leeftijd lag zo tussen de vijftien en vijfentwintig. Hier en daar liepen wat jongere kinderen of oudere mensen, maar dat was het dan ook wel. Waarschijnlijk aanhang voor wie een dagje strand geen straf was. Het gros van de aanwezigen bestond echter uit slanke, sportief ogende jongeren.
Met haar blauwe joggingbroek en effen witte T-shirt voelde Carmen Marrero zich enigszins een vreemde eend in de bijt. Qua fitheid kon ze moeiteloos met de mensen in haar omgeving wedijveren. Wat leeftijd betrof zat

ze op de grens. Het ging dus voornamelijk om de *looks*. Al snel was haar duidelijk geworden dat merkkleding in deze tak van sport een prominente rol speelde. Als je in het wakeboarden serieus genomen wilde worden, droeg je kleding van O'Neill, Protest, Rehall of Reef. Wijde broeken en T-shirts, een soort slobberlook. Eenmaal op het water werden deze sociale attributen ingeruild voor strak zittende wetsuits die verantwoordelijk waren voor een duidelijk zichtbare anatomie.

Enrique stond een meter of tien van haar vandaan. Hij luisterde en had al zijn aandacht bij de theorieën en bewegingen die de meester een groepje leerlingen voorschotelde. De goeroe in kwestie heette Duncan Zoet. Een Nederlander die door de wakeboarders tot de absolute top van de wereld werd gerekend. Zijn clinics waren geliefd en zaten altijd vol. Tenminste, dat had Enrique haar verteld toen hij zich voor deze dag inschreef.

Sinds drie maanden was wakeboarden zijn lust en zijn leven. Nadat hij er op een sportkanaal een documentaire over had gezien, was hij direct in de ban van deze watersport geraakt. De daaropvolgende dag meldde hij zich bij een vereniging in Madrid aan. Sindsdien trainde hij tweemaal in de week op meertjes of de Ebro. Als zijn schema bij Nueve het toestond, liet hij zich maar liefst viermaal per week door een speedboot voorttrekken. Dat was overigens meer uitzondering dan regel. Bij Nueve werd niet met vrije dagen gestrooid.

Carmen liet haar blik over de menigte op het strand glijden. Het was druk. Naast het gedeelte van het Levante-strand dat door de wakeboarders werd bezet, genoten hele hordes van het aprilzonnetje dat het zandstrand van Benidorm bescheen.

Ze sloot even haar ogen en draaide haar gezicht recht naar de zon. Zon, zee en een geliefde die het zichtbaar naar zijn zin had – wat kon het leven toch heerlijk zijn, dacht ze.

De inrichting van het appartement kwam in grote lijnen overeen met de eerder door haar gemaakte inschatting: weinig tierelantijntjes, de spullen en meubels die er stonden waren voornamelijk functioneel. De typische indeling van een tweede optrekje.

Ze stond in de woonkamer, die een sfeer van verlatenheid ademde. Tegen de ramen waren twee oranje bordjes geplakt met de tekst TE HUUR. Zonnestralen hadden de randen ervan licht aangetast, waardoor het leek alsof er een gebroken wit randje omheen zat. Het appartement stond al maan-

den te huur, wist ze. De eigenaren vroegen de hoofdprijs en waren overduidelijk bereid om op de kip met de gouden eieren te wachten.
Ze liep in de richting van het balkon dat aan de woonkamer grensde, stak haar rechterwijsvinger tussen de luxaflex en tilde deze een paar centimeter op. Het strand van Benidorm lag er prachtig bij. Een flauwe glimlach speelde om haar mondhoeken.
Voorzichtig opende ze de schuifdeur die toegang tot het balkon gaf. Het te verwachten metalen gekreun bleef uit; de deur liep redelijk soepel in de rail. Toen de opening zo'n twintig centimeter groot was, liet ze het handvat los: dit was ver genoeg voor haar opdracht.
Soepel boog ze door haar knieën en haalde een langwerpig houten kistje uit haar strandtas. Ze opende het en streek liefkozend met haar vingertoppen over de inhoud ervan. Alsof het haar dagelijks werk betrof, begon ze de onderdelen te monteren. Vier minuten later rustte er een dodelijk wapen in haar handen.

15.10 uur

Het was zover. Enrique werd voortgetrokken door een Mastercraft met een inboard-motor van 350 pk. Aan het stuur zat en stond beurtelings Duncan Zoet. Met drukke armgebaren maakte hij zijn leerling duidelijk welke oefeningen hij van hem verwachtte. De lijn achter de boot stond strak, wat eveneens voor het gezicht van Enrique gold. Dit was zijn *finest moment*. Met een snelheid van 35 kilometer per uur kon hij aan de hogepriester van het wakeboarden zijn vaardigheden tonen.
Twee meiden van een jaar of zeventien gingen recht in haar blikveld staan. Hun hoofden gingen ritmisch heen en weer op de muziek van Eminem die uit de opgestelde speakers schalde. Ook zo'n typisch wakeboard-item, dacht Carmen geïrriteerd. Het was louter het dreunende, Amerikaanse geluid van Tupac, 50 Cent en Eminem waar de jongeren geen genoeg van kregen. Ze nam zich voor om op de terugweg iets melodieus op te zetten. *Fields of Gold* van Sting, bijvoorbeeld. Of een tandje harder, *The Best of U2*. In elk geval geen hiphop.
Omdat ze precies op tijd een stap naar rechts deed, zag ze hoe haar vriend een zogenoemde *indy grab* maakte. Een *trick* voor beginners, waarbij hij met zijn linkerhand het board tussen de bindingen vastpakte. Zijn rechter-

hand zat stevig om de trapeze geklemd, het verlengde van de lijn die hem met de boot verbond. Aan de opgestoken duim van Duncan te zien deed hij het prima. In een opwelling wilde ze voor hem klappen. De onverschillige blikken van medetoeschouwers deden haar hier net op tijd van afzien. Na deze bijna-flop probeerde ze ook een quasi-ongeïnteresseerd gezicht te zetten. Een onmogelijke opgave, realiseerde ze zich een paar tellen later. Daarvoor was ze te trots op haar verloofde.

Het geweer voelde lichter aan dan het robuuste uiterlijk deed vermoeden. Dat had te maken met het materiaal, wist ze; er was veel titanium in verwerkt. Oersterk, maar met een laag soortelijk gewicht. Het wapen woog nauwelijks meer dan een pasgeboren baby. Een vergelijking die haar rode lippen liet grijnzen.

Ze stond rechtop. De kolf rustte tegen haar rechterschouder. Haar linkerhand ondersteunde het middenstuk. Deze positie kon ze een kwartier volhouden. Door langdurig te trainen in deze houding had ze een uitstekende basisconditie gekweekt. De dagen van kramp en ander fysiek ongemak betaalden zich nu ruimschoots terug.

De afstand tussen de loop en de op een flinke kier staande schuifdeur bedroeg een halve meter. Vanwege het reële gevaar op ontdekking kon ze het risico niet nemen om vanaf het balkon een schot te lossen. Omdat in deze houding de loop ruim dertig centimeter boven de balkonrand uitkwam, maakte het voor het definitieve resultaat niets uit. Het beperkte enkel de breedte van haar schootsveld. Er viel minder te kiezen.

De uitbundige zon en de aangename temperatuur hadden veel mensen naar het strand gelokt. Door het telescoopvizier bespioneerde ze verschillende varianten van het menselijk ras: kinderen die zandkastelen bouwden, jonge vrouwen met siliconenborsten, ouderen wier lijven het gevecht met de zwaartekracht al lang geleden hadden verloren, en verliefde paartjes die elkaar in de branding uitbundig nat spetterden. Verderop in zee showden opgeschoten knapen hun bekwaamheden met jetski's en sloofden volwassen kerels op waterski's zich hopeloos uit.

Er kroop een trilling van genot over haar ruggengraat. De gloed die zich over haar lichaam verspreidde voelde als pure wellust. Op dit moment was zij de machtigste vrouw van Spanje. Een potentaat die regeerde over leven en dood. Niemand kon haar beïnvloeden. De beslissing wie vandaag op het strand van Benidorm zou sterven lag letterlijk in haar handen.

Terwijl er een wrede glimlach om haar lippen speelde, zocht haar rechteroog naar het toekomstige slachtoffer.

15.20 uur

Enrique had de oefeningen voor beginners met gemak doorlopen. Welbeschouwd was dat ook logisch: hij was een getrainde kerel die al jarenlang deel uitmaakte van de elite-eenheid Nueve. Daar kwam bij dat wakeboarden sinds kort zijn 'ding' was en dat hij bloedfanatiek oefende om ooit in deze tak van sport het hoogste te bereiken. De gekleurde bril waardoor Carmen keek gaf daarentegen een ander beeld. Enrique stond pas een paar maanden op het akelig dunne en smalle board. Staan blijven terwijl je door een boot zigzaggend werd voortgetrokken was op zich al een kunst, laat staan dat je ook nog eens oefeningen en sprongen moest doen. De eenvoudige bewegingen had hij, wat haar betrof, met verve uitgevoerd. Nu kwam het echte werk. De *offaxis van 540 graden*, *crow mobe* en *de Raley* waren namen die ze moeiteloos kon oplepelen. Enrique had zo vaak over deze moves gesproken dat ze diverse malen op het punt had gestaan om zijn 400 euro kostende Liquid Force-board dwars doormidden te meppen. Het kinderlijke enthousiasme waarmee hij over zijn passie vertelde, was voor haar een hoofdreden geweest om het toch maar niet te doen.
Op het moment dat Enrique aanzette voor een sprong, ving ze vanuit haar linkerooghoek een beweging op die niet paste bij een middagje plezier aan het strand van Benidorm. Ze draaide haar hoofd een kwartslag naar links en kneep haar oogleden ietwat samen. Haar getrainde ogen registreerden ogenblikkelijk een massale reactie die hier en nu niet thuishoorde. Carmen aarzelde geen moment en zette het op een lopen.
De afstand tussen haar en de buitenste ring van mensen die zo paniekerig oogden, bedroeg een goede honderd meter. Bij elke stap die haar dichter bij de onheilsplek bracht, voelde ze de bovenste laag van het mulle zand naar haar gymschoenen graaien. Door haar gedegen fysieke opleiding bij Nueve was ze in staat om deze tegenwerking te negeren en zich volledig op haar doel te richten. Als een volleerd atlete vloog ze over het strand. De paar mensen die tussen de branding en het zandstrand als aan de grond genageld stonden, wist ze door een combinatie van instinct en ervaring te ontwijken.

Twintig meter van haar vandaan stond een groep mensen tot aan hun dijen in het water. Het was een allegaartje: mannen, vrouwen, kinderen. Eén ding hadden ze echter gemeen: op hun gezichten lag een uitdrukking van pure afschuw. Zonder na te denken rende Carmen in de richting van de groep. Omdat ze zo gefocust was op haar doel, drongen de geluiden nu pas tot haar door. Er werd gegild, geschreeuwd, gekreund, gehuild. Vlak voor haar wendde een vrouw opeens haar blik af en gaf onbedaarlijk over. De man die pal naast haar stond keek recht omhoog. Vervolgens hief hij beide handen ten hemel en slaakte een onmachtige oerkreet.
Carmen waadde door. Personen die haar weg blokkeerden duwde ze resoluut aan de kant. Ze moest tot aan het centrum van deze menselijke kring doordringen. Niemand zou haar stoppen. Toen ze eenmaal op de juiste plek stond, besefte ze in een *split second* dat niemand haar bewust de doorgang had belet. Een korte blik op het verschrikkelijke tafereel verklaarde alles. Geen enkel logisch denkend mens wilde op deze plek zijn.
Ze deed een stap naar voren. Er zat een brok in haar keel, haar maag maakte een vrije val en de Middellandse Zee hield haar enkels in een onverzoenlijke houtgreep. Desondanks wist ze nog twee stappen te zetten – genoeg om op een armlengte afstand te komen van de lange man met de onwezenlijke blik in zijn ogen.
Ze wilde haar hand uitsteken, hem helpen. Haar lichaam weigerde echter dienst. Een woord van troost bleef ergens in haar keel steken. Zelfs een zucht, snik of kreet behoorde tot de onmogelijkheden. Nog nooit in haar leven had zich zo'n vreselijk beeld op haar netvlies geëtst.
De man keek haar aan zonder iets te zien. Zijn blauwe ogen waren heldere gaten die doodse kilte uitstraalden. Hij was reeds overleden, terwijl zijn hart nog wild klopte. Zijn gezicht was een strak masker waaruit elke menselijke emotie was verdreven.
In zijn armen lag het lichaam van een jong kind. Een jochie van een jaar of zes met opengesperde, blauwe ogen. In het midden van zijn borstkas zat een gat ter grootte van een volwassen vuist. Het ventje was dood. Je hoefde geen arts te zijn om deze diagnose te kunnen stellen.

21.30 uur

Op de terugweg had ze kritisch over haar missie nagedacht. Vooral over het eerste gedeelte ervan was ze niet echt tevreden. Ogenschijnlijk was het soepel verlopen. Maar dat was schijn, wist ze. Er hadden te veel haken en ogen aan gezeten. Mocht Juan of haar tweede vader op afstand hebben toegekeken – wat niet zo was – dan zou die ongetwijfeld positief over haar optreden zijn. Een oppervlakkige conclusie, aangezien niemand wist wat er zich tijdens de eerste minuten van de missie in haar hoofd had afgespeeld.
Tijdens haar acties bij de hal, de galerij en de voordeur van het appartement had ze te veel risico genomen. De kans op een escalatie was gewoonweg te groot geweest. Het was goed gegaan, maar er had wel degelijk iets onaangenaams kunnen gebeuren. Een oplettende bewoner die net de lift uit kwam, of een nieuwsgierige buurvrouw die tussen de lamellen door naar een onbekende vrouw gluurde die aan het slot van nummer 37 stond te morrelen. Allemaal 'als'-gevallen die gelukkig uit waren gebleven. Ze had haar opdracht uitgevoerd en alles was naar wens verlopen. Toch zou ze zich de volgende keer nog beter in de details verdiepen. In het begin van de missie waren er namelijk momenten geweest dat de zenuwen door haar keel gierden. Dat was een topper onwaardig, dit mocht absoluut nooit meer gebeuren.
Bij de zaken die vlot waren verlopen wilde ze niet te lang stilstaan. In dit vak werd je afgerekend op je fouten; van schouderklopjes kon geen sprake zijn. Het was niet meer dan logisch dat haar schot perfect was geweest. Ook het monteren en demonteren van het geweer was geen probleem. In het appartement zelf had ze niet of nauwelijks sporen achtergelaten. De eventuele kruimels bewijslast die autoriteiten zouden vinden waren niet relevant. Daar kwam nog bij dat haar gegevens in geen enkele databank stonden geregistreerd.
De aftocht liep zoals gepland: geen starende buren, en eenmaal buiten verdween ze onopvallend achter de ruggen van de massa wier ogen zonder uitzondering op het strand waren gericht. Buiten Valencia had ze de gestolen auto gedumpt, om via een omweg in haar eigen auto te stappen. Daarna had ze de mobiele telefoon aangezet die ze van haar tweede vader had gekregen. De mensen die ze nu tegen zich in het harnas had gejaagd, waren tot veel kunststukjes in staat. Het peilen van mobiele nummers in en om de plaats delict was daar één van.

Ze reed het kronkelige bospad af en parkeerde haar auto. Twee minuten later opende ze de voordeur van haar blokhut. Ze liep rechtstreeks naar de open haard, pakte een handvol aanmaakblokjes en een groot blok hout. Vergenoegd wreef ze in haar handen toen de vlammen aan het hout begonnen te likken. Vandaag bleek wel weer dat in het voorjaar het temperatuurverschil tussen de kust van Benidorm en de voet van de Pyreneeën zomaar twintig graden kon bedragen.
Terwijl de kamer langzaam warmer werd, nam ze plaats achter een eiken bureau waarop enkel een computer stond. Ze drukte op de knop rechtsboven van het toetsenbord. Met zoemende geluidjes kwam de machine tot leven. Op de achtergrond knapperde het haardvuur, waardoor er een behaaglijke sfeer ontstond.
Een halve minuut later zat ze op internet. Aansluitend toetste ze www.orange.es en haar gebruikersnaam en wachtwoord in.

U hebt 1 nieuw bericht.

Ze haalde diep adem door haar neus en hield de lucht enkele seconden vast in haar longen. Daarna blies ze beheerst uit, alsof ze het aroma van deze teug alsnog wilde proeven. Van binnenuit verspreidde zich een warm gevoel. Aangedreven door een onzichtbare turbine stroomde deze energie door haar hele lichaam. De haartjes op haar armen gingen overeind staan. Haar vingertoppen leken geladen met een statische elektriciteit die zijn weerga niet kende.
Ze opende het bericht en fluisterde de woorden die op het beeldscherm verschenen:

Angela, vrouw van mijn dromen,

In mijn gedachten heb ik je gevolgd. Elke stap die jouw bekoorlijke voeten zetten, elke ademhaling die jouw goddelijke boezem deed rijzen. Terwijl jij nietsvermoedend op de boulevard liep, was mijn blik op jouw heerlijke billen gefocust. Omdat ik ze niet kon betasten, werd mijn adorerende blik gedeclasseerd tot een kansloze oogopslag.
Jouw optreden vandaag was het levende bewijs dat ultieme schoonheid en opperste intelligentie de ideale combinatie zijn. De serene koelheid op het moment dat jij de trekker overhaalde, de welhaast onmogelijke

mix van onverschilligheid en zelfverzekerdheid waarmee je iedereen tijdens je aftocht zand in de ogen strooide. Geniaal. Sexy en briljant. Mijn hart verlangt naar je. Mijn lichaam schreeuwt om je aanraking. Elke minuut van de dag die ik zonder jou moet leven is een bezoeking. Kom snel bij me.

Haar borstkas ging in een wild ritme op en neer. Ze verloor de controle over haar lichaam, wílde die ook verliezen. Om de ondraaglijke spanning tot een ongekende explosie te laten komen, legde ze haar rechterhand op haar rechterdijbeen. Hoewel haar lichaam om actie schreeuwde, dwong ze haar vingertoppen om de afstand tot de hemelpoort tergend langzaam af te leggen.

4

Maandag 9 april, 00.30 uur

Peinzend staarde Carmen naar het plafond. De stralen van de volle maan vonden minuscule openingen tussen de donkere gordijnen, waardoor het schemerde in de slaapkamer. Doordat ze al minstens een halfuur omhoogkeek, gingen de grove cementen uitstulpingen in haar fantasie een eigen leven lijden. Kattenpootjes, olifantslurfjes, onkruid, de voorvork van een fiets. Er kwam een scala aan idiote vergelijkingen in haar hoofd op. Datgene waaraan de oneffenheden haar het meest deden denken, probeerde ze echter categorisch uit haar brein te weren. Voor vandaag, morgen en wellicht haar hele leven had ze genoeg golven gezien. Hoewel het plafond haar steeds weer aan een kabbelende zee deed denken, hield ze zichzelf herhaaldelijk voor dat ze naar een verdord maïsveld in de provincie Extremadura keek, of een groene weide in Asturias.

Voor de zoveelste maal ontsnapte er een zucht aan haar lippen. In principe verfoeide ze theatraal gedrag, maar de zucht liet zich niet langer opsluiten, evenmin de vorige en de daaraan voorafgaande. Ze zat met zichzelf in de knoop, en niet zo'n beetje ook.

Enriques linkerhand wreef zacht over haar buik. Langzaam en teder, bepaalde plekken zorgvuldig ontwijkend. Hij was een luisterend oor zonder haar aan te sporen daarvan gebruik te maken. Of ze wel of niet wilde praten maakte niet uit, sprak zijn lichaamstaal. Hij was er; zij besliste.

'Ik heb het warm,' waren de eerste woorden die ze in ruim dertig minuten sprak. Vervolgens schopte ze venijnig met haar rechterbeen het dekbed van haar af. De koelte van de onverwarmde kamer daalde direct neer op haar huid.

'Zalig,' fluisterde ze.

'Zalig zijn de schelen,' reageerde hij direct. 'Zij zijn namelijk de enigen die God dubbel zullen aanschouwen.'

Ze draaide haar hoofd weg om haar spontane glimlach voor hem te verbergen. Eén enkele grappige opmerking was volstrekt onvoldoende om haar gedachten weer een positieve kant op te sturen. Daarvoor was deze kwestie te ernstig, te triest, te tragisch. Bovendien wilde ze niet opgevrolijkt worden. Ze wilde bovenal rouwen – huilen om een jochie van zes dat nooit meer zeven zou worden.

'Het spijt me, Carmen. Dat was geen leuk grapje. Het ontschoot me, sorry.'

'Het is oké,' antwoordde ze met een intonatie die anders deed vermoeden. Ze draaide haar hoofd terug en voelde hoe zijn hand de plakkerige haren van haar voorhoofd streek.

'Ik weet dat het lullig klinkt, maar probeer het van je af te zetten, schat.' Na die woorden boog hij voorover en kuste haar licht op haar linkerwang. 'Ik begrijp dat je van streek bent. Dit kunnen we in diensttijd verwachten, niet tijdens een dagje strand op een zondagmiddag in Benidorm.'

Deze opmerking zorgde ervoor dat ze haar hoofd met een ruk naar rechts draaide. Haar ogen spuwden vuur. Alle lethargie in haar houding was opeens verdwenen.

'Dit kunnen we dus tijdens diensttijd verwachten, Enrique? Zeg jij nu met je volle verstand dat wij bij Nueve kunnen verwachten dat een zesjarig kereltje voor onze ogen door een gestoorde freak wordt doodgeschoten? Dat de kans bestaat dat ik ergens deze week een gebroken man naar een volgauto begeleid terwijl zijn zoontje in een lijkwagen wordt afgevoerd?' Ze haalde diep adem om haar emoties enigszins te bedwingen. 'In dat geval dien ik morgen mijn ontslag in.'

Enrique keek haar nu recht aan. Door te chargeren had hij zijn beoogde resultaat gekregen: Carmen was uit haar schulp van zelfmedelijden en verdriet gekropen. Haar felle reactie was volkomen normaal. Een gesprek op normale conversatietoon was de volgende stap die hij wilde maken. Het zou een lange nacht worden, wist hij.

'Dit is niet wat je wilt horen, Carmen. Maar dat is inderdaad wat ik beweer. Bij Nueve zijn we met de meest gruwelijke dingen geconfronteerd, en in de toekomst zal dat ongetwijfeld weer gebeuren.' Hij legde meteen zijn rechterwijsvinger op haar lippen. 'Dit wist en weet jij ook. Dus ik zie geen enkele reden waarom jij morgen je ontslag zou indienen.' Toen schonk hij haar een liefdevolle glimlach.

Carmen keek naar het knappe gezicht van de man van wie ze zoveel hield.

Met veel moeite kon ze de neiging onderdrukken om hem ter plekke een klap voor zijn kop te geven.

00.45 uur

Zijn blik was gericht op zijn slapende dochtertje. Voor overige dingen had hij geen oog. Wat er in de kinderkamer aan speelgoed en aanverwante kinderartikelen stond, deed niet ter zake. Alles draaide om zijn kleine meid.

Elke ademhaling die haar kleine borstkasje lichtjes deed rijzen, verwelkomde hij met een onhoorbare zucht van opluchting. Een plotselinge stuiptrekking van haar beentjes riep een warme glimlach bij hem op. Om de paar minuten sprak hij zichzelf streng toe; dan werd de verleiding groot om haar in zijn armen te nemen, haar te knuffelen, in haar oortje te fluisteren hoeveel ze voor hem betekende.

Gelukkig was hij sterk genoeg om het niet te doen. Het was namelijk eigenbelang, en dat mocht nooit ten koste van zijn kleine meid gaan. Als ze wakker werd – wat heel goed mogelijk was – dan zou ze hoogstwaarschijnlijk slaapdronken om zich heen kijken. Ze zou lichtelijk verward zijn en zich na enkele seconden afvragen wat papa in haar kamertje deed. Nee, dat was geen goed idee, wist Alfonso Silva. Trouwens, het was onmogelijk om haar uit te leggen hoeveel hij van haar hield. De woorden daarvoor waren immers nog niet uitgevonden.

Terwijl zijn blik op Carmen bleef rusten, vroeg hij zich af hoe vaak Dietmar Steinberger de afgelopen jaren boven het bed van zijn zoontje Lars had gestaan, wakend als een strijder die zijn kind tegen de boze buitenwereld wil beschermen, alert op elke beweging die met het normale ademhalingsproces van het ventje strookte. Er was altijd een hand die Lars een glas water aanreikte bij een hoestbui, of die een tedere aai op zijn koortsige voorhoofdje gaf tijdens een griepaanval.

Hij bracht zijn linkerhand naar zijn mond en beet hard op zijn knokkels. De kreet die uit zijn keel opwelde, werd gesmoord. De kopersmaak die zijn mond vulde riep zijn gezond verstand wakker. Geen geluid maken, sprak de stem van de rede hem toe. Rouw in stilte.

Om zichzelf tot innerlijke rust te manen, ademde Silva diep door zijn neus in en langzaam door zijn mond uit. De beelden zouden niet lang op

zich laten wachten. Tot die tijd moest hij proberen een aanvaardbare status-quo te kweken.
Het engelengezichtje van zijn dochter bracht hem bijna tien uur terug in de tijd. De wandeling in het park was op zondagmiddag heilig voor hun gezin. Alleen een nationale ramp zou kunnen verhinderen dat zij met z'n drietjes gingen wandelen, spelletjes doen en na afloop een ijsje eten. Op zondagmiddag waren ze het prototype van burgerlijkheid en ze genoten daar met volle teugen van.
Toen ze eenmaal thuis waren, bracht het nieuwsbulletin hen terug in de harde werkelijkheid. De moord in Benidorm was het hoofditem. Beelden van hysterie en verslagenheid denderden hun huiskamer binnen. Toen Carmen ernaar begon te kijken, had hij haar opgetild en waren ze samen een spelletje gaan kaarten in haar kamer. Zij speelde vol overgave, hij op de automatische piloot. Het drama in Benidorm zat hem helemaal niet lekker en de gedachten daaraan dreigden hem te verstikken.
Waarom hij een korte e-mail naar Administratie had gestuurd, het researchonderdeel van Nueve, was nauwelijks te beredeneren. Hij hield het op een opwelling, aangezien hij er steevast voor waakte zijn werk mee naar huis te nemen.
Silva sloot zijn ogen toen de beelden aan zijn geestesoog voorbijtrokken. Hij wilde Carmens gezicht tijdens deze horrorfilm buiten beeld hebben. De video-opnames kwamen van een Zweedse toerist die de stuntelige zwemkunsten van zijn vrouw vastlegde. Op de achtergrond stond Dietmar Steinberger tot aan zijn middel in het water. Zijn zoontje Lars zat op zijn schouders. Hij droeg voor de zekerheid oranje zwembandjes om beide armen. Ze hadden de grootste lol.
De brok in Silva's keel voelde aan als een steen met puntige uitsteeksels. Hij slikte, wat bitter weinig hielp, want het was alsof zijn strottenhoofd met scheermesjes werd bewerkt.
In een fractie van een seconde werd Lars van zijn vaders schouders opgetild en sloeg hij achter hem in het water. Rond Dietmar Steinberger verkleurde de Middellandse Zee.
Silva knipperde met zijn ogen, een defensieve zet waarmee hij de aanstormende beelden toegang tot zijn geest wilde ontzeggen.
Een groot gedeelte van de avond had de afschuwelijke gebeurtenis hen beziggehouden. De vele items hierover op televisie deden vermoeden dat dit voor heel Spanje gold. Natuurlijk werd het ultimatum vanuit het Bas-

kenland erbij betrokken. Speculaties vlogen over en weer.
Hij keek naar zijn dochter. Ze was twee jaar jonger dan Lars Steinberger. Hij negeerde de pijn die in zijn keel opkwam; zijn bovenlip begon te trillen. Hij, de man die in één decennium voor duizend jaar ellende had gezien, voelde dat hij de controle over zijn emoties verloor. Er gleed een traan over zijn linkerwang. Hij huilde om een jongetje dat vandaag was vermoord. Hij huilde om de mogelijkheid dat zijn kind iets zou overkomen. Hij huilde om wat de toekomst kon brengen.

01.00 uur

De oude man hoestte, een diep gerochel dat door merg en been ging. Het waren de laatste oprispingen van iemand wiens laatste contract al door de Dood zelf was ondertekend. In het geval van Iñigo Salaberri was het slechts afwachten tot Magere Hein een gaatje in zijn agenda vond, waarna de Man met de Zeis hem mee zou nemen.
'Drink wat, vader,' zei Aitor Belasko terwijl hij uiterst voorzichtig een glas aan de lippen van de oude man zette. De eerste drie slokken hield Salaberri binnen. Tijdens de daaropvolgende hoestbui gaf hij slijm en water op. Roze spatten op zijn witte overhemd waren het ontegenzeggelijke bewijs dat de leider van het ETA-kader in geleende tijd leefde.
'De doktoren geven me nog een paar maanden,' sprak hij met een stem die elk moment definitief kon breken. 'Maar dat lijkt mij wat optimistisch.'
Hoewel Belasko zich door de zichtbare lichamelijke aftakeling van de oude man weinig op zijn gemak voelde, wist hij toch een grijns te produceren.
'Dat soort uitspraken verwacht ik niet van een grote strijder, vader.' Hij benadrukte lichtjes het laatste woord: een eretitel, aangezien ze in de verste verten geen familie waren.
'Dat was in een ver verleden, jongen,' antwoordde Salaberri met moeite. Belasko dacht even een twinkeling in zijn groene ogen te zien, maar deed het snel af als gezichtsbedrog.
Er volgde een stilte die vijftien minuten duurde. Salaberri had van het ene op het andere moment zijn ogen gesloten en leek weg te dommelen. De imposante cocktails van pijnstillers die hij driemaal per dag slikte, waren

daar debet aan. Belasko keek naar de parodie op een borstkas die onregelmatig rees en daalde. De eens zo imposante leider van het militaire ETA-kader was verworden tot een kasplantje van hooguit vijftig kilo. Laat mij dit alsjeblieft bespaard blijven, bad de Patriarch in een opwelling van vroomheid tot een imaginaire god. Alles behalve dit...

Hij liep naar de vervallen keuken en schonk voor zichzelf een glas water in. Alsof het zijn werk betrof, nam hij weer plaats op de oncomfortabele houten stoel die naast de leunstoel van Salaberri stond. Hij nam een paar slokken en zette het glas voorzichtig naast zich neer. Het wachten begon. Als de oude man over een uur nog steeds sliep, kon hij naar huis. Dan mocht hij ervan uitgaan dat de medicijnen hem tot aan de vroege ochtend in een verdoving hielden.

Omdat hem nu niets anders restte, liet Belasko zijn blik door de ruimte glijden: een afgeleefd tweekamerappartement net buiten het centrum van San Sebastián. Samen met een kakofonie van stadsgeluiden sloop het vocht genadeloos door de kale muren. Ongedierte nestelde zich achter de flinterdunne wanden die de appartementen scheidden. Omdat de verwarming een gebruiksaanwijzing had die niemand kende, was het in de winter vaak stervenskoud, terwijl 's zomers de metalen elementen ongevraagd gloeiden. Wat een rustoord voor het hoofd van het allerhoogste kader van de ETA, ging het door hem heen. Mijn god nog aan toe, wat zijn we diep gezonken.

'Ik heb vandaag onze naam op de radio gehoord.' Belasko schrok van de stem die klonk als van iemand die uit de dood was opgestaan. 'Het ging over een jongen die in Benidorm was neergeschoten en een brief die namens ons was verstuurd.'

Belasko schudde zijn hoofd. 'Het ligt anders, vader,' sprak hij duidelijk. Door de medicijnen kon Salaberri ineens een helder moment krijgen, wist hij. Tevens was het mogelijk dat de oude man van het ene op het andere moment wartaal uitsloeg. Wat dit onderwerp betrof wilde hij echter geen enkel risico nemen. Op rustige toon vertelde hij de ETA-veteraan hoe het zat.

'Er is inderdaad een jochie van zes jaar oud in Benidorm neergeschoten, vader. Afschuwelijk. De brief waaraan de nieuwsrubrieken refereren komt echter van een volkomen onbekende organisatie. Het is uitgesloten dat de ETA hier iets mee te maken heeft.' Hij zweeg enkele seconden om de woorden tot Salaberri door te laten dringen.

'Een actie als deze staat haaks op onze plannen voor de toekomst. En als iemand uit onze kringen dit flikt, dan hadden wij dat inmiddels geweten.

Nee, het is volstrekt onmogelijk.' Hij keek de oude man met een schalks lachje aan.
'Trouwens, zo groot is onze organisatie niet meer. Wie zou zoiets in 's hemelsnaam moeten doen?'
Salaberri deed zelfs geen poging om een vriendelijke uitdrukking te veinzen. Met een koortsachtige blik keek hij Belasko aan.
'Ondanks mijn bedenkingen heb ik toestemming gegeven om de laatste barricade te slechten.' Het deed Belasko goed dat Salaberri het woord 'excuses' niet over zijn lippen kon krijgen; dat voorzag zijn eigen optreden van de afgelopen maanden alleen maar van meer glans.
'En wat gebeurt er?' ging hij verder. 'In plaats van succesvol te onderhandelen met de Spanjolen, loopt Patxi Ochoa woedend uit jullie vergadering weg, stuurt een onbekende Baskische organisatie een dreigbrief aan de Spaanse regering en wordt een kereltje van zes op klaarlichte dag in Benidorm doodgeschoten.'
Belasko voelde hoe de adrenaline plotseling door zijn lichaam stroomde. Die oude ijzervreter heeft me mooi te pakken, dacht hij. De hele avond ligt hij zogenaamd voor pampus, maar ondertussen weet hij donders goed wat er zich buiten afspeelt. Opletten nu, zorg dat je hem nooit meer onderschat. Hij gebruikt zijn ziekte als een goochelaar zijn toverstaf.
'Het zijn...' Een magere linkerhand met donkerpaarse aderen kapte zijn zin af.
'Patxi is een fijne jongen. Een heethoofd, maar een jongen met een goed hart.' Zijn oogleden knipperden een paar keer.
'Hij kwam regelmatig langs. Wilde alles weten over vroeger. Een Bask in hart en nieren. Iemand voor wie de zaak altijd op de eerste plaats komt.'
Salaberri trok een pijnlijk gezicht. Zijn ziekte deelde regelmatig gemene stoten uit.
'Wanneer brengen wij onze beslissing naar buiten?'
Belasko haalde zijn schouders op. 'De leiders zijn akkoord gegaan. Het merendeel heeft inmiddels toestemming van hun achterban. Nog een kwestie van dagen, denk ik.'
Er volgde een diep gerochel, dat voor een minachtende lach door moest gaan. Aan ondergeschikten toestemming vragen was voor Salaberri een belachelijke concessie. In zijn gloriedagen waren dit soort zaken ondenkbaar. Het Kader besliste en daarmee was de kous af. Orders waren uitgevonden om uitgevoerd te worden.

De korte conversatie had veel van zijn krachten gevergd. Zijn oogleden verloren het gevecht met de zwaartekracht. Op het moment dat de wimpers elkaar raakten, ging er echter een schok door het afgepeigerde lichaam. Hij sperde zijn ogen wijd open, waardoor Belasko ongewild werd geconfronteerd met twee oogballen die door zwaar medicijngebruik lichtgeel waren verkleurd. Een koude rilling raasde langs zijn ruggengraat.
'Gek genoeg begon onze gewapende strijd met de dood van een kind.'
Het geluid dat Salaberri maakte was nauwelijks fluisteren te noemen; het was meer een broos geknisper, het eindproduct van zijn door kanker gemaltraiteerde longen.
'Maria Begoña Urroz Ibarola,' ging hij moeizaam verder, en hij keek vragend in het rond, alsof hij zocht naar een vervolg dat hem niet te binnen wilde schieten. Zijn ogen leken op veelvuldig gebruikte biljartballen die decennialang in de zon hadden gelegen. Belasko wist het misselijkmakende gevoel dat vanuit zijn maag de kop opstak weg te slikken. Van het ene op het andere moment ging de oude man verder met zijn relaas.
'28 juni 1960, ik herinner het me als de dag van gisteren. Beter nog, want van gisteren weet ik weinig meer. Afijn, we lieten een bom ontploffen op het station van Amara. We wilden een daad stellen, duidelijk maken dat geweld voor ons een noodzakelijke optie was.'
Met een opmerkelijke snelheid voor een man wiens lichaam alleen nog in naam bestond, omklemde zijn linkerhand de rechterpols van de Patriarch. Enkele seconden was de greep stevig, daarna vloeide de kracht weg.
'Er had niemand mogen sterven, Aitor. Zeker geen meisje van anderhalf jaar oud. Het was een stomme zet, waarvan we jarenlang de consequenties hebben ondervonden.'
Belasko knikte, maar woedevlammen likten aan zijn binnenste. Hoe was het in godsnaam mogelijk dat een man die zijn toestemming had gegeven voor talloze executies nu van zulke halfzachte taal uitsloeg? Kreeg hij berouw van zijn daden omdat hij binnenkort zijn laatste adem zou uitblazen? Was de aanblik van een snel naderende dood voldoende om een keiharde strijder in een weke spijtoptant te veranderen?
Hij schudde deze gedachten van zich af en concentreerde zich op de laatste zin van Salaberri. Na de bomaanslag hadden Franco's troepen het Baskenland inderdaad met talloze razzia's bestookt. Tientallen ETA-aanhangers waren de grens met Frankrijk overgestoken. Het merendeel daarvan had er jarenlang ondergedoken gezeten. Zijn vader was een van hen

geweest. Hij zou zich in zijn graf omdraaien als hij zijn oud-medestrijder zulke dingen hoorde zeggen.

'Ik kan me nog...' De uitdrukking op het gezicht van Salaberri was de reden dat hij zijn zin onderbrak. Diens mond was half opengezakt. Langs zijn linkermondhoek liep een sliertje speeksel. Terwijl beide oogleden hevig trilden, schokte zijn lichaam. Het was alsof een onzichtbaar elektrisch martelwerktuig hem in een duivels tempo van venijnige stroomstoten voorzag.

Belasko hield zijn adem in. Hij kende de symptomen, wist welke fase erop volgde. De martelingen die Salaberri nu onderging waren het voorportaal van een comateuze toestand die zomaar acht uur kon duren. Doordat hij zich behoorlijk had opgewonden, stroomden de medicamenten met een noodgang door zijn bloed. Hoewel het een afschrikwekkend schouwspel was, verwelkomde Belasko de *rush* als een oude vriend. Normaal gesproken viel de ijzervreter in dit soort gevallen spoedig in slaap en kon hij eindelijk naar huis.

Minstens een kwartier moest hij nog in de periferie van Salaberri's gezichtsveld zitten. Tussen nu en pakweg een kwartier konden er storingen optreden in diens sluimertoestand, wist hij uit ervaring. Dan kwam er opeens een korte opleving, waarin de oude man begon te raaskallen. Meestal was zo'n aanval de laatste horde naar de totale verdoving.

Tien minuten later begon Salaberri te murmelen. 'De Eerste Assemblee was in Zuid-Euskadi... 1962, geloof ik... Benedictijns klooster... in Belloc. De Fransen lieten ons met rust... om Franco te treiteren... denk ik.'

Iets wat voor een glimlach moest doorgaan voorzag zijn gezicht van extra rimpels. Met zijn lodderige oogopslag zag hij een wereld die geen deel meer uitmaakte van zijn huidige bestaan. Alles in zijn houding straalde overgave uit. Zijn tijd zat er bijna op.

'Jij was toen nog een jochie dat niet eens zijn eigen pikkie kon vinden.'

Belasko grinnikte oprecht. In 1963 had hij op achttienjarige leeftijd zijn eerste missie voor de ETA met succes volbracht. Als beloning namen twee medestrijders hem na afloop mee naar een etablissement dat een twijfelachtige reputatie genoot. Nou, genoten had hij zeker.

'Die vuile fascisten hebben Txabi te pakken!' Salaberri kwam enkele centimeters overeind. In zijn blik streden angst en onbegrip om voorrang. Daarna drukte een onzichtbare hand hem terug. De spieren in zijn lichaam ontspanden zich op een onnatuurlijke manier: in een handomdraai en massaal. Hij zakte weg in een land waar medicamenten dromen konden opwekken, onderdrukken en manipuleren.

Er trok een gevoel van opluchting door Belasko heen. Plotselinge opwellingen en diepe slaap waren tweelingbroers: waar de een ging, volgde de ander. Vandaag was Txabi Etxebarrieta het onderwerp, een ETA-lid dat op 7 juni 1968 door de politie was doodgeschoten. Eergisteren waren zijn laatste woorden: 'Zij was het mooiste meisje van heel Euskadi.' Haar naam ging teloor in het aansluitende gereutel en gemompel.

In de daaropvolgende minuten mijmerde Aitor Belasko over de toekomst van het Baskenland, een toekomst die door hem was en werd bepaald. Dat was een gedachte die hem uitermate beviel.

Toen hij ervan overtuigd was dat de oud-ETA-strijder sliep, tilde Belasko hem voorzichtig uit de stoel en legde hem in de aangrenzende kamer in zijn bed. Daarna trok hij de deur achter zich dicht en vertrok.

5

9 april, 08.30 uur

'Binnen,' zei Silva. Aan de manier van kloppen hoorde hij dat het Carmen was: kort, beschaafd, zakelijk. Een groot verschil met bijvoorbeeld de afdelingshoofden van Administratie, die bij slecht nieuws muizenklopjes gaven en bij een doorbraak als halve wilden op zijn deur stonden te roffelen.

'Goedemorgen,' zei Carmen. Ze liep door naar zijn bureau, schoof een stoel aan en ging recht tegenover hem zitten.

'Het ziet er niet goed uit,' sprak ze met heldere stem. 'En dan doel ik op het hele plaatje.'

Silva schoof de drie ochtendkranten waarin hij had zitten bladeren naar de zijkant van zijn bureau. Elke morgen keek hij tussen zijn werkzaamheden door de grote ochtendbladen in. Voornamelijk de koppen hadden zijn belangstelling. Ultrakorte samenvattingen van de onderstaande teksten. Kranten waren zowel opiniepeilers als opiniemakers. Soms stuitte hij op iets interessants, maar meestal verdwenen ze in de loop van de middag ongelezen in zijn prullenbak.

'De reacties vanuit Baskenland verbazen me niets,' zei Silva. 'Het wemelt van de Basken die via de media hun afschuw uitspreken.'

Hij knikte loom.

'Ik kan me daar overigens wel iets bij voorstellen.'

'Het unieke feit doet zich voor dat de Basken één front vormen,' ging Carmen verder. 'Na de aanslag in Benidorm zijn alle onderlinge politieke barricades opgeheven. Het is opeens Euskadi tegen de rest van de wereld. Zonder enige uitzondering of reserves verkettert men El Fuego de los Vascos. Een organisatie waar niemand tot vorige week nog ooit van had gehoord.'

Hij trok een bedachtzaam gezicht. De vingertoppen van zijn linkerhand

gleden over zijn rechterwang. Venijnige stoppels maakten hem direct duidelijk dat hij vanochtend het scheermes nogal laconiek had gehanteerd.
'Achter de schermen?'
'Weinig spectaculairs,' antwoordde Carmen. 'Of het moet zijn dat die druktemaker van een Patxi Ochoa tijdens een vergadering van het Pact woedend is weggelopen. Dat gebeurde op 23 maart. Sindsdien is hij spoorloos.'
Hij concentreerde zich op een vast punt op de muur, een paar meter achter Carmen. Dit was namelijk een ongeschikt moment voor oogcontact. Hun briefing moest zakelijk blijven. Een lastige klus, aangezien er een jonge vrouw voor hem zat die sinds gisteren een vreselijke ervaring rijker was. Het was bewonderenswaardig hoe ze zich staande hield. Fiere uitstraling en kennis van zaken, een intelligente vrouw die wist wat ze wilde en daarom boven alles professionaliteit uitstraalde. Toch was haar houding maar schijn, wist hij. Binnen in haar klopte een hart dat gisteren een paar lelijke knauwen had gekregen. Dat kon niet anders. Hij kende Carmen lang genoeg om te weten dat haar zakelijke benadering een harnas was dat ze wel móést dragen in de harde mannenwereld waarin ze elke dag leefde en werkte. Onder dat pantser zat echter een warme persoonlijkheid, die het op dit moment moeilijker had dan haar uiterlijk deed vermoeden.
'Wat was de reden dat die vriendelijke voorman van JARRAI er de brui aangaf?' De cynische ondertoon in zijn stem verraadde veel. Wat hem betrof was Ochoa een stuk tuig dat in een piepklein celletje thuishoorde. Rechtstreekse orders van boven – Nueve viel onder het ministerie van Binnenlandse Zaken – weerhielden hem er helaas van om deze notoire crimineel voor een lange tijd op te bergen. Een zuiver politieke beslissing, meldde de afgezant van BZ hem. Als ze Ochoa oppakten, zou dat gegarandeerd met onrust gepaard gaan. En dat was onverstandig, aangezien er in het Baskenland eindelijk een min of meer stabiele situatie was ontstaan.
Pappen en nathouden, dus. De randfiguren die in naam van JARRAI criminele activiteiten ontplooiden mochten de cel in. Van Ochoa dienden ze echter af te blijven. Op dat moment had hij een nog grotere hekel aan de troebele beweegredenen waardoor politici zich lieten leiden dan anders.
'Het schijnt dat het ETA-kader heeft besloten om publiekelijk het E-woord uit te spreken,' antwoordde Carmen emotieloos. Op zich een knappe prestatie, aangezien ze iets op tafel legde dat politiek behoorlijk beladen was.

'En toen ontplofte de radicaal in Ochoa,' stelde Silva vast. 'Excuses aanbieden stond wat hem betrof gelijk aan hoogverraad.'
Carmen knikte. 'Dat gerucht doet inderdaad de ronde.'
Silva kneep zijn oogleden iets samen. Doordat hij zich diep concentreerde, begon het punt op de muur achter Carmen een eigen, troebel leven te leiden. Op het moment dat hij daadwerkelijk dubbel begon te zien, knipperde hij een paar maal met zijn ogen en keek Carmen recht aan.
'Ochoa loopt woedend uit een vergadering weg en is sindsdien spoorloos. Een brief van een onbekende Baskische groepering met absurde eisen volgt. Precies op de deadline wordt een onschuldig kind in Benidorm uit het water geschoten.' Hij schudde langzaam en ontkennend zijn hoofd.
'In ons vak is twee plus twee meestal vijf, Carmen.' Nog voordat hij zijn zin had afgemaakt, schaamde Silva zich al voor deze dooddoener. Er zit geen sollicitant voor je, idioot, galmde het door zijn hoofd. Hij besloot eroverheen te praten, alsof de opmerking van zojuist eerder onbelangrijk dan stupide was.
'Aitor Belasko, de spil waar veel om draait.'
Na deze hint voorzag Carmen hem direct van informatie. 'Belasko grijpt sinds gisteren elke gelegenheid aan om zijn afschuw over de aanslag uit te spreken. Hij benadrukt met klem dat iedere zichzelf respecterende Bask zich volledig distantieert van deze brute moord.'
Ze haalde adem en ging verder. Dit was een inleiding voor hetgeen haar chef werkelijk wilde horen.
'Voor zover wij weten, is zijn positie onomstreden. Hij is het glijmiddel van de Baskische politiek. Er gebeurt weinig tot niets waarvan Belasko niet op de hoogte is. Zijn bijnaam is al jaren "de Patriarch", wat onder meer inhoudt dat het voor iedereen die iets voorstelt in het Baskenland onverstandig is om hem tegen je te krijgen.'
Silva knikte.
'Een reputatie waar Ochoa blijkbaar lak aan had. In het bijzijn van politieke kopstukken zocht hij keihard de confrontatie.' Een paar seconden beet hij op de nagelriem van zijn rechterwijsvinger. Omdat zijn daaropvolgende conclusie van een gênante eenvoud was, plakte hij er nog wat stiltemomenten achteraan.
'Aangezien Belasko zijn pappenheimers kent, wist hij dat het zou escaleren.' Hij keek Carmen vragend aan. 'Of zie ik dit te simpel?'

'Volgens mij niet.' Daar komt bij dat Belasko de bevoegdheid bezat om dit hete hangijzer op tafel te leggen.'
'Hij had dus toestemming van het Kader.'
'Precies. Dat het drie seniele oude mannen zijn die elk moment het hoekje om kunnen gaan doet er nu even niet toe. In een kwestie als deze is absoluut toestemming van het Kader nodig, zelfs voor een zwaargewicht als Aitor Belasko.'
Silva's blik stelde de vraag, die zij meteen beantwoordde.
'Hij heeft die toestemming ongetwijfeld van Iñigo Salaberri gekregen. Sinds diens gezondheid achteruitholt, is Belasko als een zoon voor hem.'
'De zoon die hij nooit heeft gehad,' mompelde Silva.
'Voor zover wij weten heeft Salaberri geen kinderen. Zijn vrouw is acht jaar geleden overleden.'
Carmen pakte na deze korte interventie de draad weer moeiteloos op.
'Hij draagt een pieper bij zich waarmee Salaberri hem kan oproepen. Dit gebeurt hoofdzakelijk 's avonds, als de verpleegster geen dienst heeft. Die vrouw wordt trouwens uit ETA-fondsen betaald. Hetzelfde geldt voor de overige kaderleden: Julene Lasa, die in een verpleegtehuis in Eibar zit, en José Maria Bereciartua, die bij zijn vrijgezelle zoon in Zarauz woont.'
'Laat Belasko daar zijn gezicht wel eens zien?'
'Niet dat wij weten. Hij heeft daar overigens weinig te zoeken. Lasa heeft leukemie en is opgegeven. Bereciartua's dementie is in een vergevorderd stadium. Het is zelfs zo erg dat hij zijn zoon regelmatig aanziet voor zijn dochter, die al jarenlang in Argentinië woont.'
Silva onderdrukte de neiging om verder aan het loshangende velletje van zijn nagelriem te knabbelen.
'Belasko focust zich dus op Salaberri, van oudsher het zwaargewicht van het driekoppige Kader. Lasa en Bereciartua zijn enkel in naam lid van het Kader. Als Salaberri zijn toestemming heeft gegeven, doet hun mening er nauwelijks meer toe.'
Terwijl haar mondhoeken zakten, schudde Carmen langzaam vol ongeloof haar hoofd.
'Hoe meer je erover nadenkt, des te wereldvreemder wordt deze situatie. Een Kader van drie stokoude kerels heeft in naam nog steeds het opperbevel. Geen van die drie, misschien op Salaberri na, is geestelijk helder genoeg om beslissingen te nemen. En toch...'
'Zijn zij volgens de oude traditie het hoogste orgaan,' vulde Silva aan. 'Er

zijn nou eenmaal dingen waarbij de logica ver te zoeken is, Carmen. Dit is er dus één van.'
In zijn hoofd klonk direct een stemmetje door dat hem belerend gedrag verweet. Ditmaal haalde Silva in gedachten zijn schouders op; zijn tweede ik moest niet gaan overdrijven. Hij besloot van onderwerp te veranderen. De Basken zouden de komende tijd nog genoeg van zijn aandacht krijgen.
'Alicante?'
Aan dat ene woord had Carmen genoeg.
'De rechercheafdeling van de Policía Nacional leidt het onderzoek. Als ze niet heel snel aansprekende resultaten boeken, ligt het voor de hand dat ze binnenkort versterking krijgen van een landelijk rechercheteam. De politieke en maatschappelijke druk op deze zaak is absurd hoog.'
'Wat hebben ze?'
'Ze kennen de locatie waarvandaan het schot is afgevuurd. Een leegstaand appartement aan de boulevard. Het wapen was een Heckler & Koch PSG 1, waarschijnlijk demonteerbaar.'
'Iemand met verstand van zaken,' zei Silva met een bittere ondertoon. Daarna vroeg hij zo neutraal mogelijk: 'Getuigen?'
'Bitter weinig. Of het moet een oude man zijn die ongeveer een kwartier voordat het schot viel een knappe, jonge vrouw het appartementencomplex binnen heeft zien gaan.'
Met de vingertoppen van zijn rechterhand trommelde Silva op het bureaublad. Ondertussen probeerde zijn brein de losse stukjes zo te positioneren dat het tenminste op het begin van een puzzel ging lijken. Al snel werd hem duidelijk dat het in dit stadium een onbegonnen karwei was. Het kwam zelfs niet in de buurt van iets constructiefs. Het enige wat prominent boven kwam drijven was de sluimerende angst voor de eenling, de nachtmerrie van iedere opsporingsambtenaar. Het zoeken naar de speld in een Spaanse hooiberg die ruim 500.000 vierkante kilometer bedroeg. Tijdens dat soort operaties was David superieur aan Goliath, wist hij. Dan werd de grootmacht afgerekend op elke onbenullige fout, terwijl de underdog in alle rust zijn vooraf geplande strategie ten uitvoer bracht.
'Bedankt, Carmen. Ik hoor het wel als jij ergens op stuit.' De obligate woorden van een chef tegen zijn intermediair. Jaren geleden waren ze voor hem bestemd geweest. Toen zat hij op de plek van Carmen en wist dat het eigenlijk betekende: schop je manschappen aan het werk en zet je infil-

tranten onder druk! Vierentwintig uur per dag. 'Slapen is een luxe die we ons bij Nueve niet kunnen veroorloven.'
Carmen knikte hem toe, stond op en liep naar de deur. Ook zij kende de ongeschreven wetten van haar werkgever.

9 april, 22.30 uur

Vlak nadat ze de voordeur van hun appartement had geopend kwamen de opgewonden stemmen haar tegemoet. Omdat het geluid van de televisie behoorlijk hard stond, concludeerde ze dat Enrique de discussie blijkbaar interessant vond. Een ongewone situatie, aangezien haar verloofde een uitgesproken hekel aan praatprogramma's had en er dus praktisch nooit naar keek. Wat de uitzondering op zijn regel inhield, kon ze wel raden.
'Hoi,' zei ze met een vleug nonchalance. Vervolgens ging ze naast hem op de bank zitten.
'Dag pop,' antwoordde hij. Zijn blik was echter nog op het televisiescherm gericht. Met een venijnige beweging drukte hij op de aan-uitknop van de afstandsbediening, waarna het beeld op zwart ging.
'Stelletje klootzakken,' gromde hij tegen de televisie, en hij draaide zich een kwartslag om. Hij boog naar Carmen toe en gaf een kus op haar linkerwang.
'Jij bent het beste wat ik vandaag heb gezien.' Zijn linkerhand gleed langs haar rechterborst en vond een rustpunt op haar rechterheup. 'En veruit het lekkerste.' Een quasi wellustige blik had de woede van zojuist vervangen.
'Je weet toch wat ze zeggen over mensen die te kampen hebben met abrupt wisselende stemmingen?' zei Carmen met een scheve grijns.
Enrique Navarro trok zijn zwarte wenkbrauwen bij elkaar. Om het plaatje te completeren, kneep hij zijn ogen tot spleetjes: zijn parodie op een denkgezicht.
'Laat me eens raden,' sprak hij overdreven plechtig. 'Zijn dat soms onbetrouwbare sujetten?'
Voordat Carmen de kans kreeg een snedig antwoord te geven, nam hij haar in zijn armen. Na de daaropvolgende, lange kus verslond zijn blik haar bruine ogen. 'Ik hou van je,' fluisterde hij. Carmen zag dat zijn oogopslag overeenkwam met de uitgesproken woorden: een symbiose van

passie en tederheid. Een harmonisch geheel, volledig in balans. Ergens in het midden van haar buik ontsprong een warm gevoel. De tintelingen die vrijkwamen raasden door haar bloedbanen. De altijd aanwezige ratio probeerde enig tegengas te geven door te stellen dat het volstrekt onmogelijk was dat de knapste man van Spanje op deze manier naar haar keek en tegen haar sprak. Ditmaal weerstond ze het cynisme van de rede die onredelijk was en meldde in stilte 'dat het nou eenmaal zo was'. Het gelukzalige gevoel verdreef de vermoeidheid die als een onzichtbare en veel te zware deken om haar heen hing.

Enrique stond op. Terwijl hij naar de keuken liep, vroeg hij: 'Wat kan ik voor je inschenken?' En toen: 'Wat ben je laat. Je hebt toch geen minnaar op kantoor? Silva, of zo?'

Ze glimlachte breeduit. Vooral om dat laatste. Ze had haar chef heel hoog zitten, maar daar bleef het wat haar betrof ook bij. Ze wist bijna zeker dat dit laatste ook voor Silva gold. Of hij op het professionele vlak tevreden over zijn intermediair was, bleef gissen. Op dat gebied was hij een beetje een rare. Het lukte haar maar niet om hem op dat punt in te schatten.

'Ik ben doodop, dus alles zonder alcohol is prima,' antwoordde ze. 'En Silva is een fantastische minnaar, vertelde Grace me.'

Vanuit de keuken klonk een spontane schaterlach. 'Heel scherp, meisje. Hiermee is wederom het bewijs geleverd dat intelligentie achter een bureau zit, terwijl de domoren het vuile werk opknappen.'

De grappig bedoelde opmerking had het effect van een steek onder water. Ze kende haar verloofde echter lang genoeg om te weten dat hij het niet zo meende. Toch voelde het heel even aan als een typische sneer die een van de Nueve-mannen maakte tegen de enige vrouw die formeel in de buitendienst werkte. Ze knipperde een paar maal met haar ogen en categoriseerde de opmerking als 'grappig', precies zoals hij bedoeld was.

'Maar nu ik weer, bijdehand ventje,' zei ze tegen Enrique, die met twee glazen fris de kamer binnenkwam. 'Waar maakte jij je daarnet zo druk om? Het laatste discussieprogramma waar je naar hebt gekeken ging over de inval in Irak. Na afloop zei je: "Ach, dat komt allemaal wel op zijn pootjes terecht", weet je nog?'

Hoewel ze in gedachten de gelijkmaker had gescoord, bleef de euforie van de treffer uit, want Enrique staarde voor zich uit. Zijn blik was een merkwaardige mengeling van woede en leegte. Zijn concentratie versterkte zijn knappe gelaatstrekken. In stilte vergeleek Carmen hem met een schitte-

rend roofdier op een uitgestrekte vlakte die de geur van zijn prooi opsnoof.
'Vandaag hadden we een conditietest in de heuvels net buiten Alcobendas. Het werk liep wat uit, waarna we met het team op de terugweg nog een paar biertjes zijn gaan drinken. Dikke pret, je kent het wel. Al met al kwam ik ook pas om halftien thuis. Gewoontegetrouw zette ik de televisie aan. Een discussieprogramma. Op het moment dat ik wilde zappen hoorde ik dat het over gisteren ging.'
Zijn neusvleugels verbreedden zich. De woede die in zijn lichaam brandde, kwam nu aan de oppervlakte.
'Het ging over de waanzinnige moord op dat zesjarige ventje. In het panel zaten politici van verschillende partijen. Binnen tien minuten was het oorspronkelijke onderwerp tot een bijzaak gedegradeerd. De heren benutten de zendtijd ten volle om hun politieke standpunten voor het voetlicht te brengen. Het vermoorde jochie was voor hen alleen maar een excuus. Ik schaamde me voor mijn eigen volk.'
Carmens blik werd naar zijn rechterhand getrokken. Zijn vingers maakten een vuist, waardoor de knokkels spierwit werden. Daarna ontspande hij ze een paar tellen en begon het opnieuw. Woedebeheersing, wist ze. Leden van Nueve mochten nooit hun zelfbeheersing verliezen. Een vuistregel die ook tijdens hun privéleven gold.
'De voorman van Euskal Heritarrok Idoca Mendiazabal was een van de forumleden. En eerlijk is eerlijk, Carmen, hij was de enige die telkens iets over dat kereltje zei. Hoe afschuwelijk hij het vond. Dat er een herdenkingstocht voor dat mannetje moest komen, dat...'
'De Basken hier volledig buiten stonden,' interrumpeerde Carmen hem. Zonder dat het aan haar gezicht af te lezen viel, klonk haar stem veel scherper dan ze wilde. Enkele seconden keken ze elkaar taxerend aan. Enrique wendde als eerste zijn blik af en knikte toen bedachtzaam.
'Oké, je hebt gelijk. Hij voerde ook een bepaalde politieke strategie uit. Net als dat andere zootje geteisem. *Joder*!' Hij beet op zijn onderlip, waardoor een serie opeenvolgende vloeken achter in zijn mond bleef steken.
'Achteraf kwam Mendiazabal het meest oprecht op me over. En als ik die conclusie trek, wat moet de rest van Spanje dan denken? Ik bedoel, Euskal Heritarrok is min of meer de spreekbuis van de ETA, van oudsher onze tegenstander. Hoeveel van die gasten heb ik in de afgelopen jaren opgepakt

– vijftig? Honderd?' Hij keek Carmen vragend aan. 'Begrijp je wat ik wil zeggen?'
Haar antwoord leek heel voor de hand liggend, doorspekt met de term 'manipulatie', op een bijna belerende wijze uitgesproken door een stafmedewerkster van Nueve. Als toeschouwer een aantrekkelijk lid van de buitendienst, die toevallig ook nog eens verliefd op haar was. De entourage kon niet beter.
Een helder moment weerhield haar echter van een impulsieve mondelinge reactie. Het drong ineens tot haar door dat Enrique in zijn denkproces een aantal hordes had gepasseerd. Bewust of onbewust, dat liet ze in het midden. Het kwam erop neer dat elk nadeel zijn voordeel had. Mendiazabal en zijn kornuiten waren in een rap tempo bezig om dit nadeel in een politiek voordeel om te draaien. Of dat op een slimme dan wel sluwe wijze gebeurde zou de tijd uitwijzen.
'Ik begrijp wat je bedoelt,' reageerde ze enigszins afwezig. Terwijl de raderen in haar hoofd op volle toeren draaiden, produceerde haar brein spinsel na spinsel – het nadeel van een hoge functie bij Oficina numero Nueve. 'Vrije tijd' was daar een even abstract begrip als 'een veilige samenleving'.
Enrique klapte kort in zijn handen en glimlachte jongensachtig.
'Zo, nu even iets anders, want ik heb weinig zin om straks met mijn werk naar bed te gaan.'
Het vermogen om van het ene op het andere moment op een ander onderwerp over te schakelen was bij Carmen minder sterk ontwikkeld dan bij haar verloofde. Losse deeltjes van bepaalde gedachteflarden zweefden nog door haar hoofd. Ergens had ze spijt dat ze de uitzending had gemist waarin Mendiazabal acte de présence gaf. Ze tekende in gedachten aan dat morgenochtend iemand van Administratie de opnames moest opvragen.
'Volgens mij kan ik net zo goed tegen het plafond lullen. De kans op een antwoord is even groot.' In zijn stem klonk beginnende irritatie door.
'Sorry. Ik was met mijn gedachten ergens anders.'
'Geeft niet, jij maakt lange dagen. Daar kwam gisteren nog...' De rest van de zin wist hij nog net op tijd in te slikken. Dit was geen goed moment om over de moord in Benidorm te beginnen.
'Over die lange dagen wilde ik het hebben,' ging hij verder. 'Liever gezegd, over een onderbreking ervan. Het lijkt me een goed idee om er eens twee weken lekker tussenuit te gaan.'

Carmen keek hem verbaasd aan. Vakantie vieren was zo ongeveer het laatste waar haar hoofd naar stond. De kans was aanwezig dat ze zich aan de vooravond van een crisis bevonden. Dan moesten alle zeilen worden bijgezet en kon niemand van boord stappen voor iets triviaals als vakantie. Hoe verzon hij het!

'Dit lijkt me niet het moment om op vakantie te gaan,' probeerde ze zo tactisch mogelijk.

Enriques brede glimlach verraste haar.

'Dat begrijp ik echt wel. Ik mag dan jouw knappe speeltje zijn, maar stom ben ik niet.' Terwijl zijn woorden nog nagalmden, nam hij de pose van een bodybuilder aan en trok daarbij een onnozel gezicht. Carmen proestte het uit. Snel maakte hij een einde aan zijn narcistische vertoon en keek haar recht in de ogen.

'Zo rond 21 juni lijkt me perfect. Lekker met z'n tweetjes tussen de palmbomen. Cocktailtje erbij, romantisch diner...'

Wat haar zojuist nog onacceptabel had geleken, begon nu aantrekkelijke kanten te vertonen. Twee weken zonder spanning met de man van haar dromen op een onbewoond eiland had zo zijn charmes. Er verscheen een diepblauwe zee voor haar geestesoog. Het was een stralende dag met kabbelende golven en tropische vogels in een zweefvlucht op de achtergrond. Haar ingebakken conservatisme maakte geen schijn van kans tegen het oplaaiende enthousiasme. Het laatste restje twijfel verdween voordat het een ultieme vuist kon maken.

'Dat lijkt me een geweldig idee,' zei ze met voor haar doen ongehoorde passie.

Enrique balde zijn vuist en maakte een overwinnaargebaar. 'Top! Ik wist wel dat je mijn charme niet kon weerstaan.'

Ze gaf hem een por en pakte de afstandsbediening. Misschien kon ze nog een staartje van een actualiteitenrubriek meepakken. Enrique griste het apparaatje echter zo gedecideerd uit haar hand dat ze niet eens een reactie overwoog. Ze keek hem alleen maar uitdrukkingsloos aan.

'Voor vandaag heb ik genoeg hypocrisie voor mijn kiezen gehad, Carmen. Geen televisie meer.' Hij haalde diep adem door zijn neus. Bij het uitblazen door zijn mond liftte het woord 'alsjeblieft' mee.

Ondanks de verkapte verontschuldiging voor zijn lompe gedrag ging er een scheut van verontwaardiging door haar heen. Dit was niet de manier waarop je met elkaar omging. Ze laadde zich op om hem een verbale klap

voor zijn hoofd te verkopen, maar een fractie van een seconde voordat de woorden van haar lippen rolden zag ze de blik in zijn ogen. De oogopslag van de redelijk ongecompliceerde macho was verdwenen; daarvoor in de plaats was een lethargisch floers in zijn donkere ogen verschenen. Triestheid absorbeerde de vertrouwde twinkelingen.
Dit korte ogenblik maakte haar duidelijk dat Enriques gevoelige kant vandaag een belangrijke slag had gewonnen. Hoewel hij het tegenover anderen altijd zou ontkennen, had de dood van het jongetje hem diep geraakt. In het hoofd van de man van wie zij hield speelde een dilemma een duivels spel. Zijn ziel wilde schreeuwen en janken om zoveel onrecht, maar zijn verstand verbood dit nadrukkelijk. Want kerels van Nueve huilden niet.
Ze pakte de afstandsbediening uit zijn hand en legde die op de tafel, en wel uiterst voorzichtig, aangezien ze niet het risico wilde lopen per ongeluk een knop aan te raken waardoor het beeldscherm weer zou oplichten.

Maandag 9 april, 23.30 uur

'Wilde jij nog ergens anders naar kijken?' vroeg Alfonso Silva.
Nadat Grace ontkennend had geantwoord, zette hij de televisie uit en stond op.
'Nog een wijntje?'
Ze boog naar voren en reikte haar glas aan. 'Doe maar. Daar kan ik mooi die warboel van Herri's, Exti's, Bati's en Euski's mee wegspoelen. Om je tong over te breken! Kunnen die Basken geen makkelijkere namen bedenken?'
'Noem ze maar ETA. Dat is stukken eenvoudiger en dekt aardig de lading.'
Het was eruit voordat hij er erg in had. Een antwoord dat echt helemaal nergens op sloeg. Foute joligheid was troef op de late avond. Na een lichte aarzeling bleef hij staan om zijn fout recht te zetten.
'Ik klets uit mijn nek, Grace. Maar een fractie van de Basken steunt de ETA. De meerderheid voelt zich gewoon Spaans en wil helemaal geen afscheiding. Een intensievere vorm van zelfbestuur van hun regio is eigenlijk het enige waar het overgrote deel zich in kan vinden. Op zich is dat heel normaal. Hetzelfde leeft bijvoorbeeld heel sterk in Catalunya. Dat volgens de Catalanen overigens als "Cataluña" uitgesproken dient te worden.'

Grace grijnsde. Alfonso stond niet echt bekend als een grappenmaker. Elk geintje van zijn kant was een welkom extraatje.
'Evenals in de rest van het land zijn in het Baskenland de PP en de PSOE de grootste partijen. Rechts en links, dus. De gematigde PNV is de enige nationalistische partij die enige steun van de kiezers geniet. De rest zijn splinterpartijen met een achterban die getalsmatig in het niet vallen bij de grote drie.'
Grace trok een serieus gezicht en salueerde plechtig met haar rechterhand. 'Hartelijk dank voor dit college, meneer de analist.' Ze had moeite om haar lachen in te houden. 'En wilt u zo vriendelijk zijn om over dit heikele onderwerp nooit meer een grapje te maken?'
Silva accepteerde gelaten dat hij in de maling werd genomen. Door lollig te willen zijn had hij een volkomen verkeerd beeld geschetst. Dat was een belediging aan het adres van een volk dat door de waanzinnige acties van enkelen jarenlang een forse prijs had betaald. Dat hij de zaak hoger opnam dan Grace, stond hier los van. Zijn eigen codes omtrent goed en fout waren heilig voor hem, ook als het een maandagavond in de privésfeer betrof.
'Schenk voor jezelf maar een flinke bel whisky in, correct mannetje,' zei Grace op een toon die het midden hield tussen plagen en sarren. 'Ik ben reuze benieuwd met wat voor rechtschapen theorieën jij aan komt zetten als je een stevige slok op hebt.' Na die woorden kon ze haar lachen niet meer inhouden. Silva begreep dat hij wellicht iets te formeel uit de hoek was gekomen en begon te grinniken.
'Enig idee hoe een halve liter wijn in je nek aanvoelt, Zuid-Afrikaans ettertje?'
Grace keek hem over haar schouder quasi geschrokken aan en knipperde heftig met haar oogleden.
'Mijn hemel, door de drank komt zijn ware aard boven! Ongetwijfeld volgt er nu een uitgebreide verhandeling over erotische hoogstandjes die wij in de nabije toekomst allemaal moeten uitproberen. Lieve Heer, sta me bij.'
Silva lachte breeduit. Na een vermoeiende dag op kantoor voelde dit aan als een injectie die hem van nieuwe energie voorzag. Tevens werd het hem steeds duidelijker dat hij met zijn schoolmeesterachtige betoog van zojuist op het randje van zelfverheerlijking had gebalanceerd. Gelukkig had Grace het prima opgepakt. Het was namelijk haar goed recht geweest om

hem met een verbale duw in de afgrond te laten storten, wist hij. In plaats daarvan hield ze het bij wat onschuldige plaagstootjes.
'Alsjeblieft, schat.' Hij zette het glas witte wijn op het bijzettafeltje naast haar. Na nog twee passen liet hij zich in zijn favoriete stoel zakken. Aansluitend hief hij zijn glas.
'Salut.'
Grace knikte hem toe en nam een slok van haar wijn. Nadat ze het glas weer op het bijzettafeltje had geplaatst, keek ze hem met een zogenaamd verontwaardigde blik aan. Op een kinderlijk overdreven manier schatte ze de afstand tussen hen in, waarbij haar pupillen elke centimeter leken te keuren.
'Dat over die erotische hoogstandjes neem ik terug,' zei ze met een halve grijns. 'Jij bent overduidelijk een probleemdrinker die bij voorkeur in een hoekje zielig gaat zitten doen.'
Silva maakte met beide handen het gebaar van overgave.
'Oké, Grace. Ik heb me net als een halve idioot gedragen. Sorry.' Hij stond op, liep naar de bank en ging naast haar zitten. In één doorlopende beweging legde hij zijn linkerhand op haar rechterdijbeen. Met een verwachtingsvolle grijns keek hij zijn vrouw aan.
'Als een hálve idioot?' reageerde zij stoïcijns.
Hij grijnsde van oor tot oor en zei: 'Als een volslagen idioot. Nu tevreden?'
Haar antwoord was spontaan, bondig en aangenaam: ze sloeg zijn armen om zijn nek, waarna een lange kus volgde. Silva omhelsde haar en realiseerde zich wat een enorme geluksvogel hij toch was.
De daaropvolgende minuten nipten ze in stilte van hun drankjes. Hand in hand, als twee verliefde tieners. Geestelijk bevredigd, terwijl het lichamelijke vuurtje zachtjes brandde. Uiteindelijk verbrak Grace de aangename stilte.
'Ik zat maar een beetje te dollen, hoor. Het was op zich helemaal niet zo raar dat je wat feiten op een rijtje zette. Ik kan het nieuws redelijk volgen, maar de details ontgaan me. Daar komt bij dat ik een onoverbrugbare achterstand heb waar het de politieke historie van Spanje betreft.'
'Dat valt reuze mee, Grace,' mompelde Silva met een goedkeurende ondertoon. Hij was trots op de manier waarop zijn vrouw in de Spaanse maatschappij was geïntegreerd. Ze sprak de taal prima en gaf colleges aan de universiteit. Hij had haar collega's een paar keer horen zeggen dat ze op haar vakgebied als een autoriteit te boek stond. Dat ze haar colleges ichty-

ologie in het Engels gaf, beschouwde iedereen als een pluspunt. Dat had voornamelijk te maken met de inhaalrace die studenten op het gebied van wereldtalen maakten. In verhouding met andere West-Europese landen waren vreemde talen in het Spaanse onderwijs te lang een ondergeschoven kindje geweest. Sinds enkele jaren had hierin echter een omslag plaatsgevonden. Doordat de landsgrenzen steeds opener werden en het Engels als economische wereldtaal als onbetwiste nummer één gold, zagen ambitieuze mensen er de noodzaak van in om deze taal onder de knie te krijgen. Eigenlijk hadden de colleges van Grace dus een dubbelfunctie. Hij glimlachte flauw om deze redenatie.

'Zit je me soms stiekem uit te lachen, Alfonso?'

'Nee, lieverd. Ik dacht aan je colleges. Omdat je in het Engels lesgeeft, sla je in feite twee vliegen in één klap.'

Grace schudde ontkennend met haar hoofd.

'Ik weet het niet...' zei ze aarzelend. 'De reacties zijn louter positief. Zelf heb ik zo mijn twijfels. Op den duur moet ik toch maar in het Spaans les gaan geven.'

Voordat Silva een opmerking kon maken stak ze haar linkerhand op.

'Normaal gesproken zwermen ichtyologen de wereld over. "De grote trek", zoals wij dat in vaktermen noemen. De voertaal in ons vak is Engels, dus is doceren in die taal best wel interessant voor de studenten. Aan de andere kant ben ik geen docente Engels en wonen we in Spanje. De mensen met wie ik werk zijn intelligent en willen de kneepjes van het vak leren. Dat heeft te maken met nuances en kan volgens mij alleen in de landstaal gebeuren waarmee iemand is opgegroeid. Ik weet dat ik nu enigszins chargeer, maar feit blijft dat ik onvoldoende Spaans spreek om met mijn studenten in hun eigen taal in details te kunnen treden. En dat stoort me.'

Hoewel Silva hierover wel degelijk een mening had, hield hij toch zijn mond. Grace was slim genoeg om zelf een oplossing te vinden. Bovendien bestond de kans dat een opmerking van zijn kant averechts zou werken. Over integreren wist hij het een en ander, maar over ichtyologie weinig. Laat staan over de details ervan.

'Ik zal je een klein voorbeeld geven, Alfonso. Het heeft niet direct met mijn werk te maken, maar er is wel een raakvlak.'

Silva nam een slok van zijn whisky en luisterde. Waar Grace precies op doelde, was hem nu nog onduidelijk. Wel deed het hem bijzonder veel

plezier dat de episode waarin er de draak met hem werd gestoken was afgesloten. Tenminste, daar leek het op.
'Gisteren en vanavond hebben we veel naar actualiteitenprogramma's gekeken. Logisch, die moord op dat Duitse jongetje was zo afschuwelijk dat het hele land erover spreekt.'
Silva zag dat ze even op haar onderlip beet: de reactie van een moeder, een vrouw, een mens. Ondanks het mondiale geweld waarmee de huiskamers overspoeld werden, had de macabere gebeurtenis in Benidorm vele tongen losgemaakt. Een virus van collectieve verontwaardiging verspreidde zich onder het volk, en dat kon hij heel goed begrijpen. Zelf was hij er ook mee besmet.
'Ik kan tijdens die programma's de grote lijnen volgen,' ging Grace verder. 'Op het moment dat de politici aan het woord komen, het taalgebruik wijzigt, er van alles bij wordt gehaald en het oorspronkelijke onderwerp langzamerhand in een onbenullig lijdend voorwerp verandert, haak ik af. Dan heb ik echt geen flauw idee meer waarover het gaat.'
'Dat noemen ze dus politiek, schat.' Hij haalde zijn schouders op. 'Ik raak regelmatig het spoor bijster als die gasten beginnen te kletsen.'
'Dat is anders,' antwoordde ze heftig. 'Bij jou treedt er desinteresse op, daarom ga je met een half oor luisteren. Maar als ik mijn uiterste best doe, kom ik nog zwaar tekort. Dat heeft voornamelijk met mijn culturele achterstand op vele fronten te maken. Sommige dingen kun je eenvoudigweg niet leren; daar groei je mee op.'
Ze maakte een kort wegwerpgebaar met haar rechterhand waar overwegend onmacht uit sprak.
'Ach, laat ook maar. Door mijn perfectionisme draaf ik een beetje door. Eigenlijk moet ik een schop onder mijn kont hebben. Ik heb een fantastische man, een heerlijke dochter en een goede baan. Wat wil een mens nog meer?'
'Beter Spaans spreken?' vroeg Silva met een uitgestreken gezicht. Na die woorden moest hij zijn bovenlichaam vijfenveertig graden naar rechts laten kantelen, omdat Grace stevig met haar rechterhand uithaalde.
'Je bent een barbaar, Alfonso Silva.' Haar pretogen meldden daarentegen dat haar lichaamstaal maar schijn was. Aangezien ze geen zin had om dat direct toe te geven, nam ze een slok. Even genoot ze van de wijn; toen zette ze het glas weg en keek Silva aan. Haar rechterhand, die nu op zijn linkerbovenbeen rustte, was een vredesteken in een verbale oorlog die geen vijandigheden kende.

'Weten jullie al iets?'
Zijn korte hoofdbeweging was veelzeggend. 'Nauwelijks. Het is trouwens een zaak van de politie in Alicante. Wij bemoeien ons er niet mee.' Hij keek naar het goudgele vocht in zijn glas en voegde eraan toe: 'Nog niet.'
Grace kende haar man lang genoeg om te weten dat zijn eerste antwoord immer uitblonk in eenvoud. Dat was een vaste strategie die er in de loop der jaren in was geslepen. Als hij zich bij haar volgende vraag eveneens op de vlakte hield, wist ze dat hij er niet over kon of wilde praten. Dan bevonden ze zich aan de verkeerde kant van een dunne grens die zijn werk nu eenmaal met zich meebracht. Hoewel hij Nueve nooit in de taboesfeer of geheimzinnige sfeer trok, waren sommige onderwerpen niet bespreekbaar, zelfs niet met zijn vrouw. Dat was een vaststaand feit dat zij diende te respecteren.
'Met "nog niet" geef je aan dat je het eigenlijk wel verwacht. Of zie ik dat fout?'
Silva klakte met zijn tong nadat de whisky naar binnen was gegleden. Een bedachtzame uitdrukking trok over zijn gezicht. Die laatste had niets met de alcohol, maar alles met de gecompliceerdheid van de zaak te maken.
'Weet je, Grace,' begon hij op neutrale toon, 'op dit moment is het onduidelijkheid troef. Dat er een zesjarig jongetje is vermoord is de enige zekerheid die we hebben. Alles wat daaromheen wordt gezegd en geschreven is pure speculatie. Wat overigens niet uitsluit dat er binnen afzienbare tijd diverse scenario's mogelijk zijn.'
'Daar bedoel je die onbekende Baskische organisatie mee?'
Silva knikte nadrukkelijk. 'Onder andere. Deze zaak kan een aantal bizarre kanten op gaan. Ik zeg "kan", omdat het evengoed mogelijk is dat het een daad van een gestoorde eenling blijkt te zijn die niets met welke groepering dan ook te maken heeft. Het klinkt onwaarschijnlijk, maar sommige mensen zijn geestelijk doodziek.'
Grace liet zijn antwoord bezinken. Om tijd te winnen dronk ze traag van haar wijn.
Ze verbrak de stilte door te vragen: 'Het vervelende is dat jij niet in zo'n simpele afloop gelooft, nietwaar?'
'Inderdaad,' antwoordde Silva. 'Het is een onderdeel van mijn werk om de negatieve kanten extra te belichten. Het voordeel daarvan is dat de eventuele gevolgen minder hard en onverwacht aankomen.' Hij dronk het laatste restje van zijn whisky op en draaide zijn hoofd een paar maal heen en weer. Er lag plotseling een vermoeide uitdrukking op zijn gezicht.

'Ik ben gesloopt, Grace. Als ik mijn bed zie, slaap ik.'
Ze keek hem verbaasd aan. Zijn reactie paste niet bij de combinatie van hun samenzijn, een drankje en hun onderhoudende gesprek. Toen Silva zich naar haar toe boog en ze de ondeugende lichtjes in zijn ogen zag oplichtten, begreep Grace een fractie van een seconde te laat dat ze in de maling was genomen.
'Nu was het mijn beurt om een grapje te maken,' fluisterde hij. De kus die daarop volgde was lang en hartstochtelijk.

6

Donderdag 12 april, Cabo de las Puntas

Het water van de Middellandse Zee sijpelde door de openingen van zijn wetsuit naar binnen. De rilling die langs zijn ruggengraat trok was er een van genot. Het koele water bluste de hitte van zijn huid.

Het feeërieke panorama dat zich onthulde, deed hem niets. Hij was hier om een missie te volbrengen. De omgeving was een vaststaand feit dat enkel als leidraad diende: zekerheden en onmogelijkheden, keuzes maken die het verschil tussen leven en dood konden betekenen. Kansen waren giften die je zelf creëerde. Waarschijnlijkheden behoorden tot het domein van twijfelaars en moesten dus worden uitgebannen. Aan de besluitelozen van deze wereld had hij een hekel. Het kenmerk van een winnaar. Zijn tweede vader en met name Juan hadden er regelmatig op gehamerd om zo te denken en hiernaar te handelen. Mede hierdoor was hij een winnaar geworden.

Hij keek op de computer die om zijn rechterpols zat, een beweging die hij gedurende deze duik nog vele malen zou herhalen. De digitale cijfertjes van het geavanceerde stukje techniek gaven aan dat hij zich op acht meter diepte bevond, de duiktijd twee minuten bedroeg en de watertemperatuur 19 graden was. Linksboven in het schermpje stond eveneens de tijd vermeld: 18.22 uur.

De onderwatersport had hem nooit getrokken. Het was tegennatuurlijk om je in een wereld zonder zuurstof te bevinden. De Schepper had niet duidelijker kunnen zijn: mensen liepen op het land, vissen zwommen in zee en het luchtruim was gereserveerd voor de vogels. Daarom had hij ook zo'n hekel aan vliegen. Niet dat hij angst had. Nee, het was gekunsteld, en daarvan gruwelde hij.

Aan de andere kant was er altijd een tegenpool, de strijd van de haat-liefdeverhouding die een groot gedeelte van de dag in zijn hoofd woedde.

Het woord 'tegennatuurlijk' speelde daar een aanzienlijke rol in. In al die jaren was er nog nooit een overwinnaar uit tevoorschijn gekomen. Goed versus kwaad, liefde contra haat. Hij hield van zichzelf, terwijl hij tegelijkertijd de dag van zijn geboorte vervloekte.
Vandaag was er geen tijd voor gecompliceerde bespiegelingen, hoe hard dit hem ook viel. Tijdens deze missie moest hij boven zichzelf uitstijgen, de opdracht op de vooraf geplande manier uitvoeren. Dat was alleen mogelijk als hij de duistere kant van zijn ziel voor even uitsloot. Dan kon hij excelleren, de perfectie benaderen. Nee, zelfs dat was onvoldoende. Hij moest de volmaaktheid belichamen!
Er speelde een glimlach rond zijn mondhoeken. Hij had de juiste snaar geraakt. Zijn zelfvertrouwen groeide tot ongekende hoogte, zijn spieren pompten zichzelf op tot onbreekbare bundels die iedere tegenstander ontzag inboezemden.
Hij ademde rustig in en uit. De ademautomaat gaf nauwelijks weerstand. Goede kwaliteit en een geringe diepte waren daar mede debet aan. Zijn rechterpols draaide een kwartslag. Twaalf meter en een duiktijd van vier minuten. Hij zat perfect op schema.

Een vluchtige blik op zijn console vertelde Archie Simmons dat ze zich op achttien meter diepte bevonden en hun duiktijd twaalf minuten bedroeg. Het was vijf voor halfzeven, vertelden de wijzers van zijn duikklokje hem. Net als op het droge hing ook nu het kleinood rond zijn linkerpols. De stevige rubberen band met veel gaatjes maakte het mogelijk om het klokje over zijn wetsuit te dragen.
Met zijn rechterhand tikte hij op de linkerschouder van zijn buddy Steven Johnston, die tevens zijn boezemvriend was. Aansluitend maakte hij het 'alles oké'-teken. De linkerwijsvinger en duim van Steven maakten een keurige 'o', terwijl de overige vingers stijf rechtop stonden. Met zijn buddy was dus alles in orde, concludeerde Archie terecht. Hij had ook niet anders verwacht. Vanaf de eerste minuut dat ze in het water lagen was de duik vlekkeloos verlopen. Hun ervaring en de ideale omstandigheden waren daar verantwoordelijk voor. Tja, de moeilijkheidsgraad lag hier beduidend lager dan tijdens een stroomduik in de Noordzee op zo'n tien kilometer van de kust van hun woonplaats Aberdeen, dacht hij. Daar moest je soms letterlijk je duikmes in het zand rammen om te voorkomen dat de zee je inslikte en een paar kilometer van de ankerplaats weer uit-

spoog. Noeste duiken, dat wel. Toch gaf hij de voorkeur aan de kalme en kleurige omgeving waarin ze nu rondzwommen.
De timing van hun duik was uitstekend. Ze zaten midden in de luwte van het watersporttoerisme. De charterboten lagen inmiddels aangemeerd in de haven van het naburige Lloret de Mar en de duikscholen waren gesloten of maakten zich op voor de nachtduik die over twee uur begon.
De linkerwijsvinger van Steven wees hem op een logge zeebaars die traag langszwom. Het dier was een halve meter lang en half zo breed. Door de brede lippen en lijzige manier van voortbewegen oogde de vis sloom. Archie grijnsde: weer zo'n typisch geval van misleiding waarvan de zee er duizenden herbergde. De zeebaars mocht dan een sufferd lijken, als er een lekker hapje opdook kon deze dikzak verrassend snel uit de hoek komen. Daar kwam bij dat het dier bijzonder sterk was en zich door weinig andere predators liet aftroeven.
In een slaapverwekkend tempo gleed de vis langs hen heen. Het maakte de twee duikers weinig uit. Het water was glashelder en zat vol gekleurde zeebewoners die zich niets van de houterige gasten aantrokken. Terwijl een groepje kleine visjes brutaal tussen hen door glipte, keken twee paar pretogen elkaar aan.
Ze hadden de tijd van hun leven.

Madrid

Voor de zoveelste maal vandaag schoot haar blik van het dossier voor haar naar de klok aan de wand. Het was een plastic ding van niks dat ooit door een lage ambtenaar van Binnenlandse Zaken was opgehangen. Hoewel de vormgeving van een ongekende burgerlijke saaiheid was, blonk het voorwerp uit in datgene waar het voor diende: de juiste tijd aangeven. De rechttoe rechtaan wijzers meldden haar dat het precies halfzeven was.
Nog vijfenhalf uur, dus. Tenminste, als je van de theorie uitging die ze de afgelopen dagen als leidraad gebruikten. Een broze stelling, maar ze konden moeilijk anders. Er was tot nu toe geen enkel spoortje bewijs gevonden dat op een andere mogelijkheid duidde. Sterker nog: ze hadden helemaal niets gevonden, zero. Een aanzienlijk deel van het opsporingsapparaat was op jacht naar een schim zonder schaduw. Een vakman die de aanslag tot in

de puntjes had voorbereid, was de algemene conclusie. Een kinderhand was gauw gevuld, dacht ze wrang.
Ze deed weer een poging om de letters van het dossier tot begrijpelijke zinnen te vormen. Het was een verhandeling over de Afrikaanse vluchtelingen die in groten getale Spanje probeerden binnen te komen. Het brandpunt lag op de Canarische Eilanden. Wat ooit te boek stond als een incident, was nu uitgegroeid tot een plaag. Gemiddeld strandden er zes boten per dag met gelukszoekers op de kusten van Fuerteventura, Tenerife, Lanzarote en Gran Canaria.
Het duurde drie hartslagen voordat haar geweten zich deed gelden. Waar haalde ze het lef vandaan om dit drama als 'dossier' te betitelen, zodat het niets menselijks meer had? Hoe haalde ze het in haar hoofd deze stumpers die geen luis hadden om dood te drukken langs haar neus weg tot 'gelukszoekers' te bestempelen? Wellicht was het een prima idee om een paar maanden uit logeren te gaan in een Afrikaanse plaggenhut. Altijd goed voor de stemming om te smachten van de dorst en langzaam maar zeker je familie te zien uitmergelen. Eens kijken hoe graag jij dan naar het welvarende Europa wilt, trut!
'Waarschijnlijk kruipend,' fluisterde ze beschaamd. Als een malariamug bleef het woord 'plaag' hinderlijk en verwijtend rondzoemen door haar hoofd. Ze wreef met haar vingertoppen over haar gesloten oogleden. Daarna zakten haar handen naar beneden om de spanningen en vermoeidheid in haar nek te bestrijden. Een hopeloos gevecht, wist ze. De oorzaak bevond zich namelijk in haar hoofd, en stress liet zich niet zomaar door een goedwillende amateur verwijderen.
Ze las verder.

Het was een kwestie van seconden voordat hij in het blikveld van de twee duikers verscheen. De afstand bedroeg vijfentwintig meter, min of meer dezelfde afstand als het zicht onder water. De Middellandse Zee was zijn bezoekers vandaag goed gezind. Bij harde wind of stevige onderstroming kon het zicht zomaar tot de helft worden gereduceerd.
Decimeter na decimeter daalde hij af. Zijn blik was nu strak op de twee duikers gericht. Het onderwaterleven rondom hem was bijzaak, een gekleurd decor dat het podium waarop hij schitterde enigszins verfraaide. De gezonde spanning in zijn lijf ging niet ten koste van de soepele bewegingen waarmee zijn kuitspieren de zwemvinnen aanstuurden. Hij was

één met zijn omgeving, een roofvis die op het punt stond om zijn prooi te verslinden. Ze waren kansloos, wist hij.

Archie zag vanuit zijn rechterooghoek de luchtbellen. Hij wendde zijn blik van de paarse anemonen af die bij bosjes op het rif groeiden. De duiker die in hun richting zwom was alleen. Op zich was dat niet zo vreemd; het gebeurde regelmatig dat een ervaren duiker geen gezeur aan zijn hoofd wilde tijdens de onderwatertrip. Het was natuurlijk tegen alle regels in, maar ja, dat was bijvoorbeeld het kapotsnijden van zee-egels ook. Tijdens zijn duiken in verschillende zeeën had hij talloze malen een *divemaster* of instructeur zijn mes zien gebruiken om ter vermaak van zijn gevolg de vissen met het vlees van de onfortuinlijke egels te voeren. Nee, over het feit dat de man alleen dook was hij niet echt verbaasd. Wat hem wel verbaasde, was dat er een absolute beginneling op hen af kwam.
Hij tikte Steven aan die gebiologeerd naar een octopus keek. Zijn buddy reageerde direct. Zijn blik speurde naar het verlengde van Archies uitgestoken vinger. Een aantal seconden lang hield Steven deze houding vast. Daarna draaide hij zijn hoofd negentig graden. Rond zijn ademautomaat tekenden zich twee accolades af.
Archie had de grootste moeite om niet in lachen uit te barsten. Hij had een aangeboren hekel aan mensen uitlachen. In zijn optiek verdiende niemand het om openlijk voor schut te worden gezet. Dat was zowel vernederend als doelloos. Door datgene wat zijn oog nu voorgeschoteld kreeg was het echter uitermate lastig om zich aan zijn principes te houden.
De man die hun richting op zwom was een parodie op een duiker. Blijkbaar had hij nog nooit van uittrimmen gehoord, aangezien hij vlak boven de bodem zweefde. Nou ja, zweefde... Met de regelmaat van de klok raakten zijn knieën en vinnen planten of losliggende stenen. Het gevolg was een stofwolk van zand en organische deeltjes die precies de route van de duiker beschreef.
Wat eveneens in het oog sprong waren de armbewegingen. Gedurende de opleidingen werd erop gehamerd dat de cursist beide armen langs het lichaam moest houden. Slechts wanneer er een duiktechnische handeling, zoals uittrimmen of een handgebaar, aan de orde was, werd de universele duikhouding onderbroken. Blijkbaar had deze grappenmaker nooit enig duikonderricht genoten. Hij stuiterde als een zwaargewonde tuimelaar door het water terwijl zijn beide armen heftige zwembewegingen maak-

ten. Daardoor raakte hij telkens in onbalans, zelfs zodanig dat de fles op zijn rug heen en weer schommelde. Omdat de persluchtfles aan het trimjacket zat vastgesnoerd, deinde het bovenlichaam van de onderwaterpaljas mee.
Archie moest niet alleen zijn lachen, maar ook een gevoel van opkomende woede in toom houden. De man, die steeds dichterbij kwam, was een gevaar voor de naam van de duiksport. Een zwemmende bom én een menselijke variant van een bulldozer die de onderwaterfauna flink wat schade toebracht. Mensen zoals hij waren onverantwoordelijk bezig en veelal de veroorzakers van ongelukken. Zij brachten de duiksport in diskrediet.
Zijn blik kruiste die van Steven. Twee zielen, één gedachte: laten we die clown snel onder onze hoede nemen voordat het echt misgaat.

'... zorgt deze stroom mensen voor meer dan alleen een vluchtelingenprobleem. Er bestaan inmiddels aan zekerheid grenzende vermoedens dat zich tussen de reguliere asielzoekers notoire criminelen bevinden. Deze mannen, het betreft in deze categorie uitsluitend mannen, zijn lid van een criminele organisatie in hun thuisland. Zij worden door...'
Carmen klapte het dossier dicht. Haar ogen brandden en een zeurende hoofdpijn won met de minuut meer terrein. Slappe excuses om ermee te stoppen, wist ze. Die lichamelijke ongemakken waren eenvoudig op te lossen. Een korte pauze of twee aspirines deden wonderen. Vandaag zou haar doorzettingsvermogen echter het onderspit delven. Het was genoeg geweest, geen dossiers meer.
Haar rechteroog deed nog een slappe verleidingspoging door een map in beeld te brengen die geheel rechts op haar bureau lag. Hierin zaten rapporten waarin de dagelijkse bezigheden van 'potentiële staatsgevaarlijke elementen' werden beschreven, opgemaakt door lieden van de veiligheidsdienst CESID, waaronder Nueve officieel viel. De dossiers die op haar bureau terechtkwamen hadden de schifting van Administratie overleefd, hetgeen wilde zeggen dat de binnendienst van Nueve bepaalde onregelmatigheden in het leefpatroon van de betrokkenen had ontdekt. Dit kon variëren van een ontmoeting met een crimineel tot het cash betalen van een auto. Het was aan haar om een prioriteitsoordeel te geven.
Kwart voor zeven. Tot nu toe was alles rustig gebleven, voor zover het natuurlijk ooit rustig bij het continue bedrijf Nueve kon zijn. Ze was vandaag vier keer bij Administratie langsgegaan om te checken of er ongewo-

ne meldingen waren binnengekomen. Er hing een sfeer die zich het best als die van 'een weinig enerverende kantoordag' liet typeren. De meldingen die er via de reguliere kanalen binnenkwamen konden snel worden geneutraliseerd: een echtelijke ruzie in Barcelona die in de dood van de echtgenote eindigde, en een roofmoord in Sevilla waarvan de dader binnen anderhalf uur werd opgepakt.

Ze keek naar de telefoon. Elke keer als ze dat deed, verwachtte ze dat het ding daadwerkelijk ging rinkelen. In gedachten hoorde ze dan de stem van iemand van de buitendienst die haar meldde dat het helemaal mis was.

Maar de telefoon was niet overgegaan. Het enige geluid dat die middag in haar kantoor had geklonken was het krassen van haar eigen pen geweest. En het tikken van de klok.

Ze schoof de dossiers aan de kant en stond op. Morgen was er weer een dag.

Archie nam nadrukkelijk zijn inflator in zijn hand en drukte op de rode knop. Een stroom samengeperste lucht spoot zijn vest binnen. Door deze handeling won hij aan drijfvermogen. Terwijl hij de nieuwkomer strak bleef aankijken, steeg hij anderhalve meter. Met zijn arm half gestrekt boven zijn hoofd hield Archie de inflator overdreven duidelijk vast. Toen hij ruim twee meter boven het rif hing, drukte hij op de blauwe knop, waarna er direct een stoot lucht het trimvest verliet. Hij zakte langzaam en wees op zijn ademautomaat. Aansluitend zoog hij zijn longen vol en blies de perslucht langzaam uit. Dit herhaalde hij enkele malen. Door de juiste hoeveelheid perslucht in zijn trimjacket en gelijktijdig een regelmatige ademhaling, lag hij stabiel in het water. Een ultrakorte demonstratie in het verkrijgen van een neutrale status, waarvan hij hoopte dat de nieuwkomer er iets van oppikte. Alles was meegenomen, want het was heel wat cursussen geleden dat hij in de hoedanigheid van *divemaster* een knulliger duiker was tegengekomen.

Hij maakte het 'alles oké'-teken, dat door de vreemde eend in de bijt aarzelend werd beantwoord. Archie keek de man nogmaals aan. Een mengeling van twijfels en achterdocht bekroop hem. Ondanks het feit dat de man nauwelijks voor een duiker kon doorgaan, boezemde hij hem een bepaald soort vrees in, een angst die moeilijk onder woorden viel te brengen. Het kippenvelgevoel.

Het waren zijn ogen die het 'm deden, wist Archie: grote donkerbruine kijkers die hem zowel argwanend en afstandelijk als woedend aankeken. Een onwaarschijnlijke mix die hij nog nooit van zijn leven had gezien. Hij hoopte dan ook dat het bij deze ene keer zou blijven. Hoewel hij bepaald geen angsthaas was, kreeg hij een bijzonder onaangenaam gevoel in zijn onderbuik. Dwars tegen zijn inwendige waarschuwingssignalen in gebaarde hij dat de man hen moest volgen.

De twee mannen links van hem zwommen langzaam boven het rif. Slechts hun onderbenen bewogen; de overige delen van hun lichaam hielden ze doodstil. Vuile uitslovers, gilde een bekende stem in zijn hoofd. Stelletje misbaksels, wat denken jullie wel?!

Voor zijn gevoel stroomde zijn bloed even snel als het woeste water van een op hol geslagen rivier. Voor de zoveelste keer in zijn leven werd hij vernederd. Ditmaal zonder woorden. Gebarentaal bleek toereikend om hem genadeloos op zijn plaats te zetten. Toen lukte het hem niet langer zijn woede te beheersen. Ineens bekeek hij de wereld door een bloeddorstig waas.

Met zijn rechterhand trok hij zijn duikmes uit het plastic foedraal dat om zijn rechterkuit was gebonden. Hij maakte met elk been afzonderlijk een stevige trapbeweging, zodat hij naar voren schoot. Toen hij de dichtstbijzijnde duiker tot minder dan een halve meter was genaderd, stootte hij zonder enige aarzeling toe. De punt van het mes gleed door het neopreen, waarna de rest van het lemmet volgde. Toen hij enige weerstand voelde, zette zijn rechterarm extra druk. Zijn volkomen verraste slachtoffer lag als een lappenpop op het rif. Het mes had zijn nek doorboord. In zijn opengesperde ogen stond verbazing te lezen over wat hem had geraakt.

Met een flitsende beweging trok hij het mes uit de nek van het lijk. De adrenaline spoot nu door zijn lichaam. Het fokte hem op, eiste meer macht, schreeuwde om nog een leven. Twee ferme beenslagen brachten hem bij zijn volgende slachtoffer. Om het niet uit te schreeuwen van genot beet hij hard op het siliconenbit van zijn ademautomaat.

Exact op het moment dat zijn rechterhand naar voren schoot, maakte de duiker naast hem een onverwachte beweging met zijn bovenlichaam. Het mes schoot langs diens keel, waarna de punt een stuk rif verpulverde. Voordat de misser werkelijk tot hem doordrong maakte hij in een reflex een snijdende beweging naar het bovenlichaam van de duiker. Een explosie van samengeperste lucht volgde. Ontsnappend bloed gaf de vluchtende luchtbellen een futuristisch tintje.

De informatie die Archies brein kon absorberen en verwerken was dermate chaotisch dat de Schot de wereld even voor een doedelzak aanzag. In deze psychedelische momenten trok het kleurenspectrum in al zijn pracht aan hem voorbij. De ontnuchtering volgde snel. Terwijl hij weer tot bewustzijn kwam, realiseerde hij zich in die tussenliggende seconden dat hij diep in de problemen zat.

Door de kracht van de houw was hij op zijn rug beland. Uit de scheur in zijn trimvest dwarrelden nog een paar achtergebleven luchtbelletjes omhoog. Bloed vermengde zich met zeewater. Het verandert op diepte dus toch van kleur, ging het in een flits door hem heen.

Uit zijn linkerooghoek zag hij dat Steven levenloos op zijn buik lag. De oorzaak hiervan was overduidelijk. De lichte stroming pikte het bloed dat uit zijn nek stroomde op en veranderde het in flinterdunne slierten. Zijn buddy was dood, drong het nu in alle hevigheid tot hem door. Vermoord door een psychopaat die beroerder dook dan een neuroot met watervrees tijdens zijn eerste zwemles.

Archies adem ging met horten en stoten. Al zijn ervaring was nu nutteloos. Ratio werd overruled door emotie. Doordat zijn lichaam van streek was, bleef de stekende pijn van de messteek uit.

De psychopaat bevond zich drie meter van hem vandaan. Hoewel zijn manier van duiken onveranderd bleef, had zijn lichaamstaal daarentegen een metamorfose ondergaan. Van een hopeloos geval was hij in een kort tijdsbestek veranderd in een rover die precies wist wat hem te doen stond. Zijn houterige bewegingen kwamen ineens akelig overeen met de schokkende trekken van een haai die op het punt stond om toe te slaan. De opwinding als opmaat voor het bloedbad.

In zijn vreemde stijl, die nu een en al dreiging uitstraalde, kwam de moordenaar op hem af. Waar hij de tegenwoordigheid van geest vandaan haalde was Archie een raadsel, maar opeens lag er een duikmes in zijn rechterhand. Blijkbaar was er een noodmodule opgestart en had hij in een onbewuste reflex het wapen getrokken. Hij zag tot zijn voldoening een schrikreactie in de ogen van de agressor. Daarop maakte de man een onverwacht harde zwemslag met zijn rechterbeen, waardoor hij van koers veranderde en buiten zijn bereik bleef.

Deze move, waaruit weinig heldhaftigheid sprak, gaf Archies zelfvertrouwen een push. De radeloosheid die daarnet nog van zijn gezicht af te lezen viel, maakte plaats voor een grimmige trek.

‘Kom maar op, klootzak,’ gromde hij in zijn ademautomaat.
Terwijl hij zijn belager in het oog hield, schatte Archie zijn kansen in. Zijn eerste conclusie was dat het er niet bepaald rooskleurig voor hem uitzag. Hij lag namelijk half op zijn rug tegen het rif. Zijn buddy was dood en in zijn trimvest zat een grote scheur, waardoor hij geen drijfvermogen meer bezat. Alleen als hij zijn loodgordel zou afwerpen, kon hij op eigen kracht de oppervlakte bereiken. Een hachelijke zaak, aangezien hij op die manier duiktechnisch gezien elke controle verloor.
Vier meter van hem vandaan maakte de nepduiker een draai die meer op een circusact leek. Op dit moment gold dat als een geschenk, wat bij Archie zorgde voor het broodnodige optimisme. Hij mocht dan geen drijfvermogen meer bezitten, de moordzuchtige clown tegenover hem was de slechtste duiker die hij ooit had gezien. Zelfs met alleen een snorkel ben ik hem nog de baas, pepte de Schot zichzelf op.
Archie besloot om het initiatief te nemen. Zijn opponent mocht dan nog zo’n beroerde duiker zijn, als hij hier op twintig meter diepte zonder drijfvermogen op zijn kont bleef zitten, trok hij toch aan het kortste eind. Hij moest nu in actie komen, de tegenstander dwingen iets te ondernemen.
Zijn plan blonk uit in eenvoud. Het rifdak lag op vier meter van de oppervlakte. Als hij die afstand kruipend kon overbruggen was het klaar. Door het neopreen pak nam bij elke meter die hij steeg zijn drijfvermogen toe. Eenmaal op het rifdak was het een koud kunstje om de oppervlakte te bereiken.
Zestien meter kruipen moet lukken, dacht Archie. Ik heb lucht genoeg en een veiligheidsstop is overbodig. Omdat ik zo langzaam stijg, heeft de stikstof alle tijd om uit mijn bloed te verdwijnen. Mocht de moordenaar een poging wagen, dan kon hij hem opvangen. Voor een man-tegen-mangevecht kende hij geen angst. Als hij het iele mannetje in zijn handen kreeg, brak hij al zijn botten. Voor de eerste maal had Archie het idee dat hij deze nachtmerrie ging overleven.
Centimeter na centimeter kroop hij omhoog. Ondertussen hield hij Stevens moordenaar goed in de gaten. Dat was vrij eenvoudig, omdat hij door het rif in zijn rug werd gedekt.
‘Au!’ Een pijnscheut trok door zijn rechterhand. Meteen was zijn evenwicht verstoord. Zijn rechterarm zakte een halve meter naar beneden, zodat zijn bovenlichaam naar rechts kantelde. Hij klapte hard met zijn

rechterslaap tegen een overhangend stuk rots. Enige tijd vulden heldere sterretjes op een zwarte achtergrond zijn blikveld.
Archie vloekte. Hij was met zijn rechterhand in een rifspleet beland. Scherpe uitsteeksels hadden hem een aantal flinke sneeën bezorgd. Het voordeel van zonder handschoenen duiken in subtropisch water was bekend. Het nadeel ervan gaf hem nu een pijnlijk gevoel.
Archie trok voorzichtig zijn beschadigde hand uit de spleet. Daarna draaide hij zich weer terug in de positie van vóór de pijnlijke onderbreking.
Het was de laatste, bewuste beweging die Archie Simmons in zijn leven maakte.

Het trillen van zijn handen nam het laatste halfuur toe. Zijn vingers tikten een opgelegd en neurotisch ritme tegen het stuur, een dwangtoestand die werd gevoed door een gevoel waarnaar hij zo lang had gesmacht. Uitlopers van genot dat vanuit zijn binnenste aanzwol en doordrong tot elke uithoek van zijn lichaam. Waar andere gemoedstoestanden moesten passen, ging dit verder. Er bestond geen definitie voor. Hij was ver verheven boven elke emotie.
Het klokje op zijn dashboard gaf kwart voor tien aan. Nog een kwartier voor de ultieme beloning, wist hij. Een serie rillingen trok kriskras door zijn lichaam. Hij kreunde van genot. Vijftien hele minuten, zo dichtbij en toch zo ver weg...
Het eerste uur had hij met moeite doorstaan. Deze zestig minuten gingen pas in nadat hij in zijn eigen auto was gestapt. Daarvoor had hij zich snel op de kant omgekleed en was in de gestolen auto gestapt. Tien kilometer verderop had hij de duikuitrusting begraven. Daarna kostte het hem twintig minuten om de auto te dumpen en in zijn eigen wagen te stappen. Vanaf dat moment begon zijn interne klok te tikken.
De beschuldigingen lieten niet lang op zich wachten. Een zelfbeschieting van keiharde verwijten volgde. Destructieve kogels ricocheerden door zijn hoofd. De vileine punten ervan pijnigden zijn hersens en dreven hem tot tijdelijke waanzin.
Het eerste halfuur was veruit het ergste. In die tijd had hij nauwelijks verweer tegen de forse aanklachten. Lijdzaam liet hij zich door een scala aan innerlijke stemmen beschimpen. Met het zweet in zijn handen en op zijn voorhoofd had hij een constante snelheid aangehouden. Fatsoenlijk autorijden was eigenlijk niet meer mogelijk. Toch moest hij door. Doordat

afgevaardigden van de hel zijn hoofd bevolkten, leek de *autopista* in die periode meer op een versmalde tweebaansweg met aan beide zijden een gapend ravijn.

Het herstel trad op na een goede drie kwartier. De eerste tegenwerpingen van zijn kant volgden. Toen de stemmen enige malen achtereen een weerwoord schuldig bleven, groeide hij langzaam maar zeker naar de grote hoogten die vijftien minuten later volgden. Toen was het zijn beurt. Met scherpe argumenten en onomstotelijke bewijzen snoerde hij de critici hun foeilelijke bekken.

Terwijl de euforische volumeknop een standje hoger ging, grijnsde hij als een wildeman die zich tegoed deed aan perverse behoeftes. Zijn donkere ogen glansden toen hij terugdacht aan zijn glansrijke overwinning en de beloning die daarop zou volgen. Want daar deed hij het tenslotte voor. Op de prijs die hij straks ging ontvangen stond namelijk geen maat.

'Alles liep volgens plan,' fluisterde hij hees. 'Ik was geweldig.'

Dat was de absolute waarheid, wist hij zeker. Zonder enige hulp van buitenaf had hij deze klus geklaard, zelf bedacht en uitgevoerd. Van de duikoefeningen in stille baaitjes tot de afrekening in de diepte toe. Een schitterende prestatie, waarvoor hij terecht een dikke bonus zou incasseren.

De afstand tot zijn huis was nog minder dan een kilometer. Hij werd licht in het hoofd. De goddelijke trillingen slopen via zijn armen naar zijn bovenlichaam. Zijn adem stokte, zijn neusvleugels gingen wild op en neer. Alleen door zich volledig op de weg te concentreren kon hij de aanzet tot het gouden moment verdringen.

Hij trapte hard op de rem en smeet het portier open. De ruige grond onder hem oogde als een rode loper waarmee helden werden ontvangen. Hij rende en zweefde tegelijkertijd. Niets op deze wereld kon hem nog tegenhouden.

In een waas van begeerte opende hij de deur en liep direct door naar zijn computer. Hij liet zich in de bureaustoel vallen, waarna zijn rechterwijsvinger ongeduldig op de aan-en-uitknop drukte. Hij sloot voor even zijn ogen. Met een glimlach op zijn gezicht luisterde hij naar de opstartgeluiden, die klonken als engelengezang.

Het beeldscherm lichtte op. In een trance droeg hij de muis zijn bevelen op. De pagina waar alles om draaide verscheen:

U hebt 1 bericht.

Hij kreunde intens. Daarna haalde hij diep adem en hield de lucht enkele seconden vast, waardoor zijn borstkas opzwol. Zijn rechterhand trilde hevig toen zijn wijsvinger het bericht opende:

Angel, mijn held.
Met gesloten ogen heb ik je gezien. Als een jonge god gleed je prachtig gespierde lichaam door het water. De droom van iedere vrouw, de nachtmerrie van welke tegenstander ook. Niemand kan jou weerstaan of verslaan. Ongeëvenaarde minnaar, onverschrokken krijger. Alles wat ik begeer schuilt in jouw lichaam.
Ik verlang naar je. Elke dag zonder jou is er een zonder enige betekenis. Kom snel bij me om de verzengende hitte die me verteert te blussen.

Het trillen was gestopt. Zijn ogen draaiden weg. Langzaam zakte zijn kin naar zijn borst. In het diepste van zijn ziel ontkiemde het zaad van een onvoorstelbare kracht. Binnen enkele seconden werd elke zenuw in zijn lichaam door dit fenomeen overheerst. Hij verstijfde. Zijn ogen werden groot. Hij staarde in een zwart gat waarin zich de kern van het leven bevond.
Een langgerekte, orgastische kreet begeleidde de daaropvolgende oerknal.

San Sebastián

'Patxi, ben jij dat?'
Belasko liep rustig naar de leunstoel toe. Hij ging naast de oude man zitten en legde zijn rechterhand voorzichtig op diens schouder.
'Ik ben het vader, Aitor.'
Iñigo Salaberri opende langzaam zijn ogen.
'Dag jongen,' fluisterde hij. 'Had ik gebeld?'
'Nee, ik was in de buurt.'
'En toen dacht je: kom, laat ik eens gaan kijken of die oude zeikerd al kapot is.'
Behalve van een extra portie cynisme had het dutje hem van extra energie voorzien, concludeerde Belasko. Nou ja, dat maakte verder weinig uit.

Die opwellingen waren kortstondig. Een vergevorderd stadium van kanker liet niet met zich spotten.
'Hoe laat is het eigenlijk?' wilde Salaberri weten.
'Halfelf,' antwoordde de Patriarch direct. Toen bracht hij zijn linkerhand omhoog, zodat de oude man een eersteklas uitzicht op de fles whisky had. 'Een uitstekende tijd voor een cadeautje, vader.'
Er speelde een glimlach rond Salaberri's lippen toen hij zei: 'Mijn artsen zouden je hiervoor naar de fascistenhel sturen, jongen.' Zijn glimlach won aan kracht. 'Maar van mij mag je blijven, hoor. Samen met je vriend Johnny Walker.'
Belasko zette de fles tussen hen in en liep naar de keuken voor twee glazen. Hij schonk voor hen beiden in en zei: 'Proost.'
Moeizaam bracht Salaberri het glas naar zijn mond. Na de eerste slok trok hij een vies gezicht.
'Ik begrijp niet dat ik vroeger zo gek op die rommel was.' Aansluitend dronk hij het glas leeg. Een diepe zucht volgde.
'Nu begint er weer een lichtje te branden.'
Belasko lachte uit beleefdheid. Hij pakte het lege glas en schonk bij.
'Wil je me soms dood hebben, rotjoch?' Gulzig klokte hij de helft van de inhoud naar binnen. Het puntje van zijn tong gleed over zijn lippen.
'Een mooiere manier om te sterven kan een man zich niet wensen.' Hij kneep zijn oogleden een beetje samen om een schalkse uitdrukking te veinzen. 'Hoewel, zo'n lekker dingetje van verderop lijkt me ook wel wat.'
Met 'verderop' doelde Salaberri op de aanleunwoningen voor alleenstaande ouderen in een aangrenzende wijk, een project waarvoor hijzelf niet te porren was. De voormalige ijzervreter had weinig behoefte aan gezelschap en wilde in zijn eigen omgeving zijn laatste adem uitblazen. De noodzakelijke verzorging overdag nam hij voor lief.
Voor de schone schijn nam Belasko een slok van het goudbruine vocht. Hoewel zijn goedmoedige blik anders deed vermoeden, lette hij scherp op de gelaatstrekken van Salaberri, die als spiegel van zijn gemoedstoestand fungeerden.
'Nog wat gebeurd, vandaag?' wilde Salaberri weten. De woorden kwamen er sloom uit. De dubbele tong begon zich te roeren.
'Niet echt,' loog hij. De vraag impliceerde tevens dat 's mans slaaphouding bij binnenkomst geen theater was geweest. Het nieuws van halftien had namelijk melding gemaakt van twee vermoorde duikers. Eventuele

details zouden in de komende uitzendingen volgen.
'Wat kan mij het ook verrotten?' Na die woorden volgde een hoestbui, waarbij de oude man zowel veel slijm als bloed opgaf. Na enkele minuten, waarbij hij adem tekortkwam, knikte Salaberri in de richting van zijn glas. Het ontbrak hem aan kracht om zijn arm op te tillen.
'Dat lijkt me onverstandig, vader,' reageerde Belasko met een stem waarin bezorgdheid de boventoon voerde.
'Mi bvln negrn?'
Hij maakte hiervan 'Wil je mijn bevelen negeren?', schudde ontkennend zijn hoofd en schonk het glas halfvol. Daarna zorgde hij voor ondersteuning toen Salaberri poogde zijn hand op te tillen. Verrassend gulzig dronk de terminale patiënt de whisky op. Hij knikte sloom, wat Belasko als een aansporing interpreteerde. De Patriarch pakte het glas uit de benige vingers en schonk nogmaals in.
Toen hij het glas naar Salaberri's lippen bracht, merkte hij dat de oude man op het punt stond zijn bewustzijn te verliezen.
'Vader?' Er volgde geen reactie.
'Vader?!' Het linkerooglid kwam trillend omhoog.
'Hmm?'
'Hier, drink nog wat. Daar slaapt u lekker op.'
Zonder een antwoord af te wachten kantelde hij het glas. Een kwart van de inhoud belandde op de uitgemergelde borstkas. Het merendeel slikte de eens zo machtige ETA-strijder in een reflex door. En dat laatste was precies wat Belasko wilde bereiken. Hij keek naar de fles en constateerde tot zijn volle tevredenheid dat die meer dan halfleeg was: een knappe prestatie voor een hoogbejaarde kankerpatiënt wiens lichaam elke dag werd volgepompt met medicijnen.
Hij grijnsde vals. Het ETA-kopstuk had op waardige wijze afscheid van het leven genomen. Daar zou iedereen het wel over eens zijn. Belasko stond op, pakte zijn eigen glas, spoelde het om en plaatste het terug in het keukenkastje. Aansluitend wierp hij een laatste blik op de comateuze Salaberri. Zonder een spoortje van emotie liep hij naar de deur.

7

Madrid, vrijdag 13 april, 08.00 uur

'Een koninkrijk voor een autonoom Baskenland,' zuchtte Roberto Grimon. 'Voor mijn part met een eigen munteenheid. Zolang wij maar geen last meer van ze hebben vind ik alles prima.' Hij besloot zijn betoog met een diepe zucht, nadat hij er mompelend aan toe had gevoegd: 'Wat een hemeltergend gezeik, allemaal.'

Het lag Alfonso Silva op de lippen om 'te kort door de bocht' te zeggen. Een tweede blik op zijn gast weerhield hem daarvan. Intermediair Roberto Grimon bezat de gave om er tijdens een crisissituatie, zelfs in het beginstadium ervan, als een wrak uit te zien. Zijn huid was onnatuurlijk bleek en de wallen onder zijn doffe ogen waren een uitdaging voor de plastische chirurgie. Daarbij lukte het Grimon om op dit vroege uur hevig te transpireren. Of dat het gevolg van zijn zwaarlijvigheid was, betwijfelde Silva. In de jaren dat hij Grimon nu kende, kreeg hij steeds meer het idee dat de dertig kilo overgewicht eerder tot een natuurlijk onderdeel van zijn lichaam behoorde dan dat die extra bagage was waarvan hij last had. Grimon was een rasneuroot die op een merkwaardige manier van stress genoot. Volgens Silva was de intermediair de enige man op de wereld die gedurende een crisis aankwam, in plaats van afviel.

'Hoe laat begint het spektakel?' wilde Silva weten.

'Halfnegen,' bromde Grimon. 'Dat geneuzel duurt zeker anderhalf uur. Daarna stuiven ze naar buiten en willen dat ik het in vijf minuten regel.'

Carmen grijnsde. Hoewel Roberto Grimon zich in het algemeen als een hork gedroeg, had zij ergens toch een zwak voor de logge intermediair van het ministerie van Binnenlandse Zaken. Vanwege zijn functie stond hij vrijwel continu met iedereen op voet van oorlog. Daardoor kon zij er wel begrip voor opbrengen dat hij met de regelmaat van de klok als een olifant

door rijen porseleinkasten heen denderde. Daar kwam bij dat zij als een van de weinigen om zijn bizarre humor kon lachen.
'Nadat de media gisteravond volle bak hadden, hebben ze snel een bijeenkomst op touw gezet. Een besloten vergadering voor vier ministers: Binnenlandse Zaken, Justitie en de president met zijn rechterhand.' Hij trok zijn linkermondhoek omhoog om zijn ongenoegen te tonen. De vicepresident was ooit zijn baas bij Binnenlandse Zaken geweest. Het was een publiek geheim dat zij geen vrienden waren.
'De feiten en speculaties gaan met elkaar aan de haal,' ging Grimon verder. 'Voordat deze zaak uit de hand loopt willen zij met een krachtig statement komen.' Hij hief theatraal beide armen. 'Over wat ze gaan besluiten heb ik zo mijn ideeën. Zeker is wel dat deze jongen weer zwaar de lul is.'
Carmen knikte voorzichtig. Ze kon zich bij deze redenering wel iets voorstellen. Grimon was onder meer adviseur waar het de budgetten voor verscheidene opsporingsdiensten betrof. In feite was zijn wil wet. Dit hield eveneens in dat hij het ideale aanspreekpunt voor hoge ambtenaren was als resultaten uitbleven. Hij spendeerde tenslotte hun geld, zo redeneerden ze. Het woord 'belastingbetalers' kwam niet eens bij hen op.
'De feiten zijn dat er drie moorden op twee verschillende plekken zijn gepleegd,' zei Carmen. 'De rest valt onder speculaties.'
Grimon zuchtte. 'Prima dat jij Nueve in wilt dekken, Carmen. De hand van de meester is zichtbaar.' Hij keek Silva heel even doordringend aan, om daarna zijn blik weer op de intermediair van Nueve te richten.
'Over een klein halfuur gaan de hotemetoten rond de tafel zitten. Draai nu dus niet om de feiten heen, alsjeblieft. Maak me blij. Kom met dingen die ik nog niet van die vervloekte persmuskieten heb gehoord.'
Carmen pakte een map van Silva's bureau en sloeg deze open.
'Gisteravond om 20.45 uur zijn voor de kuststrook van Cabo de los Puntas, een duikgebied tussen Lloret de Mar en Blanes, de lichamen van Archie Simmons en Steven Johnston door medewerkers van een duikschool gevonden. Beide mannen zijn met een steekwapen om het leven gebracht.'
Grimon keek haar vragend aan. 'Leuk, maar dit hoorde ik vanmorgen al van de Koreaanse krantenjongen. Nu graag iets wat ik nog niet weet.'
Silva verbrak de daaropvolgende stilte, die enkele seconden duurde: 'Nederland heeft vannacht België geannexeerd.'
Grimon negeerde hem. Zijn ogen bleven op Carmen gericht. Die keek

stoïcijns voor zich uit. Inwendig moest ze lachen, maar ze wist dat een glimlach op dit moment zomaar verkeerd kon vallen.
'Je baas heeft een morbide gevoel voor humor, Carmen. Vreemd genoeg kan ik daar best wel begrip voor opbrengen. In dit vak word je namelijk langzamerhand stapelgek. Dit geldt ook voor mij. Ik sta op het punt om heel rare dingen te gaan doen. Doe ons dus allebei een lol en geef me informatie waar ik wat aan heb.'
Met zijn rechterhand haalde hij een smoezelige beige zakdoek uit zijn zak en daarmee begon hij het zweet van zijn voorhoofd af te vegen. Hij keek Silva aan – een uitdrukkingsloze oogopslag die contrasteerde met de felheid van de zojuist uitgesproken zinnen.
'Volgens de berekeningen is het tweetal vlak na elkaar vermoord,' ging Carmen verder. 'Zo rond de klok van 18.45 uur. Vanwege de wonddiepte gaan wij ervan uit dat de moordenaar een man is. De precisie van de steken geeft aan dat we met een beroeps te maken hebben. Beide Schotten zijn met één enkele steek om het leven gebracht. De een in de nek en de ander in de keel. De eerste analyses wijzen op een groot mes met een scherpe en een gekartelde rand. Een duikmes, bijvoorbeeld.'
Blijkbaar kon dit antwoord op meer instemming van Grimon rekenen. Hij knikte langzaam, waarbij zijn onderkin een golvende beweging maakte.
'Dus de media zouden voor de verandering eens gelijk kunnen hebben?' Het was eerder een constatering dan een vraag. 'Een seriemoordenaar die volgens een van tevoren bedacht schema werkt.'
'Laten we het op bepaalde contouren houden,' antwoordde Silva. 'Het kan nog steeds op toeval berusten.' Hij was zich bewust van het obligate waas dat rond dit antwoord hing. Een bewuste zet, aangezien Grimon zat te vissen. De intermediair van Binnenlandse Zaken had naast Nueve nog tal van andere bronnen. Dit gesprek was louter een bevestiging van informatie die Grimon allang had. Zo vlak voor de ministeriële bijeenkomst wilde de dikzak echter zekerheid hebben. Misschien was Nueve vanmorgen in alle vroegte ergens op gestuit. Een risico dat hij nooit mocht nemen. Vandaar dit bliksembezoek.
'Goed, dan moeten...' Twee stevige tikken op de deur interrumpeerden Grimon. Alberto Magno, het hoofd van de nachtploeg van Administratie kwam binnen. Hij begroette de aanwezigen met een korte hoofdknik en legde een A4'tje op Silva's bureau.

'Volgens mijn horloge had jij al ruim twee uur geleden naast je vrouw moeten liggen, Alberto,' zei Silva. Magno knikte wederom, ditmaal in de richting van het A4'tje.
'Het liep vanmorgen al wat uit, en toen kwam dat er nog eens overheen. Ik wilde zekerheid omtrent dat bericht. Vandaar.'
'Slaap lekker.'
'Dat zal wel lukken.'
Magno opende de deur.
'Alberto?'
'Jefe?'
'Bedankt.'
'*De nada.*'
Silva's ogen vlogen over de regels. Van zijn gezicht was geen enkele verwondering af te lezen. Terwijl hij het bericht achteloos van zich af schoof, was het echter in zijn bovenkamer spitsuur.
'Heel roerend, dat amicale gedoe,' sprak Grimon op een toon die weinig aan de verbeelding overliet.
'Maak je ons nog deelgenoot van dat vreselijke geheim, of gaan we ouderwets raden? Het begint met een E en eindigt op een O, dat werk. Altijd leuk op een druilerige vrijdagmorgen.'
'Embargo.'
'Ik dacht meer aan "Eigengereide klojo".'
'Dat zijn twee woorden, valsspeler.'
'Alfonso... bespaar me deze ongein, oké?'
'Iñigo Salaberri is vannacht overleden,' sprak Silva op neutrale toon. 'Een fatale combinatie van medicijnen en alcohol.'
'Jezus christus,' zei Carmen.
'Het is te hopen dat die goede man ver bij dat ellendige stuk vreten vandaan blijft,' antwoordde Grimon. Vervolgens schudde hij vertwijfeld zijn hoofd. 'Nou, dat kunnen we er ook nog wel bij hebben.'
Carmen beet op haar onderlip en kneep haar oogleden samen, een gewoonte als ze diep nadacht.
'De laatste der Mohikanen. Die andere twee zijn zich er nauwelijks van bewust dat ze nog leven. Een tijdperk wordt afgesloten. Dit is het absolute einde van de ETA.'
'In zijn huidige vorm,' vulde Silva aan. 'Het komt erop neer dat ze stuurloos zijn. Er ontstaat nu een vacuüm...' De rest van zijn gedachten hier-

over hield hij voor zich. Daar moest hij in alle stilte eens rustig met zichzelf over in discussie gaan.

Grimon keek demonstratief op zijn horloge. 'Over vijf minuten moet ik rennen. Mijn baas wil van het laatste nieuws op de hoogte zijn als hij die vergadering binnenstapt.'

Silva haalde nonchalant zijn schouders op.

'We hebben je zojuist een primeur bezorgd, Roberto. Jij kunt als een blij mens vertrekken.'

Grimon grijnsde vals. 'Te simpel, Alfonso. Jij weet dat het in onze handel anders werkt.'

Silva knikte. Ze wisten allebei hoe het spel gespeeld werd. De intermediair van Binnenlandse Zaken had het achterste van zijn tong nog niet laten zien. De informatie over de twee vermoorde duikers was allang bij hem bekend. De dood van Iñigo Salaberri gold als een extraatje, dat hij achteloos meepakte. Nee, de ware reden waarvoor hij naar het kantoor van Nueve was gekomen werd nu pas onthuld. De belangrijkste kaart werd altijd als laatste gespeeld. Een handelwijze die min of meer als standaardprocedure gold.

'Ik denk dat ze het hard gaan spelen,' zei Grimon met de opgewektheid van een kleuter die zijn hand in een volle koektrommel steekt. 'Na afloop bloedserieuze en bedenkelijke gezichten tegenover de pers, waarna er een maatregel aangekondigd wordt. Niet te heftig natuurlijk, maar een statement waarmee iedereen kan leven zonder dat er paniek uitbreekt.'

Zijn ogen schoten van links naar rechts.

'UDEV,' zei Carmen.

'Die kans is vrij groot,' bevestigde Silva. Het lag voor de hand dat de minister van Justitie dit team naar voren zou schuiven. UDEV, voluit Grupo Especial de la Brigada de Homicidios de la Unidad de Delincuencia Especial y Violenta, was een elite-eenheid van de Policía Nacional die zich voornamelijk bezighield met seriemoorden. Het was een mobiele eenheid die vanuit hun hoofdkwartier in Madrid werd aangestuurd. Door andere overheidsdiensten, met name het kantoorpersoneel, werden ze denigrerend 'het kleine broertje van Nueve' genoemd. Een vlieger die wat Silva betrof niet opging. De mannen van UDEV waren keiharde donders wier capaciteiten weinig onderdeden voor die van zijn eigen manschappen. Samen met UDYCO, de narcoticatak van de Policía Nacional, kon je deze knapen gerust om een boodschap sturen. De teamleider van UDEV was

Antonio de la Gándara, een ex-militair uit de provincie Galicië. Een rechtdoorzee type met wie hij uitstekend door één deur kon. Zonder dat er sprake was van vriendschap, aangezien dat in deze business praktisch tot de onmogelijkheden behoorde.

'Zoiets had ikzelf ook bedacht,' zei Grimon.

'Mooi,' antwoordde Silva. 'Dan zijn we er dus uit.'

Op het gezicht van Grimon verscheen een uitdrukking die twijfel suggereerde.

'Niet helemaal,' sprak hij met een lichte aarzeling in zijn stem.

'Jullie weten toch dat ik een hekel aan eenzijdige informatie heb?'

In de periode dat Carmen met Silva samenwerkte, had ze het nodige van de meester opgestoken. Dit gesprek was hier een uitgesproken voorbeeld van: wachten, wachten, wachten. Laat de ander eerst happen, ongeacht zijn functie of persoonlijkheid. Wijze lessen waarvan ze vandaag profijt had getrokken. De Carmen van een paar maanden geleden zou ongetwijfeld al in een veel eerder stadium van het gesprek om helderheid hebben gevraagd, waarmee ze zichzelf in een onhandige positie zou hebben gemanoeuvreerd.

'Ik heb weinig trek om onder Antonio's duiven te schieten, Roberto,' sprak Silva op een luchtige toon waarin hij toch gedecideerdheid liet doorklinken.

'Dat is ook geenszins de bedoeling,' haakte Grimon direct aan. 'Daar komen alleen maar onderlinge strubbelingen van.'

Het ware gevecht was nu in volle gang, wist Carmen. Grimon was een ervaren opponent die al talloze malen met dit bijltje had gehakt. Hierdoor kon haar chef zich geen enkele verslapping veroorloven. Een fout die hij normaal gesproken ook niet zou maken.

'Er bestaat zoiets als een win-winsituatie,' ging de intermediair verder. 'Een betrouwbaar iemand uit dezelfde organisatie die aan het team wordt toegevoegd, bijvoorbeeld.'

'Je bedoelt dat je een mol bij UDEV wilt plaatsen.'

Na deze woorden hief Grimon meteen beide armen op.

'Ho, stop, time-out. Jij trekt nu een conclusie die kant noch wal raakt, makker. Ik heb het over een integer persoon die een oogje op het grote geheel houdt.'

Silva glimlachte inwendig om de formulering waarmee Grimon in feite niets anders dan een mol omschreef.

'Luisteren jullie nu eens goed naar me.' De blik van de zwaarlijvige intermediair switchte van Silva naar Carmen en weer terug. 'Ik steek elk jaar een vermogen in die hightech toko van jullie. Het budget voor Administratie en Nueve is zo hoog dat ik het niet eens uit durf te spreken.'

Hij keek dromerig voor zich uit, waarna zijn stem samenzweerderig daalde.

'Ik weet zeker dat andere diensten een moord zouden doen voor een kwart van jullie begroting.' Hij grijnsde vals. 'Natuurlijk bedoel ik dat in overdrachtelijke zin.'

Met een schuin oog hield Carmen haar chef in de gaten. De finale was begonnen. Op zijn gezicht was geen spoortje van nervositeit te bekennen. Hij oogde even ontspannen als een hoge fiscale ambtenaar tijdens zijn eeuwigdurende lunchpauze.

'Geen enkele dienst kan aan onze resultaten tippen,' antwoordde Silva beheerst. 'Zelfs met ons budget scoren ze nog niet de helft van wat wij doen.' Toen hief hij zijn rechterhand. Het opportunistische statement dat hij zojuist op tafel had gelegd vertoonde te veel gaten, waarop Grimon ongetwijfeld een weerwoord had. 'Maar we dwalen af,' ging hij verder. 'Wie autoriseert jouw geniale plan?'

Grimons linkermondhoek steeg enkele centimeters. 'Gándara's directe chef, de minister van Justitie.'

Silva knikte traag, waarbij duidelijk was dat er een aantal dingen tegelijk door zijn hoofd speelde.

'Zorg jij voor die handtekening, dan ga ik er een telefoontje aan wagen.'

Hij had het nog niet gezegd of Grimon stond op. Met een pijnlijk gezicht strekte hij zijn rug.

'Ik word verdomme nooit zo oud als ik me voel.' Hij gaf Carmen een zweterige hand en knikte Silva toe.

'Ik wist dat ik op je kon rekenen, Alfonso.'

Na die woorden liep hij log naar de deur. Op het moment dat zijn rechterhand boven de kruk hing, pakte Silva zijn bonus.

'Ik heb de prototypes van de nieuwe kevlarvesten bekeken, Roberto. Met extra nek- en halsbescherming. Heel innovatief, uitmuntende kwaliteit.'

Grimon opende de deur en stapte naar buiten. Het gegrom dat uit zijn keel opprees leek nog het meest op: 'Zal kijken wat ik kan doen.'

Toen de deur achter hem dichtviel, nam Carmen zich voor dit gesprek binnenkort in alle rust te analyseren.

Hoofdinspecteur Isidro Alarcón van Ernstige Geweldsdelicten roerde kalm met zijn lepeltje in de plastic koffiebeker. Het verslavende vocht was bruin, een kleur waar hij nu niet op zat te wachten. Lichtgroen was bij hem favoriet. Een meer vol, met kabbelende golfjes om het plaatje compleet te maken. Hij sloot zijn ogen en glimlachte tevreden toen de gewenste beelden voor zijn geestesoog verschenen.
Eindelijk bevond hij zich op zijn ideale stek. De herrie, smog, stress en andere Madrileense ellende waren verdreven door een magnifiek panorama. Een immense plas water lag aan zijn voeten. Rondom hem beschermden dikke heuvelruggen zijn privéparadijsje tegen pottenkijkers, recreanten en andere naarlingen. Dit was zijn stek. Helemaal voor hem alleen.
De ultralichte werphengel voelde als een verlengstuk van zijn rechterarm. De lagers van het molentje waarmee hij zijn kunstaas binnenhaalde liepen soepel. Geen enkel mechanisch geluid verstoorde de serene rust van zijn hemel op aarde.
De Rapala gleed door het water. Hij zwoor bij dit Scandinavische kunstaas. Vakwerk, wat de verleiding voor de roofvis zo groot maakte dat deze wel móést toehappen.
Zoals altijd kwam de aanbeet onverwacht. Op het moment dat hij van het uitzicht genoot of dagdroomde over een leven waarin slechts eten en slapen legitieme redenen waren om het vissen te onderbreken.
De gevoelige top kromde zich. De lijn gleed van de slip die op stand 7 stond. Dit is een zware jongen, ging het direct door hem heen. Misschien wel een blauwbaars van een pond of vier, vijf. De adrenaline kreeg even tegengas toen de lucht van gebakken blauwbaars in knoflook zijn smaakpapillen testte. Terwijl zijn beide handen druk in de weer waren om de vis binnen te halen, proefde hij daadwerkelijk de verrukkelijke smaak van het witte vlees.
Tien meter van hem vandaan sprong de vis uit het water. Blauwbaars was de ultieme sportvis. Een uitmuntende vechter, die eveneens als een delicatesse gold. Het beest kwam met een klap op het water neer. Een heikel moment, aangezien door deze manoeuvre de lijn kon breken. Hij was echter ervaren genoeg om het nylon niet te laten vieren. De vis zat vast en dat bleef zo. Geconcentreerd begon hij aan het laatste gedeelte van de dril.
Twee korte kloppen op zijn deur reten zijn heerlijke dagdroom aan stuk-

ken. Alarcón knipperde enkele malen met zijn ogen, constateerde dat de koffie nog steeds bruin was en bromde ontstemd: 'Binnen.'

Inspecteur Luiz Tadeo kwam binnen. Drie grote stappen later stond hij voor Alarcón en legde een dossier op diens bureau.

'Goedemorgen, hoofdinspecteur,' sprak hij veel te luid. 'Op basis van een getuigenverklaring wil ik het voorarrest van Pablo Mendez laten verlengen. Ik vraag toestemming om dit met de officier van justitie te overleggen.' Zijn rechterwijsvinger wees naar het dossier. 'Dat helpt zeker mee.'

Met overduidelijke desinteresse pakte Alarcón de map van zijn bureau en gaf deze terug aan Tadeo. Daarna keek hij de inspecteur doordringend aan.

'Ik had al onenigheid met Mendez toen jij nog twijfelde of je piloot, brandweerman of politieagent wilde worden. Als je de volgende keer echt stoer wilt overkomen, laat dan dit soort dingen in het archief, oké? Dossiers zijn vertrouwelijke gegevens. Ik wil niet dat die overal op het bureau rondslingeren.'

Tadeo had zichtbaar moeite om zijn ongenoegen over de openlijke kat te verbergen. Hij beet op zijn onderlip en zijn neusvleugels verwijdden zich. Toch wist hij zich te beheersen en zei: 'Ja, meneer.' De toon waarop was stukken minder enthousiast dan die bij zijn binnenkomst was geweest.

'Ik geef overigens geen toestemming,' ging Alarcón verder. 'Mendez mag dan een kwaaie donder zijn, hij is er wel eentje van de oude stempel. Een portier die al twintig jaar lang tussen het uitschot zijn hoofd boven water weet te houden. Het zal je misschien verrassen, maar ik heb het procesverbaal ook gelezen. Het slachtoffer is een dealer en de twee getuigen zijn loopjongens van hem. Als jij de dossiers wat zorgvuldiger had uitgeplozen, was je ongetwijfeld tot dezelfde conclusie gekomen. Volgens dit rapport is het slachtoffer enkele malen in de rug geschopt toen hij op de grond lag. Neem maar van mij aan dat Mendez zich daar nooit toe zou verlagen. Het gaat volstrekt tegen de regels in waarnaar hij al jarenlang leeft.'

'Maar ik kan toch moeilijk twee getuigen negeren?' Tadeo's gezicht kreeg langzamerhand een donkerdere tint.

'Dat heeft niets met negeren, maar alles met inzicht te maken,' antwoordde Isidro Alarcón zelfverzekerd.

'Iemand anders heeft die dealer een lesje geleerd. Een concurrent, een ontevreden klant, weet ik veel. Omdat die aframmeling nogal uit de hand liep en hij in het ziekenhuis werd opgenomen, moest er een verklaring komen. Hoe ze op Mendez zijn gekomen, weet ik niet. Misschien omdat hij hem afroste in de buurt van de disco waar hij werkt, of vanwege een oude vete.'

Nu was het zijn beurt om naar het dossier te wijzen.

'Verbreed je visie en bestudeer de zaak nogmaals. Roep die zogenaamde getuigen op en draai ze de duimschroeven aan. Mendez kun je verhoren tot zijn wettelijke tijd erop zit. Krijg je een bekentenis uit hem los, prima. Lukt dat niet, dan laat je hem lopen.'

Luiz Tadeo knikte gedwee. De betweterige onstuimigheid in zijn houding had een flinke knauw gekregen. In stilte vervloekte hij zijn directe chef. Dat de fout wel eens bij hemzelf kon liggen, sloot hij bij voorbaat uit.

Nadat Tadeo de deur hard achter zich had dichtgeslagen, slaakte Alarcón een diepe zucht. Volk als Luiz Tadeo kon de Policía Nacional missen als kiespijn. Feit bleef dat ze er waren en altijd zouden zijn. Dienstkloppers met de herseninhoud van een regenworm. Carrièrejagers die uitsluitend voor hun eigen belang gingen. Ze poetsten hun conduitestaat bij voorkeur op door middel van veel arrestaties. Die indrukwekkende cijfers telden zwaar mee in de beoordeling van de korpsleiding die uiteindelijk promotie tot gevolg had.

Hij maakte een wegwerpgebaar. Dagdromen over blauwbaars en vitten op incompetente collega's waren slechts excuses om het onderwerp te ontwijken dat nu zijn aandacht vroeg. Tijdelijke overplaatsing. Het klonk best stoer als je van een verzetje hield, of je carrière een *boost* wilde geven. Geen van beide zaken was echter op hem van toepassing. Hij hield van regelmaat en was dik tevreden met zijn baan. Zijn heftigste avonturen beleefde hij in zijn hoofd. Daarbij ging het meestal om het vangen van een stevige vis die hij later samen met zijn vrouw opat. Wat hem betreft waren die fantasieën wild genoeg.

Er zou verandering in zijn ritme komen. Daar was Alfonso Silva voor verantwoordelijk. Een man aan wie hij het nodige verschuldigd was. Hij had tenslotte zijn bevordering tot hoofdinspecteur aan hem te danken.

Het was een samenloop van omstandigheden geweest. Een kwestie van op het goede moment op de juiste plaats zijn. Spanje stond op zijn kop vanwege een moordenaar die men gemakshalve de 'Tempelridder' doopte. Dit had te maken met de moorden op imams waarbij op het lijk een wit vodje werd aangetroffen met daarop het kenmerkende rode kruis van de tempeliersorde. Aan de zijlijn van het grootscheepse onderzoek werd hijzelf geconfronteerd met de moord op een oude vriend. Uiteindelijk bleek deze Javier Martel een belangrijke schakel te zijn in een complot om de democratie uit Spanje te verdrijven.

'Hij had het niet hoeven doen,' mompelde Alarcón. Hiermee doelde hij op Silva's loftuitingen tegenover hooggeplaatste personen waar het zijn aandeel in de zaak betrof. Hoewel het in werkelijkheid een geringe bijdrage betrof, vonden zijn superieuren het voldoende voor een bevordering tot hoofdinspecteur.

Silva had hem die morgen gebeld en ronduit gevraagd of hij deel uit wilde maken van een team dat zich bezig ging houden met de moorden op het Duitse jochie en de twee Schotse duikers. Zonder erover na te denken had hij positief geantwoord. Zijn gevoel vertelde hem dat bedenktijd vragen even zinloos als onverstandig was. Silva wilde hem hebben, en de tijd drong. De chef van Nueve had hem zowel bedankt als gelukgewenst, wat impliceerde dat hij juist had gehandeld door direct zijn medewerking toe te zeggen.

Maar nu, ruim een uur later, kwamen de vragen. De belangrijkste was: waarom wilde Silva hem bij UDEV hebben? De vragen mochten dan eenvoudig opduiken, qua antwoorden lag het stukken gecompliceerder. Eigenlijk kwam het op gissen aan.

Zowel zijn afdeling als UDEV viel onder de paraplu van de Policía Nacional. Voor zover je van overeenkomsten kon spreken, was dit er een, maar daarmee was de koek meteen op: de afdelingen Ernstige Geweldsdelicten en UDEV hadden verder niets met elkaar gemeen. Eens in de zoveel tijd gebeurde het dat een zaak werd overgeheveld, maar daar bleef het dan ook bij. Waar de dienders van zijn afdeling zich meer met de dagelijkse tekortkomingen van de maatschappij bezighielden, golden de leden van UDEV als een elite-eenheid die zich in extreme zaken verdiepten. Hun specialiteit waren seriemoorden. Het kwam ook voor dat ze ingezet werden als er een serieverkrachter actief was. Officieel stonden ze te boek als bijstandseenheid. In de praktijk kwam het erop neer dat het team van Antonio de la Gándara de zaak ter plekke overnam.

Technisch gezien was er dus geen enkele reden te bedenken waarom hij aan UDEV toegevoegd zou moeten worden. De enige meerwaarde die hij bezat moest dus wel van politieke aard zijn. Iets anders kon hij niet bedenken. Mocht dit kloppen – en hij had een donkerbruin vermoeden dat dat inderdaad het geval was – dan werd hij daar verre van vrolijk van. Alfonso Silva mocht dan een indrukwekkende staat van dienst hebben, maar met de reputatie van Antonio de la Gándara was ook weinig mis. Of moest je zeggen 'alles'? De voorman van UDEV was een keiharde die zijn eenheid met strakke hand leidde. Hij glimlachte wrang om zijn eigen hersenspinsels en debiteerde dan een of andere dooddoener. Laten we het er maar op houden dat de soep niet zo heet wordt gegeten als hij wordt opgediend. Weer een geforceerde glimlach. Dit was sowieso zijn dag niet.

'Op verzoek van het ministerie van Justitie,' fluisterde hij afwezig. In zijn hoofd streed een handvol verschillende theorieën om aandacht. Het bewuste telefoontje kwam van Silva. Het was ondenkbaar dat de chef van Nueve op deze manier iemand bij het team van de la Gándara onderbracht. Ten eerste beschikte hij over zijn eigen eenheid, die elke klus prima zelf kon klaren, en ten tweede zou hij nooit ofte nimmer op eigen initiatief ongeschreven wetten overtreden. Op onderling infiltreren stond bij wijze van spreken de geestelijke doodstraf; dan was je persona non grata tot aan je pensioengerechtigde leeftijd. Nee, dit was geen eenmansactie van Alfonso Silva, wist hij vrijwel zeker.

De conclusie werd ineens een stuk simpeler: Silva had opdracht gekregen, of was nadrukkelijk gevraagd. Dat klonk aannemelijker, want de chef van Nueve liet zich namelijk niet zo snel iets opleggen. Met klem gevraagd, dus. De enige partij die hiervoor in aanmerking kwam was het ministerie van Binnenlandse Zaken: Silva's broodheer en in zekere zin ook de baas over het ministerie van Justitie. Een grote speler die zowel boven als tussen de partijen stond. Ja, degene in wiens naam Silva hem, zonder daar expliciet melding van te maken, had gevraagd om mee te werken, was iemand van Binnenlandse Zaken. Dat lag toch echt het meest voor de hand.

Voordat hij zijn gedachten weer vrij spel gaf, dacht hij na over hetgeen hem te wachten stond: een nieuwe omgeving en op z'n minst scheve gezichten. Datgene wat er feitelijk van hem werd verwacht bungelde als een scherp zwaard boven zijn hoofd, want het kwam er tenslotte op neer dat hij bepaalde informatie zou moeten doorspelen. Isidro Alarcón, hoofdinspecteur en tijdelijke Judas.

Vijf minuten later lukte het hem om zijn onheilspellende gedachten ergens in een hokje van zijn brein op te sluiten. Hoewel hij het eigenlijk wel zou moeten doen, lukte het hem niet om de sleutel ervan weg te gooi-

en. Hij keek op zijn horloge en zag dat hij zich over ruim twee uur bij zijn nieuwe chef diende te melden.
Hoeveel blauwbaarzen kon je in die tijd vangen, vroeg hij zich opeens af. De glimlach die daarop rond zijn lippen verscheen was echt.

23.30 uur

Silva schonk zichzelf de eerste whisky van de dag in. Hij liep van de keuken naar de woonkamer en plofte in zijn favoriete stoel. Een diepe zucht volgde. Wat een toestanden, vandaag. Nog een paar van dit soort dagen en ze konden hem naar een rustoord voor afgebrande regeringsfunctionarissen brengen.
De eerste slok liet een brandend gevoel in zijn keel achter. Na de tweede teug werd die sensatie al stukken minder. Het aroma van het jarenlange rijpproces verwende zijn smaakpapillen. Tevreden klakte hij met zijn tong. Whisky was een godendrank die gelukkig ook voor gewone stervelingen op de markt was.
Met een schuin oog keek hij naar een actualiteitenprogramma. Het geluid dat uit de speakers kwam beperkte hij expres tot het minimum. Allemaal oud nieuws, het belangrijkste van de avond had hij al samen met Grace gezien. De moord op de twee duikers werd uitgemolken en in praktisch elk programma kwam er iemand uit de Baskische gemeenschap aan het woord, van een bedachtzame politicus tot de plaatselijke bakker die er schande van sprak. Maar wie zijn mening ook verkondigde, de terreur was steeds hetzelfde. Niemand had ooit van El Fuego de los Vascos gehoord, de moorden waren weerzinwekkend en degene die hiervoor verantwoordelijk was moesten ze opsluiten en de sleutel van zijn cel in een diep meer gooien. Sinds tijden waren de Basken het onderling in elk geval over één onderwerp eens.
Silva schudde zijn hoofd. Een merkwaardige manier van doen om van onderwerp te wisselen. Hoewel, veranderen... Eigenlijk stond de wereld op zijn kop. Tenminste Europa, en dat was toch zijn wereld. Jarenlange voorbereidingen om dit gebied tot één geheel te boetseren, leken met de dag meer op een kansloze missie uit te draaien. In plaats van het 'Europeaan zijn', stak het nationalisme overal de kop op. De motor hierachter was het provinciale, de 'eigen cultuur'-mentaliteit. Een Fransman verschilde

qua denkwijze wezenlijk van een Duitser, om van een Griek maar te zwijgen. Dit ging echter verder. Ook tussen het onderlinge gedachtegoed bestond substantieel onderscheid. In Italië ergerden de zwoegers uit Lombardije zich groen en geel aan het arbeidsethos van hun landgenoten uit het zuiden. Min of meer hetzelfde gold voor Spanje. Daar beschouwde een groot gedeelte van de Basken zichzelf als een soeverein volk en hadden de Catalanen inmiddels vergaande autonomie afgedwongen.

Voor zichzelf had hij het idee dat veel van dit nationalistische denken op provinciaal niveau was gestoeld, vanwege onvrede onder de Europeanen. Zijn gevoel zei hem dat de aanjager van dit alles de euro was. Op de een of andere manier hadden de Europeanen na de invoering van deze munteenheid een identiteitscrisis ondergaan: het tegenovergestelde van het beoogde doel. In plaats van een continentale coalitie te worden die zichzelf als een mondiale speler presenteerde, viel Europa in kleine stukjes uit elkaar. 'Samen sterk' leek een utopie. 'Ieder voor zich' leek eerder opgeld te doen. Terug naar de basis, de lokale moederschoot.

Met een stevige teug leegde hij zijn glas. Daarna stond Silva op en liep naar de keuken.

'Laat het culturele erfgoed nooit verloren gaan,' sprak hij op licht spottende toon. Op zijn gezicht lag nu een scheve grijns. Die had zowel met zijn eigen woorden als met die van Grace te maken. Ze was een halfuur geleden naar bed gegaan. Over haar beweegredenen deed ze niet geheimzinnig.

'Jij hebt je denkgezicht weer op, Alfonso Silva,' hoorde hij haar in gedachten zeggen. 'Ik ben niet in de stemming om eerst jouw theorieën over een gespleten Europa aan te horen, waarna je de rest van de avond uitdrukkingsloos voor je uit gaat zitten staren.' Daarna was ze opgestaan en had hem een kus op zijn wang gegeven.

'Ik hou van je, maak het niet te laat,' had ze eraan toegevoegd, en ze was naar bed gegaan.

Silva schonk drie vingers whisky in. Zijn grijns bleef.

'Je had helemaal gelijk, pop. Op sommige dagen ben ik onuitstaanbaar. Vandaag is het weer raak.'

Hij liep terug naar de woonkamer, plofte in zijn stoel en schudde een paar maal zijn hoofd. Ander onderwerp. Voor Europarlementariër was hij overduidelijk niet in de wieg gelegd.

Roberto Grimon, Isidro Alarcón, Antonio de la Gándara – deze drie namen achtervolgden hem al de hele dag. Een kwestie met twee kanten.

Vroeger zou hij voor één geopteerd hebben. Geen twijfels, duidelijkheid voor alles.

Vanuit Grimons oogpunt bekeken was het pure logica. De intermediair van Binnenlandse Zaken zag een eventuele bui al hangen en wilde zijn geld niet op een enkel paard zetten. Daarbij kwam dat UDEV officieel onder de Policía Nacional viel, oftewel het ministerie van Justitie. Omdat hij al langer dan vandaag in dit wereldje meeliep, was hij op de hoogte van Alarcóns rol in de zaak met de Tempelridder. Zelfs in de ogen van een man die tijdens werktijd wantrouwen belachelijk hoog in zijn vaandel had staan, was in dit geval een plus een toch echt twee.

Vanwege het gewicht van zijn functie, had Grimon via de voor hem vertrouwde kanalen ongetwijfeld een mol bij UDEV binnen kunnen sluizen. Dat hij besloot geen gebruik van deze optie te maken had twee redenen. Ten eerste was het tijdschema zeer krap, waardoor zijn mogelijkheden beperkt bleven. Tevens zou het in dat geval om een regelrechte opdracht draaien. Een mol zonder persoonlijk referentiekader gedwongen laten infiltreren kon dan een linke zaak zijn.

'Dus speelde hij de combinatie Alarcón en Silva,' fluisterde hij. 'Ouwe-jongens-krentenbrood.' De grijns had inmiddels plaatsgemaakt voor een verbeten trek.

Als professional kon hij de move van Grimon begrijpen. Met een beetje goede wil kon hij er zelfs respect voor hebben. Het was tenslotte uitstekend denkwerk. Binnen een mum van tijd had de intermediair een betrouwbare mol gevonden die min of meer vrijwillig in de klus stapte. De informatie die Alarcón zou doorspelen kon je dus gerust 'betrouwbaar' noemen.

Nee, het was unfair om zijn woede op Grimon te projecteren; die had slechts zijn werk gedaan. Degene die hier een dubieuze rol speelde was de persoon met wie hij elke dag moest leven, van 's morgens vroeg tot 's avonds laat. Een gegeven dat hem vandaag bijzonder zwaar op zijn maag lag.

Natuurlijk kon hij een paar punten aanvoeren ter verdediging van zijn beslissing. Officieus was Roberto Grimon zijn baas. Hij regelde persoonlijk het budget voor Nueve, dat een veelvoud bedroeg van dat van alle andere speciale overheidsdiensten. Hun onderlinge relatie was goed te noemen, en dat wilde hij graag zo houden, al was het alleen maar omdat het personeelsbestand van Nueve en Administratie inmiddels de honderd

gepasseerd was: mensen met gezinnen, mensen die op hem rekenden.
'Hou toch op met dat slappe gelul, Silva!' Hoewel hij schrok van zijn eigen spontane reactie, wist de chef van Nueve dat er wel degelijk een kern van waarheid in school. Hij had Grimon veel te gemakkelijk zijn zin gegeven. In ruil daarvoor had de dikzak hem in bedekte termen de allernieuwste kevlar vesten toegezegd. Eigenlijk heb je Alarcón voor wat speeltjes het hol van de leeuw in gestuurd, hufter, sprak een verwijtend stemmetje. En wat te denken van je collega Gándara? Nou, ik kan je verzekeren dat jullie na afloop van deze zaak echt geen biertje met elkaar gaan drinken, lulhannes. Sterker nog: je mag blij zijn als hij de deur van jouw kantoortje intact laat.
'Kut,' mompelde hij, en hij nam een slok van zijn whisky. Voordat hij zichzelf nog meer verwijten kon maken, trok een bekend gezicht op de beeldbuis zijn aandacht. Zijn rechterhand pakte de afstandsbediening. Toen zijn duim op de geluidsknop drukte, overviel de twijfel hem. De stem van Idoca Mendiazabal, de voorman van Euskal Heritarrok, liet zich hier niet door weerhouden en schalde door de kamer. In een flits schoot zijn duim omhoog. Hij drukte op een andere knop, waarna het beeld op zwart ging.
'Je hebt helemaal gelijk, joh,' zei hij schamper. 'Huil maar lekker krokodillentranen. Misschien trappen een boel kijkers daar wel in.'
Ten opzichte van de uitspraken over El Fuego de los Vascos moest hij de Baskische politici het voordeel van de twijfel gunnen. Wanneer ze echter openlijke weemoed toonden vanwege het overlijden van ETA-kopstuk Iñigo Salaberri, wist hij dat ze de boel in de maling namen. Zelfs onder de mensen die tot zijn directe politieke omgeving behoorden was Salaberri verre van populair. De oude ijzervreter was de meest fitte van het trio waaruit de Raad bestond. Tot voor kort regeerde hij nog met strakke hand, waaraan in de loop der jaren steeds meer bloed kleefde. In feite was Salaberri een potentaat die boven de partij stond. Zijn wil was wet. Niemand durfde hem tegen te spreken.
'Behalve Aitor Belasko dan.' De naam die sinds die middag veelvuldig door zijn hoofd speelde rolde eindelijk over zijn lippen. Nadat hij met Carmen over de allerlaatste ontwikkelingen had gesproken, had hij zichzelf een gespecificeerde zwijgplicht opgelegd. Nu, het liep tegen middernacht, hief hij die op.
'De Patriarch,' klonk het minachtend. Als iemand een wandelende bele-

diging voor zo'n bijnaam was, dan had Aitor Belasko de beste papieren, dacht Silva. Van jongs af aan was deze Bask bij de beweging betrokken, zowel actief als passief. Tot aan zijn vijfentwintigste levensjaar had hij de ETA als soldaat gediend. Hij was in die periode bij minstens vier bomaanslagen en twee executies betrokken geweest. Tenminste, dat aan zekerheid grenzende vermoeden bestond. Ze hadden het nooit daadwerkelijk kunnen bewijzen. Omdat Belasko zo slim was om in te zien dat zijn geluk tijdgebonden was, trok hij zich terug van het front. Hij opende een kleine supermarkt die opmerkelijk goed liep. Binnen vijf jaar bezat de Patriarch een keten van supermarkten in het Baskenland. Zijn rol in de ETA was er nu een van financiële aard. Hij doneerde geld voor 'de goede zaak'. Met veldwerk hield hij zich niet meer bezig. Zijn toekomst lag op het politieke vlak – achter de schermen, welteverstaan.

'Dat we je nooit te pakken hebben gekregen heeft weinig met geluk te maken,' mompelde Silva. 'Het is vakmanschap. Jij bent een topper. Een absolute rasploert, maar onbetwist de grootste speler van de oppositie.'

Ook onder zijn bewind bij Nueve hadden ze op Belasko gejaagd. Het was hem echter altijd gelukt om de dans te ontspringen. Toen de ETA eenmaal werd ontmanteld, begon hun belangstelling voor hem te verflauwen. Dit had onder meer te maken met de opkomst van het internationale terrorisme, waar de ETA geen, maar Spanje helaas wel een grote rol in speelde. Het dieptepunt waren de bomaanslagen in Madrid, waar heel veel doden en gewonden waren gevallen.

Silva stond op om nogmaals zijn glas bij te vullen. Hij realiseerde zich dat de rekening hiervoor morgenochtend betaald diende te worden. Die bestond uit fikse koppijn en een misselijk gevoel, dat tot aan de lunch aanhield. Toch was hij bereid deze prijs te betalen, want ondanks zijn negatieve gedachten van het moment, maakte de alcohol een stof in zijn lichaam aan die voor enig tegengas zorgde, waardoor hij enigszins kon relativeren. Uit ervaring wist hij dat dit binnen nu en enkele minuten zou gaan gebeuren. Hij keek ernaar uit.

Morgenochtend om elf uur had Carmen namelijk een afspraak met Aitor Belasko.

8

Pamplona (Iruñea), zaterdag 14 april, 10.00 uur

Zelfverzekerd stapte Carmen hotel El Senador binnen. Hoewel ze hier voor de eerste maal lijfelijk aanwezig was, beleefde ze een déjà vu. Dat had alles te maken met de foto's van het hotel die gisteren van internet waren geplukt. De statige entree kwam even vertrouwd op haar over als de ingang van willekeurig welk restaurant in Madrid waar ze 's middags lunchte.
Ze negeerde de in een statig donkerblauw kostuum gestoken receptionist achter de balie en liep rechtstreeks naar de aangrenzende lounge. De koele, zakelijke houding die ze zich aanmat, was pure noodzaak. In de broche op de linkerrevers van haar zwarte jasje bevond zich een minuscule camera. De goudkleurige haarspeld die er zogenaamd voor zorgde dat haar kapsel tot in de puntjes was verzorgd, bevatte een zender die geluidsgolven doorseinde. Hierdoor kon het gesprek onder meer worden gevolgd door Castro. Hij bevond zich in het tijdelijke commandocentrum dat vandaag bestond uit een bestelbus die twee straten verderop geparkeerd stond. Het was voor haar zaak om zo weinig mogelijk onverwachte bewegingen te maken. Die zouden haar volgers immers als storend kunnen ervaren.
Zonder haar pas in te houden betrad ze de lounge. Haar afspraak was hier tien minuten geleden reeds gearriveerd, meldde teamlid Cabrera, die voor de ingang van het hotel was geposteerd. Voor deze gelegenheid was hij vermomd als een verkoper van loterijbriefjes. Zijn aanwezigheid zou niemand de wenkbrauwen doen fronsen. Op elke hoek van de straat vond je wel een verkoper van loten voor ONCE, Lotería Nacional, of een van die andere kansspelen waarvan de trekking bijna dagelijks plaatsvond. Na deze mededeling had ze haar oortje uitgedaan en in haar schoudertas gestopt. Tijdens de briefing was besloten dat er een kans bestond dat het vleeskleurige oortje door de oppositie opgemerkt zou worden. Aangezien er zowel beeld- als geluidsverbinding was, en de risico's van deze opdracht

laag werden ingeschat, moest ze het oortje tijdens haar conversatie met Belasko uitdoen.

De Patriarch zat aan een tafeltje in de hoek van de zaal. Strategisch gezien was dat een goed punt, aangezien de overige aanwezigen zich drie tafels verderop bevonden. Het volgende wat haar opviel was zijn kleding. Op de foto's die ze van hem had gezien, was hij immer keurig gekleed: zonder uitzondering strak in het pak. De man die op haar wachtte droeg casual kleding: een donkerblauwe broek en een beige overhemd zonder stropdas. Om zijn schouders had hij een lichtbruine trui geslagen, precies zoals studenten van welgestelde ouders dat deden. Ze negeerde de adrenalinestoot die door haar aderen pompte en liep in zijn richting. Toen ze nog twee meter van hem vandaan was, stond Aitor Belasko op. Hij knikte kort en stak zijn rechterhand uit.

'Goedemorgen, mevrouw.'

Carmen schudde kort zijn hand. 'Goedemorgen.' Aansluitend ging ze tegenover hem zitten.

'Wat een onverwacht genoegen,' sprak Belasko met een charmante glimlach. 'Ik heb nooit geweten dat Alfonso Silva zo'n charmante verschijning was.'

In plaats van het compliment zichtbaar blij in ontvangst te nemen, schonk Carmen hem een ijskoude blik.

'De heer Silva is vandaag verhinderd. U zult het met mij moeten doen.'

Zodra ze dat had gezegd wilde Carmen het liefst het puntje van haar tong afbijten. Deze openingszin blonk uit in dubbelzinnigheid. Hoe kreeg ze het voor elkaar? Gelukkig trapte Belasko de open deur niet in. Hij maakte een handgebaar waaruit bleek dat hij de situatie accepteerde.

'Kan ik u iets te drinken aanbieden?' vroeg hij hoffelijk.

'Nee, dank u wel.' Hiermee voorkwam ze dat na afloop van dit gesprek een teamlid de vingerafdrukken van haar glas moest wissen.

'Mijn excuses voor de volgende vraag, mevrouw, maar kunt u mij garanderen dat dit gesprek en de eventuele uitkomsten ervan rechtstreeks bij Alfonso Silva terechtkomen? Ik heb namelijk uitdrukkelijk om een onderhoud met hém gevraagd.'

Terwijl ze probeerde zo neutraal mogelijk te kijken, knikte Carmen nadrukkelijk.

'De heer Silva krijgt alles wat u zegt te horen. Letterlijk alles.' Met dit voorgeprogrammeerde antwoord gaf ze aan dat het gesprek werd opgenomen. Mocht Belasko nog twijfels hebben, dan werd hiermee een gedeelte daarvan weggenomen: hij zat tegenover iemand van de veiligheidsdienst die ruiterlijk toegaf dat ze een microfoon droeg. Op de professional die Belasko was, zou dit logisch overkomen. Veiligheidshalve gingen zij ervan uit dat de Patriarch eveneens het gesprek opnam. De kans dat hij dat werkelijk deed was daarentegen erg klein. Als je tegenover iemand van Nueve ging zitten, moest je er namelijk van uitgaan dat er door de tegenpartij eerst werd gefouilleerd. Om hem zo veel mogelijk op zijn gemak te stellen was van dit laatste afgezien. Dat er voor Carmen een extra druk lag om goed op haar woorden te letten namen ze op de koop toe.

'Waarmee kan ik u van dienst zijn?' Ze negeerde de opkomende inwendige stemmetjes die haar wederom op suggestief taalgebruik wilden wijzen.

'Ik ben hier gekomen voor twee dingen: samenwerking en hulp. Hoe vreemd dat ook mag klinken, mevrouw...'

Carmen zweeg. Het ging hem niets aan met wie hij aan tafel zat. En zomaar een naam noemen getuigde van weinig professionalisme.

Belasko wachtte een aantal seconden, om daarna voorzichtig te glimlachen. De boodschap was overgekomen. Hij nam een slok van zijn mineraalwater en sprak op rustige toon.

'Aangezien de dienst waarvoor u werkt een gedegen reputatie bezit, bestaat de kans dat het merendeel van wat ik ga vertellen door u als oud nieuws aangemerkt wordt. Omdat ik niet op de hoogte ben van de informatie waarover u beschikt, zal ik beginnen bij het punt waar het echt misging.'

Carmen knikte.

'Op vrijdag 23 maart hielden wij onze maandelijkse bijeenkomst van de belangrijkste Baskische nationalistische politieke partijen, een feit waarvan u ongetwijfeld op de hoogte bent. Deze avond week echter af van de normale bijeenkomsten waarin voornamelijk huis-tuin-en-keukenpolitiek werd bedreven. Op de 23ste ging het namelijk écht ergens over.'

Zijn ogen tastten Carmens blik af. Daarin viel weinig tot niets te lezen, leek zijn conclusie, waarna hij verderging met zijn verhaal.

'Vanwege een aantal factoren waarvan ik u de details zal besparen, leefde bij de politieke top de gedachte steeds sterker om tegenover Madrid het ultieme gebaar te maken. Op die bewuste 23 maart viel Idoca Mendiazabal en mijzelf de eer te beurt om bekend te maken dat de beslissing hierover genomen was. De volgende stap was goedkeuring van de coalitiegenoten.'

Er verscheen een zorgelijke uitdrukking op zijn gezicht.
'Alle aanwezigen gingen akkoord. Allemaal, op één na. Patxi Ochoa van de jongerenpartij JARRAI lag dwars. Sterker nog: hij ontstak in woede en verliet de vergadering met veel misbaar. Sindsdien is hij spoorloos.'
Carmen knikte traag. Hiermee liet ze in het midden over welke informatie Nueve beschikte. In werkelijkheid kwam het erop neer dat dit de eerste keer was dat het gerucht over de onenigheid op die bewuste avond daadwerkelijk werd bevestigd.
'Hoewel de bewijzen ontbreken dat Patxi op het verkeerde spoor is beland, blijft het feit dat na zijn verdwijning de mysterieuze El Fuego de los Vascos zich aandiende, een groepering waarvan wij ons nadrukkelijk distantiëren. In een paar weken maken zij kapot waarvoor wij al jarenlang vechten.'
Een doordringende blik volgde. 'Aan die laatste zin wil ik "in de goede zin van het woord" toevoegen.'
De raadgevingen – je kon het ook instructies noemen – van Silva gedurende de briefing stonden nog vers in haar geheugen. Ze zat met een kopstuk van de ETA aan tafel. Dit was een zakelijk gesprek. Alle poespas eromheen moest ze negeren. *To the point,* zoals van een afgevaardigde van de regering werd verwacht. Leuke wetenswaardigheden of complimenten waren *not done*. Ze balanceerden op het scherpst van de snede. Belasko was een geslepen onderhandelaar en een manipulator.
'De Baskische politici hebben zich omtrent dit punt al in niet mis te verstane bewoordingen uitgelaten,' antwoordde ze. 'Ik kan me niet voorstellen dat deze afspraak dient om dat te verduidelijken.'
Een licht spottende glimlach rond Belasko's mondhoeken deed vermoeden dat hij enige waardering voor haar opmerking kon opbrengen.
'Schoonheid en intelligentie laten zich lastig combineren. Daarom is het een voorrecht om met mijn eigen ogen te zien dat er altijd een uitzondering op de regel bestaat.'
Aangezien Carmen geen enkele behoefte had om op dit onverbloemde compliment te reageren, vervolgde de Patriarch zijn verhaal.
'Gisteren is Iñigo Salaberri ons ontvallen. Een groot verlies voor de Baskische gemeenschap. Nadat het nieuws bekend was geworden, hebben enkele vooraanstaande politici een vergadering belegd. Hoewel het voor ons allen een dieptriest moment is, willen wij toch proberen om een paar stappen voorwaarts te gaan naar het licht aan het eind van de tunnel.'
Carmen voelde dat haar spieren zich samentrokken. De inleiding was vol-

tooid. Belasko stond op het punt om de ware aanleiding voor hun gesprek te onthullen.

'Overmorgen zullen de Basken een van hun vaders begraven. Een besloten en sober afscheid voor een groot man. Wij doen dit in stijl, zonder schreeuwerige toestanden. Na de begrafenis zullen tienduizenden de straten van San Sebastián bevolken.'

Vol overtuiging maakte hij met zijn rechterhand een stopteken.

'Ik begrijp uw scepsis. In uw plaats zou mij waarschijnlijk hetzelfde gevoel bekruipen.'

Aansluitend zond hij haar een emotionele blik toe. Hoop was voorganger, vrees klopte aan de poort. Hij was ofwel echt geroerd, ofwel hij kon uitstekend toneelspelen, dacht Carmen. Ze hield het op het laatste.

'Een mars voor de eenheid.' Belasko liet zijn stem een octaaf dalen. 'Een stille tocht voor de vrede. De tijd is gekomen om de handen ineen te slaan. Met Salaberri begraven wij eveneens de ETA.'

Hij knikte nadrukkelijk om zijn woorden kracht bij te zetten.

'Na afloop komen we met een politiek statement. Als gevolg hiervan zullen in heel Spanje de mensen elkaar omarmen en de vlag uithangen. Een nieuw tijdperk treedt in. Het geweld wordt voorgoed verbannen. Meningsverschillen zullen nog uitsluitend met woorden worden uitgevochten. Uiteindelijk wordt de dialoog de overwinnaar in een strijd die slechts verliezers en rouwenden heeft opgeleverd.'

Hij glimlachte. De eerste beginselen van een voorzichtige triomf speelden over zijn gezicht. Carmen wist dat ze zich neutraal op moest blijven stellen, maar in de loop der jaren waren wel meer goede voornemens door onvoorziene omstandigheden bij prijzenswaardige ideeën gebleven. Helemaal in de regio Baskenland. Daarbij kwam dat Belasko nog niets concreets had losgelaten over waar het bij deze afspraak om draaide.

'Een prachtig voornemen, meneer Belasko,' antwoordde ze vlak.

'Daar blijft het deze keer niet bij. We gaan het daadwerkelijk uitvoeren. Zowel de begrafenis, de tocht voor de vrede als de politieke samensmelting.' Hij keek haar bedachtzaam aan. 'En daar ligt dus het probleem, mevrouw. Niet zozeer bij de uitvoering als wel bij de eventuele gevolgen ervan.'

Welwillendheid gekoppeld aan een vreedzame visie: zo langzamerhand kreeg ze een idee waar Belasko naartoe wilde. Op zich was het heel interessant, maar een fractie van een seconde flitste het gezicht van Alfonso Silva door haar blikveld. Zou hij daar ook zo over denken?

'Als we het schema van die krankzinnige moordenaar erbij pakken, dan is overmorgen wederom een dag van executie. Wij realiseren ons dat er een mogelijkheid bestaat dat hij in San Sebastián opduikt om een gruweldaad te verrichten. Door de stille tocht, de begrafenis en de persconferentie op deze dag te laten plaatsvinden, nemen we een groot risico.'
Hij balde zijn rechtervuist. Het gebaar, zowel van woede als van kracht, contrasteerde echter met de blik in zijn ogen, waaruit pure onmacht sprak.
'Het statement dat wij willen afgeven is daarentegen doorslaggevend. De impact van de ultieme vredesboodschap zal juist op 16 april vele malen groter zijn dan op welke andere datum ook. Het is een unieke mogelijkheid voor het Baskische volk om eensgezind en onbevreesd af te rekenen met een donker stuk verleden en de wereld te laten zien dat men massaal hunkert naar een toekomst zonder geweld.'
Wat foto's en videomateriaal niet tot leven konden brengen, ervoer ze nu in dit een-op-eengesprek: Belasko had een charismatische uitstraling, die met de minuut sterker werd. Ze kon zich goed voorstellen dat mensen in de ban van deze man raakten. Hij was een uitstekend spreker met een innemend voorkomen. Tot nu toe was dit onderhoud precies zo verlopen als Silva in zijn briefing had voorspeld.
'In de afgelopen decennia hebben wij recht tegenover elkaar gestaan,' ging Belasko verder. 'En laten we eerlijk zijn: uw organisatie heeft het ene na het andere succes geboekt. Toch wil ik niet spreken van een verliezer en een overwinnaar. Dat zou te simpel zijn. Nee, het gaat hier en nu om twee winnaars. Degene die kwantitatief aan het langste eind trekt én de morele overwinnaar die eindelijk het licht heeft gezien.'
Hij pakte zijn glas en nam twee bescheiden slokken. De glimlach die hij Carmen schonk was van een zeldzaam ontwapenende vriendelijkheid.
'Help ons overmorgen met de bewaking. Zorg dat uw medewerkers op strategische posten staan. Onze mensen zullen de boel eveneens goed in de gaten houden. Wij realiseren ons echter dat we tegenover een slimme beroepskiller machteloos staan. Dit geldt evenwel niet voor uw organisatie. Naar wat ik hier en daar heb opgevangen schijnen jullie zelfs tot de wereldtop te behoren.'
Carmen keek hem vragend aan. In haar blik stond één woord met vette letters geschreven. 'EN?'
'Als uw organisatie overmorgen daadwerkelijk in de straten van San Sebastián opduikt met de achterliggende gedachten om het Baskische volk te

beschermen, dan zien wij dit als een vriendendienst. De ultieme handreiking van toekomstige vrienden die hiermee een streep onder het verleden zetten.'

Hij boog iets naar voren. Hij oogde vastberaden en onbevreesd, als een man die zich door niets of niemand liet afstoppen. Het was de houding van een geboren leider.

'De gunst van een nieuwe vriend is natuurlijk een tegenprestatie waard. Nadat wij de persconferentie hebben gegeven, zal iedere beschikbare man op zoek gaan naar Patxi Ochoa. Alle hoeken en gaten van ons thuisland zullen worden uitgespit. Als we hem vinden, en dat is slechts een kwestie van tijd, wordt hij overgedragen aan de autoriteiten. Welke autoriteiten dat precies zijn, laten wij aan uw organisatie over.'

De grijns die hij produceerde bezorgde Carmen een koude rilling. Hetzelfde gold voor de daaropvolgende zin.

'Van je vrienden moet je het tenslotte hebben, nietwaar?'

Madrid, 15.00 uur

'Fijn weekend verder,' zei Alfonso Silva zonder een spoortje humor.

'Van hetzelfde, jefe,' antwoordde Carmen. Na die woorden stond ze op en vertrok. Vanaf dit moment begon haar voorbereiding. In het schema voor de komende 43 uur zat weinig speling. Om te bereiken wat ze voor ogen hadden zou ze het uiterste van haar manschappen moeten vragen. Vastbesloten dit inderdaad te doen, waardoor ze de klus op een goede manier zouden klaren, ging ze wederom op weg naar het Baskenland.

Silva keek naar zijn vrouw en dochter, die hem breeduit lachend vanaf een foto aankeken. Hij schudde vertwijfeld zijn hoofd en zuchtte diep.

'Wat een heerlijke baan heb ik toch.' Omdat Madrid op de achtergrond een siësta hield, bleef zijn cynisme enkele seconden in zijn kantoor hangen. Silva sloot zijn ogen en zonderde zich verder af van de wereld. Er bestonden verschillende analyses: analyses die in gezelschap werden gemaakt en psychische analyses voor jezelf. Over het algemeen gingen die persoonlijke gedachten en meningen veel verder.

Zijn beslissing om Carmen te sturen was juist geweest. Op papier was ze immers zijn opvolger. Wanneer het zover zou zijn was nu nog onduidelijk, maar dat het er ooit van zou komen stond zo goed als vast. Dat hield in dat ze tijdens haar leertijd zo veel mogelijk ervaring moest opdoen. Een ontmoeting met die geslepen vos van een Belasko was daarom een prima leermoment. Een taak die ze uitstekend had uitgevoerd. Hij had geen enkel hiaat in haar optreden kunnen ontdekken.

Dat Belasko specifiek om een onderhoud met hem had gevraagd kon Silva geen lor schelen. In Baskenland mocht de Patriarch het dan voor het zeggen hebben, tegenover regeringsfunctionarissen kon hij geen eisen stellen. Dan diende hij zich eerst maar eens een andere houding aan te meten en minder dwingend te zijn. Hij glimlachte voorzichtig. Dat was namelijk precies wat Belasko had gedaan: tegenover Carmen was hij de vriendelijkheid zelve geweest.

Toeval. Als je alles bij elkaar optelde en daarna je conclusies trok, kon je dat woord tot de grootste gemene deler benoemen. Steeds weer dook het toeval op als een dief in de nacht. Uit ervaring wist hij dat onvoorziene gebeurtenissen een vreemde, soms beslissende draai aan een zaak konden geven. Een willekeurig voorbeeld daarvan was het werk van Administratie, de researchafdeling van Nueve. Door keihard te werken stuitten ze regelmatig op dingen die anders nooit in het oog zouden springen. Zulke onverwachte wendingen zorgden er regelmatig voor dat een zaak kantelde of vanuit een ander perspectief werd bekeken. Maar dat kon je dus geen toeval meer noemen.

Dit was het toeval afdwingen. In het geval van Belasko werd toeval zelfs ineens logica. Hier was het onverwachte een vooraf berekende factor die werd opgevoerd naargelang de situatie erom vroeg. Een combinatie van feiten en zijn zesde zintuig maakte hem duidelijk dat de Patriarch een spel speelde waarvan hijzelf de regels had bepaald.

Het begon met Patxi Ochoa. Belasko wist dat hij een relschopper was. Als hij werkelijk bonje in de tent wilde voorkomen, had hij dat mannetje ruimschoots van tevoren apart genomen en het op een akkoordje met hem gegooid. Dat was een koud kunstje voor een man met zoveel geestelijke en financiële bagage. In plaats daarvan was het geëscaleerd. Of je zou ook kunnen zeggen; Belasko had het moedwillig uit de hand laten lopen.

Silva probeerde zijn ademhaling onder controle te houden. Dat viel nog niet mee met al die opwinding.

Ochoa was na die bewuste avond spoorloos verdwenen. Ook al zo'n vreemd verhaal. Waarom zou hij onderduiken? In zijn optiek stond hij volkomen in zijn recht. Hij verdedigde op zijn manier toch de ETA? Nota bene de organisatie waaraan iedereen die de vergadering bijwoonde op de een of andere wijze gelieerd was. Nee, dat klonk verre van logisch.

Uit het niets was een groepering verschenen die zich El Fuego de los Vascos noemde. Ze stelden ridicule eisen en begonnen volgens een vastliggend schema te moorden. En dat voor een organisatie waarvan echt niemand ooit had gehoord. Zoveel was wel zeker, omdat hij wist hoeveel tipgevers ze inmiddels in het Baskenland hadden rondlopen. Dit was een organisatie – of een maniakale eenling – die uit het niets was verschenen. Heel merkwaardig.

Dan de plotselinge dood van kopstuk Iñigo Salaberri. Natuurlijk, de man was een levend lijk, wiens dagen al lang geteld waren. Maar was het niet héél toevallig dat hij zich juist nu dood had gedronken? Precies op het moment dat de boel zo dreigde te escaleren? En was het niet opvallend dat zijn begrafenis exact op dezelfde dag plaatsvond die de moordenaar reeds in zijn agenda had aangekruist?

Silva opende zijn ogen. Naast de vragen en ideeën die door zijn hoofd speelden, maakte hij in gedachten een aantekening over het functioneren van Carmen. Toen tijdens haar gesprek met Belasko de dood van Salaberri ter sprake kwam, had ze de juiste koers gekozen door er verder niet op in te haken. Voor zover zij na hadden kunnen gaan was de Patriarch de laatste geweest die de oude man nog in leven had gezien. Dit was echter een zaak van de politie. Volgens de verklaring die Belasko bij hen had afgelegd, leefde Salaberri nog toen hij huiswaarts keerde en was er van drankgebruik geen sprake. Op de fles whisky waren enkel de vingerafdrukken van de oude man gevonden, zodat het de politie aan redenen ontbrak om Belasko langer vast te houden.

Een ETA-coryfee die op de vredestoer ging. Zijn voormalige kompaan die er door diezelfde *big shot* tussen de regels door van werd beschuldigd het brein achter El Fuego de los Vascos te zijn. De contradictie kon nauwelijks schrijnender. Waar men geweldloosheid predikte, overheersten moord en doodslag.

Zijn gedachtegang werd even stuurloos als politiek Baskenland al sinds jaar en dag was. Het stond buiten kijf dat men de afgelopen jaren enorme progressie had geboekt. Belangrijke factor hierin waren de klappen die de militante tak van de ETA had opgelopen. Daardoor was het vredesproces versneld op gang gekomen. De dialoog nam eindelijk zijn rechtmatige plaats in. De onderlinge verhoudingen bleven echter een heikel punt.

Belasko zinspeelde erop dat hij de lokale politiek op één lijn zou krijgen. Mocht dat zo zijn, dan leverde hij een prestatie van formaat. Nu er eindelijk van vrede in die regio gesproken kon worden, haalde het onderlinge gekrakeel wekelijks het nieuws. Er was altijd wel wat. Als een parlementslid van Euskal Heritarrok opperde dat het een goed plan zou zijn om de banden met de socialisten van de PSOE aan te trekken, kon je er donder op zeggen dat de volgende dag een partijlid van hem daarover zijn bedenkingen uitsprak. Een voorstel van de premier zelf om een aantal partijen te laten fuseren, leverde geheid evenveel voor- als tegenstemmers op. Een ren waarin het pluimvee als kippen zonder kop rondliep, een stuurloze bende die gekenmerkt werd door eigenbelang. En als hij het goed interpreteerde, had Aitor Belasko zichzelf nu de rol van superieure haan toegeëigend.
Toch was de vroegere tijger als een tandeloze leeuw bij zijn oude vijanden om hulp komen vragen. De tegenprestatie die hij had aangeboden was niet noemenswaardig. Ook weer zo'n rare move, ging het door hem heen. Als ze Ochoa er werkelijk van verdachten dat hij achter die moorden zat, waarom waren ze dan niet eerder massaal naar hem op zoek gegaan?
Silva liet zijn rechterhand met een klap op het bureaublad neerkomen. Voor nu was het genoeg geweest. Zijn hoofd barstte bijna uit elkaar vanwege alle theorieën die stuk voor stuk op houdbaarheid getest wilden worden. Hoewel hij door de regering werd betaald om op gezette en niet-gezette tijden over veiligheidsvraagstukken na te denken, bestond er wel degelijk zoiets als een onzichtbare grens, en wat hem betrof stond hij nu op het punt die te overschrijden. Het was zaterdagmiddag, Carmen had haar instructies voor maandag ontvangen, het team vertrok vanmiddag. Thuis wachtten zijn vrouw en dochter.
Silva stond op en liep naar de deur van zijn kantoor. Elke minuut die hij hier nog bleef was pure tijdverspilling.

9

San Sebastián, 10.00 uur

Het beeld recht voor haar bestond uit negen monitoren. Acht daarvan gaven weer wat de manschappen op straat zagen. De monitor recht in het midden gaf door wat de cameramensen van Euskadi Televisie uitzonden. De vredesmars werd live door de Baskische zender uitgezonden, een extraatje waarvan ze gebruikmaakten. Negen camera's zagen tenslotte meer dan acht. Tevens was het beeld van de Basken overzichtelijk. Een groot verschil met de beelden die de camera's van Nueve verzonden. Die waren met hun kleinere bereik bij uitstek geschikt om specifieke situaties onder de loep te nemen. Het was aan de teamleider achter de knoppen om met behulp van deze flarden het grote geheel te creëren.

Alfonso Silva had voor deze operatie tien mensen uitgetrokken. Een lowbudgetoptreden dus. De redenen daarvoor had hij aan Carmen in het kort opgesomd. Het kwam erop neer dat de lokale politie in groten getale aanwezig was en Antonio de la Gándara ongetwijfeld op strategische plekken medewerkers van UDEV had geposteerd. Het uitblijven van een melding hierover van Alarcón zei genoeg. Het was te onbelangrijk om er contact over op te nemen; het werd als vanzelfsprekend aangenomen. Daar kwam bij dat Silva niet van plan was om zijn budget door een bevlieging van de Baskische politieke top behoorlijk te doen slinken. Hij onderkende de kans dat de moordenaar tijdens de mars een aanslag zou plegen, maar weigerde met groot materieel uit te rukken. Dat was een kwestie van prioriteiten stellen. Ze moesten het dus met tien man zien te rooien, klaar.

Carmen liet haar vingers over het bedieningspaneel glijden. De vredesmars stond op het punt te beginnen. Op de eerste rij liepen de politieke kopstukken van Baskenland. Ze herkende Maikel Gorrotxatequi van de PNV, Ainhoa Etxeberia van Eusko Alkartasuna, en de communist Jon

Erkiana. In het midden van de voorste rij liepen Idoca Mendiazabal van Euskal Heritarrok en Aitor Belasko schouder aan schouder.
De begrafenis zelf was in alle rust verlopen. Tussen de naar schatting driehonderd aanwezigen hadden zich drie teams van Nueve gemengd. Quintana en Betancor, Dominquez en Lopez, en Trujillo en Navarro. De laatste naam veranderde ze onbewust in Enrique. Een onzorgvuldigheid die ze uit haar systeem moest zien te bannen. Bij Nueve werd het veldwerk standaard door duo's uitgevoerd. Ieder individu was altijd uitgerust met een minicamera, een minuscule microfoon en een vleeskleurig oortje. In principe communiceerde de operatieleider met de manschappen en nooit andersom. De leden kregen allemaal een nummer. Namen werden nooit genoemd.
'Nummer twee, veertig graden,' sprak Carmen monotoon. Op het scherm waarop de beelden van nummer twee, Enrique Navarro, werden vertoond, ontstond een lichte positiewisseling doordat Navarro zijn bovenlichaam iets naar rechts draaide. Het oog van de camera die in zijn baret zat verstopt, bracht twee jonge mannen in beeld die recht voor zich uit staarden. Heel even gleed er een glimlachje over Carmens gezicht. In gedachten had ze haar verloofde als 'nummer twee' betiteld, precies zoals het tijdens deze opdracht hoorde.
'Nummer twee, terug in positie.' Twee tellen later draaide Navarro zijn bovenlichaam terug in de natuurlijke stand.
Carmen keek naar de schermen waarop nummer zeven en acht waren aangesloten. Goncha en Suárez waren de scherpschutters. Zij aan zij hielden ze de straat in de gaten die tijdens de briefing als risicovol was bestempeld. Als de moordenaar een poging zou wagen, dan was de kans groot dat hij het hier zou proberen. Liggend op het dak van een flatgebouw speurden ze door hun telescooplenzen naar afwijkende dingen. Dat kon dus van alles zijn: iemand die op een brandtrap liep, een raam dat opeens werd geopend, of iemand op een balkon die zich verdacht gedroeg. Hun taak was om de buitenring in de gaten te houden. De teams op de grond hielden zich uitsluitend bezig met hun nabije omgeving.
Evenals de turende mannen zag Carmen niets wat als verdacht kon worden aangemerkt. Een brede straat in San Sebastián op een maandagmorgen. Het was er alleen stukken drukker dan gewoonlijk.
Vlak achter haar hoorde ze Castro zijn neus ophalen, op een manier die duidde op ongenoegen. Dat kon door de opdracht zelf komen, of doordat

hij zich vanwege zijn forse postuur nauwelijks in de bestelbus kon bewegen. Ze ging ervan uit dat het eerste het geval was, aangezien Castro al jarenlang bij Nueve zat en dus het een en ander had meegemaakt. Zo'n veteraan werd er niet warm of koud van als je hem in een krappe bestelbus stopte. Het ging dus vast om de functie die hij tijdens deze operatie vervulde, dacht ze. Er moest altijd iemand in de nabijheid van de teamleider zijn. In het onwaarschijnlijke geval dat die ineens onwel werd, kon de substituut de operatie dan verder in goede banen leiden. Maar in de praktijk kwam het erop neer dat de reserve op de achtergrond duimen zat te draaien.

Castro snoof nogmaals. In de kleine ruimte klonk het geluid schel en doordringend. Carmen kreeg het gevoel dat er een tetterende olifant achter haar stond. Met haar rechterhand maakte ze een gebaar dat duidde op irritatie.

'Dit is verdomme toch te zot voor woorden,' gromde Castro. 'Vandaag laten ze ons de ETA beschermen. Wat staat er morgen op het programma? Moeten wij dan soms als docenten optreden bij een project met als doel bommenleggers te resocialiseren?'

Carmens mond viel bijna open van verbazing. Dit kwam niet zozeer door de inhoud van zijn woorden, maar in al die tijd dat ze Castro kende, had ze de reus nooit meer dan twee zinnen achter elkaar horen zeggen.

10.10 uur

Het is toch godgeklaagd, dacht Isidro Alarcón. Van hoofdinspecteur tot surveillant. In plaats van achter een beker koffie regelmatig weg te kunnen dromen over een leven vol grote blauwbaars, waak ik in San Sebastián over de politieke kopstukken van Baskenland. Compleet met burgerkloffie en vleeskleurig oortje waarin Antonio de la Gándara regelmatig zijn orders blaft. Ja, ik heb het lekker voor elkaar!

Alarcón bevond zich in de voorste gelederen van de optocht voor vrede. Hij had geen oog voor wat zich achter hem afspeelde. Daarvoor waren zijn tijdelijke collega's verantwoordelijk. De eerste vier rijen, daar ging het om. Bij de briefing was Gándara daar bijzonder duidelijk over geweest. Deze opdracht diende met precisie te worden uitgevoerd. Een benadering die waarschijnlijk voortkwam uit zijn militaire achtergrond. Alarcón had

echter wijselijk zijn mond gehouden en geknikt alsof hij het er helemaal mee eens was. Pappen en nathouden was vaak de beste benadering, wist hij uit ervaring. Deze detachering zou hooguit enkele weken duren. Daarna kon hij weer terug naar de betrekkelijke rust van zijn bureau. Tot die tijd wilde hij vooral niet opvallen. Dat hield in dat hij regelmatig ja moest knikken en zijn opdracht zonder tegenwerpingen uit diende te voeren. Het was niet anders.
'Eén Baskenland, stop het geweld!' was de eerste kreet die daadwerkelijk door de menigte werd opgepikt. Tot aan dit moment was de mars in stilte verlopen. Een opmerkelijke ontwikkeling, aangezien er achter hem toch duizenden mensen liepen, had hij geschat nadat hij even achterom had gekeken.
'Nooit meer geweld, nooit meer geweld!'
Ah, ze kwamen los. Om niet uit de toon te vallen bewoog hij zijn lippen op en neer. Naast hem brulde een man op leeftijd vol overgave deze antistrijdkreet mee. Alarcón knikte hem vriendelijk toe en verhief zijn stem. Wat heb ik toch een hondenbaan, dacht hij.

10.15 uur

Ze voelde zich verre van prettig in deze zwerversoutfit – met een beetje goede wil de look van een minima. Het moment waarop ze deze rommel kon verbranden kon voor haar niet snel genoeg aanbreken. Het kwam echter geen seconde in haar op om de tweedehandstroep uit te trekken. Daarvoor was ze te zeer een professional. Een goede vermomming ging in principe vóór alles en was een belangrijk onderdeel van haar werk. Zolang de klus nog niet was geklaard, diende ze de ongemakken voor lief te nemen.
Ook de auto waarin ze reed was van een bedenkelijk allooi. Nou ja, auto. Het was een vervoermiddel en daar was feitelijk alles mee gezegd: een blauwe Renault die ergens in het begin van de jaren negentig van de band was gerold. De vorige eigenaars hadden het vehikel behoorlijk uitgewoond. De stoffering was tot op de draad versleten en het plaatwerk zat vol met krassen en butsen. Er was geen sprake van dat dit barrel aan een oud vrouwtje had toebehoord die het voertuig elke avond liefdevol in haar garage had gestald. Dit was een brik eerste klas en precies daarom had ze deze roestbak gestolen.

Op de passagiersstoel lag een minitelevisie met een beeldscherm van tien bij tien centimeter. Dat was groot genoeg voor haar arendsblik. Het was overigens maar een hulpstuk. De route die de stoet nam en het daarbij behorende tijdschema kende ze uit haar hoofd.
Ze parkeerde de auto achter het flatgebouw tussen de voertuigen van de bewoners. De modder en roestplekken op de carrosserie van de Renault fungeerden nu opeens als schutkleur. In deze achterstandswijk viel het blauwe gevaarte beslist niet uit de toon.
Het televisietje verdween in de zak van haar legerjack. Daarna wierp ze een korte blik in de achteruitkijkspiegel. Haar rossige pruik zat goed en de groene zonnebril camoufleerde haar ogen naar behoren. Een rilling van afgrijzen trok langs haar ruggengraat: de mooiste vrouw van Spanje had zichzelf getransformeerd tot een verlopen hippie die het aanzien niet waard was. Ze pakte haar vormloze schoudertas van de achterbank en stapte uit.
De afstand tot haar auto en de ingang van het flatgebouw bedroeg vijfentwintig meter. Het loopje dat ze zich had aangemeten correspondeerde perfect met haar uiterlijk: lomp, ongeïnteresseerd en een tikje wereldvreemd, een pose die onverdund van toepassing was op het volk dat hier huisde. De bewoners van dit afgeleefde flatgebouw waren junks, werklozen, eenoudergezinnen, hoeren en bejaarden die de eindjes nauwelijks aan elkaar konden knopen. Eigenlijk gold dat laatste voor iedereen die hier onderdak had gevonden.
Zonder iemand tegen te komen liep ze het flatportaal binnen. De lift liet ze links liggen. De kans dat je daarin zonder vertraging boven kwam was even groot als bij een Russische onderzeeër uit de jaren zestig. Alsof het hier haar dagelijkse gang betrof, beklom ze de traptreden, haar blik deels naar beneden gericht. Vanwege het slechte onderhoud ontbraken er her en der stukken steen, waardoor een verkeerde stap voor lichamelijk letsel kon zorgen. De gevaarlijkste punten had ze overigens al in kaart gebracht. Die denkbeeldige plattegrond kende ze uit haar hoofd.
Eenmaal op de derde verdieping hield ze enkele tellen halt. Het was doodstil op de galerijen. Oorzaak hiervan was het tijdstip. Het gros van de bewoners was 's nachts actief en de paar bejaarden die hier leefden kwamen slechts buiten als het echt niet anders kon. In deze buurt maakte een mens op leeftijd niet voor de lol een ommetje.
Op de vijfde etage verliet ze het trapportaal. Zonder op of om te kijken

liep ze de galerij af. Bij de vierde deur hield ze halt en drukte resoluut op de bel. Het duurde een halve minuut voordat ze een schuifelend geluid waarnam. De deur ging een centimeter of tien open. Het metalen veiligheidshaakje knarste toen het tegen de rand van de deur schuurde.
'Ja?' Een klein gedeelte van een gerimpeld gezicht verscheen in de deuropening.
'Ik heb een pakketje voor u,' loog ze. Gelijktijdig verdween haar rechterhand in de linkerbinnenzak van haar groene legerjack. In één vloeiende beweging trok ze het pistool en schoot de oude man door zijn hoofd. Het geluid had veel weg van een droog rokershoestje. Ze hield de loop van de geluiddemper enkele centimeters van het veiligheidskettinkje en drukte af. Vervolgens duwde ze de deur krachtig open.
'Vincente?' vroeg een zwakke stem vanuit de woonkamer.
Ze stapte over het lijk van de 83-jarige Vincente Odrigo heen en sloot de deur achter zich. Vijf stappen later stond ze in de deuropening van de woonkamer. Vanuit een leunstoel keek Andrea Rivero-Algodela haar verschrikt aan. Twee ploffen later veranderde deze oogopslag in een levenloze staar.
Zonder de dode vrouw een blik waardig te keuren, draaide ze de geluiddemper van de loop van het pistool. Terwijl ze zowel het onderdeel als het wapen weer in haar binnenzak opborg, deed ze drie stappen naar voren en schatte de situatie in. Tot haar opluchting stond de stoel met daarin het lijk zo opgesteld dat hij vanaf het dak van de tegenovergelegen flat onmogelijk te zien was.
Terwijl ze haar tas op de grond legde, glimlachte ze zuinig. Het scenario waarin ze met een lijk moest slepen was gelukkig niet van toepassing. Met haar rug naar het raam gekeerd liep ze achterwaarts. In haar linkerooghoek verscheen de metalen kruk. Terwijl de vingers van haar rechterhand de sleutel omdraaiden, duwde ze met haar linkerhand de balkondeur open. De handschoenen die ze droeg vormden geen belemmering voor snel handelen. Ook daar had ze uitvoerig op geoefend.
Een vrouw met rossig haar in een groen legerjack, meer heb jij niet gezien, dacht ze. Als je überhaupt al iets hebt waargenomen, voegde ze er in stilte aan toe. Dat de oppositie het flatgebouw in de gaten hield stond als een paal boven water. Dat zij hen desondanks te slim af zou zijn, stond eveneens vast. Daar stond de opleiding die Juan haar had gegeven garant voor.
In dezelfde houding deed ze vier stappen naar voren. Ze zakte door haar

hurken en nam de minitelevisie uit haar zak. Het ingetogen commentaar op de vredesmars vulde het appartement. Het wachten op dat ene, allesbeslissende moment begon.

10.20 uur

Carmens blik schoot van de ene naar de andere monitor. In theorie was haar taak vrij simpel. Met behulp van de techniek moest ze verdachte personen opsporen, waarna de juiste beslissing het eventuele gevaar neutraliseerde. In de praktijk lag het echter gecompliceerder: een beperkt gezichtsveld, zoveel mensen die aan het oog van de camera voorbijschoten...

Volgens Silva bestond er voor dit specifieke gedeelte van hun beroep geen opleiding. Bepaalde zaken waren te leren. De bediening van het paneel, de werkwijze van de teamleden en het behouden van overzicht over de verschillende monitoren. De rest kwam neer op een mix van inzicht, timing en een flinke dosis geluk. Bij elke seconde die ze langer achter het paneel doorbracht, kreeg ze steeds sterker het idee dat Silva precies wist waarover hij het had. Het explosieve deel van haar geest dat om actie vroeg, had het allang opgegeven ten gunste van het conservatisme dat in stilte bad om een ochtend in volmaakte harmonie.

Het belangrijkste gedeelte van de route was aangebroken. Calle Felipe Mondragon, een brede straat met aan beide zijden geschakelde flatgebouwen die acht verdiepingen telden. Het walhalla voor een scherpschutter. Voor Nueve was dit een nauwelijks te verdedigen locatie, aangezien de oppositie kon kiezen uit een kleine tweehonderd mogelijkheden. Elke openstaande deur en elk raam vanaf de tweede verdieping was een potentieel gevaar. Een gebied dat twee scherpschutters menselijkerwijs gesproken niet konden bestrijken.

Tijdens de briefing was al spoedig duidelijk geworden waar het knelpunt lag. Vanwege een krappe personele bezetting en de tijdsdruk, was het uitgesloten om de flatgebouwen vooraf grondig te inspecteren. Die maatregel werd bij soortgelijke operaties doorgaans wel genomen, maar de lage prioriteit die Silva aan dit 'uitje' had toegekend, maakte dit nou eenmaal onmogelijk.

Carmen liet de beelden die Euskadi Televisie nu uitzond even voor wat ze waren. De regisseur onderbrak de uitzending regelmatig met plaatjes van de omgeving. Dit was immers een uitgelezen mogelijkheid om aandacht te vragen voor de plaatselijke bezienswaardigheden. Euskadi Televisie was een regionale omroep die een extra centje goed kon gebruiken. Ook in Baskenland schoten de commerciële stations als paddenstoelen uit de grond. Daardoor werden zelfs de gesubsidieerde televisiemakers gedwongen een moordende concurrentiestrijd aan te gaan.

Zonder er al te lang stil bij te blijven staan, zag Carmen beelden van een hoog toeristisch gehalte. In rap tempo kwamen wat schilderijen, etnografische en historische voorwerpen uit het museum San Telmo voorbij. Aansluitend het gotische meesterwerk San Vincente, de oudste kerk van de stad. Daarna sloeg de regie vijf eeuwen over en bevond de kijker zich ineens tussen een onwaarschijnlijke variëteit aan vissen die kriskras door de megabakken zwommen van het wereldberoemde aquarium vlak naast de haven.

Carmen beet lichtelijk geïrriteerd op haar lip, maar hield daar abrupt mee op toen er weer live naar de mars werd overgeschakeld. Negen monitoren brachten haar de beelden die er werkelijk toe deden. Ze hoopte dat de volgende gesponsorde interventie lang op zich liet wachten, in elk geval tot het merendeel van het volk die vermaledijde Calle Felipe Mondragon achter zich had gelaten.

De voorste rij had bijna de helft afgelegd, schatte ze. Nog een kwartiertje billenknijpen dus. Een soortgelijk gevoel dat ook tijdens de begrafenis opspeelde. Tegen het einde ervan werd ze onrustig; het venijn zat immers vaak in de staart. Pas op het moment dat de aanwezigen de begraafplaats verlieten, verdween het jachtige gevoel uit haar lijf.

Op de monitor linksonder flitste het gezicht van Aitor Belasko op. Tot nu toe was alles wat hij had voorspeld uitgekomen. De begrafenis was een besloten aangelegenheid met hooguit tweehonderd rouwenden. Minstens tien procent daarvan speelde toneel, aangezien die voor Nueve, UDEV of de plaatselijke politie werkte. Er was geen wanklank gevallen. De sfeer die er heerste hield het midden tussen verdriet, verborgen schaamte en, vreemd genoeg, opluchting. Alsof met de teraardebestelling van de oude man een tijdperk definitief werd afgesloten, een periode die niet voor herhaling vatbaar was.

Als ze zo eens keek naar de gezichten van de mensen die de straat bevolkten, kon ze zich niet aan de indruk onttrekken dat vooral dit laatste hier en nu het geval was. Er werden geen opruiende leuzen geschreeuwd. Nie-

mand droeg provocerende spandoeken. Slechts af en toe weerklonk een kreet die heel even door de menigte werd overgenomen. Deze spreekkoren hadden uitsluitend betrekking op de vrede. Het moest over zijn met geweld. Zinloos of niet, geweld was geweld. En daar hadden ze meer dan genoeg van gehad.
Ze vroeg zich af of dit dan echt het begin van iets heel moois zou blijken.

10.25 uur

Hoewel Isidro Alarcón een uitgesproken hekel aan mensenmassa's had, bleef de vooraf gevreesde claustrofobie hem vandaag bespaard. Dat was een curieuze gewaarwording voor iemand die steevast op een lift wachtte waarin niet meer dan twee personen stonden en in een stadion het liefst alle overige toeschouwers zag vertrekken. Hij had echt geen hekel aan mensen, ze moesten alleen niet te dicht in zijn buurt komen. Mede hierdoor zat hij het liefst in een bootje op het water, in het midden van een meer of een paar kilometer uit de kust. De kans op een ontmoeting met zwemmers of andere druktemakers was daar nagenoeg nihil.
Zijn directe omgeving was nu reden voor een opkomende euforie die vanuit zijn binnenste naar een uitweg zocht. Tussen deze opgetogen mensen was geen plaats voor iemand die te boek stond als een notoire pessimist met claustrofobische neigingen. Tijdens deze bijeenkomst werd er geschiedenis geschreven. Iedere deelnemer participeerde, gewild of ongewild. Naarmate de mars vorderde vloeiden verschillende intenties samen tot één geheel, één doel, één wens, één eis. Eén verlangen, dat na tientallen jaren van angst en rouw door iedereen hartgrondig werd gewenst: men wilde vrede.
Zijn oog viel op een man die twee rijen voor hem liep. Hij droeg een ongewassen baret en slonzige kleding. Gympen die rechtstreeks van de lommerd kwamen. De zoveelste dertiger uit het leger der werklozen.
Een tweede blik en jarenlange ervaring bij de recherche deden echter enkele bellen bij hem rinkelen. De kleding en de man vormden geen eenheid, hoe goed hij zijn rol ook speelde. Je postuur kon je bedekken, wat niet voor je handen en je gezicht gold. Tenminste, niet als het een mars voor de vrede betrof op een mooie maandagochtend.
De man die een soort lompen droeg, was een atleet. Dat zag hij aan diens

gespierde handen en afgetrainde gezicht. Het verschil tussen afgetraind en mager bleek uit de verhouding van gezicht tot postuur. Een afgetraind persoon oogde enigszins mager. Het vet op zijn lichaam had zich omgezet in spiermassa.

Alarcón liet zijn blik zwenken en vroeg zich af of hij zojuist iemand van Nueve had gespot. Dat ze er waren stond buiten kijf. Tijdens de briefing van Gándara was voorgesteld om scherpschutters op dit deel van de route te plaatsen. De chef van UDEV had knorrig gereageerd: 'Daar zorgt een andere eenheid voor.' Om welk team het ging werd niet verteld. Zijn nieuwe collega's waren echter ervaren genoeg om te begrijpen dat het hier Nueve betrof.

De eerste paar dagen bij UDEV waren hem trouwens meegevallen. Gándara had hem koeltjes verwelkomd en hem aansluitend zijn kantoor gewezen – een kennismaking die stukken beroerder had kunnen uitvallen. Antonio de la Gándara was tenslotte niet op zijn achterhoofd gevallen. Hij wist donders goed dat de overplaatsing van een hoofdinspecteur bij Ernstige Geweldsdelicten naar zijn eenheid een politieke zet was. Hij zat ineens opgescheept met een controleur die in verbinding stond met een ander ministerie. Als de chef van UDEV zijn klassiekers kende en regelmatig flarden van gesprekken en roddels in de wandelgangen van Justitie opving, dan was de link naar Binnenlandse Zaken en Nueve snel gelegd.

Met deze wetenschap in zijn achterhoofd had Gándara hem toch als een volwaardig teamlid behandeld. Voor zover hij inzage had in de dingen die zich bij UDEV afspeelden, natuurlijk. De mogelijkheid bleef dat zijn tijdelijke chef inclusief zijn nieuwe collega's een ingestudeerd toneelstukje opvoerden. Zijn intuïtie vertelde hem echter dat dit niet het geval was.

Vlak voor hem verhief een dame op leeftijd haar stem: 'Eén plus één is één!'

Omdat de mars tot nu toe betrekkelijk rustig was verlopen, was de reactie om hem heen opmerkelijk te noemen.

'Eén plus één is één!'

Dit was een variatie op het aloude 'Vier plus drie is één', wist Alarcón. Hiermee werden de zeven provincies bedoeld die samen het Baskenland vormden. Zowel politiek als geografisch gezien een heet hangijzer, aangezien drie ervan op Frans grondgebied lagen.

De menigte pakte de kreet op. De manier waarop ze de zin uitspraken was uniek: men fluisterde de woorden. Ook de vrouw die de kreet had aange-

zwengeld, dempte haar stem. Menselijk geruis zoemde over hun hoofden. De kracht ervan vloeide in elke porie.
Alarcón voelde kippenvel over zijn hele lichaam.
Zelden had een volk zijn ultieme wens op ingetogen wijze zo duidelijk kenbaar gemaakt.

10.30 uur

Het was tijd. Het geweer lag recht voor haar. Met de onderdelen uit de schoudertas had ze schoonheid gecreëerd. Uitlopers van zonnestralen die het afgeleefde appartement binnendrongen deden het matzwart sprookjesachtig oplichten. Prachtig. Wat een contrast met de smeerboel waartussen ze noodgedwongen haar tijd doorbracht. Bah, wat haatte ze deze kleinburgerlijke onderkant van de maatschappij. Losers, zonder lef om hun eigen leven stevig op te pakken en af te dwingen wat afgedwongen diende te worden. In plaats daarvan kropen ze in een hoekje en vonden zichzelf uitermate zielig. Alleen voor een shotje of uitkering verlieten ze hun eigenhandig ontworpen forten van sociale wanstaltigheid waarin voornamelijk zelfbeklag resideerde.
Uit de schoudertas haalde ze een plastic flesje. De halve liter mineraalwater was vervangen door benzine. Qua sfeer kwam deze zwijnenstal enigszins met de flat in Benidorm overeen, dacht ze, maar daar hield de vergelijking verder mee op. Ondanks de handschoenen die ze droeg, was er een kans dat ze DNA-materiaal had achtergelaten. Ze stond op en liep kalm door het appartement. Strategische plekken overgoot ze met de brandbare vloeistof. Nadat de laatste druppel uit het flesje was gevloeid, stak ze de minitelevisie in de zak van haar jas. Vervolgens pakte ze het geweer, haalde diep adem en sloot even haar ogen.
'Op de hele wereld is er maar één die deze klus aankan. Binnen drie seconden het perfecte schot afleveren is onmogelijk. Dat is een ongeschreven wet, die echter niet voor mij geldt. Ik ben namelijk de beste. Niemand kan in mijn schaduw staan.'
Ze opende haar ogen en liep vastberaden het balkon op. Vier stappen later bleef ze abrupt staan, legde aan, ademde uit en vuurde.

Goncha lag plat op het dak. Hij tuurde onafgebroken door het telescoopvizier van zijn dodelijke wapen. Het gebied dat hij geacht werd te bestrijken was veel te groot. Om het naar behoren te doen, waren er twee, zo niet drie scherpschutters nodig. Aan beide zijden van de weg, welteverstaan. Zijn collega Suárez nam vanaf de oostelijke kant de flats aan de westkant op de korrel. Hijzelf deed het tegenovergestelde.
Ze bevonden zich bijna aan het begin van de brede straat, op het dak van de tweede flat in lijn op zo'n twintig meter hoogte. Een tactische beslissing, zodat ze de menigte in de rug keken. Voor zover je in dit vak ergens van uit kon gaan, leek de eerste rij het meest logische doelwit. Aangezien de oppositie vanaf de achterkant van de stoet gezien nooit een vrij schootsveld kreeg, was het meest voor de hand liggende scenario dat hun tegenstander ergens in een flat aan het einde van de straat had postgevat. In dat geval kwam hij tijdens een poging recht in het blikveld van een van Nueves sluipschutters.
Omdat het terrein dat onder zijn verantwoordelijkheid viel niet in één positie kon worden bestreken, was hij gedwongen het geweer te laten zwenken. Deze manoeuvre bezorgde de moordenaar de paar seconden die beslisten over leven en dood. Toen Goncha de schutter in beeld kreeg, wist hij al dat het te laat was. Het wapen was duidelijk zichtbaar toen een figuur in een groen legerjack op het punt stond het balkon te verlaten. Zonder er verder bij na te denken haalde Goncha de trekker over.
'Verdachte bevindt zich op de vijfde verdieping aan de oostzijde. Derde gebouw van de hoek, vierde flat.' Terwijl hij door het telescoopvizier naar de deuropening keek waardoor de schutter daarnet was verdwenen, haperde zijn stem een fractie van een seconde.
'Ik kan geen treffer bevestigen. Ik herhaal: geen treffer.'

Ze moest de beeldenbrij absorberen en tot één geheel formeren. Details mochten geen voorname rol spelen. De tijd om diep in die materie te duiken ontbrak. Je nam ze in je achterhoofd mee. Later, tijdens de uitgebreide analyses, lepelde je die weggestopte details weer op. Dan was er voldoende tijd om te concluderen of de bijzaken toch belangrijk waren. Op dit moment moest ze zich met de aantoonbare feiten bezighouden en daarnaar handelen.
Ze had zes mobiele camera's op de grond. De drie teams bevonden zich alle dicht bij de spreekwoordelijke brandhaard. Het verwijt schoot door

haar hoofd dat ze had moeten spreiden, zodat minstens één team zich bij het daadwerkelijke vuur had opgehouden. Ze zette deze gedachte direct van zich af. Het was mosterd na de maaltijd. En tevens onrealistisch vanwege het gebrek aan mankracht.

Chaos was troef: schreeuwende mensen, ongecontroleerde lichaamsbewegingen. Uit de beelden van camera drie en vier kon ze opmaken dat er iemand uit de eerste rij op de grond lag. Rode strepen en spatten op kledingstukken die langs het oog van de camera's flitsten. Het zwartste scenario leek werkelijkheid geworden.

Euskadi Televisie filmde lucht. De cameraman bevond zich waarschijnlijk in een gebied waar paniek was uitgebroken. Door zijn registratie trok ze een streep. Dit gold eveneens voor de nummers zeven en acht. De beelden vanaf het dak waren te specifiek op bepaalde punten gericht. Van scherpschutters werd geen overzichtsplaatje verwacht.

'Nummer een en twee, code rood.' Vervolgens herhaalde ze de woorden van Goncha die betrekking hadden op de vermoedelijke locatie van de schutter. Truijillo en Navarro volgden direct de orders op. De beelden vanaf hun minicamera's hadden veel weg van een stomme film van tachtig jaar geleden waarin alles schokte en tien keer zo snel leek te gaan.

Het duo rende op volle snelheid, wist Carmen. Iedereen die hen nu de weg versperde had een probleem.

De duik naar voren had haar leven gered. Terwijl ze het appartement binnenvloog, hoorde ze hoe de kogel in het beton naast de deuropening sloeg. Dat ze geluk had kwam geen moment in haar op. Alles was van tevoren berekend, ook het schot van de oppositie. Het was niet meer dan logisch dat de scherpschutter had gevuurd; de man deed gewoon zijn werk. Door het laatste gedeelte van het balkon naar de woonkamer met een snoekduik af te leggen, had ze de kogel weten te ontwijken. Eigenlijk was het heel simpel: actie en reactie.

Ook de daaropvolgende handelingen voerde ze met zorgvuldig gepland automatisme uit. De aansteker in haar rechterhandschoen lichtte op. Ogenblikkelijk vraten de vlammen aan het papiertje dat ze tussen de vingers van haar linkerhand vasthield. Ze wierp het naar de door haar ontworpen vochtige lont op de grond. Die vatte onmiddellijk vlam en begon aan een verschroeiende opmars.

Op het resultaat ervan kon ze niet wachten. Alles was tot in detail voorbereid. Dat gold zeker voor haar aftocht, waaraan ze al was begonnen. Ze trok haar pistool. Met de souplesse en snelheid van een honderd-metersprintster rende ze over de galerij. De vijftien treden van elk trapportaal overbrugde ze met drie vliegende stappen. Ook de overlopen die de trappen met elkaar verbonden stak ze op die manier over. Het enige gedeelte in haar plan waar ingecalculeerd risico op de achtergrond loerde. Weliswaar kende ze de route uit haar hoofd, maar er bestond een geringe kans dat ze ergens onderweg haar voet verkeerd neerzette of een situatie fout inschatte. Het enige hiaat in haar voortreffelijke plan dat eventueel roet in het eten kon gooien.

De misstap bleef evenwel uit. Toen ze eenmaal op de begane grond was, meldde de klok in haar hoofd dat er na haar succesvolle schot precies anderhalve minuut was verstreken. Op wat geparkeerde auto's na was het plein leeg. Blijkbaar had de oppositie niemand aan de achterkant van de flats geposteerd. Hoewel ze op een rechtstreekse confrontatie was voorbereid, en van zichzelf wist dat ze geen moment zou aarzelen om het vuur te openen, trok er toch een gevoel van opluchting door haar heen. Dit scenario was stukken beter voor haar zenuwen, die tenslotte al danig op de proef waren gesteld.

Terwijl haar zolen nauwelijks de grond raakten rende ze naar de blauwe Renault. Ze opende het portier, stapte in, startte de motor en reed weg.

'Kordon,' hoorde Isidro Alarcón in zijn oortje. In de stem van Antonio de la Gándara klonk niets wat op paniek leek, wat aangaf dat hij gedurende een stresssituatie ook zijn mannetje stond. Een conclusie die niet opging voor de mensen in zijn directe omgeving. Nadat iemand in de voorste rij in elkaar was gezakt, greep de hysterie flink om zich heen. Wat zich leek te ontpoppen tot een heuse overwinningsmars, was binnen een oogwenk veranderd in een ware tragedie.

In hun haast om deze plek te verlaten, botste men tegen hem op of scheerde rakelings langs hem heen. Iedereen sloeg massaal op de vlucht, want alles was beter dan schietschijf spelen. Op zoek naar een veilig heenkomen rende het publiek naar de zijkanten van de brede straat – een instinctieve actie die werd ingegeven door overlevingsdrang.

Alarcón stapte naar voren. Uit zijn ooghoek zag hij een collega hetzelfde doen. De andere kant van zijn blikveld registreerde iets wat hij meteen als opmerkelijk aanmerkte. Twee mannen renden met hoge snelheid dwars

door het vluchtende publiek heen. Hun looplijn week sterk af van die van het volk. Terwijl iedereen voor de zijkanten koos, nam het tweetal een andere route. Een tweede blik leerde Alarcón dat de mannen de kortste weg naar de hoek van de straat namen: de enige manier om zo snel mogelijk bij de ingang van de flatgebouwen te komen. Die lagen namelijk aan de andere kant. Wat hem verder opviel was de combinatie van snelheid en onverzettelijkheid waarmee de mannen te werk gingen.
In de wetenschap dat hij zojuist leden van Nueve aan het werk had gezien, bereikte Alarcón een groepje mensen die zich in een kring hadden opgesteld. Het contrast met de panische menigte was groot. Van hysterie was hier geen enkele sprake. Ze wekten zelfs de indruk dat de reactie van de mensenmassa volledig langs hen heen ging. Hun hoofden waren gebogen, zoals het geval was bij mensen die een groot verlies moesten verwerken.
Hij deed nog een stap naar voren. In het midden van de kring zat Aitor Belasko op zijn hurken. Het gezicht van de Patriarch was spierwit. Hij staarde met lege blik recht voor zich uit. Vlak naast hem lag de voorman van Euskal Heritarrok. In de borstkas van Idoca Mendiazabal zat een gat ter grootte van een vuist. Zijn ogen waren wijd opengesperd, alsof hij niet kon geloven dat iemand dit onheil juist over hem had afgeroepen. De deken waarop hij lag absorbeerde meer en meer bloed.
Jezus, wat een ellende, dacht Isidro Alarcón.

22.30 uur

'Hoi,' zei Enrique Navarro toen hij hun appartement binnenkwam. Hij liep naar Carmen, die op de bank zat, en drukte een vluchtige kus op haar rechterwang. Vijf katachtige passen later stond hij in de keuken.
'Ik neem een biertje.' Omdat een reactie uitbleef, opende hij het flesje en zette het direct aan zijn mond. In twee kolkende teugen dronk hij het leeg. Een bescheiden boer volgde.
'Ik neem er nog eentje.'
'Vul een emmer, dat scheelt straks meters lopen.' Ze zei het op zo'n vlakke toon dat het cynisme ervanaf spatte. 'Als je dat gore boeren maar achterwege laat, vind ik alles prima. Je weet dat ik daar een gruwelijke hekel aan heb.'
'Sorry.' Met een nieuw flesje in zijn hand liep Navarro naar de woonka-

mer. Hij ging naast haar op de bank zitten en keek verbaasd naar het glas vruchtensap dat op het bijzettafeltje stond.
'Ik zie dat je nog in functie bent.' Zijn rechtermondhoek schoot omhoog. 'Dan blijft er tenminste iemand nuchter.'
Navarro zuchtte.
'Pop, luister nou eens. Niemand kon...'
Als door een wesp gestoken draaide Carmen haar hoofd een kwartslag naar links. Vonken schoten uit haar donkere ogen.
'Ik heb het verkloot, Enrique. Dat weet jij, dat weet Silva en dat besef ikzelf maar al te goed!' Ze beet op haar onderlip om het trillen tegen te gaan. 'Iedereen bij Nueve weet dat ik heb gefaald.'
Navarro schudde nadrukkelijk zijn hoofd.
'Wat een onzin. Vooraf is er een plan gemaakt en iedereen heeft zich daar strikt aan gehouden. Dit was gewoonweg niet te voorkomen. In elk geval niet met zo'n klein ploegje.'
Nu schudde Carmen ontkennend haar hoofd.
'Nee. Als operatieleider was ik verantwoordelijk voor de gang van zaken. Het is overduidelijk dat ik een inschattingsfout heb gemaakt. Er waren te veel teams in dezelfde operationele ruimte, bijvoorbeeld. Ik had moeten spreiden.'
Navarro hief beide handen. De oprechte verontwaardiging die op zijn gezicht stond te lezen gaf aan dat hij het hiermee hartgrondig oneens was.
'Kom nou toch, Carmen. Het moet niet veel gekker worden, hoor. Had jij soms duo's moeten opsplitsen? Drie teams op de plek waar we eventuele actie verwachtten was al aan de krappe kant, om over de scherpschutters maar te zwijgen. Die twee op het dak deden het werk voor zes.'
Hij legde zijn rechterhand op haar linkerbovenbeen.
'We waren onderbezet, lieverd. Een gegeven dat jij niet op jezelf mag betrekken. Jij hebt volgens de regels gehandeld. Als er toch iemand schuld heeft, dan is het Silva. Hij is de eindverantwoordelijke.' Na die woorden stak hij nadrukkelijk zijn linkerwijsvinger op. 'Wat ik overigens niet doe. Silva heeft naar aanleiding van zijn afwegingen beslissingen genomen. Wat zijn beweegredenen waren weet ik niet en ze gaan mij ook geen barst aan.' Hij haalde zijn schouders op. 'Het is verkeerd afgelopen, jammer dan. Dat soort dingen gebeuren. Wees blij dat er niemand van ons team gewond is geraakt.'
Met een sissend geluid uitte Carmen een deel van haar ongenoegen.

‘Ik kan deze redenering niet eens kort door de bocht noemen, Enrique. Jij snijdt verdomme hele stukken af.’

Navarro snoof luidruchtig. Om zijn afkeer over haar antwoord extra aan te dikken, klakte hij een paar maal met zijn tong.

‘Natuurlijk zie ik het weer te simplistisch, maar dat geldt eveneens voor de rest van het team. Wij zijn tenslotte het kanonnenvoer, nietwaar? Van ons wordt geen mening verwacht. Mochten we zo stom zijn om die wel te ventileren, dan moeten we niet piepen als een hogergeplaatste het wegwuift. Dat heet immers logica.’

Hij zette zijn flesje hard neer. De klap van glas op hout gonsde door de kamer. Vervolgens keek hij Carmen doordringend aan.

‘Ik stond krap vijf meter van die vent af toen hij de volle laag kreeg, Carmen. Ik versta mijn vak en weet wat de risico’s zijn. Het minste wat jij kunt doen is luisteren naar wat ik te zeggen heb. Met “luisteren” bedoel ik echt tot je door laten dringen, in plaats van mijn woorden het ene oor in en het andere uit te laten gaan.’

Hij zuchtte diep, bromde: ‘Ongelofelijk!’, pakte de afstandsbediening en zette het geluid van de tv harder. Met een strak gezicht keek hij naar een groep dansende en zingende meiden die hun uiterste best deden om in de smaak te vallen bij de jury van een talentenjacht. Hoewel zijn duim automatisch de zapstand aannam, liet hij de overige kanalen onaangeroerd. Het kon hem nu even geen ene moer schelen wat er op televisie was. Een blèrende meidengroep, een serieus actualiteitenprogramma of een documentaire over het ambivalente leven van rockster Garry Glitter – hij nam toch niets in zich op en had wel wat anders aan zijn hoofd.

Carmen keek eveneens strak voor zich uit. De storm van woede die in haar hoofd was opgelaaid, ging langzaam maar zeker liggen. De verwensingen en verwijten die ze Enrique voor de voeten had willen werpen verloren aan kracht; de angel was eruit. De constatering dat hij gelijk had, won daarentegen terrein. Voordat ze echter bakzeil zou halen, keerde ze in gedachten terug naar vanmiddag.

Zoals na elke operatie gebruikelijk was, volgde er een debriefing. Vijf uur na het drama in San Sebastián zat ze tegenover Silva. Terwijl hij luisterde, bracht ze verslag van het debacle uit. Toen ze haar zegje had gedaan, knikte Silva enkele malen raadselachtig om daarna zijn visie op de operatie te geven. Hij begon met een compliment aan haar adres. Gezien de omstandigheden had ze zich uitstekend van haar taak gekweten, meldde hij zonder een spoortje van ironie. Aansluitend meldde hij dat, mocht er toch sprake zijn van een inschattingsfout, de verantwoordelijkheid daarvoor volledig bij hem lag. Deze operatie zou in een later stadium verder worden geëvalueerd. De conclusies konden in de toekomst als studiemateriaal dienstdoen. Voor nu zat hun bemoeienis met deze zaak erop. Het was een eenmalig optreden dat niet het gewenste resultaat had opgeleverd. De Policía Nacional en UDEV hielden zich verder met de details bezig.

Na deze korte verklaring – een andere omschrijving kon ze er niet voor bedenken – was Silva opgestaan. Samen waren ze naar het aangrenzende lokaal gelopen, waar de overige teamleden zich bevonden. Het protocol schreef voor dat er na de briefing van de stafleden een nabespreking volgde met het voltallige team dat aan de operatie had deelgenomen.

Logischerwijze was de stemming bedrukt. Geheel volgens het boekje nam Silva zelf het woord. Tegenover de negen mannen stak hij een soortgelijke speech af als die zij enkele minuten geleden had aangehoord. Tijdens de daaropvolgende rondvraag bleef het opmerkelijk stil. Het was overduidelijk dat iedereen er het zijne van dacht, maar niemand voelde zich geroepen daar iets over te zeggen. Omdat de leden van Nueve een gesloten front vormden, nam de debriefing hooguit vijf minuten in beslag – al met al honderdtwintig tellen langer dan haar onderhoud met Silva had geduurd.

'Wat vonden ze er nou werkelijk van? Ik bedoel, die nabespreking was een aanfluiting. Dat hadden we ook schriftelijk af kunnen doen.'

In eerste instantie keek Enrique haar bedachtzaam aan. Een pose – want dat was het – die enkele seconden duurde. Toen brak er een glimlach door op zijn gezicht. Zijn verloofde bezat de gave om op een heel aparte manier 'sorry' te zeggen, dacht hij. Hoewel hij anders in elkaar zat, kon hij deze benadering wel waarderen. Ongetwijfeld had dat met 'tegenpolen' te maken.

'Na afloop zijn we met het team nog wat gaan eten. Je begrijpt dat er bepaald geen hoerastemming hing. Er is een aanslag gepleegd en er zijn twee onschuldige burgers en een politicus afgeslacht. Dat hebben wij niet kunnen voorkomen. Hoe je het ook wendt of keert, dat is toch onze primaire taak. We hebben dus gefaald, makkelijk zat.'

Ze wilde niets liever dan doorvragen, maar voelde wel aan dat het verstandiger was om daarmee te wachten. Details in Enriques lichaamstaal gaven aan dat er een vervolg kwam. Dat was vrij ongebruikelijk, omdat hij er geen gewoonte van maakte om datgene wat hij onderling met zijn collega's besprak door te brieven. Wat dat betrof was hun relatie zowel uniek als lastig. En vandaag vooral dat laatste. Hoewel ze tot hetzelfde team behoorden, waren er toch twee kampen.

'Onder de jongens is het respect voor Silva groot, Carmen. Zo groot dat het soms buiten proporties is. Wat er vandaag tijdens de nabespreking gebeurde is daar een uitvloeisel van. Vanmorgen zijn ze namelijk geconfronteerd met het feit dat zelfs hun bloedeigen God fouten kan maken.'

Carmen schudde van nee. 'Dat kan ik me niet voorstellen. Silva houdt me bewust uit de wind. De fout lag bij mij. Ik had...'

Beide handen van Enrique kwamen met een klap op de tafel terecht. Eerder verbaasd dan geschrokken keek Carmen haar verloofde aan.

'Is het nu echt zo moeilijk om te luisteren naar wat ik zeg, eigenwijs mens? Dat jij het niet voetstoots aanneemt kan ik nog begrijpen, maar het is echt om gek van te worden als ik merk dat jij je conclusies al hebt getrokken en de rest er eigenlijk weinig meer toe doet. Dat getuigt van zowel een gebrek aan vertrouwen in je eigen capaciteiten als van respectloosheid tegenover die van mij.'

Hoewel ze op de bank zat, wist ze nu precies wat men met 'als aan de grond genageld' bedoelde. Ze wilde reageren, schreeuwen en hem uitmaken voor alles wat mooi en vooral lelijk was. Het probleem was dat ze het gewoonweg niet kon. Doordat ze opeens volkomen beduusd was, weigerden haar zintuigen de gewenste reactie te volbrengen. Ze voelde zich een gehypnotiseerde boerentrien die willoos toekeek hoe de magiër zijn show opvoerde.

'Voor de jongens die al een tijdje meelopen bij Nueve is Alfonso Silva een levende legende,' ging Enrique verder. De explosieve woede die daarnet in zijn stem had gelegen was verdwenen. Hij sprak kalm, bijna zalvend, als iemand die op een heel rustige manier iets duidelijk wilde maken.

'Zoals je weet is Silva onder aan de ladder begonnen. Door zijn speciale kwaliteiten is hij opgeklommen tot de hoogste positie. Onder zijn leiding groeide Nueve van een kleine elite-eenheid uit tot een veiligheidsorganisatie die zich met de beste van de wereld kan meten. Tijdens dat proces heeft Silva altijd het belang van zijn mensen vooropgezet. Mede hierdoor is onder de manschappen zijn populariteit tot ongekende hoogte gestegen. Vijfennegentig procent van hen gaat letterlijk voor hem door het vuur, hoewel er altijd wel eentje tussen loopt die op dat cruciale moment zijn hersens gebruikt.'

Hij grijnsde om zijn eigen grapje. Carmen registreerde het, maar nam er verder geen notitie van. Ze bevond zich in het schemergebied van de twijfel. Haar eigen gevolgtrekkingen sloten helemaal niet aan bij wat Enrique haar duidelijk wilde maken. Dat hij aan de winnende hand was, leek nu de enige conclusie die van gezond verstand getuigde.

'Toen vanmorgen de kruitdampen waren opgetrokken, draaide het feitelijk om zijn bijna onaantastbare status. Naast het feit dat er een ETA-politicus en twee bejaarden zijn neergeschoten, heeft het blazoen van Alfonso Silva nog een deuk opgelopen. Wat er zwaarder weegt bij Nueve durf ik niet te zeggen. Ik denk het laatste.'

Hij bewoog zijn rechterwijsvinger enkele malen heen en weer.

'Door te chargeren hoop ik dat je beseft wat er tijdens de nabespreking werkelijk speelde. Geheel in zijn stijl heeft Silva toegegeven dat zijn keuze verkeerd heeft uitgepakt. Geen enkel teamlid verwijt hem dat overigens. Hij moest zijn afwegingen maken en daarmee is voor hen de kous af. Ze waren alleen teleurgesteld. Het is namelijk de eerste forse fout waarop ze hun chef tijdens een operatie betrapten. En jij weet net zo goed als ik dat je de eerste keer niet zo snel vergeet...'

Hij mat zichzelf een schalkse uitdrukking aan, nam een slok van zijn bier en boerde keurig binnensmonds.

'Ik heb mijn zegje gedaan. Volgens mij was het helder genoeg. Trek je conclusies. Je hebt hersens genoeg, anders had je het nooit tot intermediair geschopt.'

Hij sloeg met beide handen op zijn bovenbenen ten teken dat het onderwerp wat hem betrof nu was afgerond. Daarna stond hij op.

'Sorry dat ik zo uit mijn slof schoot. Dat was zowel stom als kinderachtig. Ik had mijn handen thuis moeten houden.'

Nog in een roes van besluiteloosheid maakte Carmen een wegwerpgebaar.

'Zolang het bij een klap op de tafel blijft, kan ik er prima mee leven,' mompelde ze, maar ze wist nog steeds niet wat ze van Enriques woorden moest denken. Terwijl ze hoorde hoe hij op de achtergrond met glazen in de weer was, vielen de stukjes langzaam op hun plaats. Door die eeuwige onzekerheid over haar eigen functioneren kon ze niet helder meer denken wat meestal leidde tot een negatief oordeel over haar optreden. Tegen haar gebrek aan zelfvertrouwen vocht ze al zo lang. Het was net als een aangeboren ziekte: je had het, of je had het niet. Je kon je er alleen maar tegen verzetten, maar het ging nooit over.

‘Ik kan je hersens horen knarsen,’ zei Enrique terwijl hij twee glazen op de tafel zette, en hij gaf haar een vette knipoog.
‘Amaretto voor het mooiste en slimste meisje dat ik ken. Aangezien deze dommekracht toevallig in de buurt is, nipt hij een glaasje mee.’
Ondanks alle gedachten die haar door het hoofd gingen produceerde Carmen een dunne glimlach. Sinds enkele maanden was amaretto haar lievelingsdrankje. Lekker zoet, en als je maat hield bleef de kopspijker de volgende ochtend uit.
‘Ik weet niet of het ook voor jou geldt, maar van amaretto krijg ik altijd een soort vakantiegevoel.’ Hij pakte zijn glas. ‘Proost.’ De hoge tonen van glas tegen glas zongen even door de kamer. ‘Dat brengt me automatisch bij onze vakantie. Heb jij nog geïnformeerd of je vrij kon krijgen?’
Het eerste wat haar te binnenschoot was dat hij een geintje maakte, een veronderstelling die rap plaatsmaakte voor de realiteit. Voor zover hij bloedserieus kon zijn, was dat nu het geval. Terwijl zij nog volop met de psychische naweeën van de mislukte operatie worstelde, zat hij in gedachten al op een tropisch strand met een cocktail in zijn hand. Hun karakters verschilden echt als dag en nacht, ging het door haar heen. De losbol en de tobster – een mooi stelletje!
‘Ik wilde dat morgen gaan regelen,’ antwoordde ze niet geheel naar waarheid. Vandaag had ze te veel meegemaakt om over zoiets onbenulligs als een vakantie in discussie te gaan. Als ze de komende week een gaatje in haar schema kon vinden zou ze bij Administratie eens een balletje opgooien.
‘Mooi,’ antwoordde Enrique enthousiast. Hij wreef vergenoegd in zijn handen. ‘Daar verheug ik me enorm op!’

23.45 uur

Hij had een fout gemaakt, een megamisser. Eentje waar je op werd afgerekend. Als zijn superieuren dat niet voor hem deden, moest hij zelf het initiatief nemen. Theoretisch werkte het dus zo, maar in de praktijk klopte er geen barst van deze stelling. Hij bleef gewoon de chef van Nueve. Niemand zou zijn kantoor binnenkomen en zeggen: ‘Dat was het dan, Alfonso’, al dan niet vergezeld door een obligaat ‘sorry’.
Er veranderde geen ene moer. Hij ging door met zijn werk en de drie

slachtoffers bleven gewoon dood. Jammer dan. Einde oefening.
'Jij bent veruit de grootste klootzak die ik ken, Silva,' gromde hij met opeengeklemde kaken. 'Je gaat de geschiedenis in als de hufter die bepaalde hoeveel een mensenleven waard was.'
Om en nabij de tienduizend euro, gonsde het door zijn hoofd. Dat was het bedrag dat je volgens zijn rekenmethode voor een mensenleven diende te dokken. Per persoon, welteverstaan. Op zich een redelijk bedrag. In ontwikkelingslanden deden ze er een moord voor.
'Ik haat je,' fluisterde hij. De emotie doortrok elke zenuw van zijn lichaam. Doordat de denkbeeldige tegenstander zijn greep verstevigde, werd hem het ademen bemoeilijkt, terwijl er tegelijkertijd tranen in zijn ogen opwelden. Dit ultieme schuldgevoel was een straf die je de grootste ellendeling niet toewenste. Omdat hij zichzelf echter tot de buitencategorie der schoften had opgewerkt, was deze geseling volkomen terecht.
De dooddoener 'gegokt en verloren' ging hier niet op. O nee, hij had na een bewuste calculatie opdracht gegeven voor deze operatie. Tien man, in plaats van de twintig die er minimaal nodig waren. Hij had het voor elkaar gekregen om zijn mensen op pad te sturen met een bezettingsgraad van vijftig procent, de helft van het absolute minimum. Een prestatie waarvoor hij zichzelf tot in lengte van jaren op de borst mocht blijven kloppen.
'Stomme eikel die je bent!'
Door tien in plaats van twintig mensen en de daarbij behorende apparatuur in te zetten, had hij dertigduizend euro bespaard. Tegenover deze budgetbesparing stonden de dood van drie mensen en enorm gezichtsverlies. Boekhoudtechnisch het overwegen waard, maar onacceptabel in de ogen van normaal denkende personen. Hij pretendeerde tot de laatste groep te behoren, maar had gehandeld in de geest van een nietsontziende pennenlikker. Budgettechnische redenen, uitsmeren van gelden over het kalenderjaar, reserveren van valuta voor een eventuele crisissituatie... Hij walgde van deze termen, die hem tot voor kort zo vertrouwd in de oren hadden geklonken. De praktijkman was langzaam maar zeker verworden tot een zuinige, wereldvreemde accountant die vooral de cijfertjes goed in de gaten diende te houden. Bah!
Silva maakte aanstalten om op te staan, maar een gedecideerde stem in zijn hoofd zei: 'Zitten blijven'. Hij liet zich terugzakken in zijn stoel. De stem had gelijk. Hij wilde naar de keuken lopen om zichzelf een borrel in

te schenken. Dat mineraalwater kwam hem zijn strot uit. Een koninkrijk voor een whisky.
'En dan?' Het was een retorische vraag, want de hinderlijke stem wenste geen antwoord. 'Je wilt die whisky alleen om je gedachten enigszins te laten vertroebelen. Eenmaal in dat stadium ga je zogenaamd relativeren. Dan gaan de scherpe kantjes eraf, aangezien jij een meester bent in doodrelativeren, zowel letterlijk als figuurlijk. Dit laatste was om je scherp te houden, Silva. Alleen als je belooft de halve fles op te zuipen, mag je beginnen met inschenken. Dan ben je morgen hondsberoerd en dat is precies wat je toekomt. Niet de voor-, maar de nadelen van whisky. Proost, dat het je slecht mag smaken!'
Silva twijfelde. Hij wilde opstaan en een paar flinke slokken nemen. Feitelijk zou hij keihard moeten lachen om de onzinnige situatie van daarnet: in gesprek met jezelf! Nee, het was nog triester: jijzelf die als een hij-persoon op je eigen gemoed werkt. Nog even en hij kon zich gaan melden bij de psychiatrische afdeling. Die voor zware gevallen, waar ze nog gebruikmaakten van dwangbuizen en isoleercellen. Kon hij lekker ongestoord met zichzelf ouwehoeren.
Toch hadden zijn eigen woorden hem aan het denken gezet, en wellicht indruk gemaakt. Hij boog naar voren en nam een slok van zijn mineraalwater. Geen whisky vanavond. Hij dronk anders wel bijna elke avond. Na tienen weliswaar en nooit meer dan drie glazen, maar toch... Wat zeiden alcoholisten ook alweer over hun probleem? Eén glas is te veel, honderd te weinig? Of was het soms...
'Hou alsjeblieft op met dat stompzinnige gelul, man!' Het was eruit voordat hij er erg in had. Geschrokken van zijn onbehouwen reactie stond hij op en liep naar de slaapvertrekken. Tot zijn opluchting constateerde hij even later dat zowel Grace als Carmen dwars door zijn verbale oprisping heen hadden geslapen. Dankbaar dat het met slechts een adrenalinestoot was afgelopen, keerde hij op de ballen van zijn voeten terug naar de woonkamer. Toen hij langs de keuken kwam, negeerde hij de fles whisky die vanuit zijn rechterooghoek naar hem lonkte.
De reactie van de manschappen riep twee emoties bij hem op: die van trots en die van afgrijzen. Stuk voor stuk wisten ze dat hij de fout in was gegaan. Het rechtstreekse gevolg hiervan waren drie slachtoffers. Daar kwam bij dat hij zijn team onder een onaanvaardbare werkdruk had laten opereren, waardoor zij aan extra risico's bloot werden gesteld.

Een voor Nueve meer dan onwaardige actie.
Toch had iedereen tijdens de nabespreking zijn kaken stijf op elkaar gehouden. En dat was geen kwestie van angst, want dat woord kenden ze niet of nauwelijks. Nee, ze waren teleurgesteld in hun chef én in zichzelf. Doordat ze onvoorwaardelijk in zijn kwaliteiten geloofden, gingen ze er blindelings van uit dat hij de juiste beslissingen had genomen. Achter de minimale bezetting moest een idee zitten, een plan dat hij voor zichzelf hield. Ergens zou Silva ongetwijfeld een imposant konijn uit een onzichtbare hoed toveren. Maar helaas...
Naïef, aandoenlijk, mooi, dacht hij. Als je manschappen zo dachten, had je het onderweg nog niet zo slecht gedaan. Een moderne versie van: 'Hij stuurt, wij gaan. Vragen? Geen vragen.'
Zo werkte het echter niet, wist hij. Jarenlang had hij juist zo zijn best gedaan om van zijn mensen individuele denkers binnen het collectief te maken. Het grote geheel stond altijd centraal. Daarbinnen moest er voldoende ruimte zijn voor het individu. Juist door een persoonlijke manipulatie in de geest van het team konden bepaalde situaties voor de groep ten goede keren. Dat was een manier van denken die in de loop der jaren vruchten zou afwerpen.
Dit statement bracht hem als vanzelf bij Carmen. Wat op de mannen betrekking had, moest helemaal voor haar gelden. In potentie beschikte zij over datgene wat nodig was om hem op te volgen. De basisingrediënten daarvoor waren intelligentie, leidinggevende capaciteiten, observatievermogen, en mentale en fysieke hardheid. Tot vandaag had zij deze kundigheden tijdens het leerproces uitstekend geëtaleerd.
Tot vandaag.
Als uitvoerend projectleider had ze de opdracht moeten weigeren, of ten minste vraagtekens moeten plaatsen bij de haalbaarheid ervan. In plaats daarvan had ze zonder enige tegenspraak de leiding van de missie op zich genomen. Als een mak schaap had ze zich naar de slachtbank laten leiden.
Juist op het moment dat de roep om een slok whisky luider werd, liet de andere kant van zijn geweten weer van zich horen. 'Dus de mannen hadden bij de debriefing hun ongenoegen moeten spuien, Silva? Een soort rebellenclub die de kwaliteiten van hun leider openlijk ter discussie stelde? Wilde je dat soms: complete anarchie?'
Hij schudde zijn hoofd om het stemmetje een inwendige opdoffer te geven. Een weinig succesvolle poging, omdat de beschuldigingen doorgingen.

'Carmen had de opdracht moeten weigeren, zeg je? Het moet niet gekker worden, *hombre.* Zij kreeg namelijk de mensen toegewezen. Hoor je wat ik zeg? Toegewezen! Moet ik het soms voor je spellen, zak? Aangezien ze op jouw afwegingen vertrouwde, roeide ze met de riemen die ze had. Carmen treft geen enkele blaam.'
Silva balde zijn rechtervuist, maar wist zich verder te beheersen. Eigenlijk was zijn hele optreden voor een lege kamer een zielige bedoeling geweest. O, wat was het lastig als de tegenstander in je eigen hoofd zat.
'Het wordt tijd voor een borrel,' ging de onzichtbare treiterkop weer verder. 'Jij hebt net bewezen dat je ook zonder drank de zielige jongen kunt uithangen. Relativeren, noem jij het met een mooi woord. Ik hou het op jezelf vrijpleiten. En als ik je de kans geef om hierop door te gaan, dan krijg je het ook nog voor elkaar om jezelf een slachtofferrol aan te meten. In wezen ben je een heel zielig ventje, Alfonso Silva. Een burgerlulletje dat zogenaamd tegenover zijn team de verantwoordelijkheid op zich neemt, maar in het geniep andere mensen veroordeelt voor de fouten die hij zelf heeft gemaakt. Ik word een beetje misselijk van je. Heb jij daar zelf nooit last van?'
Silva sprong op. Met grote stappen liep hij naar de keuken. Zijn gezicht stond op storm.
'Dit is belachelijk, verdomme. Ik laat me in mijn eigen huis toch niet in de zeik nemen?' Terwijl hij de woorden uitspoog, sloeg de schaamte al toe. Het enige idiote aan deze situatie was dat hij zich zo liet gaan, realiseerde hij zich meteen. Tevens had hij de huisregels overtreden door hardop te vloeken. Dat Grace en Carmen al sliepen was geen excuus.
Met een flinke bel whisky in zijn hand nam hij weer plaats. Het stemmetje had er gelukkig het zwijgen toe gedaan. Dat kwam goed uit, want hij wilde deze onverkwikkelijke zaak voorlopig laten rusten. Later, als de scherpe emotionele kantjes ervanaf waren, zou hij erop terugkomen. Of niet. De tijd zou het leren.
Nu was het tijd om zich op andere dingen te focussen. Niet het door hem aangeprezen 'grote geheel', maar de details gingen onder de loep. Met die kleine feitjes, veronderstellinkjes en weetjes moest hij aan het werk. Ze tot een overzichtelijk geheel proberen te vormen. Innerlijke bespiegelingen die slechts leiden tot een ridicuul conflict in zijn eigen kop, kon hij missen als kiespijn. Hij nam zich voor om het niet meer zover te laten komen. Wat hem daarnet was overkomen, kon met gemak dienstdoen als voer

voor psychiaters. Nog in onvrede met zichzelf, slaakte Silva een diepe zucht. Daarmee hoopte hij de laatste weerstand van zijn andere ik te breken en op één lijn met zichzelf te komen. Hij staarde enkele minuten voor zich uit en voelde de rust in zijn hoofd weerkeren.

In een tijdsbestek van ruim twee weken hadden ze voor twee jaar ellende over zich heen gekregen. Achter het net vissen en foute beslissingen nemen waren de wapenfeiten die ze konden overleggen. Ze schoten tekort op alle fronten. Vanaf de eerste dag dat de oppositie had besloten een move te maken, liepen ze achter de feiten aan.

Er moest iets gebeuren. Wat dat precies inhield was voor hem nu nog een vraag. Of het een weet werd, zou blijken. Hij had de tijd. Desnoods de hele nacht.

10

Dinsdag 17 april, 12.00 uur, San Sebastián

Omdat de airco in de conferentiezaal van hotel Orion het liet afweten, steeg de temperatuur met de minuut. De zaal was gesitueerd in de onderbuik van het hotel, wat onder meer inhield dat er in deze ruimte geen raam open kon. Ramen waren er simpelweg niet. De ruimte bezat slechts één opening die dienstdeed als in- en uitgang. Om de temperatuur in de conferentiezaal aangenaam te houden, was men dus volledig aangewezen op de airco. Als die dienst weigerde, wat overigens regelmatig voorkwam, was de vergelijking met een sauna al snel gemaakt. Gelukkig was het voorjaar. Viel de airco hartje zomer uit, dan bevond het gezelschap zich in een heuse bakoven.

Een batterij aan lenzen, microfoons en lampen stond gericht op de langwerpige tafel waarachter vier mensen zaten. Opvallend was de aanwezigheid van vijf stoelen en evenzovele microfoons. De vier zaten twee aan twee. Precies in het midden was een opening gelaten waar de vijfde man had moeten zitten. De symboliek was onmiskenbaar: de gereserveerde plek behoorde toe aan Idoca Mendiazabal, de voorman van Euskal Heritarrok die de vorige dag was vermoord.

Aitor Belasko tikte met de nagel van zijn rechterwijsvinger tegen de microfoon die vlak voor hem stond opgesteld. Het rumoer in de zaal verstomde. Tientallen journalisten en technici die met camera's en kabels in de weer waren staakten terstond hun activiteiten. Allen richtten ze hun blik op de Patriarch.

'Allereerst wil ik iedereen in deze zaal van harte welkom heten en tevens bedanken dat zij op zo'n korte termijn hier aanwezig konden zijn.'

In de zaal werd geknikt. Het persbericht over deze persconferentie was pas vanmorgen om negen uur bij de nieuwsredacties op het bureau terechtgekomen. Voor de lokale pers een acceptabele tijdslimiet. De stations van

buiten de regio hadden alle zeilen moeten bijzetten om stipt op het middaguur hun zaakjes voor elkaar te hebben.
'Zoals u weet, had onze persconferentie gisteren plaats moeten vinden. De reden waarom wij deze hebben afgezegd is eveneens bekend.'
In de warme ruimte was de spanning voelbaar. Na de moordaanslag van de vorige dag had niemand van de aanwezigen in de zaal op een nieuwe persconferentie gerekend. Vanuit hun optiek kon dit alleen maar betekenen dat het gezelschap achter de tafel iets belangrijks te melden had. Dat verklaarde de enorme opkomst van de media. Om het toch live mee te kunnen beleven, waren de zuidelijke stations een alliantie met zenders uit Baskenland aangegaan. Ze kregen van hun noordelijke collega's een 'lijntje', zodat de mensen in Sevilla, Málaga, Córdoba, Granada en Cádiz de persconferentie rechtstreeks konden volgen. Hetzelfde gold voor de zuidwestelijke regio. Dankzij de moderne techniek hoefden de inwoners van Valencia, Alicante, Murcia en Albacete geen woord te missen.
Aitor Belasko haalde een opgevouwen papier uit de rechterzak van zijn donkerblauwe colbert. Hij legde het voor zich op de tafel. Daarna keek hij recht in de camera's.
'Voordat ik deze verklaring voorlees, wil ik onze aanwezigheid op dit merkwaardige tijdstip even verklaren. Ik zeg bewust "merkwaardig", omdat het na gistermorgen nog onmogelijk leek dat wij überhaupt een persconferentie zouden geven. Zeker niet in zo'n kort tijdsbestek na de moord op Idoca Mendiazabal.'
Met een kort gebaar wees hij op zijn medestanders naast hem.
'Zoals velen in het Baskenland hebben ook wij vannacht niet geslapen, aangezien zelfs met gesloten ogen de afschuwelijke beelden van een vermoorde vriend op ons netvlies verankerd bleven. Er zijn momenten dat het verleden zich niet door het heden laat verstoppen. Gisteren was zo'n moment, vandaag is zo'n moment en morgen zal ook zo'n moment zijn.'
Geroerd door zijn eigen woorden sloot hij even zijn ogen. Ook de mannen aan zijn zijde hadden het zichtbaar moeilijk. Ainhoa Etxeberia van Eusko Alkartasuna stond het huilen nader dan het lachen. De blik in de ogen van de bejaarde Maikel Gorrotxatequi van de PNV deed vermoeden dat hij in zijn hele leven nog nooit zoiets triests als dit had meegemaakt, en de tanige kop van de communistische Jon Erkiana vertoonde opeens scheurtjes van emotie.
'Gisteravond zijn wij bij elkaar gekomen, vier gebroken mannen die ieder

voor zich behoefte hadden aan de steun van een vriend. Een kameraad die een arm om je schouders legt, die tegen je praat als je troostende woorden wilt horen, die zwijgt op het moment dat dezelfde zinnen meer afbreken dan ze toevoegen. Een man zoals Idoca. Een vriend om wie wij gezamenlijk rouwden.'
De overige drie knikten eensgezind, wat de aanwezigen sterk het idee gaf dat Belasko de afgelopen nacht zeer waarheidsgetrouw beschreef.
'Rond middernacht hervond de eerste van onze kleine groep de kracht om een scheur in de verstikkende rouwsluier te maken. Hij begon over Idoca te praten alsof hij nog steeds in ons midden was. De rest pakte het op. Heel voorzichtig werden er herinneringen opgehaald. Ontroerende, heldhaftige en zelfs lachwekkende anekdotes passeerden de revue. De daaropvolgende uren wisten we het afschuwelijke beeld van Idoca met een gat in zijn borst weg te drukken. We gaven het een plekje in het deel van de geest waarin een mens zijn nachtmerries opslaat. Voor altijd zouden we het bij ons dragen. In tijden van voorspoed als een levensles die nooit vergeten mocht worden, tijdens donkere momenten als een zware last die we altijd met ons mee zullen dragen.'
De stilte in de zaal was indrukwekkend. Alleen de mechanische geluiden van opnameapparatuur klonken op de achtergrond. Niemand die het opmerkte, laat staan zich eraan stoorde. Iedereen was gefocust op de Patriarch, die met zijn charismatische uitstraling zelfs de meest door de wol geverfde journalist wist te boeien.
'Toen de zon opkwam, wisten we wat ons te doen stond. Idoca mocht ons dan zijn ontvallen, zijn ideeën leefden sterker dan ooit. Het was onze taak om zijn denkbeelden in praktijk te brengen. Hoe moeilijk het moment ook mocht zijn, wij moesten door.'
Belasko keek naar de camera's, alsof hij in de verte een vriend zag, in plaats van de uitdrukkingsloze glazen ogen van de wereld die op hem gericht stonden.
'U moet weten dat Idoca de initiator was van de vredesmars die direct na afloop van Iñigo Salaberri's begrafenis werd gehouden. Over het tijdstip liet hij zich in niet mis te verstane bewoordingen uit. "Niets is belangrijker dan vrede," zei hij geregeld. Een spreuk die recht uit zijn hart kwam. Hij was eveneens de architect van de verklaring die ik zo meteen aan u ga voorlezen. Zijn levenswerk. In de vele gesprekken die wij samen hebben gevoerd heeft Idoca Mendiazabal altijd benadrukt dat voor hem slechts

één ding werkelijk telde: onvoorwaardelijke vrede in Baskenland. Dat was zijn levensdoel, de drive die hem de nimmer aflatende energie bezorgde om dit te bereiken.'

Belasko sloeg zijn blik enkele seconden ten hemel. Daarna keek hij zelfverzekerd voor zich uit.

'Het is hem gelukt, dames en heren. Om dat te bewijzen, hebben wij u hier uitgenodigd.'

Hij ontvouwde het papier dat voor hem lag. Uit de linkerbinnenzak van zijn colbert haalde hij een zilverkleurige leesbril; hij zette deze op en schraapte zijn keel.

'Vrede. Een mooier woord bestaat er niet. Of het moet liefde zijn. Twee woorden die zo sterk zijn dat het nauwelijks mogelijk is ze passend te omschrijven. Elke omschrijving doet immers afbreuk aan de innerlijke kracht en schoonheid ervan.

Twee begrippen die onlosmakelijk met elkaar verbonden zijn. In een liefdeloos klimaat regeren kilte, afgunst en egoïsme. In een oorlogsgebied voeren moordzucht en haat de boventoon. In beide gevallen zijn liefde en vrede kansarme begrippen. Weggedrukt door de belangen van aandeelhouders in dood en verderf sluit het een het ander zo goed als uit.

Vrede, het ultieme doel voor de mensen in onze regio. Nooit meer angst voor een escalatie van geweld, conflicten die steevast door de rede worden beslecht. Vrede, een manier van leven waarop ieder mens recht heeft. Vrede – hoe vaker je het woord uitspreekt, des te groter wordt het verlangen ernaar.

Het afgelopen jaar is er licht gekomen in een duisternis die al decennialang het zicht in en op het Baskenland vertroebelde. Dapperen onder ons hebben de zwarte deken waaronder geweld en onredelijkheid huisden van zich af geslagen. Ze hebben niet alleen hun ongenoegen verbaal geuit, maar deze woorden ook in daden omgezet. Zij waren degenen die de fundamenten voor de weg naar de vrede hebben gelegd. Een zwaar proces, dat van verscheidene kanten op tegenwerking stuitte. Deze helden weigerden echter dit ingeslagen pad te verlaten. Het gevolg daarvan is vandaag de dag zichtbaar. De eerste stappen naar vrede zijn gezet, het openlijke geweld is uit ons geliefde Euskadi verdwenen.'

Zonder zijn blik van het papier af te wenden, nam Belasko een slok water uit het glas dat voor hem stond. Vanuit de opeengeperste menigte klonk geen enkel geluid. Dit was de inleiding, wisten ze stuk voor stuk. Het verbale vuurwerk moest nog komen.

'Hoewel het werk van deze fantastische mensen voor veel rust in onze provincies heeft gezorgd, is er nog geen sprake van definitieve vrede. De situatie waarin wij ons bevinden heeft het meest weg van een bestand. Een staakt-het-vuren waarbij het geweld door een verkeerde manoeuvre zomaar weer kan oplaaien.

Ondanks deze broze toestand is de geboekte progressie natuurlijk een zegen voor het Baskische volk. Onder onze mensen leeft vurig de wens om deze ontwikkeling nieuwe impulsen te geven, die uiteindelijk zullen leiden tot een duurzame vrede.

Om dit te bereiken wordt er van ons een gebaar verwacht. Een laatste statement waardoor het Spaanse volk de handreiking in een welgemeende omhelzing laat overgaan. Daar verheugen wij ons op.

In de tientallen jaren die achter ons liggen zijn er in het conflict veel slachtoffers gevallen: burgers, overheidsdienaren en militairen. Wat bij de laatstgenoemden hun functie of rang was, is niet van belang. Het enige wat echt telt is dat zij mensen waren, slachtoffers van een burgeroorlog die is begonnen als een vrijheidsstrijd en nu door ons definitief wordt beëindigd. Het is genoeg geweest. Voor hen die zijn gesneuveld in deze waanzin: rust zacht. Als er wonderen bestonden, dan zouden wij jullie allemaal tot leven wekken, omarmen en fluisteren: "Wij hebben oprecht spijt. Vergeef het ons. Alsjeblieft, vergeef ons."'

Belasko hield enkele tellen rust om de laatste zinnen met de nodige gebaren te begeleiden. Een begrijpelijke actie, aangezien over de excuses van hun kant intern harde woorden waren gevallen en dat in de toekomst ongetwijfeld weer zou gebeuren. De kogel was nu door de kerk, en aan de verwondering op de gezichten van sommige van zijn toehoorders te zien kwam het behoorlijk onverwacht. Om het optimale resultaat te bereiken hield hij zijn gezichtsuitdrukking even vast. Daarna sprak hij verder.

'Het uitluiden van een donkere periode is tevens de opmaat naar een tijdperk waarin andere normen en waarden gelden. Dit dient naadloos te gebeuren. Waar in het verleden behaalde overwinningen van de democratie uitmondden in discussies die het vredesproces enkel vertraagden, stomen wij direct door. Om ons doel te bereiken moeten er radicale veranderingen optreden. Niet volgende week of morgen, maar vandaag.

Met gepaste trots delen wij mede dat de politieke omwenteling waar wij reeds lange tijd naar uitkeken inmiddels een feit is. De Baskische politieke partijen zullen samensmelten tot één politieke partij die als kenmerk het

wel en wee van het Baskische volk heeft. Binnen deze partij is er voldoende ruimte voor politieke meningsverschillen. Deze zijn echter ondergeschikt aan het grote belang waar wij allemaal voor staan. In deze nieuwe partij zullen de oude zetelverdelingen van het parlement worden meegenomen, zodat elke partij een evenredig aantal afgevaardigden krijgt. Het grote verschil met vroeger is dat wij nu als één blok staan, in plaats van verschillende fracties vormen die het weliswaar qua politieke grondbeginselen met elkaar eens zijn, maar over de details oeverloos kibbelen, waardoor hoofdzaken bijzaken werden.
Bij deze nieuwe start, die uiteindelijk tot een volledig Baskische regering in Baskenland moet leiden, hoort een passende naam. Een naam die meteen associaties oproept met het goede in de mens. We hebben lang nagedacht over een nieuwe partijnaam. Tijdverspilling, zo bleek achteraf. We droegen die namelijk allang in ons hart mee. Boven aan de statuten van onze nieuwe partij komt de naam El Partido de la Paz, de vredespartij, te staan. In de praktijk zullen wij echter spreken over La Paz. Een krachtige samenvatting die aangeeft waar wij voor staan.'
Belasko vouwde het papier weer dicht en stopte het terug in de binnenzak van zijn colbert. Vervolgens keek hij recht in de camera's.
'Het is overigens niet de bedoeling dat de media onze nieuwe partij gaat afkorten tot PP,' voegde hij eraan toe.
De reactietijd van het publiek bedroeg anderhalve seconde. In dat korte tijdsbestek maakten talloze aanwezigen een afweging: lachen of gezicht in de plooi houden. Het merendeel van hen koos voor het eerste. De huidige Partido Popular vertegenwoordigde de rechts van het midden denkende Spanjaarden. Politiek gezien dus mijlenver verwijderd van het Baskenland, dat als een bolwerk van links gold. Al met al een aardige grap van Belasko, die niet bepaald om zijn humor bekendstond.
Ainhoa Etxeberia boog iets voorover en zei: 'U kunt nu vragen stellen.'
In het midden van de zaal gingen gelijktijdig vier armen omhoog. Belasko knikte kort naar de vanuit zijn oogpunt meest linkse ervan.
'De langverwachte excuses van de ETA zijn nu gemaakt. Heeft dit soms te maken met het overlijden van kopstuk Salaberri?'
Er verscheen een glimlach op de lippen van de Patriarch.
'Wij zijn maanden bezig geweest om deze verklaring op papier te zetten. Ik kan u verzekeren dat Iñigo Salaberri een van de drijvende krachten erachter was.'

'U spreekt over één grote partij,' ging dezelfde vragensteller verder. 'Met alle respect, maar op de PNV na hebben we het toch over splinterpartijen die politiek gezien weinig gewicht in de schaal leggen? Die Baskische alliantie kan nooit opboksen tegen de PP en PSOE. Zij blijven zowel landelijk als in het Baskenland de grootste partijen.'
Belasko knikte. 'Als je de zetelverdeling op papier bekijkt, hebt u helemaal gelijk. De huidige waarheid schetst echter een ander beeld. In mijn vorige antwoord gaf ik al aan dat we maanden bezig zijn geweest met het opstellen van deze verklaring. Daar wil ik nog iets aan toevoegen. We zijn namelijk ook zo vrij geweest om alvast enig veldwerk te verrichten. Ik kan u dan ook mededelen dat op dit moment tien kamerleden van de Baskische afdeling van de PSOE zich solidair hebben verklaard met de grondbeginselen van La Paz. Tijdens de volgende verkiezingen zullen zij deel uitmaken van onze partij. Tevens zijn wij in gesprek met nog zes andere leden van de PSOE. Ik durf te beweren dat hun overstap een kwestie van tijd is.'
De journalisten die stonden te popelen om een vraag te stellen lieten hun armen zakken. Het antwoord van Aitor Belasko bezat zoveel politieke lading dat de vragen die ze in gedachten hadden hiervoor moesten wijken. In volle vaart overdachten ze de politieke consequenties die deze move zou hebben, en dan had je het toch gauw over iets wat op een politieke aardverschuiving leek. De PP en de socialistische PSOE waren ook in Baskenland zwaargewichten. Als La Paz het werkelijk voor elkaar kreeg de Baskische partijen te fuseren én een aantal socialistische parlementsleden aan hun partij toe te voegen, dan werden zij veruit de grootste in deze regio.
Met een uitgestreken gezicht knikte Belasko in de richting van een arm die voorzichtig werd opgestoken. Hij begreep donders goed dat zijn woorden hun uitwerking niet hadden gemist. De hele meute zat zowel te twijfelen als te rekenen. God, wat zou hij graag een kijkje nemen bij de politici die de persconferentie vanuit hun luie stoel volgden. Zou het al heet onder hun kont worden? vroeg hij zich af. Vast wel. Die scheten zeven kleuren stront.
'Zoals u het voorspiegelt, zal deze nieuwe partij enorme politieke verantwoordelijkheid moeten dragen. Ik zie hier vertegenwoordigers van drie partijen en een formateur. Begrijpelijk is dat de lege stoel uit respect voor Idoca Mendiazabal onbezet is gebleven. Kunt u mij vertellen wie de functie van partijvoorzitter op zich gaat nemen?'

Ainhoa Etxeberia stak zijn rechterhand op. Direct was alle aandacht op zijn persoon gericht.
'Dit is een vraag die ik graag zou beantwoorden,' sprak hij met de slijmerige zelfverzekerdheid van een politicus die van zichzelf wist dat hij het nog heel ver in dit metier zou schoppen.
'Tijdens de vergaderingen die aan de zojuist voorgelezen verklaring voorafgingen, is dit onderwerp herhaaldelijk ter sprake gekomen. De details zal ik u besparen, maar de uitkomst niet. Daarom kondig ik met gepaste trots de nieuwe leider van El Partido de La Paz aan.' Hij maakte een weids gebaar met zijn linkerhand. 'Dames en heren: Aitor Belasko.' Direct na deze mededeling begon hij te klappen. De overige twee tafelgenoten volgden zijn voorbeeld.
In de zaal was er echter van eensgezindheid weinig te merken. Een aantal journalisten keek strak – sommigen zelfs afkeurend – voor zich uit. Anderen brachten aarzelend hun handen op elkaar. Een zwak applaus volgde.
Belasko knikte naar een lange man die zijn linkerarm had opgestoken.
'Gefeliciteerd, meneer Belasko.' Het antwoord van de Patriarch was een charmante glimlach die woorden overbodig maakte.
'De Baskische politiek bevindt zich op dit moment in zwaar weer,' begon de journalist. 'Boze tongen beweren dat dit het laatste trucje van de ETA is: een charmeoffensief waarbij niet de tegenstanders maar zijzelf in de slachtofferrol kruipen.'
Mocht er iemand zo lomp zijn om op dit moment iets uit zijn handen te laten vallen, dan zou dat feilloos worden geregistreerd, zó stil werd het in de conferentieruimte van Hotel Orion.
Het vleugje euforie dat daarnet op het gezicht van Aitor Belasko had gelegen, was verdwenen. Zijn gelaatstrekken oogden ineens zowel hard en doorleefd als droevig: het uiterlijk van een bevlogen man die zijn innerlijke pijn over het zojuist geopperde denkbeeld probeerde te verbergen. Iets wat hem zichtbaar veel moeite kostte.
'Met "boze tongen" zegt u het nog netjes,' sprak hij ingetogen. 'Geloof me: deze suggestie doet pijn bij iedereen die zich zo heeft ingezet om op het punt te geraken waar we eindelijk zijn beland: duurzame vrede. Als iemand dit drie jaar geleden had verkondigd, dan was hij ongetwijfeld voor gek verklaard.'
Hij hield zijn blik strak op de vragensteller gericht.
'Een groepering waarvan niemand in Baskenland of heel Spanje ooit heeft

gehoord start een terreurcampagne. Mensonterende aanslagen volgen. Iedereen spreekt er schande van. Geen normaal denkend mens haalt het in zijn hoofd om met deze waanzin geassocieerd te worden.'
Zijn rechterhand maakte een stopteken, waarmee hij aangaf nog niet uitgesproken te zijn.
'Gisteren heb ik in een optocht meegelopen, een mars voor de vrede. Een samenzijn van tienduizenden mensen die smachten naar iets wat toch als een grondrecht te boek hoort te staan: vrede. Een samenleving waarin groeperingen de strijd mondeling beslechten. Deze tocht werd verstoord door één enkel projectiel dat meer verwoestte dan een mensenleven. Op het moment dat die kogel het leven van mijn vriend beëindigde, reet hij eveneens de hoop van heel Baskenland aan flarden.'
Hij haalde zwaar adem door zijn neus. De ingehouden emotie was voer voor de mensen achter de camera's, die gretig naar een close-up overschakelden.
'En dat laatste is de hoofdreden waarom we hier zitten. Ondanks de verschrikking van gisteren laten we ons niet intimideren. Het moet afgelopen zijn met het geweld, en wel nú. Lieden die zich niet aan de beschavingsnormen wensen te houden moeten keihard worden bestraft.'
Aansluitend wees het topje van zijn rechterwijsvinger naar de journalist die de laatste vraag had gesteld.
'Nu wil ik iets van u weten,' zei Belasko. 'Vindt u mij een normaal denkend mens? '
De man in kwestie knikte.
'Daar ga ik wel van uit, meneer Belasko.'
'Dank u wel,' sprak de Patriarch zonder enig sarcasme in zijn stem. 'Dan heb ik uw vraag tot in detail beantwoord.'
Er ging een instemmend geroezemoes door de conferentiezaal. Goedkeuring en een vleugje bewondering waren de hoofdbestanddelen van het aanzwellende geluid dat na enkele seconden weer bedaarde. Belasko had zich bij deze vraag uitstekend geweerd, was de algemene conclusie. Dat een collega min of meer bakzeil had gehaald, nam men voor lief; dat was *all in the game*.
'Er gaat een gerucht dat u voor aanvang van de mars de veiligheidsdienst om hulp hebt gevraagd,' merkte een jonge vrouw op. Ze stond schuin links van hem en had al eerder haar hand opgestoken, maar hij had haar stelselmatig genegeerd. Bewust, aangezien Dulce Zuberieta tot de clan

van het journaille behoorde waarmee hij een goede band onderhield. Nu was het moment aangebroken waarop hij veel punten moest gaan scoren. Deze lieftallige dame zou haar steentje bijdragen, wist hij. Dat was namelijk zo geregisseerd.

'Boze tongen, gerucht – het kan niet op vandaag,' antwoordde hij. Een minzame glimlach speelde rond zijn mondhoeken.

'In dit geval bent u echter goed geïnformeerd. Voorafgaand aan de vredesmars heb ik gesproken met een afgezant van de veiligheidsdienst. Namens het Baskische volk heb ik om hulp gevraagd. Ook wij waren ervan doordrongen dat een aanslag op onschuldige burgers mogelijk op de lijst van die krankzinnige moordenaars stond. Aangezien het voor ons amateurs onmogelijk was voor adequate beveiliging te zorgen, besloten wij bij de beroepsmensen om hulp aan te kloppen. Ook met het oog op onze plannen die wij na de mars publiekelijk bekend wilden maken, leek een samenwerkingsverband met de Spaanse veiligheidsdienst een symbolisch gebaar waaruit vooral vertrouwen sprak.'

De gezichten die hier en daar werden getrokken lieten weinig aan de verbeelding over. Ja, de veiligheidsdienst had zich uitstekend van zijn taak gekweten. Maar niet heus!

Belasko maakte met een knikje aan de vrouw duidelijk dat ze nog een vraag mocht stellen.

'Kunt u bevestigen dat het sluipschuttersgeweer dat in het appartement is gevonden hetzelfde wapen was waarmee in Benidorm een kind is vermoord?'

Met theatrale machteloosheid haalde hij zijn schouders op.

'Nu moet ik in het journalistieke jargon vervallen, mevrouw. Het gerucht gaat inderdaad dat het hier hetzelfde wapen betreft. Daar wil ik direct aan toevoegen dat ik mijn uiterste best doe om politiek te bedrijven. Van politiezaken heb ik absoluut geen kaas gegeten. Probeert u het eens bij justitie, zou ik zeggen.'

Na dit antwoord, dat aanvoelde als een voltreffer, keek hij demonstratief recht de zaal in. Wat hem betrof was de buit binnen. De punten die hij had kunnen scoren waren ook daadwerkelijk binnengehaald. Het komende kwartier zou hij ongetwijfeld overspoeld worden met vragen van bijdehante journalisten die erop gefocust waren om voor zichzelf, het publiek maar vooral hun baas eens flink uit te pakken. Prima, hij was er klaar voor. Vragen over hoe de regering in Madrid zou reageren, waar

de voorman van JARRAI in 's hemelsnaam uithing, of de Basken wel zo'n alliantie wilden, en meer van dat geklets, zou hij op een charmante en geroutineerde wijze beantwoorden. Van zijn kant kwam er geen vuurwerk meer.
De Patriarch vond het uitstekend zo.

14.00 uur, Madrid

Roberto Grimon kwam binnen zonder te kloppen. Hij knikte kort en nam schuin tegenover Alfonso Silva en Carmen Marrero plaats. De gehaaste blik in zijn ogen en de zweetplekken onder zijn oksels verraadden zijn gemoedstoestand.
'Ken jij de uitdrukking "in het pak gestoken", Alfonso?' vroeg hij mierzoet.
Op zijn hoede vanwege zijn toon, die geenszins paste bij de intermediair van Binnenlandse Zaken, haalde Silva zijn schouders op.
'Grace koopt meestal mijn kleren.' Met zijn linkerduim en -wijsvinger plukte hij ter hoogte van zijn rechteroksel aan de stof van zijn colbert. 'Wat te krap rond de schouders, soms?'
Grimon zuchtte. Een stroom van onuitgesproken ergernis liftte op deze ademstoot mee.
'Laat maar. Het is een term uit de wielersport. Daarmee bedoelen ze dat iemand je een kunstje heeft geflikt.'
'Nooit van gehoord,' antwoordde Silva geheel naar waarheid. 'Ik zie het ook niet als een gemis voor mijn algemene ontwikkeling.'
Carmen beet op haar lip. Een glimlach, hoe mager ook, zou op dit moment verkeerd bij Grimon kunnen vallen. De battledress rond zijn oksels gaf aan dat hij een stressvol uurtje achter de rug had. Getergd door de verbale stront die ongetwijfeld over hem heen was gekieperd, wilde hij kaatsen zonder daarbij de bal terug te hoeven verwachten.
'Jullie, wij, heel Spanje verdomme, is dus in het pak gestoken,' gromde de intermediair. 'Op een geniale manier, dat is nog het ergste.'
Carmen en Silva knikten gelijktijdig. 'Een showman in hart en nieren,' sprak de chef van Nueve.
'Eentje die de boodschap met de juiste portie dramatiek, charme en overredingskracht overbrengt,' zei Carmen. Haar gezichtsuitdrukking maakte

duidelijk dat ze nauwelijks onder de indruk was van Aitor Belasko's optreden. De reden hiervoor was duidelijk.
'Vergeet vooral de timing, feitenkennis en voorbereiding van die hufter niet te noemen,' vulde Grimon aan. 'Een coup van deze orde knutsel je niet zomaar even in elkaar. Daar gaan maanden, wellicht jaren van voorbereiding aan vooraf.'
Carmen klakte met haar tong om haar ongenoegen aan te dikken. 'Hij brengt het anders alsof het cruciale gedeelte van die move een kwestie van hooguit enkele weken is geweest. Een soort morele oprisping waaraan iedereen in de Baskische politiek zich wilde conformeren.' Ze trok een sceptisch gezicht.
'Een nu-of-nooitpoging. Erop of eronder.'
Grimon snoof verachtelijk. 'En daar is hij dan aardig in geslaagd. Verdomde aardig, mag ik wel zeggen.'
Silva keek hem vragend aan en trok even zijn wenkbrauwen op, een gebaar waarvan Grimon direct de achterliggende betekenis begreep. Wat dat betrof waren ze in de loop der jaren goed op elkaar ingespeeld.
'Woede en ongeloof,' verwoordde de intermediair de stemming in politiek Madrid. 'De ministers en andere politici die ik gesproken heb kunnen het gewoonweg niet bevatten. Voor hen is het een volkomen onverwachte zet die alleen maar destabiliserend werkt. Politieke zelfmoord, werd er geopperd. Ik heb niemand op een greintje begrip kunnen betrappen.'
'Dat lijkt me logisch,' antwoordde Carmen. 'Er zat echt schot in het vredesproces. Deze actie gooit roet in de moeizaam opgebouwde relatie van de onderhandelaars. Van het ene op het andere moment is het vertrouwen weg.'
Grimon schudde geërgerd zijn hoofd. 'Jarenlang werk wordt door zo'n klootzak in een onemanshow van een halfuur naar de verdommenis geholpen. Dat soort gasten moeten ze ter plekke executeren.'
Het vuur in zijn blik bevestigde zijn harde woorden, zag Carmen. Hoewel hij chargeerde, was Roberto Grimon razend op de Patriarch.
'Dus onze bazen beschouwen dit als een eenmansactie?' wilde Silva weten.
Bij wijze van stopteken stak Grimon zijn rechterhand in de lucht. Zweetdruppels gleden langs zijn vingers.
'Trek nou geen onverhaaste conclusies, wil je?' antwoordde het politieke dier in hem op de automatische piloot. Hij verschoof zijn omvangrijke zitvlak en keek daar ongemakkelijk bij.

'Dus wel,' zei Carmen droog.
Grimon slaakte wederom een van zijn bekende zuchten die deden vermoeden dat niet Atlas, maar hijzelf de wereld op zijn schouders torste.
'Denken wij niet allemaal zo, Carmen? Zo nadrukkelijk als die Belasko aanwezig was... Dat schreeuwt toch om zo'n reactie?'
'En dat is dus precies de bedoeling,' zei Silva. 'Een eerste, felle reactie, zodat de feitelijke angel er al in een vroeg stadium uit wordt gehaald.'
Het duurde exact twee seconden voordat het muntje bij zijn toehoorders viel.
'Omgekeerde logica,' zei Grimon.
'De eerste reactie is een impulsieve,' sprak Carmen bedachtzaam. Ze kneep haar ogen samen, zoals altijd als ze diep nadacht. 'Die wordt standaard door de zogenaamde rede in de daaropvolgende discussie van tafel geveegd.'
Silva grijnsde. 'Om er nooit meer onder vandaan te komen. Missie volbracht.'
Zoals paste bij zijn logge lichaam, knikte Grimon traag. Hij keek erbij als een slome duikelaar die het dagelijkse gevecht tegen overgewicht al decennia geleden heeft verloren. Een ingeslepen truc waar hij talloze mensen in de loop der jaren mee op het verkeerde been had gezet. Zijn brein was namelijk meer te vergelijken met een afgetrainde atleet die op topsnelheid werkte.
'Oké, dus jij stelt dat Belasko dit in zijn eentje heeft uitgedokterd.'
Silva zag de open deur en was bereid deze in te trappen.
'Ik beschouw het als een mogelijkheid, Roberto. Aan de andere kant lijkt het me onmogelijk dat Belasko zijn plan zonder enige hulp heeft uitgevoerd. Daarvoor is het eenvoudigweg te gecompliceerd.'
De intermediair van Binnenlandse Zaken maakte een ongeduldig gebaar met zijn rechterhand. In zijn beleving draaide de chef van Nueve om de hete brij heen. Spelletjes waarvan een ander de regels bepaalde waren bij hem niet echt favoriet.
'Salaberri en Mendiazabal,' zei Silva monotoon. Het was geen vaststelling, maar eerder een suggestie.
'Die kunnen het niet meer bevestigen,' antwoordde Grimon. Hij keek naar Carmen, die enigszins afwezig overkwam.
'Maak jij ons nog deelgenoot van je gedachten, of hou je die lekker voor jezelf?'

In plaats van te reageren, zochten haar ogen een punt op de muur achter Grimon. De saaie, gebroken witte omlijsting van een modern kunstwerk was het ideale rustpunt voor de ideeën die door haar hoofd raasden. Ze verankerde haar blik.

'Belasko komt met een verklaring die politiek gezien kant noch wal raakt.' Ze articuleerde duidelijk, alsof ze naast de beide mannen ook zichzelf van haar gelijk wilde overtuigen.

'In Baskenland is de PNV de grootste partij. De socialisten van de PSOE zijn een goede tweede. De Partido Popular is een slechte derde, aangezien de Basken overwegend links georiënteerd zijn. De kloof in stemmen tussen plaats twee en drie is gigantisch. Datzelfde geldt voor de nummers vier tot en met twintig, of zo: stuk voor stuk splinterpartijen waarop slechts een marginaal gedeelte van de bevolking zijn stem uitbrengt.'

Ze bleef strak naar de muur kijken.

'De nieuwe partij wordt dus veruit de grootste in Baskenland. Leuk voor de zetelverdeling in het Baskische parlement, maar funest voor de inbreng in de landelijke politiek. Door deze vreemde actie wordt hun afvaardiging in Madrid zeker uitgekotst. De PP kan van oudsher hun bloed wel drinken en de voormalige vrienden van de PSOE behoren nu eveneens tot de oppositie. Door de onverwachte overstap van een gedeelte van hun Baskische fractie naar La Paz voelen ze zich aan alle kanten belazerd.'

Grimon knikte. 'Wat inhoudt dat al hun voorstellen op weerstand zullen stuiten. Dan praten we over subsidies voor wegenbouw, verbetering van de infrastructuur, sociale voorzieningen, scholing et cetera. De meerderheid van het landelijke parlement zal er alles aan doen om de reguliere geldstroom naar het Baskenland te draineren. Kortom, de Basken zijn zwaar de lul.'

Ondanks de interruptie wist Carmen haar concentratie te behouden. Het beeld dat ze van deze gecompliceerde zaak kreeg werd zelfs met de minuut duidelijker. Ze kreeg sterk het gevoel dat het begin van een opening zich aandiende. Daarom was het nu essentieel om tegenover de twee veteranen in dit vak haar gedachten op de juiste wijze te verwoorden.

'De toetreding tot La Paz van de linkse, nationalistische splinterpartijen is opmerkelijk, maar verklaarbaar. In het huidige maatschappelijke klimaat zijn ze politiek gezien kansloos. Ze mogen met een minimale bezetting aanschuiven en protesteren als de grote partijen een voorstel lanceren of een besluit nemen. Vanwege het protocol wordt er notitie van genomen, maar daar is dan ook alles mee gezegd. Brullende muisjes in een kuil vol wurgslangen.

Toch moest er nog een hindernis worden genomen. Excuses van de ETA die op een verkapte manier door Belasko werden gemaakt, gefiatteerd door ETA-kopstuk Salaberri. Sorry voor al die doden, maar in het belang van Baskenland moeten we nu als eensgezind politiek orgaan door het leven gaan.'

Ze stak haar rechterhand omhoog om opmerkingen voor te zijn. 'Om tijd te besparen snijd ik bewust een aantal bochten af, oké? Als we over bijzaken gaan discussiëren, zitten we hier morgenavond nog.'

'Optimist,' gromde Grimon. Verder hield hij zijn mond, zodat Carmen verder kon.

'Dat brengt ons bij de PNV en de dissidenten van de PSOE. Voor zover er nog sprake was van enige logica, is die in dit geval ver te zoeken. Waarom zou de PNV als grootste partij een alliantie aangaan met zowel extreem-links als de socialisten? Zij zijn de toonaangevende partij in Baskenland en staan te boek als gematigd. In tegenstelling tot de radicalen is onafhankelijkheid van Spanje voor hen geen optie en roepen ze met het binnenhalen van minimaal tien PSOE-leden de toorn van de landelijke politiek over zich heen.'

Ze draaide haar handpalmen naar boven.

'Hoe is het mogelijk dat beroepsmensen zo'n inschattingsfout maken? Wat mij betreft is het antwoord vrij simpel: het is onmogelijk. Het overstag gaan van de PNV plus de switch van de PSOE-leden zijn aangestuurd door een krachtige bron. Op de een of andere manier zijn zij zwaar onder druk gezet om deze belachelijke stap te nemen. Degenen die dit hebben aangezwengeld beschikken over bepaalde informatie, of over heel veel macht waarmee deze politici onder druk zijn gezet.'

Ze knipperde met haar ogen, waarna haar blikveld zich verruimde. Het witte frame werd weer even oninteressant als het enkele minuten geleden was geweest. Om een eerste reactie te peilen keek ze Roberto Grimon aan, maar datgene waar ze op hoopte bleef uit. Het kwam zelfs niet in de buurt.

De intermediair van Binnenlandse Zaken leek als versteend. Hij keek recht voor zich uit. Zijn ogen fonkelden en waren strak op Alfonso Silva gericht. In niets deed de man die tegenover haar zat nu nog denken aan de joviale dikzak die zo nu en dan flink uit zijn slof kon schieten.

De reden van deze abrupte transformatie was haar een raadsel. Hetgeen ze daarnet had verteld behoorde voor een groot gedeelte tot de inleiding van haar verhaal. De ideeën, suggesties, conclusies en alles wat daartussen hing moesten nog komen. Ze had nog zoveel te vertellen!
Ze zag dat de rechterneusvleugel van Grimon licht begon te trillen. Hij fronste, waardoor boven zijn neusbrug diepe rimpels ontstonden. De stand van zijn mondhoeken voorspelde donder en bliksem met hevige windstoten. Het was een kwestie van seconden voordat hij verbaal ontplofte, wist ze. Afgaande op de kleur van zijn gezicht, dat langzaam rood werd, mochten ze van geluk spreken als het daarbij bleef.
'La Lista Sangrinta,' zei Grimon. Hij sprak de woorden uit alsof de betekenis ervan het midden hield tussen een ongeneeslijke ziekte en een dodelijk virus. Oftewel het slechtste van twee kwaden.
'De oppositie prefereert El Libro de Oro,' antwoordde Silva. In tegenstelling tot die van Grimon week zijn stem niet af van de conversatietoon waarop hij normaal sprak. Terwijl Grimon worstelde met zijn emoties, bleef de chef van Nueve de kalmheid zelve.
Carmen bevond zich opeens in twee werelden. Aan de ene kant was ze uitermate verbaasd over de korte woordenwisseling waarvan zij helemaal niets begreep. Enkel de elektrische lading die opeens in het kantoor hing was bijna voelbaar. Van de 'bloedlijst' of het 'gouden boek' had zij nog nooit gehoord. Zo te zien was dat een groot gemis.
Tevens drong het tot haar door dat de bespreking op het punt stond te worden beëindigd. Een steek trof haar vol in haar onderbuik. Was het een schicht van schaamte, jaloezie, woede of onmacht? Wellicht een combinatie van al deze factoren? Ze wist het zo snel niet. Wel was het zeker dat haar optreden tot een simpele inleiding beperkt bleef. Vandaag werd haar van het ene op het andere moment de kans ontnomen een aantal theorieën op tafel te leggen. Inwendig vloekte ze. Nu kon ze dus slechts met zichzelf een discussie aangaan over de reden achter de gebeurtenissen en de zaken die ze in de nabije toekomst konden verwachten. Haar theorieën over de moordenaar, het nut van de sneer die Belasko tijdens de persconferentie aan hen had uitgedeeld, de politieke consequenties die La Paz met zich meebracht... Ach, het bleven onuitgesproken hersenspinsels waar zij de komende uren mee ging stoeien, want serieuze toehoorders waren er niet. Die zaten inmiddels op een plek waartoe de toegang haar blijkbaar was ontzegd.

Grimon stond op. Ditmaal geen flauwe kwinkslag of keiharde opmerking waardoor iedereen direct op scherp stond. Zijn lachwekkende postuur had ineens iets indrukwekkends: een mastodont waarmee je niet moest spotten. Terwijl hij twee stappen naar voren deed, bleef zijn blik op Alfonso Silva gericht.

'Als La Lista Sangrinta een rol in deze zaak speelt, zitten we nog dieper in de stront dan we ooit konden vermoeden. Ik ben ervan overtuigd dat het hele gedoe rond de verdwijning van Patxi Ochoa een afleidingsmanoeuvre is. Zelfs een alfaleerling kan berekenen dat in dit geval de aangeboden optelsom niet klopt. Belasko is de man die alles aanstuurt. Mocht die lijst boven water komen, dan is hij dus dé aangewezen persoon om hiermee zijn voordeel te doen. Al berust maar de helft van wat wij vermoeden op werkelijkheid, dan nog heeft hij een instrument in handen waarmee heel Spanje minstens twintig jaar terug in de tijd wordt getrapt.'

Hij haalde diep adem. De rode blos op zijn gezicht en nek veranderde in lichtpaars.

'Grijp die klootzak, Alfonso. Hoe je het doet interesseert me geen zak, maar wat mij betreft zijn nu de grenzen van het ontoelaatbare opgeheven.'

Hij schudde een paar maal heftig met zijn hoofd, zodat zijn wangen drilden als gelei. In plaats van humor en speelsheid, sprak er uit deze beweging echter doortastendheid. Zijn lichaamstaal was ronduit onheilspellend.

'Bij dezen hef ik je budgettaire beperkingen voor onbepaalde tijd op. Aan het stoppen van deze aanval hangt geen prijskaartje. Ons land verkeert in staat van oorlog. Je krijgt carte blanche.'

Silva keek hem stoïcijns aan.

'Kan ik dat zwart op wit krijgen?'

De intermediair aarzelde drie hartslagen. Zijn gedachten doorbraken qua snelheid ruimschoots de geluidsbarrière. Hij haalde zijn schouders op en zuchtte diep. Iets wat voor een grijns door kon gaan krulde rond zijn mondhoeken.

'Als jij jezelf zo nodig wilt indekken, moet je op de boekhoudafdeling van Sociale Zaken gaan werken. Tot aan je pensioengerechtigde leeftijd zijn alle voorzieningen perfect geregeld. Het enige risico dat je daar loopt is een tros aambeien door het vele zitten of een verbrande lip vanwege de eindeloze koffiepauzes.'

Na die woorden draaide hij zich een kwartslag om en keek Carmen recht aan.

'Sorry dat ik me daarnet zo lomp gedroeg. Jouw visie was helder en boeiend. Er kwam echter plotseling iets bovendrijven dat prioriteit had. Dat gedoe met die Lista Sangrinta dateert uit een periode ver voor jouw tijd bij Nueve. Slechts een handvol oudgedienden heeft die informatie in een achterzolderkamer van hun hersenen opgeslagen. Bij mij lag die inmiddels onder een dikke stoflaag. Jouw verhaal fungeerde blijkbaar als een frisse wind die het vuil wegblies en de oude kwestie weer actueel maakte.'
Carmen keek bewust langs hem heen. Ze wist dat in haar ogen een scala aan vragen stond te lezen.
'Het is een bloedlijst van de ETA waarvan wij, in kleine kring, altijd het bestaan hebben vermoed. Helaas konden we het niet bewijzen, simpelweg omdat we nooit de hand op dat kreng hebben kunnen leggen. Die lijst staat te boek als het best bewaarde geheim van de ETA. Slechts enkelen – en dan praat ik over de allerhoogsten in hun hiërarchie – hebben een blik op dat onding geworpen.'
Voordat ze de kans kreeg te reageren, stond Grimon al bij de deur.
'Grijp 'm,' sprak hij op gedecideerde toon. 'Aitor Belasko is de spil in dit verhaal. Daar durf ik een jaarsalaris om te verwedden.'
De stilte die na zijn vertrek in het kantoor neerdaalde was op een andere manier even overweldigend als het wervelende optreden van Grimon daarnet. Drie lange minuten herschikten ze de puzzelstukjes waarvan hun brein een passend geheel wilde maken: meten en passen, schuiven en weer passen. Het resultaat bleef hetzelfde: de contouren van een beeld tekenden zich af. De details die het plaatje moesten completeren ontbraken echter.
'Ik neem aan dat je alles over La Lista Sangrinta wilt weten,' zei Silva. Het was meer een vaststelling dan een vraag.
Carmen knikte zo nonchalant mogelijk. Ondanks de verontschuldigingen van Grimon had haar zelfvertrouwen een deuk opgelopen. Er had een aura van kinderlijke naïviteit rond haar optreden gehangen: de enthousiaste spreekbeurt van een provinciaaltje dat niet echt serieus wordt genomen, dacht ze. Nu was het een kwestie van goed luisteren en de informatie op haar harde schijf opslaan. Eenmaal thuis kon ze zich wagen aan analyses en eventuele conclusies. Alles onderbouwd, zodat er geen speld tussen te krijgen viel. Zelfs geen lijst uit een duister ETA-verleden. Nee, dit was de laatste keer dat ze min of meer publiekelijk in het diepe was gesprongen. Een afgang als deze zou haar nooit meer overkomen, nam ze zich voor.

Vervolgens luisterde ze aandachtig hoe Alfonso Silva een halve eeuw terug in de tijd ging.

Madrid, 17.00 uur

Met negen man zaten ze in een vergaderruimte die in een handomdraai was omgetoverd tot een veredelde kantine. Op de drie tafels stonden koffiebekers en asbakken. Het rookverbod dat in Spanje voor publieke en werkruimtes gold, werd door het merendeel van de aanwezigen openlijk genegeerd. Om de niet-rokers enigszins tegemoet te komen had men een raam opengezet. Ondanks dit sociale gebaar won de blauwe walm langzaam maar zeker terrein.

Wat Isidro Alarcón betrof was de reden van hun samenzijn helderder dan de lucht die hij inademde. De interne e-mail die de medewerkers van UDEV twee uur geleden hadden ontvangen kwam hem bekend voor. Het was alsof hij aan een oude bekende werd voorgesteld. Geen oude vriend, want persoonlijk had hij het niet zo op deze conservatieve manier van personeelsmotivatie.

Het ging natuurlijk om een donderspeech. Een veelbeproefd instrument als de zaak muurvast zat. In dit geval was het gerechtvaardigd, aangezien ze evenveel wisten als op het aanvangsmoment van de opdracht.

Of deze bijeenkomst zin had was een tweede. Hij had daarover zo zijn twijfels. In het verleden had hij een aantal van dit soort vergaderingen meegemaakt, ze zelfs georganiseerd. Het eindresultaat bleek bijna altijd hetzelfde: op het moment dat de leidinggevende zijn manschappen motiveerde, waren die meegaand. Bij het verlaten van het lokaal wilde iedereen er nogmaals vol de schouders onder zetten. Maar eenmaal op de werkplek bleek de boost in een mum van tijd uitgewerkt. Stapels dossiers, doodlopende aanknopingspunten en de eindeloze sleur van het droge recherchewerk waren hiervoor verantwoordelijk. Tegenover zoveel demotiverende factoren dolf het aangewakkerde enthousiasme immer het onderspit.

Antonio de la Gándara kwam de ruimte binnen en knikte tegen twee rechercheurs die vlak naast de deuropening zaten. De mannen stonden direct op en begonnen met de tafels te schuiven. De rest volgde zwijgend hun voorbeeld, zodat de tafels een rij vormden. Met de mannen ernaast had het wel wat weg van een buffet, dacht Alarcón. Het keuzemenu

bestond uit koffie en sigaretten. Hij glimlachte in zichzelf om deze gedachte en nam plaats.
'Er zit geen schot in de zaak,' begon De la Gándara. Hij had een stoel bijgetrokken en zat nu recht tegenover zijn mensen.
'Ik weet ook wel dat jullie keihard werken om het tij te laten keren.'
Alarcón hoorde zijn rechterbuurman zacht snuiven. Waarschijnlijk wilde zijn collega hiermee aangeven dat hij het zo zoetjesaan spuugzat werd om steeds weer een dood spoor te bewandelen. Een frustratie die feitelijk voor iedereen gold; de een ging er alleen wat makkelijker mee om dan de ander.
'Hoewel er van bovenaf behoorlijk druk op de ketel wordt gezet, is deze zaak niet de reden dat ik jullie heb gevraagd om hierheen te komen. Na vannacht hebben we te maken met een urgentiegeval. Tenminste, zo kijk ik ertegenaan. Na de briefing is het ieders goed recht er het zijne van te denken.'
Alarcón probeerde toen hij opkeek twee dingen tegelijk te zien. Zowel de lichaamstaal van de chef van UDEV als die van zijn manschappen interesseerden hem. Wat meteen opviel was de vanzelfsprekende kalmte die De la Gándara uitstraalde, wat min of meer vloekte met zijn postuur. De man was namelijk hooguit een meter vijfenzestig, en pezig. Het licht van de tl-buizen weerkaatste op zijn kale kop, waardoor er een verblindende stralenkrans ontstond. Tevens was hij in het bezit van de meest indrukwekkende wenkbrauwen die Alarcón ooit had gezien: ravenzwart en minstens tweemaal zo breed als bij anderen het geval was. Een volwassen mannetjesgorilla zou er trots op zijn. Zijn uiterlijk paste meer bij een geboren en getogen zenuwpees.
Het andere gedeelte van zijn blik bespioneerde zijn collega's, door de wol geverfde kerels die juist dat aspect van hun carrière vakkundig wisten te verbergen. In de korte periode dat hij bij deze eenheid werkte was dit hem het meest opgevallen en bijgebleven. Stuk voor stuk oogden ze als een willekeurige benedenbuurman die al sinds mensenheugenis met dezelfde vrouw is getrouwd, het gelukzalige bezit van twee kinderen koesterde en er standaard in de maand augustus met zijn gezin op uittrok voor een kostelijke vakantie waarin zomaar viermaal per week buiten de deur werd gegeten. Burgerlulletjes die de hele dag door koffiedronken en met pretoogjes een schuine mop vertelden.
Allemaal schijn, wist hij. Vanaf het moment dat hij voet over de drempel

van de UDEV-burelen had gezet, speelden zijn nieuwbakken collega's toneel. Maar niet waar het papierwerk betrof. O nee, daar waren ze uitermate behulpzaam bij. Tenslotte was hij een ervaren rechercheur, die donders goed wist hoe het spelletje werd gespeeld. Tot de harde gegevens kreeg hij moeiteloos toegang. Maar voor het humane vlak golden andere regels. Daar bleef hij een buitenstaander zonder de juiste referenties.

'Sinds een aantal weken heeft het oude spelletje La Luz zijn smerige rotkop weer opgestoken.'

Alarcón verbaasde zich over de heftigheid waarmee De la Gándara sprak. Tijdens de sporadische keren dat er contact tussen hen was geweest had de man zich altijd op een uiterst correcte wijze uitgelaten en was er geen spoortje van Bargoens of ander grof taalgebruik te bekennen geweest.

'Laat ik even jullie geheugen opfrissen. Het gaat hier om een tijdverdrijf van de jeugdbendes Crips en Latin Kings. Tuig van de richel dat voornamelijk de straten van de wijk Vallecas in het zuidoosten tot oorlogsgebied heeft verklaard.'

Zijn gezicht vertrok tot dezelfde griezelige grimas waarmee Robert de Niro in *The Untouchables* Kevin Costner tot waanzin dreef.

'Welkom in Madrid, zie ik jullie denken. Als ik heel eerlijk ben, dan was die zin ook het eerste wat mij te binnen schoot. Wij zijn een metropool, een smeltkroes van allerlei rassen, religies en politieke stromingen. Plant je zoveel verschillende mensen op zo'n betrekkelijk kleine oppervlakte, dan kunnen er spanningen ontstaan. Dat is nu eenmaal een vervelend onderdeel van het leven in een grote stad.'

De serieuze uitdrukking op zijn gezicht gaf het gekunstelde aan van de sceptische toon waarop hij deze zinnen uitsprak.

'Dit jaar zijn er door toedoen van de jeugdbendes al vierenveertig slachtoffers gevallen. Ik zeg bewust niet "te betreuren", aangezien het hier in vrijwel alle gevallen om afrekeningen in hun eigen circuit gaat. Ripdeals, schiet- en steekpartijen, afpersingen, prostitutie – afijn, alles wat we gemakshalve onder de noemer "territoriumdrift" plaatsen. Omdat alle korpsen aan chronische onderbezetting lijden, dienen we prioriteiten te stellen. In de praktijk komt het erop neer dat we vanuit de verte een oogje op het jeugdige en georganiseerde Sodom en Gomorra van Madrid houden. Tot op zekere hoogte laten we ze dus hun gang gaan. Als ze gore zaakjes binnen hun eigen gebiedsgrenzen opknappen, staan wij dit noodgedwongen oogluikend toe. Nogmaals: een situatie waarmee niemand van het justitiële apparaat vrede heeft. Het gebrek aan financiële middelen dwingt ons hier echter eenvoudigweg toe.'

Vanuit zijn ooghoek zag Alarcón een drietal collega's ongemakkelijk op hun stoel heen en weer schuifelen: een visuele bevestiging van de achterliggende betekenis van hun chefs woorden. Ook zij popelden om het geteisem dat de straten van sommige wijken terroriseerde er eens flink van langs te geven. De van hogerhand opgelegde papieren ketenen waren de enige reden waarom ze passief bleven toekijken. De inleiding van De la Gándara was een opmaat voor iets waarnaar zij al lang uitkeken. Alarcón proefde en rook pure bloeddorst in de met rook bezwangerde ruimte.

'Na een avondje theater met hun dochter en schoonzoon reden Pedro en Celeste Ramirez vanuit het centrum terug naar hun huis in het noorden van de stad. De wijk Alcobendas, om precies te zijn. Vanwege omleidingen en wegwerkzaamheden besloot Ramirez de westelijke route te nemen. Ter hoogte van de wijk Casa del Campo seinde hij naar een tegemoetkomende auto die zonder licht reed. In zijn achteruitkijkspiegel zag hij die bewuste auto op de tweebaansweg draaien. Enkele minuten later werd hij gesneden en gedwongen zijn auto langs de kant van de weg te parkeren.'

Het onrustige geschuifel was gestopt. De totale stilte was imposant. Je kon een sigaret horen branden.

'Vijf man stapten uit. Het echtpaar werd uit hun auto gesleurd. Pedro Ramirez kreeg een reeks schoppen en stokslagen te verduren. Hij is een paar uur geleden overleden. Mevrouw Ramirez werd door de bende meerdere malen verkracht. Zowel vaginaal, oraal als anaal. Ze verloor veel bloed en moest met spoed worden geopereerd. Inmiddels verkeert ze buiten levensgevaar.'

De gelaatstrekken van De la Gándara verhardden zich.

'We hebben het hier over mensen van respectievelijk 65 en 63 jaar oud. Respectabele burgers wier leven na een gezellig avondje in het centrum door tuig van de richel totaal werd verwoest.'

Naast Alarcón zoog een rechercheur zijn longen vol met rook. Evenals bij zijn collega's had zijn afgestompte blik plaatsgemaakt voor een oogopslag vol woede en onmacht. Het kon dus altijd erger, ook als je dacht dat je alles wel zo'n beetje had meegemaakt.

'Op het moment dat de bendeleden zich uit de voeten wilden maken, passeerde er toevallig een patrouillewagen, die hen direct opmerkte. Na een wilde achtervolging werden de bendeleden gearresteerd.'

Het daaropvolgende subtiele hoofdknikje gaf aan dat deze muis nog een flinke staart had.
'Door die gasten direct in hun kraag te grijpen hebben onze collega's fantastisch werk geleverd. Maar geweldtechnisch gezien is het waarschijnlijk het slechtste wat Madrid kon overkomen.'
Niemand fronste of gaf de indruk zijn redenatie niet te kunnen volgen. Ze begrepen allemaal precies waarop hij doelde.
'De vijf hufters zijn leden van de Crips. In de zieke geesten van hun medebendeleden heeft dit gajes een status aparte bereikt. Ze zijn helden. Na hun detentie zullen ze enkele sporten op de hiërarchische ladder stijgen. Sommigen onder hen krijgen de leiding over een straat, anderen mogen een hele buurt onder hun hoede nemen. Eén ding is zeker: door deze actie behoort hun soldatenleven tot het verleden. Ze hebben laten zien dat ze verdergaan dan zelfs in het bendeleven gebruikelijk is. Hiervan zullen ze over enkele jaren de vruchten plukken.
Hun meedogenloze optreden verspreidt zich als een lopend vuurtje door de achterstandswijken. Bewondering bij de Crips-leden, afgunst onder de Latin Kings. Aangezien de politie haar buit reeds binnen heeft, worden er van die kant geen represailles verwacht. Vandaag is een dag als alle andere, denken de bendes. High van coke, speed en bewijsdrang willen de jongere Crips hun helden naar de kroon steken. In het andere kamp leven min of meer dezelfde gevoelens, alleen dienen we dan het woord "helden" door "klootzakken", "mietjes" of iets dergelijks te vervangen.'
De la Gándara bleef innerlijke rust uitstralen. De passie lag in zijn woorden, niet in zijn stem of uiterlijk.
'Vanavond gaan de remmen los. Twee bendes gaan elkaar beconcurreren. Na vannacht bestaan er geen grenzen meer. Als wij niet ingrijpen, vallen er wederom doden onder de burgerbevolking.'
Hierna maakte hij een hoofdgebaar in de richting van de deur. In stilte stonden de rechercheurs op.
'Er zijn drie auto's beschikbaar,' sprak De la Gándara. 'We vertrekken om 23.00 uur.'
Op het moment dat de eerste rechercheur de ruimte wilde verlaten, zei de chef van UDEV: 'Stop.' De man trok de kruk naar zich toe, zodat de deur weer sloot.
'De raid die we vanavond gaan houden staat los van UDEV. Ik heb hier geen opdracht of toestemming voor. Het gebeurt op persoonlijke titel. Ik

weet dat jullie op dit moment net zo opgefokt zijn als ik. Het gaat om rechtvaardigheidsgevoel, iets wat jullie allemaal in je donder hebben zitten. Toch dien je er rekening mee te houden dat het vanavond een illegale operatie betreft.'

Zijn rechterwijsvinger priemde in de richting van zijn mensen.

'Ga naar huis en overdenk het goed. Vooral waar het de consequenties betreft als het misgaat. Dit is namelijk een reële optie, want een ongeluk zit in een klein hoekje. Mocht je tot de conclusie komen dat het je te link is: *no hard feelings*. Voor iedereen in deze kamer heb ik respect. Of je vanavond wel of niet participeert, verandert daar geen ene donder aan.'

Hij knikte nogmaals, waarna de deur werd geopend.

Alarcón schuifelde mee in de rij zwijgende collega's. Ze zouden er vanavond allemaal zijn, wist hij. Hetzelfde gold voor hem.

23.30 uur

Twijfel, dacht Antonio de la Gándara. Mijn hoofd zit vol wankelmoedigheden, en daar word ik niet bepaald vrolijk van. In zijn besluitvorming was hij altijd rechtdoorzee geweest. Zwart of wit, licht of donker. Aan grijze schemergebieden had hij per definitie een hekel. Daar kon je te veel kanten mee op. Uiteindelijk leidde het tot gedonder in de tent.

Toch had hij zijn eigen leer bewust verloochend. De zogeheten verzachtende omstandigheden konden zijn handelen niet alsnog van het door hem gewenste keurmerk voorzien, want daarvoor was hij te veel van zijn werkwijze afgeweken. Wat nog zacht was uitgedrukt. Hij had zijn eigen mensen gewoonweg besodemieterd.

'Alcobendas,' meldde Hugo Pedronas vanuit de auto die een minuut of twintig achter hen langs de noordkant van Madrid reed. Ivan Andrago, de bestuurder van de derde wagen, had zojuist gemeld dat zij zich in de zuidwestelijke zone rond Carabanchel bevonden. De la Gándara zag recht voor zich de talloze lichtjes van vliegveld Barajas, drukte de knop van de mobilofoon in en zei kortaf: 'Oost.'

Terwijl hij zich concentreerde op de tegenliggers, kwam het gesprek weer bovendrijven dat hij in de voormiddag met Jaime Perera had gevoerd. De commandant van het district Sol, waaraan hij zijn handen meer dan vol had, aangezien het hartje centrum betrof, was vanaf het eerste moment

helder tegen hem geweest. Vannacht ging het stormen, wist hij zo goed als zeker. Hij was de chef van de uniformbrigade en zijn mensen hadden van hun tipgevers vernomen dat de onderlinge verhoudingen tussen de Crips en Latin Kings door het incident in Casa del Campo drastisch waren verslechterd. De Crips hadden de smaak te pakken, terwijl de Latin Kings erop gebrand waren om te laten zien dat zij de meeste ballen hadden.
Vanavond werd het oorlog, en het Madrileense korps was niet bij machte om krachtdadig op te treden, zo verzekerde Perera hem. Onderbezetting en onervarenheid bij de manschappen. Door leegloop richting bedrijfsleven en interne promoties was minstens de helft van de uniformdienst even oud als de gannef dat de straten onveilig maakte.
Perera had niets gevraagd of gesuggereerd. Tenminste, zo had hij het gesprek in eerste instantie ervaren. Nadat hij de conversatie in alle rust evalueerde, bleek die inhoudelijk wel degelijk een schreeuw om bijstand. Sterker nog: ze zaten met hun handen in het haar.
Geruchten in een metropool deden even snel de ronde als berichten via de tamtam op de uitgestrekte vlakten van Afrika. De conclusie dat hoofdcommissaris Eustacio Moldovan lucht van deze onverkwikkelijke zaak had gekregen, was eerder verdedigbaar dan onwaarschijnlijk. Ook hij wist van de hoed en de rand waar het de manschappen betrof. Zou hij wellicht een vertrouwde districtscommandant hebben ingeseind, waarna deze telefonisch op de ronseltoer ging?
Hij slaagde erin een grom uit onvrede binnensmonds te houden. Aansluitend sprak hij zichzelf vermanend toe. 'Probeer je handelwijze nou niet door middel van valse projectie goed te praten, joh. Er is geen complot. Uit het telefoontje van Perera spreekt waardering voor jouw eenheid. Mocht het tot een confrontatie komen, dan weet hij dat het tuig geen kans maakt tegen jouw ervaren mensen. Perera was oprecht... Helaas geldt dit niet voor jou. Jij had open spel naar je mensen moeten spelen. Je had ze de waarheid moeten vertellen: dat Perera in bedekte termen om bijstand vroeg, in plaats van beweren dat het hier een operatie betrof die geheel uit jouw brein kwam.'
'Barajas,' zei de blikken stem van Hugo Pedronas.
De la Gándara drukte op de zendknop van de mobilofoon.
'Gas minderen, Hugo. Je loopt te snel op ons in.'
'Begrepen.'
Tot nu toe was het een doodsaaie missie; daar konden de spookachtige

contouren van de wijk Vallecas niets aan veranderen. Hier aan de buitenrand wees niets op de aanwezigheid van jeugdbendes. Toch was dit hun bastion. Achter de afgebladderde deuren van deze foeilelijke flats smeedden de bendeleden hun plannen. Het merendeel was van Zuid-Amerikaanse afkomst. Kansloze jongeren, die criminaliteit als een even normaal onderdeel van het leven beschouwden als scholing, vakantie en een hecht gezinsleven voor hun Spaanse leeftijdgenoten waren. In hun ogen overtraden zij geen wetten; hun levenswijze was slechts een manier van overleven in de asfaltjungle.

Deze korte overpeinzing zorgde er bijna voor dat hij de tegenligger over het hoofd zag. Toen de auto tot op dertig meter was genaderd, knipperde hij in een reflex met zijn lichten. Het voertuig passeerde, waarna De la Gándara direct snelheid minderde. Hij keek in zijn achteruitkijkspiegel. In plaats van de verwachte U-bocht, zag hij hoe de rode achterlichten ineens oplichtten. Tevens verscheen er een gele lichtbundel aan de voorzijde van de auto, die gewoon doorreed. Een dronkaard of iemand die stevig de weg kwijt is, was het eerste wat in hem opkwam. In elk geval geen bendeleden.

'Idioot!' siste hij tegen de achteruitkijkspiegel.

'Present,' antwoordde Isidro Alarcón vanaf de achterbank van de Seat.

Goed samengevat, dacht Alarcón. Die benaming kwam het dichtst bij het beeld dat hij nu van zichzelf had. Dat De la Gándara iemand anders voor deze kwalificatie op het oog had, deed er niet toe. Het was namelijk van de zotte dat hij hier in afwachting van het Grote Moment op de achterbank van een Seat rondjes om Madrid reed. 'Ridicuul', 'achterlijk' en 'dieptriest' waren woorden die het afgelopen halfuur meerdere malen eerste viool in zijn gedachten hadden gespeeld.

Evenals de rest van het team was hij gedurende en vlak na de speech van De la Gándara overtuigd van de noodzaak van deze missie. Dat was logisch. Als er tijdens dit soort meetings op het sociale en rechtvaardigheidsgevoel werd ingespeeld, ging praktisch iedereen voor de bijl. Helemaal waar het politiemensen betrof, die normaal gesproken over een meer dan gemiddeld plichtsbesef beschikten. Daar lag het knelpunt niet. Hij had zelf ook van dit soort powerpresentaties gehouden. Als je het een beetje fatsoenlijk aanpakte, kreeg je voor even alle aanwezigen op één lijn. Hier zat dus de bottleneck. Wanneer de rook van het verbale geweld was opgetrokken, diende het verstand weer de overhand te krijgen. In dit geval leek het doodsimpel. Om met negen UDEV-mensen (eentje was afgevallen, hij moest dienstdoen op het hoofdkwartier) rond Madrid te rijden in de hoop wat bendeleden in de kraag te vatten, was pure waanzin. In totaal bestond de eenheid uit negentien personen. Negen waren op locatie en tien bevonden zich in Madrid. Eén ding hadden ze allen gemeen: ze waren tot op het bot gefrustreerd en overwerkt. Iedereen met een beetje gezond verstand zou deze eenheid pas oproepen als geen enkele diender in Madrid en omstreken meer op zijn benen kon staan.

Achter zijn bureau kwam hij al snel tot de conclusie dat het om een grap ging, eens kijken hoe we die nieuwe van Ernstige Delicten flink in de maling kunnen nemen. Op zich geen vreemde gedachte. Helemaal niet als je de omstandigheden bekeek waardoor hij aan deze eenheid was toegevoegd, en de redenen waarom. Daar zat een luchtje aan dat zelfs een snipverkouden rechercheur van mijlenver rook. Toen hij iets over halfelf in zijn auto stapte, was hij er dan ook rotsvast van overtuigd dat het hier een geintje betrof waarvan het enige 'slachtoffer' Isidro Alarcón zou zijn.

Op het verzamelpunt trof hij tot zijn verbazing enkel strakke gezichten aan. Mannen met een missie, gemotiveerd tot in hun vingertoppen. Op een gegeven moment verwachtte hij stoere zinnen uit B-films in de trant van: 'We doen het voor Madrid', en, op het persoonlijke vlak: 'Jij hoort nu bij de groep, stel ons niet teleur.' Gelukkig bleef deze middelbareschoolretoriek hem echter bespaard.

Hoewel deze operatie met de minuut meer leek op een mislukte grap van een groepje wanhopige eerstejaarsstudenten die de leden van een ander dispuut de loef wilden afsteken, lukte het hem nauwelijks zijn gedachten fatsoenlijk te ordenen. De ondefinieerbare spanning die in de kleine ruimte hing was daar debet aan.

Nu ik hier toch onderuitgezakt op de achterbank hang, kan ik net zo goed wat speculatief denkwerk verrichten, had hij zichzelf al minstens driemaal voorgenomen. Gewoon wat spelen met bepaalde gezichtspunten. Een mogelijkheid die overigens met het uur meer op het enige alternatief begon te lijken. Het degelijke recherchewerk had tot op dit moment nog geen halve aanwijzing gebracht. En ze waren er zowel letterlijk als figuurlijk met de stofkam doorheen gegaan. Die gasten van UDEV mochten soms een beetje wereldvreemd overkomen, qua puur recherchewerk hoefde niemand ze iets te leren.

Naarmate de dagen verstreken kreeg hij steeds meer het idee dat deze zaak niet door de stereotiepe onderzoekmethodes opgelost zou worden. Zijn onderbuikgevoel van ervaren smeris vertelde hem dit. Heel soms bracht een ingeving schot in het gebeuren. Als gevolg van een geniaal moment werden ineens aspecten belicht die tot op dat moment in duister waren gehuld. Op zo'n briljante flash zat hij dus te wachten.
'Vilaverde,' hoorde hij De la Gándara meer snauwen dan zeggen.
Hij sloot zijn ogen en probeerde een originele invalshoek op te roepen. In plaats daarvan zwom een vijf kilo zware blauwbaars zijn gedachten binnen.

Met de minuut nam de ongedurigheid toe. Een gejaagd gevoel dat Antonio de la Gándara irriteerde. Het druiste tegen zijn karakter in. Hij was van nature een geduldig mens. Tijdens zijn militaire opleiding en de daaropvolgende jaren in het leger was deze eigenschap een trouwe metgezel geweest waarop hij regelmatig steunde. In dit min of meer gesloten onderdeel van de maatschappij haalde 'Wat goed is komt snel' het in de verste verten niet bij 'Hardlopers zijn doodlopers'. Alles op z'n tijd, dus – een instelling waarmee hij prima kon leven.
Zijn overstap naar de semiburgermaatschappij leek drastischer dan die in werkelijkheid was. Binnen enkele weken werd hem al duidelijk dat er nauwelijks verschil zat tussen de werkwijze van UDEV en de militaire inlichtingendienst waar hij enkele maanden voor zijn overgang naar justitie had mogen meedraaien. De aanpak bleek ongeveer hetzelfde; alleen de belangen lagen mijlenver uiteen. Staatsbelang tegenover kruimeldiefstallen, om het maar extreem te stellen.
Zijn uiteindelijke doelstelling was het creëren van een groep rechercheurs die met militaire precisie een operatie uitvoerde, zowel achter het bureau als tijdens het veldwerk. Het saaie gedeelte dat inherent was aan deze manier van werken diende men op de koop toe te nemen. Gedegen onderzoek stond hoog in het vaandel. Het aantal zaken dat door een mazzeltje van buitenaf of een sublieme inval van een rechercheur werd opgelost, stak statistisch gezien schril af tegen misdaden die door grondig speurwerk tot een goed einde werden gebracht.
Toch was de onrust die door zijn lijf gierde het gevolg van deze droge en efficiënte werkwijze. Vanaf het moment dat ze de opdracht kregen om de moordenaar op te sporen die willekeurig mensen ombracht, had hij geen

concessies gedaan aan de manier waarop ze een zaak aanpakten. Dat hield dus in dat ze zichzelf geen tijdsdruk oplegden. Elk stukje eventueel bewijsmateriaal, hoe minuscuul ook, werd tot in detail uitgeplozen. Een tactiek waarmee ze in het verleden bij seriemoordenaars en verkrachters voldoende succes hadden geboekt.

Maar daar zat dus de inschattingsfout, wist hij inmiddels. Tijdens hun vorige onderzoeken hadden ze immer in de luwte kunnen werken. Er stond geen druk op de ketel. In elk geval niet in de orde van grootte zoals bij deze klus. Het hele land keek over hun schouder mee en verwachtte snel resultaten. Dit was geen psychopaat die eens in de zoveel tijd een moord pleegde, maar een beroeps die volgens een strak tijdschema werkte. En het betrof hier ook nog eens een engerd die geen enkele voorkeur voor leeftijd, geslacht of sociale klasse scheen te hebben. Met andere woorden, iedereen kon het volgende slachtoffer zijn. Al met al een behoorlijk verontrustende gedachte.

De druk op zijn schouders nam met de dag toe. Iedereen van het team werkte zich uit de naad, maar het resultaat was minder dan nihil. In feite waren ze even ver als tijdens de dag waarop ze waren ingezet. Hoewel al zijn mensen zich groot hielden, vrat de frustratie hen vanbinnen op. Ze wilden dolgraag scoren. De werkelijkheid vertelde hun echter elke dag weer dat de bal spoorloos was verdwenen en niemand wist waar het speeltuig zich bevond.

Het verkapte hulpgeroep van commandant Jaime Perera had dezelfde impact als een godsgeschenk. Eindelijk konden ze met een snelle actie succes boeken, iets waar zijn mannen naar smachtten. Als ze vanavond een paar van die straatschoffies in hun kladden grepen, zou dat een positieve uitwerking op het moraal hebben. Of het hier psychologie van de koude grond betrof, interesseerde hem weinig. Er moest iets gebeuren. Daarom had hij de kans met beide handen aangegrepen. Om deze mogelijkheid te verzilveren, diende het tuig wel hun gezicht te laten zien. Tot op heden zagen ze nog niets. Dit gedoe werkte eerder demotiverend dan dat het de stemming opkrikte.

De vingers van zijn linkerhand tikten tweemaal de lichtschakelaar aan. Om zijn zogenaamde ongerustheid te accentueren, seinde hij nogmaals. Nerveuze lichtsignalen gleden over de tweebaansweg. De auto waarvoor het teken was bedoeld, reed met gedoofde lichten verder. Nog voordat de tegenligger passeerde, wist De la Gándara dat zijn gebeden waren ver-

hoord. Een BMW scheerde langs hem heen, een model uit de 3-serie. Echte proletenbak, bij uitstek geschikt voor drugsdealend tuig, met absurd grote banden en dikke spoilers, wat het plaatje helemaal rond maakte. Dat hij zowel generaliseerde als chargeerde kwam niet eens in hem op. Hier hadden ze op gewacht!
Hij keek in zijn achteruitkijkspiegel en zag de de remlichten van de BMW felrood kleuren. Toen de wagen bijna stilstond, slipte de bestuurder ruig en keerde.
'Beet!' zei De la Gándara. In zijn stem klonk victorie.

De chef van UDEV hield dezelfde snelheid aan. Zijn achtervolgers wonnen snel terrein, waardoor de eerste grijns op zijn gezicht eindelijk een feit was. Naast hem spande Miquel Tavarés zijn spieren. In afwachting van de actie had hij het grootste gedeelte van de rit voor zich uit zitten staren. Het vooruitzicht op de aanstaande confrontatie deed hem zichtbaar opleven.
Vanuit zijn ooghoek zag De la Gándara dat Isidro Alarcón precies zo handelde als van tevoren was afgesproken: hij dook ineen en maakte zich zo klein mogelijk. Ondanks de geblindeerde zijramen wilden ze geen enkel risico nemen. Als de schoffies hen straks klemreden en uitstapten, wilden ze de indruk wekken dat er twee personen in de Seat zaten. Indien nodig, kon Alarcón als de duvel uit het doosje fungeren.
De la Gándara schatte de verkeerssituatie snel in. Een kleine honderd meter verderop lag een kruising. Rechtdoor was geen optie; dan bleven ze op de tweebaansweg, waardoor er alleen maar gevaarlijke situaties voor tegenliggers en achteropkomend verkeer konden ontstaan. De afslag naar links viel ook af; dat was een oprit naar de snelweg. Bleef rechts over. Een afslag die naar een woonwijk leidde.
'Perfect,' murmelde hij.
Veertig meter voor de kruising zat de BMW bijna op zijn achterbumper. De bestuurder had inmiddels een indrukwekkend arsenaal aan lampen ontstoken. Om de paar seconden liet hij deze enkele malen knipperen, waardoor het leek alsof ze door een rijdende kermisattractie werden achtervolgd. Omdat hij niet het risico wilde lopen nog voor de kruising te worden ingehaald, gaf De la Gándara gas.
De BMW bleef achter hem hangen. Waarschijnlijk zag de bestuurder het zinloze van een inhaalactie in en wachtte hij op de keuze die zijn prooi bij

de kruising zou maken. Hij remde krachtig af en stuurde de Seat naar rechts. Een snelle manoeuvre die hem enkele meters voorsprong bezorgde. Doordat hij direct vol gas gaf, doemden de contouren van de woonwijk angstvallig snel op. Dit gedeelte van Madrid, dat precies tussen de wijken Vilaverde en Carabanchel lag, kwam hem onbekend voor, wat zijn keuze er niet bepaald eenvoudiger op maakte.
Schuin links lagen flats. De aangrenzende parkeerplaats was voor de helft gevuld met auto's. Naast een lantaarnpaal stonden wat hangjongeren. Zijn blik flitste naar rechts: rijtjeshuizen.
De BMW zat weer vervaarlijk dicht op zijn achterkant. In een flits overwoog hij een ultrakorte remtest. Met deze actie zouden de harten van zijn achtervolgers minstens vijf seconden in hun keel hangen. Vanwege de rol die hij diende te spelen zag De la Gándara er echter van af. Een burgermannetje dat door een groep losgeslagen jongeren werd achtervolgd trapte niet op zijn rem om hen te treiteren; zo iemand scheet in zijn broek van angst, gaf gas en probeerde te ontsnappen.
Hij draaide de straat in. Van het dozijn lantaarnpalen die om de twintig meter waren neergezet was de helft nog in bedrijf – een weinig subtiele indicatie van het niveau van de gemeentelijke onderhoudswerkzaamheden in deze wijk. Met zeventig kilometer per uur raasde hij langs de geparkeerde auto's.
Een linkerbocht volgde. Zijn geoefende oog zag dat op het trottoir links van hem een man zijn hond uitliet. Twintig meter daarvoor liep een jong stelletje hand in hand. Details – zelfs op een moment als dit bleven die zich aandienen. Een samenspel en uitvloeisel van zijn karakter en opleiding.
Aan het eind van de straat doemde een T-splitsing op. Ditmaal was er geen twijfel mogelijk. Hij had zijn ideale locatie gevonden. Wederom draaide hij hard naar rechts. De banden van de Seat piepten hevig. Nadat de auto zijn balans had gevonden nam hij direct gas terug: precies wat een verward en bang burgermannetje zou doen op het moment dat hij geen uitweg meer zag. De afslag die hij had genomen kwam namelijk uit op de parkeerplaats van een torenflat en fungeerde als in- en uitrit. Voor iemand die niet over uitzonderlijke stuurmanskunsten beschikte was ontsnappen aan een snellere achtervolger onmogelijk.
De bestuurder van de BMW deed exact wat hij verwachtte. Vijf seconden nadat hij gas had geminderd kwam de zwarte wagen langszij. Dit duurde

twee tellen; daarna stoof de BMW vooruit. Toen het opgetuigde vehikel tien meter voor hem reed, lichtten de remlichten op. Omdat de wagen voor hem precies in het midden van de weg stilstond, kon hij geen kant op. Terwijl zijn rechtervoet op het rempedaal drukte, grijnsde de chef van UDEV breeduit. Evenals zijn rechterpassagier verheugde hij zich op de aanstaande ontmoeting met de lefgozertjes. Of dit ook voor het teamlid op de achterbank gold, interesseerde hem niets. Isidro Alarcón mocht meedoen, daar was alles mee gezegd. Zonder hem konden ze het prima af.

De portieren van de BMW vlogen open. Vijf jongeren stapten uit. Hij schatte ze begin twintig. Op de kleur na was hun kleding identiek: hemd zonder mouwen, lange broek die een maatje of drie te groot leek, modieuze gympen en veel goud om de nek en polsen. Inwendig lachte De la Gándara om de look die in het uitgaanscircuit garant stond voor respect en vrees. Hij drukte op een knopje in het portier, waarna het raam zakte. Een veiligheidsmaatregel. Hij wilde niet door een onbesuisde actie van het tuig glas in zijn gezicht krijgen.

'Kijk nou toch eens,' sprak de bestuurder van de BMW met Argentijnse tongval. 'We hebben twee flikkers te pakken.' Aansluitend maakte hij obscene bewegingen met zijn handen en tong. Zijn vier kameraden lachten overdreven luid en wisselden vunzige gebaren uit. Na dit onderonsje liepen ze op hun gemak in de richting van de blauwe Seat. Ze genoten zichtbaar van de voorpret.

De la Gándara keek met een schuin oog naar zijn metgezel en zag dat het goed was. Tavarés hield zich keurig aan de afspraak. Hij zat onderuitgezakt met zijn hoofd tussen beide schouders en oogde als een bijna dood vogeltje dat op de genadeslag wacht. De la Gándara zelf hield bewust zijn hoofd iets naar voren gebogen en sloeg beide ogen neer. In zijn poepgroene regenjas zag hij eruit als het ideale slachtoffer van middelbare leeftijd. Zijn lichaamstaal sprak een overduidelijke voorkeur voor geweldloze oplossingen uit: koren op de molen voor zijn belagers.

Het schoffie van de opruiende teksten was de leider van het Zuid-Amerikaanse kwintet. Met een gemene grijns op zijn gezicht liep hij op de Seat af. Op minder dan een meter van het portier hield hij zijn pas in en mat zich een dreigende houding aan.

'Uitstappen, stelletje nichten!'

Na die woorden trapte hij een deuk in de zijkant van de auto.

'En snel een beetje, anders schop ik die grafbak helemaal in elkaar.'

De Argentijn kreeg waarom hij vroeg. De topsnelheid waarmee aan zijn verzoek gehoor werd gegeven verraste hem echter volledig. Het portier vloog open. In een oogwenk stond de man in de lullige regenjas naast hem. De loop van een pistool porde pijnlijk onder zijn kin. Miquel Tavarés was eveneens uit de auto gesprongen. Het dienstpistool in zijn rechterhand weerhield de overige bendeleden ervan om actie te ondernemen.
Alarcón liep twee handelingen achter: het verschil tussen alert en gefixeerd, realiseerde hij zich. Zijn metgezellen waren zo gemotiveerd als maar kon om vanavond een slag te slaan. Een drive die bij hem ontbrak. Hij deed zijn werk en dat was het dan. De vraag wie hier nou eigenlijk de echte profs waren, flitste even door zijn hoofd, maar tijd voor een antwoord ontbrak. Daar leende de situatie zich niet voor.
De la Gándara duwde de leider in de richting van zijn volgelingen. De loop van het pistool bleef daarbij onveranderd onder zijn kin, waardoor de man weinig anders kon dan het onuitgesproken bevel uit te voeren. Toen hij de plek bereikte die de chef van UDEV in gedachten had, liet deze het pistool zakken en haalde uit zijn rechterbinnenzak een ouderwetse ploertendoder.
'Verboden wapen,' sprak hij met een grijns. Hierna ramde hij met de gummilat keihard op de motorkap van de BMW.
'Vuile klootzak. Als...' De rest van zijn woorden slikte de Argentijn in, wat voornamelijk te maken had met de loop van het pistool die De la Gándara tegen zijn adamsappel ramde.
'Als wat? Als wat, Argentijnse strontvreter?' gromde hij. 'Wilde jij soms zeggen: "Als Juan Rodriquez dit ziet maakt hij gehakt van je"?'
Met grote ogen waaruit zowel angst als haat sprak, keek de bendeleider hem aan.
'Dan heb ik een nieuwtje voor je, amigo,' ging De la Gándara verder. De toon van zijn stem lag nu ver beneden het vriespunt. 'Als je straks nog in staat bent om te lopen – en geloof me: die kans is verdomde klein – dan ga je direct naar dat stuk ellende van een Juan Rodriquez toe. Als je nog kunt praten, en die kans is op dit moment nihil, dan vertel je die gore drugsbaron dat het over moet zijn met deze klotegeintjes. Mocht er na vanavond nog één burger door jullie worden lastiggevallen, dan is het over en uit met de tolerantie. Dan vallen wij dat getto van jullie binnen en grijpen alles en iedereen die we tegenkomen. En met iedereen bedoel ik ook je moeder en je zussen, begrijp je? Met het grootste plezier zal ik ervoor

zorgen dat zij in een penitentiaire instelling verdwijnen waar het strengst mogelijke regime heerst. Zo'n vergaarbak van harde lesbo's, weet je wel?' Hij lachte geforceerd. 'Je kunt er donder op zeggen dat ze de eerste weken liters bloed pissen.'
Ondanks de koele loop onder zijn kin deed de Argentijn een stap naar voren: een moedige poging tot verzet die door de ploertendoder meteen in de kiem werd gesmoord. De la Gándara liet het wapen met een korte zwiep in zijn onderrug terechtkomen. Voordat hij besefte wat hem had geraakt, lag de bendeleider al kermend op de grond.
'Ach, gut! Heb ik een gevoelige snaar in je tere zieltje geraakt?' Zijn toon was eerder lachwekkend dan bezorgd. De enige die er de humor van inzag was Tavarés. Hij begon schaapachtig te grinniken.
'Zo weet ik er nog wel eentje,' ging Antonio de la Gándara verder. Zijn stem was ineens scherp en uiterst helder.
'Gisteravond is er een burger door jullie collega's vermoord. Een onschuldige man die met zijn vrouw op weg naar huis was en naar een auto seinde die zonder licht reed. Hij is de eerste en de laatste wie dit is overkomen. Daarvoor zijn wij hier, laat ik daar heel duidelijk over zijn.'
Hij schopte de bendeleider, die nog bij lag te komen van de tik in zijn rug, vol in zijn maag.
'Ik vroeg of je dat had begrepen, stuk vuil!'
Aangezien hij niet in staat was om te antwoorden, knikte de Argentijn zwakjes.
'Mooi.'
De la Gándara knikte in de richting van Isidro Alarcón.
'Fouilleer dat schorem. Ik wil alles behalve hun kleding.'
Zijn medewerker stapte naar voren en deed wat hem was opgedragen. Het kostte hem ruim vier minuten om de wapens, identiteitsbewijzen, sieraden, mobiele telefoons en een kleine hoeveelheid drugs te verzamelen. Toen hij de BMW aan een inspectie wilde onderwerpen, zei De la Gándara: 'Leg alles in de auto. Behalve de identiteitspapieren. Daar maakt je collega een foto van.'
Hij glimlachte vals naar de bendeleden, wier stoere houding een pose uit een ver verleden leek.
'Dan zitten jullie in mijn persoonlijke archief. Weet ik de volgende keer direct wie we te grazen moeten nemen.'
Na vijf korte flitsen knikte hij naar het bendelid dat het dichtst bij Tavarés

stond. 'Stop die identiteitsbewijzen in zijn broekzak.' Vervolgens liep hij naar de Seat, stak het dienstpistool in de schouderholster en opende de kofferbak, waar hij een jerrycan uit haalde.
'Laten we een feestje bouwen. Daar ben ik echt voor in de stemming.'
Hij opende het achterportier van de BMW, griste een aansteker en een pakje sigaretten van het hoopje persoonlijke eigendommen en overgoot de bekleding met benzine. Toen er nog een bodempje over was, deed hij drie stappen achteruit. Het laatste restje benzine schonk hij als een vloeibare lont uit over de straat.
'Tijd geleden dat ik een lekker sigaretje heb opgestoken.' Hij inhaleerde met veel vertoon en trok toen een vies gezicht.
'Bah, wat een rotzooi. Echte killers.'
Hij mikte de brandende sigaret in het vochtige spoor. De vlammen vraten zich snel een weg naar het interieur van de BMW. De la Gándara maakte een wegwerpgebaar.
'Hij ontploft echt niet, hoor,' sprak hij laconiek. 'Dat gebeurt alleen in Amerikaanse spektakelfilms.'
Weer was Tavarés de enige die hiervan de humor inzag. Hij grijnsde en voegde er op eigen gezag 'gangsterfilms' aan toe.
De bendeleden keken ontsteld naar het wrak in wording dat kortgeleden nog hun trots was geweest. Tevens stond er in hun blikken te lezen dat zij er niet van overtuigd waren dat brandende auto's alleen in Amerikaanse speelfilms ontploften.
'Nou opgelazerd!' zei De la Gándara op vlakke toon. Juist doordat hij zijn stem niet verhief, klonk het als een ernstige bedreiging. De bendeleden schatten de situatie goed in. Twee man namen de leider tussen hen in, waarna ze het gezamenlijk op een lopen zetten.
'Ik hoop dat de boodschap is aangekomen,' mompelde De la Gándara tegen niemand in het bijzonder.
Terwijl de BMW volop fikte, stapten zijn mannen en hij in de dienstauto en vervolgden hun weg. De daaropvolgende minuten verliepen in stilte. Ieder voor zich trok zijn conclusies uit de confrontatie met de leden van de jeugdbende. Voor de twee permanente leden van UDEV waren dergelijke incidenten gesneden koek. Zij waren uitermate tevreden over hun optreden. Gecompliceerde factoren op het sociale en ethische vlak waren nu even niet aan hen besteed. De actie was vlekkeloos verlopen. Een voldaan gevoel trok als een warme gloed door hun lijven. Een bijzonder pret-

tige gewaarwording. Het was alweer een tijdje geleden dat zij het zoet van de overwinning hadden geproefd.
Voor Isidro Alarcón lag het iets gecompliceerder. Omdat hij van huis uit zowel een denker als een pessimist was, had hij gemengde gevoelens. Zijn eigen optreden stond hier geheel los van. Hij fungeerde in dezen als het vijfde wiel aan de wagen: de bureaucraat die ze tegen hun zin mee op pad moesten nemen. Het kantoormannetje dat achter zijn computer de meest spannende avonturen beleefde mocht aan het echte werk ruiken. Ergens hadden ze nog gelijk ook, dacht hij. Ondanks alle afspraken vooraf was hij in zowel handelingssnelheid als adequaat optreden tekortgeschoten. Over zichzelf kon hij dus bijzonder kort zijn: dik onvoldoende.
Als je daarentegen de hele actie evalueerde, dan...
'Jefe?' De blikken stem van Hugo Pedronas onderbrak zijn overpeinzingen.
'Sí?'
'We hebben hier een... nogal vreemde situatie.'
De la Gándara fronste zijn wenkbrauwen.
'Problemen?'
De paar seconden die het Pedronas kostte om te antwoorden, leken in de gespannen stilte veel langer te duren.
'Nee, niet echt. Toch lijkt het mij beter als u hierheen komt.'
'Tien minuten,' zei De la Gándara. Daarna trapte hij op de rem, keerde de wagen en reed met een onverantwoord hoge snelheid in de richting van Barajas.

In de daaropvolgende negenenhalve minuut, waarin Isidro Alarcón doodsangsten uitstond, was er onderling nog eenmaal contact. Hugo Pedronas gaf de exacte locatie door waar hij en zijn collega's zich bevonden. Terwijl hij antwoordde, presteerde De la Gándara het om met zijn rechterhand de knop van de mobilofoon in te drukken en tegelijkertijd met zijn andere hand een gewaagde inhaalmanoeuvre uit te voeren. De snelheidsmeter gaf 170 aan. Op dat moment besloot Alarcón zijn ogen te sluiten. Hij weigerde om te sterven met de onvermijdelijke klap op zijn netvlies. Daarom nam hij zich voor dat zijn laatste beelden op deze wereld uit topzware blauwbaarzen zouden bestaan.
Toen de wagen abrupt afremde en aansluitend stilstond, opende hij zijn ogen. In gedachten prevelde hij een kort bedankje richting hemel en snel

schatte hij de situatie in. De omgeving was bijna identiek aan die van tien minuten geleden: de buitenste rand van een afgetrapte woonwijk, afbraakflats en doorleefde arbeiderswoningen, een sinistere minieme verlichting en donkere schaduwen, een permanente verblijfplaats voor de lagere sociale klasse van de hoofdstad.

Onder een brandende lantaarnpaal stond een Mercedes uit de 300-klasse. Althans, wat daarvan over was. De vier banden waren lek, de ramen bestonden enkel uit sponningen en er zat een aanzienlijk aantal deuken in het chassis. Tussen de talloze stukjes glas die ooit glanzende ramen waren geweest, zaten vier jongeren op hun knieën. Het huilen stond hen nader dan het lachen. Letterlijk, want bij twee van hen liepen de tranen over hun wangen.

Twee mannen liepen rond de Mercedes. Ze waren in het bezit van aluminium honkbalknuppels en gebruikten die om de auto een futuristisch uiterlijk te geven. De metalen klank van hun neerkomende slagwapens zorgde voor een geluid dat zelfs in deze buurt als onheilspellend kon worden aangemerkt. Een derde man stond op twee meter van het zielige hoopje jongeren. Zijn uiterlijk, kleding en het pistool in zijn rechterhand, dat hij routineus vasthield, gaven aan dat hij het trio completeerde.

Hugo Pedronas stapte uit de Peugeot die twintig meter verderop naast een onopvallende Renault stond geparkeerd. In een tempo dat het midden hield tussen een draf en een stevige pas liep hij op de Seat af.

'*Buenas noches, jefe*,' zei hij tegen het geopende bestuurdersraam. Gezien de situatie op de achtergrond klonk dit nogal stompzinnig.

'Wat is hier in godsnaam aan de hand?' gromde De la Gándara – niet bepaald een vraag die uitblonk in inventiviteit.

'Jongens van Zeden,' antwoordde Pedronas. 'Zij hadden die gasten eerder in de picture dan wij,' voegde hij er enigszins beschaamd aan toe.

'Oké,' zei de chef van UDEV. Het lukte hem om zijn gezicht in de plooi te houden. 'Wegwezen, dan. Zo te zien kunnen ze hun eigen zaakjes prima regelen.'

Pedronas knikte ongemakkelijk en liep terug naar de Renault waarin zijn collega's vol spanning op de reactie van hun chef zaten te wachten. Zonder het opmerkelijke tafereel een tweede blik te gunnen, trapte De la Gándara op het gas. De auto schoot in een lichte slip vooruit.

Alarcón en Tavarés hielden hun mond. De man achter het stuur had zwaar de pest in en het laatste wat ze wilden was hem nog verder op stang

jagen. De belachelijke snelheid waarmee De la Gándara de dienstauto over de tweebaansweg joeg overtuigde hen ervan dat ze beter konden zwijgen.
'Jefe?' Zelfs op deze afstand klonk er vertwijfeling door in de stem van Andrago, die zich ergens aan de noordkant van de stad moest bevinden.
'*Sí*?!' snauwde De la Gándara.
'Wij, eh... Zij, eh...'
'Wees eens duidelijk, man!' Tot ongenoegen van zijn beide passagiers leidde deze uitval niet tot een vermindering van de snelheid. Sterker nog: de uitbarsting had op De la Gándara de angstaanjagende uitwerking dat hij zijn rechtervoet nog verder richting bodemplaat dreef.
'Je gaat me toch niet vertellen dat die jongens van Zeden jullie te snel af zijn?'
'Nee, jefe.'
Elke zenuw in zijn lijf vertelde Isidro Alarcón dat dit antwoord de opmaat was voor iets wat in een film als 'droogkomisch' betiteld zou worden. Hier en nu was de aanstaande woordenwisseling wellicht de aanleiding tot een catastrofe. Als De la Gándara flipte, was het over en uit. Dan zouden drie rechercheurs in een vermorzeld Seat-harnas sterven.
'Het waren die gasten van Moordzaken.'
Alarcón zette zich schrap voor de onvermijdelijke crash. Hij trok beide knieën op en boog naar voren: een even zinloze als logische reactie, die werd ingegeven door machteloosheid. Misschien word ik wel uit de auto geslingerd, ging het door hem heen. In plaats van een huiveringwekkende mix van piepende banden en slingerende bewegingen, voelde Alarcón echter hoe de wagen snelheid minderde en De la Gándara antwoordde: 'Vervolg je route, Ivan.' Hij reageerde alert door uitgebreid zijn onderrug te betasten. De blessure die hij hiermee voorwendde moest gezichtsverlies voorkomen, hem in elk geval het voordeel van de twijfel opleveren.
'Last van je rug, Isidro?'
'We worden allemaal een dagje ouder, nietwaar?' Hij slaagde er zowaar in een vleugje nonchalance te laten doorklinken in zijn woorden. De snelheidsmeter die hij vanuit zijn ooghoek naar 120 kilometer zag dalen, was de grote drijfveer achter zijn zogenaamde onverschilligheid. De kans dat hij heelhuids uit deze vliegende doodskist zou stappen werd ineens reëel.
'Ik weet niet of ik wel oud wil worden,' zei De la Gándara, en hij sloeg met zijn rechterhand op het stuur. 'Wel weet ik dat er morgen een pittig

gesprek gaat plaatsvinden. Het halve politiekorps is vanavond actief, verdomme. Die jongens van Zeden en Moord pikken ons werk in.' Een serie indrukwekkende vloeken volgde.
'Wat kunnen we nog meer verwachten?' ging de chef van UDEV op schampere toon verder. 'Een busje vol agenten in opleiding die een verkeersveiligheidsinspectie uitvoeren op de gloednieuwe Pontiac van de lokale drugsdealer?'
Omdat zijn gezichtsuitdrukking niet met zijn manier van spreken correspondeerde, hield Alarcón zijn mond. Een wijs besluit, aangezien Tavarés, die al jaren met De la Gándara werkte, hetzelfde deed. Met alleen het zachte gezoem van de motor op de achtergrond suisden ze door de nacht op zoek naar auto's die zonder licht reden.

Terwijl tientallen rechercheurs van verschillende afdelingen zich afvroegen wat voor kunstje hun precies was geflikt, viel een imposante leger- en politiemacht de wijken Vallecas, Chueca en Sol binnen. In een tijdsbestek van twee uur werden er 385 arrestaties verricht. De leiding van deze grootscheepse operatie was in handen van UDYCO of Unidad de Drogas y Crimen Organizado, een elite-eenheid van de Policía Nacional die qua structuur en doelstellingen overeenkwam met de Amerikaanse DEA.
Initiator van deze coup tegen de straatcriminaliteit was Hector Ganzal-Narañja, campagneleider, politiek adviseur en vertrouweling van Eduardo Vilarojo, de burgemeester van Madrid. Het plan voor deze megaoperatie werd geboren in een ziekenhuis in de voormiddag van dinsdag 17 april. Ganzal-Narañja bezocht hier beroepsmatig Pedro Ramirez, het zoveelste slachtoffer van zinloos geweld, die voor zijn leven vocht. Een strijd die hij gedoemd was om te verliezen, zo meldde een bevriende arts. Ramirez had domweg te veel klappen opgelopen, waardoor een aantal vitale organen onherstelbaar was beschadigd. Het was slechts een kwestie van tijd voordat de man zijn laatste adem zou uitblazen.
Gehard door het politieke klimaat, dacht de pas 27-jarige Ganzal-Narañja in eerste instantie aan de eventuele consequenties voor zijn werkgever. Het geval van een argeloze burger die gewoonweg voor de lol werd doodgeslagen was tenslotte niet iets wat je achteloos in de doofpot stopte. Daar kwamen scherpe vragen en geënsceneerde woede-uitbarstingen van die de veiligheid op straat moesten aanscherpen. Liever gezegd: de onveiligheid. En de hoofdverantwoordelijke in dezen was natuurlijk de burgemeester.

Een scala aan doemscenario's passeerde de revue. Het overgrote deel bestond uit aanvallen van de linkse oppositie en hun vriendjes bij de media. Burgemeester Eduardo Vilarojo was van de rechts georiënteerde PP en kon op weinig steun rekenen van de persmuskieten, die er grotendeels linkse sympathieën op na hielden.
Als gevolg hiervan was goodwill kweken onder de bevolking een van de minder aantrekkelijke onderdelen van zijn takenpakket. Dit hield onder meer in dat hij dagelijks zijn uitgebreide netwerk raadpleegde met de bedoeling ergens een politiek voordeeltje in de wacht te slepen. Dat viel onder free publicity en kon variëren van een kort bezoek aan een terminale leukemiepatiënt tot een ferme handdruk voor een tienjarig jochie dat eigenhandig de doodsbange kat van de buren uit de boom had gehaald. Uiteraard gingen deze visites van de burgemeester gepaard met een fotosessie, waarvan de resultaten meestal door relaties bij lokale dagbladen werden afgedrukt. Het waren de krenten in de promotionele pap die de schijn ophielden dat Eduardo Vilarojo een groot deel van zijn tijd besteedde aan het volk dat hem tot burgemeester had verkozen.
Zoals in veel gevallen waar persoonlijke en politieke belangen een hoofdrol vertolken, werd ook hier het volk een spiegel voorgehouden, waarin te zien was wat onder de mensen wél leefde. Ze zagen iemand met het hart op de juiste plaats, een man die veelvuldig uit zijn ivoren toren stapte om de minder fortuinlijke of heldhaftige Madrilenen met een persoonlijk bezoek te vereren.
De waarheid was echter dat Eduardo Vilarojo zich nauwelijks bekommerde om het wel en wee van zijn hoofdstedelijke onderdanen. Zijn dagelijkse strubbelingen in de politieke arena bestonden uit het pareren van aanvallen en het verdelen van macht. In de tijd die overbleef hield hij zich bezig met zijn herverkiezing en de goedbetaalde commissariaten voor het geval de toekomst toch op een deceptie uitliep.
Met al deze informatie in zijn achterhoofd begon Hector Ganzal-Narañja te brainstormen volgens het aloude principe 'Elk nadeel heeft zijn voordeel'. En dat laatste woord nam in zijn gedachtegang steeds grotere vormen aan. Op een draf verliet hij het ziekenhuis en belde zijn baas.
Het kostte hem ruim een halfuur om Eduardo Vilarojo te overtuigen van zijn plan en – het belangrijkste – van de goodwill die hij hiermee bij de toekomstige kiezers zou kweken. De van huis uit conservatieve Vilarojo twijfelde in eerste instantie sterk. Het concept hield risico's in, een woord

waar hij een uitgesproken hekel aan had. De kansen die het plan bood waren echter zo exceptioneel dat hij toestemde. Tijdens het uitschrijven van de benodigde verordeningen bedacht een gedeelte van zijn brein wie hij de schuld kon geven mocht het op een fiasco uitdraaien.

Maar het ging niet mis. Operatie Nunca Jamás, nu of nooit, werd een groot succes. Als eerste werd hoofdcommissaris Eustacio Moldovan in stelling gebracht. Hij moest de juiste man de opdracht geven die ervoor zorgde dat het gros van de Madrileense rechercheurs buiten de stad opereerde. Functionarissen in burger bevonden zich in de hiërarchie een treetje hoger dan de uniformbrigade en handelden daar ook naar. Die notoire wijsneuzen wilden ze gedurende de operatie ver van de brandhaarden vandaan houden. Commandant Jaime Perera deed precies wat er van hem werd verwacht. Ruim driekwart van de rechercheurs reed die nacht rondjes om Madrid en boezemde jonge amokmakers vrees in.

Eduardo Vilarojo ging voor het leger in plaats van de Guardia Civil, omdat de structuur van deze laatste organisatie te veel obstakels kende om een snelle operatie mogelijk te maken. Het moest via een aanzienlijk aantal schijven en daarvoor ontbrak simpelweg de tijd.

Na een telefoongesprek met zijn oude vriend generaal Ivo dos Santos werden het in Madrid gelegerde Regimiento de Infantería 'Inmemorial del Rey no 1' en de Brigada de Infantería 'Acorazada Guadarrama 12' in paraatheid gebracht. Aangezien men om voor de hand liggende redenen niet met legervoertuigen wilde werken, werden vijftien stadsbussen van het gemeentelijk vervoersbedrijf gevorderd. Voor elke wijk waren vijf bussen vol militairen beschikbaar: een imposant staaltje machtsvertoon.

Voor zowel de begeleiding als de criminele knowhow liet men het oog vallen op UDYCO. Hoofd van de afdeling Madrid was Vicente Solano, een doorgewinterde boevenvanger én een fervent aanhanger van de PP. Het idee dat zijn eenheid de voorkeur had gekregen om deze operatie in goede banen te leiden stond hem wel aan.

Zo kon het dus gebeuren dat om klokslag middernacht vijftien stadsbussen bij twee kazernes zeshonderd gewapende militairen oppikten. Onder auspiciën van de mensen van UDYCO werden ze drie verschillende wijken binnengereden. De daaropvolgende razzia's waren ongekend. De arrestanten werden in de stadsbussen onder begeleiding naar de kazernes afgevoerd, waar loodsen als tijdelijke cel dienden. Sommige chauffeurs legden hetzelfde traject die nacht driemaal af.

Wat als een riskante onderneming begon, werd een grote overwinning op crimineel Madrid. Drie uur nadat de bussen bij de kazernes waren vertrokken, beëindigde Vicente Solano de operatie. Hij was een van de velen die na deze nacht een positieve aantekening op hun curriculum vitae konden bijschrijven.

11

Woensdag 18 april, 22.50 uur, San Sebastián

Hoewel elke spier in zijn lichaam pijn deed, won de voldoening het van de vermoeidheid. Vanaf vanmorgen was hij onophoudelijk bezig geweest met bijzaken die de burgerij als hoofdzaken classificeerde: interviews voor radio, televisie en de schrijvende pers. Tussendoor luisterde hij de stroom berichtjes af die op zijn mobiele telefoon stonden. Het merendeel betrof felicitaties. Van Baskische politici, kennissen en mensen van wie hij nog nooit had gehoord. Blijkbaar waren er voldoende mogelijkheden om achter iemands nummer te komen.

Tussen al die de loftuitingen en goedbedoelde gelukwensen door zat af en toe een scheldkanonnade, waarin hij, in wat krachtigere bewoordingen, voornamelijk werd uitgemaakt voor onruststoker. Meestal lukte het hem om het bericht te verwijderen voordat de persoon in kwestie was uitgefoeterd.

Hij nam een slok van zijn witte wijn en liet de smaak over zijn tong rollen – heerlijk. Getariako Txakolina was een topwijn uit de streek die meestal bij visgerechten werd gedronken. Thuis voor de buis met slechts de afstandsbediening binnen handbereik smaakte het godenvocht eveneens fantastisch. Wat wilde een mens nog meer? Hij grijnsde oprecht na deze geestelijke oprisping van kleinburgerlijkheid. De daaropvolgende opmerking glipte spontaan van zijn lippen: 'Niet te laat naar bed, Aitor. Morgenochtend is de prikklok op het werk onverbiddelijk.'

De glimlach die volgde was er eentje zonder overtuiging, realiseerde de Patriarch zich direct. Feitelijk symboliseerde zijn gezichtsuitdrukking de lading achter de achteloos uitgesproken zin die in wezen als grappig was bedoeld. Als hij zichzelf nu een spiegel zou voorhouden, dan stond daar het woord 'besluiteloosheid' met hoofdletters geschreven. Het Baskische probleem samengevat in één woord: twijfel.

Als door een wesp gestoken stond hij op en liep naar het raam van het appartement. Zijn adem ging gejaagd – een probleem dat vaker de kop opstak als hij zich opeens druk maakte. Gelukkig kende hij zijn beperkingen en liet hij het ongemak enkel toe als zich niemand in zijn directe omgeving bevond.

De Golf van Biskaje was een zwarte vlek die tot aan de horizon reikte: ruig, wispelturig en ondoorgrondelijk. Een waarheidsgetrouwe afspiegeling van het karakter van het volk dat de oevers bewoonde. De duidelijke overeenkomsten werden echter door één dissonant overspoeld: de zee gaf en nam. Wit of zwart. Een eigenschap die het Baskische volk langzaam maar zeker verloor.

Druppels tikten voorzichtig tegen het raam.

'*Txirimin*,' fluisterde de Patriarch. Druilerige regen. Het enige Baskische woord dat even zacht klonk als de betekenis ervan was. Helaas was het steeds meer van toepassing op zijn eigen mensen. Er kwam de klad in hun oude waarden en normen. Een proces dat al jarenlang bezig was, aangezwengeld en gecontinueerd door de Spaanse bezetter. Een inquisitie waarmee men niet de kracht van het lichaam, maar die van de geest wilde breken. En volgens de geldende Europese normen gebeurde dat zonder bloedvergieten. Men had er zelfs een woord voor bedacht: democratie.

Hij snoof verachtelijk. Democratie in Euskadi was de slechtste mop die hij in jaren had gehoord. Op laag bestuurlijk niveau mochten ze beslissingen nemen – kruimels van een taart waarvan Madrid de stukken verdeelde. De landelijke politiek had het bij cruciale vraagstukken echter nog steeds voor het zeggen. Euskadi, Catalunya of Andalucía bleven provincies, oftewel onderdeel van een rijk.

Door de sluwe benadering van de bezetter die hun zogenaamd steeds meer politieke vrijheden gaf, doofde het verzet. Mensen kozen eieren voor hun geld: beter een materialistisch leven zonder noemenswaardige problemen dan een aanzienlijke periode in de cel doorbrengen vanwege politieke idealen. Daar kwam bovenop dat dergelijke ideeën na verloop van tijd als achterhaald golden, óók een onderdeel van de Spaanse campagne. Zet de verzetshelden neer als simpele boeren die geen enkel oog hebben voor de moderne wereld, stijfkoppen wier enige argument wapengekletter is.

'Willen jullie je kinderen soms in zo'n wereld laten opgroeien?' sprak hij met de gepolijste vriendelijkheid van iedere toppoliticus. Hij schudde nadrukkelijk met zijn hoofd. Dit was slechts één simpel voorbeeld uit de

vijver vol statements waaruit de vijand viste. Als je het met gedoseerde overredingskracht maar genoeg herhaalde, waren er hele volksstammen ontvankelijk voor, zelfs de Basken.
Ze konden het niet meer opbrengen. Zijn mensen werden met minutieuze precisie op de knieën gedwongen. Terwijl in de jaren zeventig en tachtig in de verte de onafhankelijkheid gloorde, leek de optie van geknecht volk nu de enige reële. Aan die status weigerde hij zich pertinent te confirmeren. Dan maar strijdend ten onder. Een heldendood was tenslotte te prefereren boven een leven in geestelijke slavernij.
Een glimlach brak door. Als hij de huidige stand van zaken zo eens bezag, leerde dat hem dat het zojuist door hem geschetste doemscenario voorlopig nog in de diepste krochten van zijn ziel opgeborgen bleef. De overwinning lag voor het grijpen, een victorie die alleen hij mocht claimen.
De Patriarch liep naar zijn favoriete stoel en ging zitten. Hij sloot beide ogen en genoot – een emotie die hij veel te lang buiten had gesloten. Hier en nu mocht het, want de klus was zo goed als geklaard.
Een naargeestig stemmetje dat door zijn geweten sloop attendeerde hem fijntjes op de medewerking van anderen. Een linkermondhoek die grimmig rees was zijn eerste reactie. 'Zij waren instrumenten,' volgde er toen. Daarmee doelde hij voornamelijk op Idoca Mendiazabal en Iñigo Salaberri, de twee kopstukken die het heden voor het hiernamaals hadden verruild. Dat hun radicale positiewisseling op een onorthodoxe wijze tot stand was gekomen, deed er verder niet toe. De zaak stond te allen tijde centraal. Daarin speelden leven en dood een ondergeschikte rol.
'Idoca en Vader kenden de regels,' sprak hij emotieloos. Met deze zin kapte hij een interne discussie af voordat die daadwerkelijk begon. Om de stemmen in zijn binnenste elke kans tot spreken te benemen, drukte hij op de knop van de afstandsbediening. Euskadi Televisie stond geprogrammeerd onder het cijfer 1. Het uitgestreken gezicht van een nieuwslezer vulde het beeld. De Patriarch luisterde met een half oor naar de items. Van horen zeggen wist hij dat de persconferentie van gisteren en de daaropvolgende interviews van vandaag het journalistieke toneel in Euskadi beheersten. Logisch, want wat kon er belangrijker zijn dan de toekomst van het eigen land?
Het verbaasde hem dan ook enigszins dat de razzia in Madrid zoveel aandacht kreeg. Er werd zelfs een korte reportage uitgezonden die ter plekke door een Madrileense filmploeg was opgenomen. De voice-over meldde

ter verduidelijking dat de beelden per toeval waren gemaakt. De filmmakers volgden namelijk een aankomend sterretje dat een talentenjacht had gewonnen. Zij stond op het punt om een bekende nachtclub in het centrum binnen te gaan toen de troepenmacht verscheen. Soldaten probeerden het filmen onmogelijk te maken, maar konden niet verhinderen dat de ervaren cameraman een aantal hardhandige arrestaties vastlegde.
'Goed gedaan, klootzak,' gromde Belasko tussen twee slokken door. Hij had een gloeiende hekel aan burgemeester Eduardo Vilarojo. De man kwam voort uit de rechtervleugel van de PP, van oudsher de tegenpool van de Basken. Een ordinaire plutocraat die zich liet omringen door vazallen die het politieke denkwerk voor hem opknapten. Hector Ganzal-Narañja was zo'n meesterknecht, wist hij. De conclusie dat deze jongeling de architect was van die briljante actie, leek hem dan ook geenszins prematuur. Vilarojo zelf miste zowel de hersens als de betrokkenheid om zo'n operatie op te zetten en soepel te laten verlopen. In gedachten markeerde de Patriarch de naam Hector Ganzal–Narañja met een fluorescerende stift.
Naast de door hem verafschuwde stemmenwinst die Vilarojo door deze move zeker zou behalen, doorzag Belasko eveneens zijn eigen voordeel. De druk die op de Baskische ketel stond, en die door de persconferentie alleen maar was verhevigd, werd vanwege het nieuws uit de hoofdstad iets minder actueel. Een van de weinige profijtelijkheden van een snelle wereld: wat vandaag als hoofditem gold, kon morgen een onderwerp uit een ver verleden zijn. Wat hem betrof konden niet genoeg actualiteitenprogramma's met andere headlines openen dan die uit Baskenland. Er zou namelijk nog genoeg publiciteit volgen...
De presentator ging over op een ander programmapunt. Tot zijn verbazing en tevredenheid zag de Patriarch dat niet zijn konterfeitsel, maar het portret van een desolate zwarte man het beeld vulde. Grote donkere ogen waarin een ongewone combinatie van angst, wanhoop en opluchting stond te lezen, keken recht in de camera. De foto was op Tenerife gemaakt, luidde het commentaar. Een triest record was wederom gebroken. Vandaag waren er 950 Afrikanen op de Canarische Eilanden beland. In de twaalf boten die de kustwacht had opgepikt, bevonden zich in totaal negentien doden. Naar het aantal verdronken vluchtelingen kon men slechts gissen.
'Vreselijk.' Ditmaal was zijn betrokkenheid niet geveinsd. Terwijl de mens-

onterende beelden voorbijtrokken, schudde hij enkele malen moedeloos zijn hoofd en slaakte een diepe zucht. Zelfs de keiharde rotzak in hem zou nooit aan dit soort vreselijkheden gewend raken. Op dit moment was deze tragische volksverhuizing de oorsprong van alle ellende op de wereld. Hierbij vergeleken was hun strijd tegen de usurpator uit Madrid kinderspel.

Voordat hij goed en wel besefte wat hij zojuist had gedacht, schoot er een stroomstoot door zijn lijf. Het voltage was dermate hoog dat al zijn spieren zich aanspanden. Drie bonkende hartslagen later realiseerde hij zich de absurde gedachten en beet op zijn onderlip. Verraad, gonsde het in alle uithoeken van zijn schedel. Minachting van de zaak.

Hij haalde diep adem door beide neusgaten. Met jezelf in het reine komen was de basis van elk succes. In een vlaag van medeleven was er een aartsdomme opmerking bij hem boven komen drijven. Die zwartjes waren namelijk vrijwillig in een boot gekropen. Niemand wilde hun land innemen. Hun vlucht was louter ingegeven door commerciële redenen. Ze namen een vooraf vaststaand risico. Als het verkeerd afliep, moest je achteraf dus niet gaan mekkeren. Er was nu eenmaal een prijs verbonden aan het bereiken van het beloofde land. Sommige betaalden die, anderen hadden geluk.

Aitor Belasko sloot heel even zijn ogen en zei: 'Sorry.' Een verontschuldiging aan de strijders die voor de zaak de allerhoogste prijs hadden betaald. Ook zijn vader behoorde tot die buitencategorie van onbetwiste helden.

De anchorman van Euskadi Televisie ging over op het derde onderwerp van deze late uitzending. Toen zijn foto werd getoond, drukte de Patriarch de bovenste knop van de afstandsbediening in, waarna het beeld op zwart ging. Hij had geen behoefte aan een riedel over de politieke consequenties die de oprichting van La Paz zou hebben. Zijn obligate antwoorden in de vele interviews konden hem eveneens gestolen worden. Het was tenslotte één groot prelude op het door hem uitgestippelde einddoel. Informatie waarvan alleen hij op de hoogte was.

'En dat moesten we voorlopig maar lekker zo houden,' zei de Patriarch met een stem die elk moment kon breken. Ook bij hem gingen de jaren tellen, helemaal na zo'n intensieve dag. Toen hij opstond voelde hij zelfs spieren waarvan hij niet eens wist dat hij ze had.

Op de automatische piloot handelde hij in de badkamer het hygiënische ritueel af. De roep om een zacht bed met frisse lakens werd met de seconde indringender. In vijf stappen overbrugde hij de afstand naar de slaap-

kamer. Zijn vrouw Anna had het schemerlampje laten branden, een gewoonte die nog stamde uit de tijd dat hij diep in de nacht thuiskwam. Meestal was dat vanwege een activiteit voor de zaak, al vertelde hij de volgende morgen steevast dat een etentje met grote klanten was uitgelopen – leugentjes die na verloop van tijd vanzelfsprekendheden werden. Vanaf de dag dat hun verkering serieuze vormen aannam, wist Anna dat hij er een andere minnares op na hield. Een krachtige, platonische relatie die hij nooit zou verbreken, ook niet voor een huwelijk.
Hij trok voorzichtig de lakens naar beneden en kroop naast haar. De daaropvolgende minuten luisterde hij naar de regelmatige ademhaling van zijn vrouw: het beste medicijn tegen de opgebouwde vermoeidheid en stress die zijn lichaam gijzelden. Dertig jaar geleden, net na de geboorte van hun enige kind, was hij er bij toeval achter gekomen dat het luisteren naar haar ademhaling in een ontspannen houding hem goeddeed. Daar konden geen poeders en pillen tegenop. Sindsdien was dit merkwaardige ritueel minstens driemaal per week onderdeel van zijn nachtelijke routine: 'afkicken van de zaak', zoals hij het in gedachten noemde. Dat het een medicatie van korte duur betrof, deed niets af aan de effectiviteit ervan. In plaats van te gaan liggen malen, sliep hij als een roos. Pas op het moment dat hij 's morgens zijn ogen opende, werden de raderen in zijn hoofd weer opgestart. Op die manier was hij in staat om een betrekkelijk frisse blik te werpen op de eeuwige problematiek rond de zaak.
De Patriarch voelde zijn oogleden zwaar worden. Zijn linkerhand vond het lichtknopje, waarna de duisternis intrad. Automatisch knipperde hij enkele malen met zijn oogleden. Daarna draaide hij zich op zijn rechterzij en kuste zijn vrouw teder op haar wang. Wat hou ik toch veel van je, waren zijn laatste gedachten van 18 april, een dag die het uiterste van hem had gevergd. Dat het hier slechts om voorbereidende plaagstootjes ging, zou nooit in hem zijn opgekomen. Daarvoor week zijn draaiboek te veel af van de apotheose die zijn tegenstanders voor hem in petto hadden.

12

Donderdag 19 april, 11.00 uur, Madrid

Alfonso Silva keek naar de vijf namen op het velletje voor hem en wist dat het goed zat. Of goed fout, dat lag aan de manier waarop je de affaire bekeek. Het woord 'affaire' stond hem wel aan; het was de definitie die het dichtst in de buurt kwam van dit aspect van het onderzoek. Het zweefde tussen een licht en een zwaar vergrijp in. 'Fraude' kon je het ook noemen. Volgens de wet was het strafbaar – maar ja, dat was belastingfraude ook. En welke doorsneeburger begon er nou niet te grijnzen als je dat onderwerp ter sprake bracht?

Ik wijk af, dacht hij. De beginnende euforie slaat door naar overmoed. Foute boel. Dit is een opening, geen uitgemaakte zaak. Je bent er nog niet. Ondanks het gebrek aan tijd moet je deze toch nemen. Geen halve maatregelen nu. Daarvoor staat er te veel op het spel.

'Ja, ja, ja.' Hij wuifde deze formele praat geïrriteerd van zich af. Aan schoolmeesterachtige preken van zijn innerlijke zelf had hij nu weinig behoefte. Als hij er onbewust een staartje van meepakte was het voldoende. Ook een door de wol geverfde chef van Nueve moest af en toe het zoet van de overwinning proeven. Dat het naar meer smaakte was logisch, want het betrof hier alleen het voorgerecht.

Ditmaal verdienden de medewerkers van Administratie, Oficina Numero Diez, een compliment. Het veldwerk dat ze vanuit hun kantoor hadden verzet was indrukwekkend te noemen. Binnen twee dagen waren ze met cruciale informatie op de proppen gekomen. Geen insinuaties of theorieën, maar keiharde feiten, die ze uit de diepste virtuele spelonken van hun computers hadden getrokken. Ook de tientallen leden van hun imposante netwerk hadden hun steentje bijgedragen. De door hen verstrekte inlichtingen bleken in sommige gevallen waardevol. Na het nodige re- en deduceren, diende de begeerde bewijslast zich aan.

Het resultaat lag voor hem. Voor vijf van de tien socialisten die zo plotseling van partij wilden veranderen was het over en uit. De reden van hun gehaaste overstap was inmiddels bekend: chantage, zo'n beetje het enige probate middel waarmee je politici naar je hand kon zetten.
Het moest de 'bloedlijst' zijn, dat kon haast niet anders. Na de persconferentie van Aitor Belasko was die gedachte hem te binnen geschoten. Niet als een losse flodder die in de toekomst wellicht iets kon opleveren, maar als een aan zekerheid grenzende mentale oprisping die actie vergde. Het voor hem liggende papier en de daarbij behorende dossiers bewezen zijn gelijk. La Lista Sangrinta was eindelijk opgedoken. En iemand had er kwistig gebruik van gemaakt. Dat die iemand Aitor Belasko was, stond wat hem betrof vast. De volgende scène in deze horrorfilm werd het verzamelen van voldoende bewijs tegen de Patriarch. Zoveel dat hij de rest van zijn leven in de gevangenis zou doorbrengen.
'Hoe heb je die lijst in handen gekregen?' vroeg Silva zich hardop af. Het was geen retorische vraag, want hij had zo zijn vermoedens. Toch mankeerde er op de een of andere manier iets aan zijn veronderstellingen. Het bekende 'addertje onder het gras'-gevoel.
Het leek het meest voor de hand te liggen dat Belasko de lijst van ETA-kopstuk Iñigo Salaberri had gekregen of gestolen. Dat laatste was niet echt waarschijnlijk, aangezien zoiets in ETA-kringen gelijkstond aan hoogverraad. Toch was het een optie, omdat formeel gezien Belasko al tijden niet meer tot de harde kern van de ETA behoorde en de gebeurtenissen van de afgelopen weken grensoverschrijdend waren, ook intern. Buiten de aanslagen om hadden Salaberri en Idoca Mendiazabal het loodje gelegd. Dat de oude man zich bewust dood zou hebben gedronken verwees hij naar het rijk der fabelen. De kogel die Mendiazabal velde kwam uit een scherpschuttersgeweer en was dus een bewust schot.
Deze aanslag zou erop kunnen wijzen dat Mendiazabal de schatbewaarder was. Met Belasko had hij een plan bekokstoofd met daarin een sleutelrol voor hun Lista de Oro. Toen het stadium aanbrak waarin de lijst zijn taak had vervuld, liet de Patriarch de aanstaande leider van La Paz uit de weg ruimen. Silva knikte. Tja, dat zou ook zomaar kunnen...
'Plotseling speelde jij de eerste viool in het politieke orkest. Zogenaamd met frisse tegenzin, want op de voorgrond treden is niet bepaald je hobby. Tenminste, zo deed je het in elk interview voorkomen. Dit was meer een missie. Volgens de partijleden was jij hiervoor de aangewezen man. Als

rasechte Bask kon en mocht je deze functie natuurlijk nooit weigeren. Voor deze cruciale stap had men een ware leider nodig, iemand die in de loop der jaren respect in de gemeenschap had verdiend. Een respectabel man.'

De schaduw van een grijns gleed naar zijn mondhoeken. 'Daarvoor moest Mendiazabal dus wijken. Hij was namelijk de eerste man voor deze positie. Een rolverdeling die jullie ruimschoots van tevoren hadden afgesproken: hij als het nieuwe politieke gezicht, terwijl jij achter de schermen zou blijven.'

Het voelde aan als hengelen in een kleine vijver barstensvol vis. De beet kwam onherroepelijk. Eerst wat klein grut om op te oefenen, daarna de prijsvis. Een zwaargewicht die ondanks zijn ervaring in het aas hapte. Vroeg of laat konden ze de verleiding niet weerstaan, waarna de onvermijdelijke fout volgde. Zo was het altijd gegaan. Ook Aitor Belasko vormde hierop geen uitzondering.

'Tot aan een bepaald moment was Mendiazabal de spil in jouw schema. Zonder hem was de politieke kant van de zaak weinig geloofwaardig. Als oude rot in het vak was hij op het oog de ideale man om als lijsttrekker te fungeren. De smoesjes van excuses aan het Spaanse volk en één sterke politieke partij die vooral de vrede en samenwerking aanhing, pasten perfect in dat plaatje. De kans dat het volk hiervoor zou gaan leek op voorhand aanzienlijk, helemaal als je bedacht dat eind augustus 2006 nog 38 procent van de bevolking in een tussentijds referendum aangaf achter een onafhankelijk Baskenland te staan. Eindelijk kwam er dus een partij waarin de onderlinge verschillen ondergeschikt werden gemaakt aan het grote belang. Baskenland voor de Basken, een proces dat zonder geweld tot stand moest komen, want van bloederige aanslagen en drammerig gedrag dat alleen maar tot antipathie leidde hadden de mensen inmiddels hun buik vol.'

Hij tikte met zijn wijsvinger op de lijst.

'Politici chanteren is een onderdeel van je plan. Het hoofditem is veel omvattender. Je hebt jaren zitten broeden, afwegen en bestuderen hoe het spel gespeeld diende te worden. Een onbekende Baskische groepering met idiote eisen. Een moordenaar die aansluitend volgens een afgemeten, maar onnavolgbaar schema werkt. De ETA die zogenaamd vals wordt beschuldigd, waardoor de altijd nog sluimerende sympathie voor deze organisatie en haar volgelingen aanwakkert. Deze aanhangers gaan plotseling een gematigde koers varen waarin samenwerking en vredelievendheid de pijlers zijn. Politieke aardverschuivingen in Baskenland zijn hiervan het gevolg.'

Zijn vuist kwam hard neer op het bureaublad. De monoloog die redelijk stoïcijns was verlopen, kreeg nu een agressief tintje.

'Waar wil je heen? Wat is het einddoel?'

Hij onderdrukte de opkomende woede door een paar maal stevig te zuchten. Opvliegendheid was een slechte raadgever, wist hij uit ervaring. Die leidde tot een vertroebelde blik, of erger nog: tunnelvisie.

Silva dwong zichzelf naar de namen op de lijst te kijken. De realiteit van het moment had een hogere prioriteit dan de gissingen die eventueel in de toekomst resultaat opleverden.

José Maria Bereciartua, 55 jaar oud, getrouwd, drie kinderen, stond boven aan de lijst. Geboren in Pamplona en lid van de PSOE sinds 1994. Veroverde in 2002 een zetel in het parlement. Fervent aanhanger van de dialoog. Zat negen verschillende werkgroepen voor die in het teken stonden van toenaderingspogingen tussen radicale en gematigde Basken.

Silva pakte de envelop die rechts van hem lag en bekeek de foto van de glimlachende politicus. Het begeleidende schrijven contrasteerde met het beeld van de man, die als de vriendelijkheid zelve oogde:

Op 6 juli 1981 werd om 17.00 uur de commandant van de Guardia Civil, Adriano Undrieta-Verga, voor de deur van zijn huis in zijn woonplaats Alsasua door twee ETA-sympathisanten geëxecuteerd. Na een jacht op de daders die twee dagen duurde, werd Julene Urzelai, een 28-jarige inwoner van Pamplona, gearresteerd. Zoals gebruikelijk bij dit soort door de ETA aangestuurde zware criminele activiteiten, noemde Urzelai zijn naam en zweeg verder in alle talen. De andere dader is nooit gevonden. In de daaropvolgende jaren deed in het verklikkercircuit het gerucht de ronde dat José Maria Bereciartua de tweede man was. Ondanks intensieve verhoren door overheidsdiensten is het bewijs hiervoor nooit geleverd.

Silva wreef met zijn vingertoppen over zijn wang. In vijf uur tijd hadden de stoppels al kans gezien tevoorschijn te komen. De gedachte om een extra setje scheergerei mee naar kantoor te nemen, verwierp hij even snel als die zich had aangediend. Zijn werktijden waren variabel in de slechtste zin van het woord. De verleiding was dan groot om het kantoor eveneens als een uitvalsbasis te gaan beschouwen, met al het bijbehorende comfort. Het begon met een scheermes, en voor je het wist stond er een goedgevulde koelkast met daarnaast een luxe slaapbank. Dat soort insluipende excentriciteiten diende je meteen de kop in te drukken. Daarmee bespaarde je jezelf en je gezin een hoop ellende.

De tweede man op het lijstje luisterde naar de naam Ivan Laza. Terwijl hij het bijschrift las, hield zijn rechterhand de foto van de Baskische politicus omhoog. Na een korte blik stopte hij de foto terug in de envelop. Deze etappe moest een eerlijk startverloop kennen. Of ze samen de finish zouden bereiken was een tweede. De mogelijkheid bestond dat daarvoor hun meningen te veel verschilden.

Hij schakelde terug naar het gesprek waarbij Roberto Grimon als eerste de term La Lista Sangrinta had laten vallen. Voor Carmen een pijnlijk moment, omdat zij nog nooit had gehoord van El Libro de Oro, zoals de Baskische koosnaam voor deze lijst luidde. De onmacht in haar ogen weerspiegelde in feite haar gedrevenheid: ze wilde wel graag, maar kon niet. Ondanks haar pogingen zo koelbloedig mogelijk over te komen, vuurden haar ogen in gif gedoopte pijlen af in zijn richting. Of dit verwijt terecht was, deed er in wezen weinig toe. Hij begreep het, en dat volstond. Dat Carmen niet eerder op de hoogte was gebracht van het eventuele bestaan van deze lijst of dit boek had twee oorzaken (omdat niemand buiten het ETA-kader daadwerkelijk een blik op het onding had geworpen, was het voor hen gissen naar de werkelijke vorm van het duistere kleinood). Ten eerste kon het ook om een mythe gaan, om een door de ETA verzonnen 'heilig schrift' dat in werkelijkheid niet bestond. Er waren in de geschiedenis talloze voorbeelden van dit soort zaken. Voorts was de ETA ten tijde van Carmens aanstelling als intermediair een zieltogende organisatie. Door de arrestaties van het grootste gedeelte van haar actieve leden en vanwege de democratie die steeds meer Basken onder haar hoede nam, had de beweging nauwelijks meer bestaansrecht. Het was een kwestie van tijd voordat de laatste fanatiekelingen er definitief het bijltje bij neergooiden. Een scenario dat tot aan de moord in Benidorm inderdaad had geklopt. Een en ander hield automatisch in dat Carmens dagelijkse bezigheden betrekking hadden op de zaken die voor Spanje een directe bedreiging vormden. Het voorkomen van aanslagen door geloofsfanatici en het onderscheppen van grote partijen wapens en drugs waarmee ze veelal werden gefinancierd waren daar voorbeelden van.

Hoewel de ETA in Carmens dagelijkse werkzaamheden weinig in beeld kwam, verbaasde het hem geenszins dat zij de historische feiten van deze organisatie schijnbaar moeiteloos oplepelde. De fundamenten van bijna elke situatie lagen immers in het verleden en helemaal waar het politieke kwesties betrof. De kunst was om het juiste stukje verleden eruit te pikken en die naar het heden te herleiden.

Ze had ervoor gekozen om bij de oprichting van de ETA te beginnen. De periode die daartoe had geleid liet ze onbesproken. Dat was een juiste beslissing, aangezien er in die jaren toch alleen maar werd gediscussieerd. In de ogen van de veiligheidsdienst was het een stabiele periode.

'Op 31 juli 1959 besloten een studentengroepering uit Biskaje genaamd EKIN-TALDEA en een jeugdige organisatie uit de PNV een actiegroep op te richten. De naam hiervan was Euskadi Ta Askatasuna. De ETA was geboren. Hun eerste slachtoffer was een anderhalf jaar oud meisje dat op het station Amara het leven verloor door een bomaanslag. Een ongelukkig begin, aangezien deze actie op veel weerstand van het Baskische volk stuitte. Ditzelfde gold voor generaal Franco, die door zijn razzia's in Baskenland een aanzienlijk aantal van de ETA-oprichters de grens met Frankrijk over joeg.'

Hij had aan het begin van haar monoloog kort geknikt – gemaskeerde empathie. Toen Grimon het voor haar onbekende fenomeen van de lijst uit zijn mouw schudde, kon hij zich verdomde goed voorstellen hoe zij zich moest hebben gevoeld: nutteloos en overbodig. Misschien wel hulpeloos. Om haar nu in enkele zinnen op de hoogte te brengen van La Lista Sangrinta zou echter van slecht management getuigen. Hij moest Carmen de kans geven om haar kennis te etaleren. Dat was op dat moment de meest voor de hand liggende manier om haar de gelegenheid te geven de krassen op haar zelfvertrouwen weg te poetsen.

Ze hield de chronologische volgorde van importantie aan en belandde in mei 1962: 'De Eerste Assemblee vond plaats in het Franse Belloc. Tijdens deze bijeenkomst stond de definitie van de ETA centraal. "Baskische revolutionaire beweging voor de nationale bevrijding, opgericht vanuit het patriottische verzet, socialistisch, niet-confessioneel en economisch zelfstandig".' Zonder enige hapering had ze het bombastisch aandoende manifest opgedreund.

'In dezelfde Assemblee werd besloten dat het door de ETA te bevrijden land tussen twee gebieden, Spanje en Frankrijk, ingesloten lag. Euskadi werd onderverdeeld in zeven *herrialdes*, oftewel provincies.'

Omdat hij geen aanstalten maakte haar te interrumperen, maakte ze in enkele seconden een tijdsprong van tien maanden.
'Maart 1963: de Tweede Assemblee in Bayonne. Omdat over deze vergadering weinig interessants te melden valt, ga ik door naar 3 mei van hetzelfde jaar waarin de Derde Assemblee werd georganiseerd. Dat gebeurde eveneens in Zuid-Frankrijk. Ditmaal was er wel een thema dat de gemoederen flink bezighield. Na veel onderling gesteggel besloot men de PNV de rug toe te keren. De reden hiervoor was "de verwijdering van deze partij ten opzichte van de door het internationale communisme gepropagandeerde ideeën".'
Silva glimlachte om de uitdrukking die op dat moment op Carmens gezicht lag: zowel verborgen twijfel als ingetogen agressie. Naarmate het gesprek vorderde, kreeg het laatste echter steeds meer de overhand. Een ontwikkeling die zijn goedkeuring kon wegdragen; een intermediair bij Nueve liet zich namelijk niet zomaar uit het veld slaan.
'De Vierde Assemblee werd gehouden in het Sanctuarium Nuestra Señora de Aránzazu, op 4 augustus 1965. Er werden drie afdelingen opgericht voor de verschillende activiteiten binnen de organisatie: de Culturelen, de Arbeideristischen en de Wereldactivisten. Men noemde het sociale veranderingen. De werkelijke reden hiervan was het creëren van een menselijker beeld. De ETA moest naar het volk toe voor meer staan dan tot dan toe het geval was geweest, een partij zijn die meerdere idealen bezat. Het geweld tegen de bezetter was daar slechts een onderdeel van. Een gedwongen onderdeel, zelfs.
De schrille tegenstelling tussen deze sociale veranderingen was het daaropvolgende voorstel dat eveneens met een grote meerderheid van stemmen werd aangenomen. Men besloot dat elke onderdrukking van hun ideologieën door de Spaanse bezetter direct met aanslagen zou worden beantwoord.'
Hij herinnerde zich dat Carmen hem na deze zin op een speciale manier had aangekeken, tegen het uitdagende aan. Zo van: 'Als je nu niet met jouw verhaal op de proppen komt, ga ik door tot sint-juttemis.' Omdat ze het omslagpunt nog niet had bereikt, keek hij echter schijnbaar stoïcijns voor zich uit. In werkelijkheid bewonderde hij de feitenkennis die ze tentoonspreidde.
'De Vijfde Assemblee werd in twee fases gehouden.' Even was er een hapering, een flits waarin ze de verwachting wekte door hem te worden

onderbroken. Toen dat niet gebeurde, ging ze op heldere toon verder, als een briljante studente die de verplichte stof uit haar hoofd kende.
'Het eerste gedeelte speelde zich af op 1 december 1966 in het parochiehuis van Gaztelu. Er waren forse meningsverschillen tussen de drie sociale groeperingen, wat uiteindelijk leidde tot een afsplitsing. De Arbeideristischen gingen na deze vergadering door het leven als ETA BERRI, de nieuwe ETA, terwijl het Pact van de Culturelen en de Wereldactivisten voortaan ETA ZARRA heette, de oude ETA. Niet lang daarna fuseerde ETA BERRI met de Spaanse Communistische Beweging MCE, zodat ETA ZARRA weer gewoon ETA werd.
De tweede fase van de Vijfde Assemblee speelde zich af in maart 1967. Plaats van handeling was, godbetert, de Sociëteit van Jezus te Guetariu. Gezien de eerdere ontwikkelingen wilde de leiding met een schone lei beginnen. Er moesten nieuwe statuten komen. De beweging werd opgesplitst in vier takken: een militaire, een politieke, een economische en een culturele.'
Weer was er die blik. Ditmaal beantwoordde hij deze op de manier waar zij al enkele minuten naar viste.
'Ook dat was een farce, Carmen. De werkelijke macht lag bij de militaristische tak. Vanaf het moment dat de ETA werd opgericht, waren de mannen die fysieke actie voerden degenen met het mandaat. Activiteiten waarbij geweld eerder regel dan uitzondering was. De overige groeperingen binnen de partij mochten hun zegje doen en daarmee was het over. Zij zijn nooit serieus genomen, toen niet en nu niet. Door de jaren heen is hun instelling nauwelijks bijgesteld.'
Hij had langzaam geknikt. Het punt waarop ze werd ingewijd was bereikt. Hij vervolgde: 'Kort na de Vijfde Assemblee hield de militaire tak van de beweging een besloten bijeenkomst. Daarin kwam voor de eerste maal El Libro de Oro ter sprake: een lijst, schrift of boek waarin de namen werden genoteerd van iedereen die betrokken was bij ETA-activiteiten. Dit gold letterlijk voor iedereen. Zowel voor leden die executies uitvoerden als voor de plaatselijke groenteboer die maandelijks een klein bedrag voor de zaak doneerde. Het is aannemelijk dat deze lijst in de loop der jaren is uitgegroeid tot een aanzienlijk boekwerk.'
Haar vraag: 'Heeft iemand van ons La Lista Sangrienta ooit gezien?' was een combinatie van spontaniteit en kortstondige gevolgtrekking. Zijn ontkennende antwoord was gebaseerd op een jarenlange vergeefse zoektocht.

Silva's blik gleed over de vijf namen die ze inmiddels te pakken hadden. De overigen zouden ook in hun netten belanden. Een kwestie van tijd; de klok tikte door. Elke minuut bracht hen dichter bij een volgende executie door een moordenaar die zich aan een strak tijdschema hield.
Hij pakte de telefoon en drukte op een knop. Drie tellen later nam de intermediair van Nueve op.
'Kun je hierheen komen, Carmen?' vroeg hij op de ogenschijnlijk emotieloze wijze die hem zo typeerde.

Vitoria, 18.00 uur

Alfonso Silva trok de revers van zijn donkerblauwe colbert recht en streek over de azuurblauwe stropdas. Hij zuchtte zonder geluid te maken en rechtte zijn rug. Zijn zelfverzekerde houding en de kalme blik in zijn ogen gaven aan dat hij er klaar voor was.
De omgeving straalde klasse uit: een strak ingericht kantoorpand in het centrum van Vitoria met vloerbedekking waarin je wegzakte en muren waarop het eerste vlekje nog moest verschijnen. De toekomstige werkomgeving van een hoogopgeleide manager, veertig vierkante meter weelde met uitzicht over het hart van de hoofdstad van Spaans Baskenland.
Het gebouw werd over twee weken opgeleverd en was eigendom van een projectontwikkelaar. Drie jaar geleden had deze zakenman een vervelend akkefietje met collectanten van de ETA beleefd. Ondanks diverse visites van ongure types weigerde hij geld af te dragen voor de goede zaak, wat hem uiteindelijk op een flink pak rammel kwam te staan. In plaats van aan chantage toe te geven, lichtte hij de autoriteiten in en werd na verloop van tijd een actief informant voor de CESID, de Spaanse inlichtingendienst. Toen een medewerker van Administratie hem belde met het verzoek om een tijdelijke ruimte, stemde hij direct toe. Zijn secretaresse was de sleutel persoonlijk komen brengen.
Silva deed een laatste visuele check. Er lagen in totaal vier dossiers voor hem. Dikke mappen, met daarin vijftig geplastificeerde vellen. Een indrukwekkende verzameling informatie. In werkelijkheid stonden er alleen op het eerste vel relevante aantekeningen. De rest van de mappen was gevuld met niet ter zake doende documentatie uit een ver verleden. Misleiding: een top-tienwoord in de hitlijst van elke geheime dienst.

Vanuit zijn ooghoek nam hij Carmen op. Ze droeg een zwart mantelpak met daaronder een witte blouse. Haar blik was even kordaat als haar kleding. Haar lichaamstaal verraadde dat ze op het punt stond een hoofdrol te spelen in een serieuze ondervragingszaak en dat elke vorm van faalangst haar vreemd was. Hij corrigeerde zichzelf direct door te stellen dat het straks om overrompeling draaide. Met ouderwetse verhoortechnieken had het weinig te maken. Tenminste, dat was niet te hopen. In dat geval zouden ze ergens een grove inschattingsfout hebben gemaakt.
Hij knikte kort naar Castro, die bij de deur stond. Het reusachtige lid van Nueve opende deze. Enkele seconden later kwam Javier Ruiz binnen, met in zijn kielzog één vrouw en drie mannen. Ruiz maakte een handgebaar naar de vier stoelen die tegenover het enorme bureau stonden waarachter de leiding van Nueve zat.
'Neemt u plaats.' Het was eerder een bevel dan een verzoek. Zonder het viertal verder een blik waardig te keuren, verliet hij het kantoor. Castro sloot de deur achter hem en nam zijn positie weer in.
'Goedemiddag,' zei Silva. Hij haalde een zwarte portefeuille uit zijn colbert en opende deze op een zodanige wijze dat het viertal er goed zicht op had. Het was een identificatiebewijs van het ministerie van Binnenlandse Zaken op naam van Jorge Santana. Naast zijn foto stonden de vijf zwarte letters die gezamenlijk een gevreesd woord vormden: CESID. Het document was authentiek. In totaal beschikte hij over vier verschillende aliassen.
Silva draaide zijn hoofd een kwartslag naar links. 'Dit is Anna Rodriquez-Belda, een hooggeplaatst ambtenaar van BZ.' In Carmens rechterhand verscheen het schriftelijke bewijs van Silva's woorden. Ze liet de aanwezigen er een blik op werpen en stopte het weer terug in de handtas die naast haar stond. Daarna legde ze beide handen recht voor zich op het bureaublad. Haar vingers strengelden zich ineen – een gebaar van opperste kalmte en zelfverzekerdheid.
'Fijn dat u op zo'n korte termijn tijd hebt kunnen vrijmaken voor dit onderhoud,' sprak Silva monotoon. Hij vond het wel passend om in een tijdsbestek van enkele minuten al drie leugens te produceren. Het kwartet politici tegenover hem grossierde daar zelf namelijk in. Liegen was hun vak.
De in socialistische kringen alom gerespecteerde Koldo Haristegui meende als eerste iets te moeten zeggen. 'Wij zijn volksvertegenwoordigers,

meneer Santana. Het lijkt me vrij duidelijk dat we meteen gehoor geven aan een oproep van de centrale regering.'
Silva knikte de man vriendelijk toe. 'Dat waarderen we, meneer Haristegui.' De flagrante leugen die als provocatie had gediend liet hij verder onbesproken. Nadat ze op kantoor hadden besloten om een snelle actie uit te voeren, waren de vier socialisten door rechercheurs in burger opgepikt en naar deze locatie vervoerd. Van de kant van de politici ging dit gepaard met verbaal geweld. Geheel volgens de instructies hielden de dienders hun kaken verder op elkaar. Ze leverden het mopperende vrachtje bij het kantoorpand af en vertrokken.
'Sorry dat u even hebt moeten wachten,' zei Silva. 'Het verkeer zat wat tegen.'
Uit de gezichten voor hem sprak smeulende onvrede over de hele situatie waarin ze zo plotseling waren beland. Toch durfde niemand zich hierover openlijk uit te spreken. Ze waren overduidelijk aan het wikken en wegen. Hun opgeblazenheid van politicus kwam in opstand tegen de wijze waarop ze zich behandeld voelden. Dat was geen manier van doen, schreeuwde de volksvertegenwoordigers binnen in hen. Het stemmetje dat hen gedurende hun hele carrière voor blunders als gevolg van spontaniteit had behoed, wees hen fijntjes maar beslist op de entourage: die zou je zomaar als onaangenaam kunnen kwalificeren. Aangezien zij papieren helden waren, gaf dat de doorslag. Zoals de situatie zich nu liet aanzien, leek het verstandiger om eerst te luisteren naar wat het ministeriële tweetal had te melden.
Zonder dat het zichtbaar was, zette Silva zich schrap. Erop of eronder, wist hij. Voordat hun tegenstanders beseften wat er nu precies aan de hand was, moesten ze gestrekt gaan. Deze wedstrijd werd op knock-out beslist, niet op punten.
'We realiseren ons dat uw tijd beperkt is,' begon hij met een uitgestreken gezicht. 'Daarom zal ik direct ter zake komen.' Hij trok een map naar zich toe en sloeg deze open. Over de persoonlijke informatie die voor hem lag liet hij het viertal nog even in het ongewisse. Zijn opening had betrekking op de hele club; in een later stadium kwam het individu aan bod.
'De plotselinge overstap die u gezamenlijk naar de nieuwe partij La Paz hebt gemaakt, zorgt voor veel opschudding, bij zowel de politiek als de bevolking. Een opmerkelijke switch, waar een luchtje aan zit. En nu druk ik me nog voorzichtig uit, aangezien deze overgang zo stinkt dat je het ver buiten Baskenland nog kunt ruiken.'

Getraind als ze waren, verscheen er ogenblikkelijk een uitdrukking van selectieve verontwaardiging op de gezichten van zijn toehoorders. De bijbehorende mimiek laten zien was immers een belangrijk onderdeel van hun vak. In het geval van een beschuldiging, of iets wat daar sterk op leek, pasten hun gelaatstrekken zich razendsnel aan. Aansluitend volgde de verbale ergernis over het pertinente onrecht dat hun was aangedaan.
De enige politica in het gezelschap reageerde als eerste. Haar stem en lichaamstaal waren in balans. De zelfverzekerde blik van Izaskun Perugoma boorde zich in die van Alfonso Silva.
'Midden op de dag worden wij als misdadigers door politiefunctionarissen van ons werk opgehaald. Het enige wat we te horen krijgen is dat ambtenaren van Binnenlandse Zaken een onderhoud met ons willen. Men dropt ons in een kantoorpand, waarna er uren van onze kostbare tijd verloren gaan met nutteloos wachten. Als de zitting dan eindelijk begint, worden we direct geconfronteerd met een idiote beschuldiging.'
Ze zuchtte theatraal en sloeg haar armen over elkaar.
'Kunt u wellicht wat specifieker zijn? Ik heb me namelijk nooit schuldig gemaakt aan iets wat zo stinkt dat je het ver buiten Baskenland kunt ruiken. Datzelfde geldt voor mijn collega's. Tenminste, daar ga ik wel van uit. Tijdens onze samenwerking heeft integriteit altijd de hoogste prioriteit gehad.'
In de veronderstelling dat hij snel met een antwoord zou komen, bleef haar blik onveranderd op Silva gericht. Een beoordelingsfout, zoals spoedig zou blijken.
'Ik begrijp enigszins wat u bedoelt, mevrouw Perugoma,' sprak Carmen op ijzig kalme toon. 'In uw geval ligt het probleem in eerste instantie inderdaad niet bij u, maar bij Iratzu Perugoma.' Ze zag hoe de bliksem insloeg bij de vrouw schuin tegenover haar.
'Van 1981 tot 1984 stond uw zus onder het directe bevel van het ETA-kader. In deze periode werd zij tientallen malen ingezet om informatie te vergaren. Blijkbaar was uw zus een natuurtalent, want de mannen vielen als een blok voor haar. We praten hier over functionarissen die zonder uitzondering een leidinggevende post in het justitiële apparaat betrokken. Deze slachtoffers werden door de dagelijkse ETA-leiding met precisie uitgezocht.'
Een fractie van een seconde dacht Carmen dat Izaskun Perugoma zou flauwvallen. Het bloed was uit haar gezicht getrokken en beide ogen

waren wijd opengesperd. De metamorfose was totaal. In niets deed deze vrouw meer denken aan de zelfverzekerde politica die daarnet Silva min of meer had uitgedaagd.
Carmen bleef onverschillig onder de signalen en kenmerken van wanhoop. Izaskun Perugoma had de weg van de minste weerstand gekozen, terwijl er genoeg andere opties waren. Daarom voelde ze geen enkele vorm van medelijden voor haar.
'Uw zus kweet zich dus prima van haar taak,' ging ze op dezelfde onpersoonlijke toon verder. 'In de drie jaar dat ze actief was voor de ETA, heeft Iratzu Perugoma de staat enorm veel schade berokkend. Doordat ze haar informatie direct naar de ETA-leiding doorspeelde, zijn er tientallen zorgvuldig geplande operaties in het water gevallen, om nog maar te zwijgen van het menselijk leed dat ze op haar geweten heeft.' Na die woorden schonk ze de Baskische politica een blik waaruit onverholen minachting sprak.
Ondanks haar jarenlange ervaring met netelige situaties, was Izaskun Perugoma niet in staat om adequaat te reageren. Ze keek wazig voor zich uit, haalde zwaar adem en schudde traag met haar hoofd.
'Ze was jong, verliefd op de verkeerde man... makkelijk te beïnvloeden.'
Carmen negeerde het kriebelige gevoel in haar maag. Het was haar taak om de tegenstander uit te schakelen, op fysieke of op mentale wijze, óók als het een gedesoriënteerde vrouw betrof.
'Eind '84 verdween uw zus van het toneel. Ze had simpelweg met te veel mannen geslapen. Het was alleen nog een kwestie van tijd voordat er repercussies zouden volgen. Met in het achterhoofd de gedachte dat men wellicht ooit nog een beroep op haar kon doen, gaf de ETA-leiding haar een nieuwe identiteit. Ze verkaste naar Málaga en hield zich de daaropvolgende jaren gedeisd. Blijkbaar kroop na verloop van tijd het bloed waar het niet gaan kon. Eind jaren tachtig opende ze een bordeel in het mondaine Marbella, een succesvolle business die ze tot aan 1998 leidde. In dat jaar droeg ze haar zaken over aan een zekere Samuel N'Boto, een Nigeriaanse emigrant die begin jaren negentig voet op Spaans grondgebied zette. Volgens onze laatste gegevens runt hij nog steeds het bedrijf en wonen ze al sinds negen jaar samen in een vierkamerappartement aan de Boulevard de Luiz Grecco nummer 7, vijfhoog in Málaga.'
Een korte blik op de politica vertelde Carmen dat haar missie was voltooid. Gedurende haar laatste zinnen was de doodsteek toegediend. Izaskun Perugoma zat erbij als een dood vogeltje. Een veelvoud aan rimpels

legde voornamelijk de nadruk op haar ware leeftijd: al haar vijfenvijftig jaren werden erdoor geaccentueerd.

'Van je familie moet je het hebben,' zei Silva droog. Omdat het hier een signaal aan Carmen betrof hield hij zijn stem bewust vlak. Humor was nu uit den boze.

Carmen pakte het teken op. 'In het geval van Iñaki Narbaez ligt het ietwat genuanceerder,' ging ze op dezelfde onverstoorbare manier verder. 'De spil in zijn verhaal is zwagerlief Juanfran Echaburu, het favoriete broertje van zijn vrouw Monica.'

In de stilte die Carmen liet vallen, zorgde de nagalm van haar woorden ervoor dat de gedachtewereld van het kwartet politici instortte. Hun hele wereld stortte in. De rede, hun sterkste wapen, werd volledig overstemd door het oorverdovende geraas van schaamte, spijt en wanhoop. In het centrum van deze herrie wist de immer parate intelligentie de vinger onevenredig hard op de pijnlijke plek te leggen. Bij Izaskun Perugoma en Iñaki Narbaez bloedde de imaginaire wond inmiddels hevig, terwijl Koldo Haristequi en Ivan Labuchaga zich realiseerden dat hen hetzelfde te wachten stond.

In de afgelopen dagen had het verleden hen ingehaald. De kwaadaardige tumor die jarenlang was onderdrukt begon opeens te woekeren. Het medicijn dat hun door de Patriarch was aangereikt bleek nu een tijdelijk lapmiddel met vervelende bijwerkingen. Dat deze kuur schadelijker was dan de ziekte zelf, bewees de diagnose van de twee artsen uit het vagevuur. Op stoïcijnse toon droegen zij het requiem voor.

'Op 7 maart 1993 reed de voorste wagen van een militair wapenkonvooi op een landmijn. Dit gebeurde in de vroege ochtend op een landweg buiten Burgos. In de tijdelijke chaos slaagden vier gemaskerde mannen erin om een groot gedeelte van de wapens buit te maken.'

Carmen keek Iñaki Narbaez aan. De dossiers die voor haar lagen bleven gesloten; de feitenkennis zat in haar hoofd. In combinatie met haar doordringende blik en onverzoenlijke lichaamstaal gaf dit haar toch al indrukwekkende optreden een meerwaarde waarvan de toehoorders huiverden.

'Het duurde ruim vijf maanden voordat de overvallers werden gearresteerd. Juanfran Echaburu was een van hen. Het viertal werd veroordeeld tot acht jaar gevangenisstraf. Zoals in die tijd gebruikelijk was, plaatste men hen in een penitentiaire instelling die ver buiten Baskenland lag. De autoriteiten kozen voor Alicante.'

Iñaki Narbaez vermeed direct oogcontact met zijn onheilsbrenger. Haar stem, die staccato de onverbiddelijke feiten op hem afvuurde, was voldoende om het zweet uit zijn poriën te laten gutsen. Ook hij was een midden-vijftiger en bezat een slechte conditie. Uitgebreide lunches, overmatig alcoholgebruik, veertig sigaretten per dag en slechts lichaamsbeweging die zich beperkte tot het in- en uitstappen van zijn auto, waren hier verantwoordelijk voor. Een levenswijze die hem bij serieuze tegenslag direct in een zwetend biggetje veranderde dat jankend op het genadeschot wachtte. Dat het hier een onredelijke uitloper betrof van de angst die zich van hem meester had gemaakt, deed niet ter zake. Hij was bang, echt doodsbang. En datzelfde gold voor zijn drie collega's, wist Iñaki Narbaez.
'Juanfran Echaburu zou zijn tijd niet uitzitten,' ging Carmen verder. 'In het najaar van '95 werd hij neergestoken door een medegedetineerde. Zijn stoffelijk overschot werd naar het Baskenland overgebracht, waar hij werd begraven.'
Iñaki Narbaez stak het vlezige gedeelte van zijn linkerwijsvinger in zijn mond en beet er hard op. Naast het overdadige zweet rolden er tranen langs zijn dieprode wangen.
'Mijn vrouw was zo gek op die rotjongen... haar kleine broertje.' Tussen het gesnotter door haalde hij luidruchtig adem. Schaamte was een gepasseerd station; opgekropte emotie zocht een uitweg. Iñaki Narbaez stond op. Voor iemand met zijn postuur deed hij dat verbazingwekkend snel. Twee stappen later stond hij tegenover Carmen. Hij plantte beide handen pontificaal op het bureau en leunde er zwaar op. De ruimte tussen hen bedroeg minder dan een halve meter. Ze rook zijn zweet.
'Ja, ik heb tegenover de partij gezwegen over mijn zwager. Ja, ik heb alles geprobeerd om het in de doofpot te stoppen. Ja, ik heb jarenlang naast een huilende vrouw gelegen. Ja, ik ben fout geweest. Ja, ik heb me laten chanteren. Ja, ik...'
De hand die ineens op zijn linkerschouder lag was reusachtig. De rug ervan was zwart behaard, de vingers leken op Duitse worsten en met de nagels kon je een schroef in een houten balk draaien. Toch was de omvang ervan niet het meest opvallende.
'Gaat u zitten, meneer Narbaez,' zei Silva kalm. De politicus trilde en knikte tegelijkertijd. Hij draaide zich om. De menselijke kolenschop die aan Castro toebehoorde, gleed vanaf zijn schouder naar zijn bovenarm. Aansluitend trokken de vingers een fractie van een seconde samen. Even-

als de hand die eerder op zijn schouder lag, ervoer de politicus deze korte beweging niet als bedreigend – eerder als een uiting van begrip, compassie wellicht. De moloch die naast hem stond had namelijk met het grootste gemak zijn botten kunnen kraken. Zijn blik kruiste die van de reus. In diens ogen lag geen woede of verachting, maar wat er wel in stond te lezen bleef onduidelijk. Dat had weer te maken met de geheimtaal waarin het stond geschreven.

'Zoals ik al eerder heb aangegeven is zowel uw als onze tijd kostbaar,' sprak Silva. 'Daarom zullen we verder niet uitweiden over bepaalde zaken die zich in het verleden hebben afgespeeld.' Hij zag de opluchting op de gezichten van Koldo Haristequi en Ivan Labuchaga. Dat hun voor dit selectieve publiek een gang naar de slachtbank bespaard was gebleven, had echter alleen te maken met het voorafgaande selectiebeleid. De tragedies van Izaskun Perugoma en Iñaki Narbaez waren simpelweg het meest geschikt voor een bliksemperformance. Daar konden de geldbedragen die Haristequi ooit aan de zaak had geschonken en de kruimeldiefstallen van Labuchaga niet aan tippen. Dat ook dit tweetal door het stof moest, stond echter vast. Op het moment dat ze dit kantoor verlieten, traden er regels in werking, en die golden voor iedereen.

'Toen Aitor Belasko de grote overstap van tien PSOE-politici aankondigde, begonnen er in Madrid alarmbellen te rinkelen,' ging Silva verder. 'Vanaf dat moment zijn er honderden medewerkers van de inlichtingendienst gaan spitten. Mensen doken in de archieven, pakten de telefoon, gingen de elektronische snelweg op of stapten in hun auto om honderden kilometers verderop met een tipgever te spreken. De opdracht was duidelijk: voordat de onderste steen boven was hoefde niemand zelfs maar aan een bed te denken.'

Zijn rechterhand gleed over de dossiers. 'De resultaten kwamen. Tegen vijf van de tien politici die de overstap wilden maken, hebben wij een sluitende zaak. In het geval van drie personen staan we op het punt om aanvullende bewijslast te ontvangen. De laatste twee uit het rijtje maken het ons bijzonder lastig; daar wil de bewijsvoering nog niet echt vlotten.'

Hij glimlachte schamper. 'Een kwestie van tijd. Tegen het gigantische apparaat dat achter hen aan zit is het slecht vechten. Die strijd verliezen ze altijd.'

Met zijn rechterhand maakte hij een weids gebaar. 'Hiermee beantwoord ik de vraag "Hoe hebben ze me zo snel opgespoord?". Het is logisch dat die door uw hoofd speelt. Hetzelfde geldt voor het aantal personen dat door ons is gedetecteerd. Ik sprak over vijf "zekere gevallen", terwijl u een kwartet vormt.'

De glimlach die op zijn gezicht verscheen was wrang, alsof hij opeens een nare smaak in zijn mond kreeg.

'De politieke carrière van uw collega José Maria Bereciartua is ten einde. Hij is anderhalf uur geleden door de recherche gearresteerd op verdenking van moord. Het betreft hier een zogenoemde cold case uit 1981. Doordat onze medewerkers in werkelijk alle denkbare uithoeken hebben gezocht, kwam er in een kort tijdsbestek veel verborgen en vergeten materiaal boven water. Vergeelde stukjes informatie die vijfentwintig jaar later ineens voor een doorbraak in een moordzaak zorgden, bijvoorbeeld.'

Hij leunde iets achterover en zei: 'Wij hadden in principe Bereciartua bij uw clubje aankomende spijtoptanten willen voegen. Ondanks de belangen die hier voor de regering op het spel staan, is er door hogerhand besloten om hem voor moord te vervolgen. In tegenstelling tot u vieren krijgt hij dus geen tweede kans.'

Carmen interpreteerde deze zin als het afgesproken signaal. Over de impact van zijn woorden hoefde ze niet na te denken: één blik op het afgebrande kwartet vertelde het hele verhaal in een handomdraai.

'Ieder voor zich vertrekt zo meteen naar kantoor,' sprak ze op een toon die geen ruimte voor discussie liet. 'U schakelt de pers in met de mededeling dat er morgenochtend om tien uur een persconferentie wordt gehouden. Over hetgeen precies zal worden verteld, houdt u zich op de vlakte. Maar laat wel doorschemeren dat het om een sensationele aankondiging gaat.'

Carmen zag geen spoortje van weerstand in de ogen die op haar gericht waren. Terwijl ze luisterden begon het wikken en wegen. Er was gegokt en verloren. Dat ze met hun billen bloot moesten leek onvermijdelijk. Hoe ze de schade konden beperken was nu hun grootste zorg.

'Tijdens deze persconferentie maakt u bekend dat u per direct de overstap naar La Paz ongedaan maakt. In welke vorm die verklaring wordt gegoten is uw zaak. Een in een opwelling genomen beslissing die bij nader inzien niet goed uitpakt, het ontbreken van een goede structuur in de nieuwe partij, opeens gerezen misverstanden over de politieke koers, collega's van de PSOE die smeken om te blijven – er zijn opties te over. Het moet voor politici van uw kaliber geen enkel obstakel vormen voor een overtuigend statement.'

In de blik van Labuchaga zag Carmen een vonkje door het lethargische waas prikken. Het eerste sprankje hoop was een feit. Haristequi volgde twee ademtochten later; een korte twinkeling gaf aan dat ook hij ineens mogelijkheden zag voor een dramatische aftocht die na verloop van tijd met een sisser zou aflopen. Izaskun Perugoma en Iñaki Narbaez hadden daarentegen dit stadium nog niet bereikt. Ze waren geestelijk verdoofd door de rechtstreekse confrontatie met een stuk verleden waarvan ze gruwden. Pas nadat ze deze kamer hadden verlaten zou ook bij hen het besef groeien dat er na deze politieke hartaanval nog parlementair leven kon zijn, mits ze goed voorbereid waren en hun actie met grandeur uitvoerden.

Met de woorden: 'Om misverstanden te voorkomen wil ik het volgende duidelijk aanstippen' kondigde Carmen het slot van haar monoloog aan. 'Wij weten dat u het slachtoffer bent van chantage. Eveneens is de hiervoor verantwoordelijke persoon bij ons bekend. Vanaf dit moment is het voor u verboden om op wat voor manier dan ook met hem in contact te treden. Morgen is de persconferentie, waarna u minstens enkele dagen van het toneel verdwijnt. Een korte vakantie in het buitenland om de opgedane stress te lozen. Senegal, Noorwegen, de Bahama's – bedenk maar een leuke bestemming.'

Aan het uitblijven van enige reactie bleek dat dit voor de politici minstens één treetje te hoog was. Ze stonden nog met twee poten in de denkbeeldige drek. Hun eerste zorg was om voor morgenochtend tien uur met een plausibele verklaring voor hun merkwaardige gedrag te komen, pas daarna kon de trap worden beklommen die tot droge voeten moest leiden.

'Vanwege het landsbelang heeft het ministerie van Binnenlandse Zaken besloten dat er verder geen onderzoek zal volgen. Als uw optreden morgen naar wens verloopt, is wat ons betreft de zaak gesloten. De eventuele politieke consequenties voor uzelf komen volledig op uw conto. Daarin zijn wij geen partij.'

Na deze woorden knikte Silva naar Castro. De reus opende de deur. Ruiz liep naar het viertal toe en maakte hun met een kort handgebaar duidelijk dat ze hem moesten volgen.

13

San Sebastián, vrijdag 20 april, 13.30 uur

'Kleine mensjes,' verzuchtte Aitor Belasko. 'Pygmeeën die zich voor even de status van Goliath hebben aangemeten. Stumpers in het kwadraat.'
Hij wierp nog een laatste verachtelijke blik op het beeldscherm waarop de vier politici tekst en uitleg omtrent hun beslissing gaven. Toen lachte hij schor en drukte op de afstandsbediening. De stilte die opeens bezit van zijn kantoor nam beviel hem prima, in elk geval stukken beter dan het gewauwel van verraders. Hij stond op uit de comfortabele leren bureaustoel en strekte zijn benen. Zijn ledematen werden tot zijn afgrijzen steeds stijver.
'De ouderdom komt met gebreken,' fluisterde hij gekscherend. Je kon er maar beter luchtig over doen, anders was je de helft van de dag bezig om dingen te bedenken die uiteindelijk nergens toe dienden. Toverdrankjes voor de eeuwige jeugd, potentieverhogende pillen en meer van dat soort shit. Als je eenmaal op leeftijd was werd je lichamelijk nu eenmaal stukken minder flexibel. Jammer dan. Maar zolang hij nog functioneerde was het prima. Het werd pas tricky als er enge ziektes om de hoek kwamen kijken, zowel fysiek als mentaal. Wat hem betrof vielen kanker en dementie onder dezelfde noemer: een eindpunt. Mocht dergelijk onheil hem treffen – en die kans was statistisch gezien vrij groot – dan zou hij zijn lot in eigen handen nemen. Zijn vrouw en zoon waren daarvan op de hoogte en respecteerden zijn beslissing, hadden ze de sporadische keren dat het onderwerp ter sprake was gekomen plechtig verklaard. Of ze hem ook inderdaad geen strobreed in de weg zouden leggen als het zover kwam, was een tweede, want theorie en praktijk konden elkaar flink bijten.
Hij liep naar het raam van zijn kantoor. Het uitzicht was wel aardig: een brede winkelstraat met daarachter de Golf van Biskaje. Een vergezicht dat hooguit als prettige bijkomstigheid gold. Op kantoor diende je namelijk

te werken. Van het uitzicht genieten was een tijdverdrijf voor buiten werktijd.

'Hou toch op met dat stomme gezeik,' gromde de Patriarch binnensmonds. Hij werd gek van de onbenulligheden die door zijn hoofd speelden, een nare gewoonte die regelmatig de kop opstak als hij alleen was en er zaken aan de orde waren die prioriteit hadden. Het was iets van de laatste jaren, want vroeger had hij zich altijd strak kunnen focussen. Dan waren triviale zaken zoals uitzicht, gezondheid en het weer hooguit gespreksonderwerp gedurende de schaarse vrije uurtjes die hij met zijn gezin doorbracht. Tijdens zijn werk was het volstrekt ondenkbaar dat hij ook maar een halve seconde aan dat soort onzin vuilmaakte.

'Klaar, nu.' Hij sloot zijn ogen en concentreerde zich op datgene waar het werkelijk om draaide. Tot zijn opluchting verdwenen de gedachteflarden die veel te lang zijn denkproces hadden vertraagd.

Vier van de tien waren dus het haasje, dacht hij. Door de geheime dienst vooruitgeschoven pionnen die voor verwarring moesten zorgen. Een sein vanuit Madrid dat je kon interpreteren als: 'tot hier en niet verder'. De eerste openlijke ondermijningspoging van het landelijke gezag. Moordaanslagen waren tot daaraan toe, maar inmenging in het politieke establishment was uit den boze. Hij grijnsde. Ze waren zo voorspelbaar...

Gisteravond had hij van een bevriende journalist te horen gekregen dat er vandaag om tien uur een gezamenlijke persconferentie van vier politici zou plaatsvinden. Toen de man de desbetreffende namen noemde, wist hij genoeg. Madrid had zijn eerste succesje te pakken. De aanval op La Paz was geopend.

Omdat het logische vervolg hiervan een persbombardement van zijn mobiele telefoon zou zijn, had hij deze uitgezet en was vanmorgen in alle vroegte vertrokken. Rechtstreeks naar kantoor, een plek die hij na de verkoop van zijn bedrijven had aangehouden. Als je de hoorn naast de telefoon legde en de bedrijvigheid in de aangrenzende panden negeerde, was het met een beetje fantasie een oase van rust. De juiste plek om de laatste ontwikkelingen met precisie te ontleden.

Vanaf elf uur waren er in de nieuwsuitzendingen flarden van de persconferentie uitgezonden, begeleid door oppervlakkige teksten van de presentator. In de actualiteitenrubrieken die later op de avond geprogrammeerd stonden, zouden de politiek analisten zich verder met deze opmerkelijke ommezwaai bezighouden, zo beloofde de man de kijkers zogenaamd betrokken.

Even na het middaguur had een koerier de beloofde cd-rom afgeleverd. Daarop stond de volledige persconferentie: een cadeautje van dezelfde journalist die hem had getipt over het ophanden zijnde spektakel. Dat eigenbelang hier een prominente rol speelde, was duidelijk. Voor wat, hoort wat. Met zijn belletje en de daaropvolgende opname had de journalist de eerstvolgende primeur veiliggesteld.
Terwijl hij de cd afspeelde, werd hem al snel duidelijk dat de verklaring van het viertal weinig voorstelde. Een snel in elkaar gedraaid moralistisch verhaal dat door Koldo Haristequi met verve werd voorgelezen. Hij was verbaal de sterkste van het clubje lafbekken en wierp zijn ziel en zaligheid in de strijd. Op zich was dat niet zo vreemd, aangezien de toegestroomde pers de messen reeds had geslepen. In feite was Haristequis enige wapen het voorwenden van onmiskenbare oprechtheid. Een examen waarvoor hij met vlag en wimpel slaagde, eerlijk is eerlijk.
Het spervuur van vragen achteraf leek spectaculairder dan het in werkelijkheid was. Onderling hadden de vier dissidenten vooraf goede afspraken gemaakt, waardoor ze elkaar niet tegenspraken: de hoofdregel bij geënsceneerde saamhorigheid. Ze hielden vast aan de visie dat hun overstap naar La Paz in een vlaag van euforie was genomen. Geleid door het gevoel van patriottisme dat in iedere Bask schuilde waren ze overstag gegaan. Hoofdzakelijk de politieke eenheid die La Paz nastreefde was een prachtig initiatief, dat hen toen en nu bijzonder aansprak. Dat er te veel haken en ogen aan deze ideologie zaten was hun pas later duidelijk geworden. Na een aantal verhelderende onderlinge gesprekken waren ze tot de conclusie gekomen dat hun overstap figuurlijk een misstap was geweest. De enige optie die in hun ogen overbleef was om deze grove fout publiekelijk toe te geven.
Toen zijn naam viel, ging hij er eens extra goed voor zitten. Zoals te verwachten was reageerde men geheel in stijl van het door Madrid gedicteerde protocol. Met hun gezichten strak in de plooi verklaarden ze dat er recentelijk contact was geweest met de voorman van La Paz. Ze hadden hem op de hoogte gesteld van hun beslissing. Aitor Belasko, een zeer gerespecteerd man, had gelaten gereageerd. Nee, Belasko had geen poging ondernomen hen op andere gedachten te brengen. Hij betreurde hun besluit, maar respecteerde het. Ze waren als goede vrienden uit elkaar gegaan. Op de vraag waarom Belasko niet aanwezig was, moesten ze het antwoord schuldig blijven. De betrouwbaarheid droop van hun gezichten af.

'Dus dit is het beste wat jullie kunnen ophoesten?' De Patriarch staarde uit het raam zonder oog voor de omgeving. 'Een paar stenen die omvallen, maar het huis blijft intact. Een schamel resultaat voor zo'n omvangrijke organisatie.'

Het beeld van de vrouw van de inlichtingendienst dook op in de nevelen die zijn netvlies omfloersten. Knappe meid. Zelfs in haar stemmig zwarte mantelpakje leek ze op een Amerikaanse actrice. Hoe heette die griet ook alweer? Sandra... Sandra nog wat. Sandra Bullock, dat was het. Hij grijnsde toen een stroperig stemmetje in zijn hoofd 'ouwe snoeper' zei. Tja, twintig jaar geleden had hij wellicht een kans gehad...

Het grappige intermezzo maakte weer plaats voor de dodelijke ernst die hem typeerde. Het leuke koppie zat bij het verkeerde kamp en aasde op zijn nek, wist de Patriarch. Ze maakte ongetwijfeld deel uit van een team dat door de hoge heren in Madrid werd opgejaagd om een doorbraak te forceren. Hij sprak zichzelf toe in enkelvoud, maar dacht in meervoud. Het hield niet op bij één team dat de jacht had geopend. In een omvangrijke zaak als deze zou Madrid nimmer op één enkel paard wedden. Nee, er waren op z'n minst twee onafhankelijke teams op jacht.

Hij liep terug naar zijn bureau en knikte traag. Vanuit de oppositie gezien was het een logische stap de overlopers onder druk te zetten. Na zijn optreden waarin hij de overstap van tien PSOE-mensen wereldkundig had gemaakt, had men in Madrid meteen conclusies getrokken. En ditmaal was vijf plus vijf inderdaad tien. Hij glimlachte om de flauwe formulering.

In zijn planning was hij ervan uitgegaan dat zijn tegenstanders op de hoogte waren van het bestaan van El Libro de Oro. Een stelling die stond als een huis, bleek nu. Naar aanleiding van zijn mededeling waren ze razendsnel in actie gekomen. Grondig spitwerk bracht de hiaten in het verleden van de voormalige PSOE-politici boven water. De vier die aan de schandpaal bungelden waren inderhaast vooruitgeschoven pionnen die voor politieke beroering moesten zorgen. Vanwege de tijdsdruk werden zij in stelling gebracht. Er moest gescoord worden.

De overige zes waren publicitair van ondergeschikt belang. Maar ergens in de toekomst zouden de afgezanten van Madrid ook bij hen op de stoep staan, wist de Patriarch. Marionetten waarvan men op elk geschikt tijdstip gebruik kon maken.

Hij was zich er volledig van bewust dat de verdachtmaking van zijn persoon groeide. Madrid zou zich echter eerst enkele malen stevig achter de oren krabben voordat ze rigoureus ingrepen. Daarvoor ontbrak sowieso bewijs, om maar te zwijgen van de consequenties die zijn arrestatie teweeg zou brengen. Als de man die de bewoners van Baskenland wilde verenigen opeens in de boeien werd geslagen, leek de kans op een grootscheepse volksoproer heel reëel. Een optie waartegen de machthebbers zouden agiteren. Heibel in de tent was slecht voor het establishment. Het legde de vinger op een zere plek die er in principe niet hoorde te zijn.

Zijn brede glimlach was zelfverzekerd en vilein. Het ingecalculeerde verlies voelde aan als een overwinning. Met de publiekelijke afgang van het kwartet had de geheime dienst een poging ondernomen om het onheil dat boven Spanje hing een halt toe te roepen, of tenminste te vertragen. Een operatie die bij hem eerder lachwekkend dan bedreigend overkwam. Het maakte eveneens duidelijk dat zijn tegenstanders met alle middelen die ze tot hun beschikking hadden in wezen geen millimeter waren opgeschoten. Die conclusie werd gestaafd door de feiten.

Hij sloot zijn ogen en liet de gezichten van de vier afvalligen nog eenmaal aan zich voorbijtrekken. Muizen die ineenkrompen als een tandeloze kat begon te blazen. Tinnen soldaatjes die bij de eerste tegenslag braken.

Dominostenen...

Ja, dat kwam het dichtst in de buurt: door hem geplaatste dominostenen die exact zo vielen als gepland. Onderdeel van een grootschalig project. Variant op zo'n megaspektakel dat je eens per jaar op televisie zag. Domino Day. De Chinezen waren er meesters in, en de Nederlanders. De projecten die met veel geraas vielen waren afleidingsmanoeuvres waarmee ze de zendtijd volmaakten. Ondertussen liep de rode draad door, een lint van stenen dat de bouwwerken met elkaar verbond. Als er weinig stenen van zo'n project vielen, of, in het meest trieste scenario, het fraaie ontwerp in zijn geheel bleef staan, was er nog betrekkelijk weinig aan de hand. Op weg naar de volgende afbeelding bleven de stenen van de rode draad ongenaakbaar vallen.

Om die rode draad draaide het dus. Als die stopte was het letterlijk over en uit. De poging van zijn tegenstanders was hierop gebaseerd: gooi wat zand in de vitale onderdelen van de motor en de kans bestond dat het ding de geest gaf.

De Patriarch stond op en liep weer naar het raam. Zijn blik was nu gericht op de horizon in het westen. Zijn gezicht was een masker van onverzoenlijkheid.

'Ik heb slecht nieuws voor jullie,' fluisterde hij.
'De rode draad raast als nooit tevoren en het eindpunt is in zicht. Jullie gaan vallen.'

Vijftien kilometer ten zuiden van Torrelavega, Cantabria, 22.15 uur

Telkens als er koplampen in de verte verschenen schoot er een stroomstoot door zijn lijf. Aansluitend ging hij op zijn knieën zitten, pakte de nachtkijker en richtte die op de dansende lichtbundels. Hij lag al een klein halfuur achter de heuvel en dit was de derde auto die in dit tijdsbestek over het landweggetje reed. Terwijl zijn ogen door de lenzen tuurden, negeerde hij de natuurlijke impuls om te knipperen. De nachtkijker was er eentje uit het hoogste gamma en registreerde nauwkeurig wat er zich op grote afstand afspeelde.
Evenals voorgaande keren was het een onbeduidende middenklasser waarin zich twee personen bevonden. Aan het onvaste rijgedrag te zien was het hoogstwaarschijnlijk een toeristisch stelletje dat zich de rode streekwijn goed had laten smaken. Omdat het aantal personen in de auto niet strookte met wat hij wenste, verloor hij er terstond zijn interesse voor. Hij legde de nachtkijker naast zich neer en ging weer op zijn buik liggen. In deze houding overzag hij een gedeelte van de omgeving zonder zichzelf bloot te geven. Die voorzorgsmaatregel was wellicht wat overdreven, aangezien er in de wijde omtrek geen levende ziel was te bekennen. Toch hield hij vast aan de instructies die hij zichzelf aan het begin van deze opdracht had gegeven. Discipline boven alles, een favoriete zin van Juan. Dat onderscheidde de amateurs van de echte profs. En bij die laatste groep was hij ingedeeld. Sterker nog: hij behoorde tot de elite van dit selecte gezelschap. De absolute top.
De stilte om hem heen was indrukwekkend. Een stukje platteland dat je op geen enkele ansichtkaart tegenkwam: grasweides, koeien, hier en daar een heuvel om het saaie landschap van natuurlijk reliëf te voorzien. In het zuiden en westen zorgden de uitlopers van de Pyreneeën voor wat glooiing, terwijl, een aardse oprisping in de vorm van een heuvel of rotsblok daargelaten, het oosten en het noorden zo plat als een dubbeltje waren.
Rechts in de verte lag een lint van speldenknopjes, de verlichting van de snelweg die Valladolid met Santander verbond. Aan zijn linkerkant heer-

ste de duisternis. Van lantaarnpalen hadden ze in deze negorij blijkbaar nog nooit gehoord, wat hem trouwens bijzonder goed uitkwam. In de paar hoeves die mijlenver uit elkaar lagen was het karige licht al een uur geleden gedoofd. Hier gold nog de vuistregel dat de bewoners met de kippen op stok gingen. Een betere locatie leek nauwelijks denkbaar.
Het landweggetje was vier kilometer lang, een aftakking van de schaars verlichte tweebaansweg die parallel liep aan de snelweg. Het veredelde pad liep dood. Aan het eind ervan stonden drie grote boerderijen die in de loop der jaren omgetoverd waren tot restaurants. De eigenaars hadden een goede naam opgebouwd, zodat het 'culinaire minidorp' geen gebrek aan klandizie had. Ondanks de absurde ligging zaten ze elke avond vol. Daaruit bleek dat mond-tot-mondreclame nog steeds de meest rendabele free publicity was.
Tijdens zijn verkenningstochten was het hem opgevallen dat er een bepaald patroon in de aankomst- en vertrektijden van de gasten zat. Het overgrote deel arriveerde tussen acht en negen, een normale aanvangstijd voor het diner in deze provincie. De hap-slik-weg eetbarbaren stonden als eersten weer buiten. Vanaf halftien stapten ze met opgeblazen penzen in de auto en reden terug naar hun tijdelijke onderkomen. In alle gevallen betrof het toeristen. Geen enkele zichzelf respecterende Spanjaard zou een maaltijd in recordtempo naar binnen schrokken om daarna halsoverkop te vertrekken. Ook qua eetgewoonten was één verenigd Europa een onuitvoerbaar ideaal.
Wat eveneens opviel was het aantal personen dat na een snelle hap in de auto sprong: het waren er altijd twee. In bijna alle gevallen waren het echtparen van middelbare leeftijd die hooguit een uur in een van de restaurants verbleven. Erin en eruit, de culinaire persiflage op het Amerikaanse 'Parijs in twaalf uur en Europa binnen drie dagen'. Dat deze duo's hun eten in recordtempo door hun strot propten boeide hem verder niet. Het feit dat ze dit steevast met z'n tweetjes deden was daarentegen wel van cruciaal belang. Tijdens deze opdracht stond het getal 4 namelijk centraal.
De eerste wolkjes dienden zich bij het uitademen aan. Met het verstrijken van de minuten werd het kouder. Telkens als de wind aantrok, gebruikten klamme speldenprikjes zijn gezicht als dartbord.
Een geritsel deed hem opschrikken. Elke spier spande zich. Hij hield zijn adem in en draaide zijn hoofd een kwartslag naar rechts. Het daaropvolgende getrippel van pootjes zorgde direct voor ontspanning, een konijn

dat het hazenpad koos, of een haas die... De details interesseerden hem niet. Hij hield niet van dieren. Het was loos alarm, dat was het enige wat ertoe deed. Doordat hij krachtig uitblies nam zijn adem kortstondig de vorm van kleine cumuluswolken aan.

Tien meter van zijn uitkijkpost vandaan liep een pad dat alleen door de boeren werd gebruikt. De zware banden van hun tractoren ploegden vrij eenvoudig door en over de natuurlijke obstakels zoals kuilen en keien. Het beginstuk van deze natuurlijke afslag was aan beide zijden vergeven van kreupelhout, waardoor het voor een langsrijdende automobilist vrijwel aan het oog werd onttrokken.

Op zijn verkenningstochten had hij langzaam gereden. Zo kon hij elk detail van de omgeving registreren en in zijn geheugen opslaan. Het was aan deze gedegen werkwijze te danken dat hij de afslag had opgemerkt. Na enkele vluchtige blikken en een korte inschatting van de situatie zoals die op het beslissende moment zou zijn, wist hij het zeker: dit was de ideale plek.

Hij richtte de kijker op de koplampen die hem tegemoetkwamen. Omdat de kans op een treffer met de minuut steeg, dienden de eerste adrenalinescheuten zich aan, maar ze ebden meteen weg toen bleek dat het weer om een auto ging waarin slechts twee personen zaten.

Het kon niet lang meer duren voordat er een ideaal doelwit opdook, wist hij. Dat wezen de statistieken uit. Tijdens zijn vorige observaties had hij lijsten bijgehouden: type auto en kenteken. Om acht uur 's avonds had hij zich al op deze plek geïnstalleerd en was hij aan zijn huiswerk begonnen. Als hij 's nachts in alle rust zijn aantekeningen bekeek, dan bleek dat vanaf ongeveer 22.30 uur de eerste groepjes uit de restaurants vertrokken. Vijf mensen in een busje of drie auto's die in een soort van colonne reden. In totaal waren er op die drie avonden twaalf voertuigen gepasseerd die voor zijn opdracht in aanmerking kwamen. Vier per avond, een hoopvol gemiddelde.

Maar gedurende de lange uren van het informatie inwinnen had de situatie toch iets anders gelegen dan nu het geval was. Dat had niets met zijn toekomstige slachtoffers, maar alles met zijn eigen personage van doen. Tijdens de vorige sessies was hij gekleed in een donker joggingpak en stond zijn auto vijf kilometer verderop geparkeerd in een inham van de tweebaansweg die evenwijdig aan de *autopista* liep. Naast zijn sleutelbos had hij slechts een pen en papier op zak. In het onwaarschijnlijke geval dat een verdwaalde patrouille hem zou aanhouden, was er betrekkelijk weinig aan de hand. Een halvegare jogger die graag kentekens noteerde – nou en? Iedereen had wel een tic. Er liepen meer mafkezen dan normale mensen op deze wereld rond. Natuurlijk zou hij na dit geval zijn werkterrein moeten verleggen, maar direct gevaar had er nooit op de loer gelegen. Onder de lange, beige regenjas droeg hij een uniform van de Guardia Civil. Via een scharrelaar die meer contacten had dan een hond vlooien, had hij het kledingstuk op de kop getikt. Ook de laarzen die hij droeg waren authentiek, aangeschaft op een markt in Bilbao, waar ze onder de toonbank een variëteit aan gestolen spullen verkochten. Bovendien was hij gewapend. Het pistool, dat nu nog in de lederen holster op zijn heup rustte, was hetzelfde als dat waarmee een bejaard echtpaar in San Sebastián naar een andere wereld was geholpen. Reden genoeg om niet geheel ontspannen in de berm van een verlaten landweg te liggen.

Op de provisorische afrit stond zijn BMW geparkeerd, exact op het punt waar het kreupelhout het dichtst was, waardoor de machine voor een toevallige blik vanaf de 'hoofdweg' verborgen bleef. Pas op het moment dat er een voertuig daadwerkelijk stapvoets op de afrit reed, werd de motor door de koplampen gevangen. De BMW R1150 RT was een juweeltje, ruim een jaar geleden gekocht van een man die dringend om geld verlegen zat. Het bodywork van de robuuste motor was spierwit en bij het minste of geringste zonnestraaltje glom het chroom onberispelijk – het resultaat van menig poetsuurtje onder het afdakje naast zijn huis.

In deze staat was de BMW een kopie van de motoren waarmee de Guardia Civil rondreed. Toch volstond een korte blik om te concluderen dat het hier om een motor ging die aan een particulier toebehoorde. Het ontbreken van de kenmerkende *tráfico*-accessoires beroofde de machine van elk overheidsgezag.

Doordat de afstand tussen zijn huis en deze plek ruim honderd kilometer bedroeg, werd hij gedwongen om 'half werk' te leveren. Een hard gelag voor de perfectionist die hij was. Toch was dit de enige mogelijkheid. Met het spiegelbeeld van een Guardia Civil-motor over de snelwegen scheuren was vragen om moeilijkheden.

Zijn handen hadden meerdere malen gejeukt om het karwei af te maken: schuine groene strepen op de koffers, de zijkant van de kuip en het achter- en voorspatbord. Een opstaand zwaailicht op de achterkant van het bodywork, twee kleine schijnwerpers op de rechter- en linkerkant van het

stuur en in blokletters de tekst GUARDIA CIVIL op het boven de kuip gemonteerde windscherm. Hooguit een halve dag werk.
Hij zuchtte. Het had zo mooi kunnen zijn. In zijn perfect passende kostuum op een politiemotor die niet van echt te onderscheiden was. De knappe ridder op het witte paard. Het perfecte koppel waarvoor alle mannen ontzag toonden en vrouwen met bosjes vielen. Er ontsnapte hem een kreun. Het hád gekund. Als een jonge god over het asfalt. Afgunstige en bewonderende blikken die hem vanuit auto's werden toegeworpen. De betoverende glimlach van de mooiste vrouw op de wereld...
Hij schudde met zijn hoofd om de niet ter zake doende ideeën een halt toe te roepen. De opdracht genoot te allen tijde prioriteit. Als dit eenmaal achter de rug was, zou hij haar in zijn armen sluiten en haar zijn eeuwige liefde verklaren. Dan was er nog tijd genoeg om samen van het leven te genieten.
In de verte tastten lichtbundels het landweggetje af. Hij bracht de verrekijker naar zijn ogen.

22.35 uur

Stig Engedal boerde binnensmonds. Zijn wangen bolden op. Toen hij uitademde vulde een sterke knoflookwalm de auto. Zijn broer Arne grijnsde hem vanaf de passagiersstoel toe en drukte op een knopje in het paneel van het portier. Het raam zakte tien centimeter naar beneden, waarna een vlaag binnendringende lucht de penetrante stank verdreef. De receptionist van hun hotel in Torrelavega had de waarheid gesproken toen ze hem hadden gevraagd naar een restaurant met een authentieke Spaanse keuken, dacht hij. Ondanks de liter rode wijn die hij achter zijn kiezen had, stierf hij nog van de dorst. Dat moest wel door de knoflook, pepers en paprika komen.
'Doe maar dicht, Arne,' giechelde zijn vrouw Lotte. 'Die kou doet me veel te veel aan thuis denken.' Een rilling liep over haar rug. 'Thuis' was voor hen Trondheim, een plaats in het hart van Noorwegen. In deze tijd van het jaar waren ijspegels op de ramen en een loeiende verwarming daar de normaalste zaak van de wereld.
'Volgende week gaan de mutsen weer uit de kast,' sprak zijn vrouw Ingrid met onvaste stem. Ook bij haar liet de koppige landwijn zijn sporen na.

‘Hou alsjeblieft op,’ antwoordde Stig. ‘Het laatste waar ik nu aan wil denken is het thuisfront, oké?’

Arne grijnsde. ‘Doe niet zo stoer, joh. Als de kinderen vergeten te bellen, ben je de hele dag niet te genieten.’

Stig mat zich een houding aan van een chauffeur die zich concentreerde op de weg en dus geen gezeur aan zijn hoofd wilde. Alleen zijn rechtermondhoek bewoog toen hij quasiverontwaardigd zijn broer een antwoord toebeet: ‘Hou op met dat gezeik, man. De kinderen zijn alles voor me, dat weet je best.’

Op de achterbank werd volop gegrijnsd. Hoewel Stig zich graag de houding van de onverschrokken Scandinaviër aanmat, had hij een klein hartje waar het zijn zoons betrof. Olaf en Niels waren vijf en zeven jaar oud, en vormden gezamenlijk de belichaming van zijn trots, liefde en toekomst. Een leven zonder hen was even ondenkbaar als zijn thuisland zonder fjorden. Toen zijn broer en schoonzus met het voorstel voor dit snoepreisje op de proppen waren gekomen, had hij afstandelijk gereageerd. Het idee alleen al om zijn mannetjes een week niet te kunnen knuffelen bezorgde hem een naar gevoel in zijn maagstreek. Omdat zijn vrouw enthousiast op het plan had gereageerd, was hij ten slotte overstag gegaan. Olaf, Niels en Kim, de dochter van Arne en Lotte, sliepen bij de ouders van zijn schoonzus. Lieve mensen, die het heerlijk vonden om Kim bij zich te hebben en met alle liefde surrogaatgrootouders voor zijn jongens wilden spelen. Eigenlijk was de beslissing al gevallen voordat hij had toegestemd, maar vooruit. Ze hadden het hier geweldig naar hun zin en uit de telefoongesprekken met zijn kinderen bleek dat dat gelukkig ook voor hen gold.

Nog met zijn gedachten in Trondheim liet Stig wederom een boer, maar ditmaal ging de oprisping gepaard met een onsmakelijk geluid.

‘Stig!’ Door de stevige hoeveelheid wijn die ze bij het eten had gedronken, klonk Ingrids terechtwijzing minder streng dan normaal. Arne drukte wederom op de knop, waarna het portierraam gestaag zakte.

‘Blijf je aan de gang, eikel?’ vroeg hij geïrriteerd.

Nu was het Stigs beurt om te grijnzen.

22.37 uur

Hij liet de kijker zakken en snoof gretig de avondlucht op. De koudeprikkels vormden even de perfecte tegenpool voor de innerlijke hitte van zijn stijgende euforie. De afstand naar de motor overbrugde hij met grote stappen. Als in een droom raakten zijn voeten nauwelijks de grond. Eindelijk was het dan zover. Acteren op het hoogste podium. Een kans waarover hij vele malen had gedroomd werd werkelijkheid.

Met het automatisme van iemand die deze handelingen uitentreuren had gerepeteerd, opende hij de linkerkoffer van de BMW, haalde er een compacte schijnwerper uit en bevestigde deze met een klem op het stuur. Hij graaide nogmaals in de koffer. In zijn rechterhand verscheen een staaflamp. Hij legde hem op het zadel van de BMW. Hierna vonden zijn vingers blindelings de knopen van zijn overjas. Hij trok de hobbezak die hem al zo lang ergerde uit en stopte het onding in de koffer.

Een stroom van welbehagen kolkte door zijn aderen. Trots deed zijn borstkas zwellen. Het uniform zat hem als gegoten. Hier kon geen enkele agent tegenop. Hij was de knapste, de sterkste, toonbeeld van perfectie voor elk korps. Het zwakke maanlicht bevestigde zijn gedachten.

Hij pakte de staaflamp en liep naar de landweg.

22.38 uur

Arne zag als eerste het blauwe licht aan de rechterkant van de berm. Zijn reactie was een mengeling van verbazing en bezorgdheid.

'Wat is dát nou?'

Stigs rechtervoet kwam een paar centimeter omhoog, waarna de huurauto direct snelheid minderde. De trance waarin de saaiheid van de omgeving hem langzaam maar zeker had gebracht verdween in een oogwenk in het blauwe licht dat dreigend heen en weer zwaaide. Omdat de snelheid van de wagen drastisch terugzakte, gaf hij een beetje gas.

'Politie,' zei Ingrid. 'Je kunt maar beter nog langzamer gaan rijden. Dit is Spanje, weet je wel.'

Stig wist het niet, maar kon wel raden wat ze precies bedoelde. De Spaanse politie had een bepaalde reputatie op te houden. Het waren onverzoenlijke gasten die geen tegenspraak duldden. Als je die kerels een grote bek gaf of iets deed wat buiten hun strenge reglementen ging, schopten ze je met de snelheid van het licht achter de tralies. Dergelijke verhalen hoorde je regelmatig tijdens feestjes waar de vakantie ter sprake kwam. Hij had er weinig trek in om hier en nu het waarheidsgehalte ervan uit te testen. Van het blauwe licht ging iets bijzonder dwingends uit. Zijn rechtervoet kwam omhoog.

'Wat een belachelijke plek voor een verkeerscontrole,' hoorde hij zijn schoonzus mopperen. Hij concentreerde zich op het blauwe licht, dat nog twintig meter van hem vandaan was.

'Gelukkig heb je maar twee glazen wijn op,' meldde Arne. 'Die Spanjolen slaan net zo makkelijk twee flessen per persoon achterover.'

Meer dan een grom was het nerveuze gewauwel van zijn broer hem niet waard. Dit had voornamelijk met de onjuistheid van diens bewering te maken. Hij had namelijk gelezen dat de wet betreffende alcohol en verkeer hier was aangescherpt. Met twee glazen wijn in je mik was je gewoon de lul. Twintig meter. Het blauwe licht ging nog steeds op en neer. Een fractie van een seconde kwam het in hem op om gas te geven. Voordat die klanten hem te pakken hadden zat hij immers al lang en breed op de snelweg, toch? Hij verwierp het idee even snel als het in zijn hoofd was opgekomen door de beelden van een klopjacht en het uitzichtloze van de daaropvolgende gevangenisstraf die voor zijn geestesoog verschenen.

'Je hoort zoveel rare dingen over bendes die zich voordoen als politie...'

Stig negeerde de woorden van zijn schoonzus, die duidelijk op sensatie uit was. Hij stopte precies naast de agent, die hem met een streng gebaar op een inham wees. Stapvoets reed hij verder.

22.40 uur

Hij gaf een perfecte imitatie weg van het hautaine loopje waarop leden van de Guardia Civil patent hadden: beheerste stappen en bovenal de rug kaarsrecht houden, gezicht in de plooi. Tot zijn genoegen had de bestuurder zijn auto precies daar geparkeerd waar hij wilde. De voorkant van de BMW reflecteerde in de koplampen van de Renault Megane. Hij liep naar de kant van de bestuurder, die zijn portierraam al had geopend.

'*Papeles*,' zei hij streng. De man keek hem stompzinnig aan.

'*Papers*,' verduidelijkte hij met een zwaar accent.

Voor de bestuurder was het blijkbaar klare taal, want hij knikte nu meegaand. Hij draaide zijn hoofd een kwartslag naar rechts en wees zijn passagier met een vinnig gebaar op het dashboardkastje. Daarna volgden een paar keelklanken die erop duidden dat het viertal ergens uit Scandinavië kwam. Omdat de man in zijn nervositeit treuzelde, deed de bestuurder zijn gordel af en boog zich schuin naar rechts. Zijn grote handen graaiden in het dashboardkastje.

Met een uitdrukkingsloos gezicht zag hij het aan. Een allerminst eenvoudige lichaamshouding, aangezien het machtsgevoel zijn lijf in vuur en vlam zette. Het schonk hem een onbeschrijflijk genot om dit toeristenvee te zien kruipen. Er ging niets boven de sensationele krachten die inherent waren aan een machtspositie. Hij stond boven de materie, was één met het universum.

De tijd leek stil te staan. Vier onderkruipsels die afhankelijk waren van zijn genade. Zijn blik schoot naar rechts, waar hij stuitte op het adorerende gestaar van twee blondines. Het was overduidelijk dat ze hem wel zagen zitten. Hij hoefde maar met zijn vingers te knippen om deze sletten letterlijk op hun knieën te krijgen. Nadat ze een glimp van zijn reusachtige geslacht hadden opgevangen zouden ze aan het kwijlen slaan. Daarna zouden ze het uitschreeuwen van genot, smeken om meer.

'Hoeren,' siste hij tussen zijn tanden door. Zijn afstandelijke oogopslag was in een mum van tijd veranderd in de blik van een bezetene. Omdat zijn longen er plotseling een eigen ritme op na hielden, ging zijn borstkas hevig op en neer.

'Euh?' Stig keek de politieman vragend aan, de autopapieren in zijn hand. Hij knipperde met zijn ogen, waarna de seksuele waanbeelden verdwenen. Het kostte hem drie seconden om terug te keren in het hier en nu en de juiste inschattingen te maken. De stompzinnige toerist hield de autopapieren al voor zijn neus, wat inhield dat er door zijn geestelijke uitstapje vertraging was opgetreden. Het viertal had immers al dood moeten zijn.

Zijn hand ging naar de holster op zijn rechterheup. Met een snelle beweging van zijn wijs- en middelvinger trok hij de bandjes los die het pistool op zijn plek hielden. Het metaal van de kolf voelde heerlijk aan in de palm van zijn hand. Hij trok het pistool uit de holster, zette de loop tegen het hoofd van de bestuurder en drukte af.

De trekker blokkeerde.

Stig keek de politieagent verwonderd aan. Hij voelde geen angst en was niet geschrokken. Mochten er andere gedachten bij hem opkomen, dan werden die door verbazing overheerst. Een politieman in uniform had zojuist een pistool op zijn hoofd gezet en geprobeerd de trekker over te halen. Als door een wonder was het wapen niet afgegaan. Geketst, of hoe het ook mocht heten. Hij wist niets van wapens. Misschien was het onding ongeladen.
'Weg!'
De schreeuw van zijn broer bracht hem terug in de realiteit.
'Weg!'
Hij ramde de versnellingspook in z'n achteruit en gaf een dot gas. De wagen schoot achteruit. Tijd om een blik in zijn achteruitkijkspiegel te werpen was er niet. Het moest op het gevoel. Als de banden het verharde wegdek raken, ga ik vol in mijn remmen, flitste het door hem heen.
Daarna ontplofte de wereld.

Hij loste drie schoten op de voorruit van de wegstormende auto, die daardoor geenszins vaart minderde. Het voertuig vloog de landweg op, stond een fractie van een seconde stil, om daarna snelheid te maken. De achterbanden slipten half weg doordat de bestuurder vol gas gaf.
Een serie vloeken begeleidde zijn run naar de motor. De veiligheidspal. Hoe had hij in 's hemelsnaam zo stom kunnen zijn? Alleen beginnende dienders die een patrouille langs een bejaardenhuis liepen hielden de veiligheidspal erop. Regeltjes, veiligheidsvoorschriften. Wat een beginnersfout, jezus nog aan toe!
Hij propte het pistool snel in de holster. Voor een helm was geen tijd. Hij moest die idioten inhalen voordat ze de bewoonde wereld bereikten! Zijn rechtervoet schopte de standaard onder de BMW vandaan. Beide handen omklemden de handvatten, zodat de motor in balans bleef. Op een drassige ondergrond bleken theorie en praktijk echter twee verschillende dingen. Zijn linkervoet gleed opeens weg in de blubber. Hij belandde op zijn knie. De motor kantelde. Zijn linkerarm, die uit alle macht duwde, tartte de zwaartekracht, maar honderden kilo's Duitse degelijkheid drukten hem in de modder.
Zijn eerste indruk was dat hij door een tank was geplet. De machine lag boven op hem. Zijn benen bevonden zich ergens onder het frame en de zijkant van de kuip drukte tegen de onderkant van zijn borstkas. Het ademen werd hem hierdoor bemoeilijkt.

Fatalisme was de volgende fase in zijn denkpatroon. Hij had gefaald. De toeristen zouden in een mum van tijd alarm slaan. De in allerijl opgetrommelde politie zou hem hier als een hulpeloze hond aantreffen. De link met andere aanslagen was dan snel gelegd. De moordenaar had zijn Waterloo gevonden in een van God en iedereen verlaten gat in Cantabria. Kortom, hij zou haar nooit meer zien. Hij had zijn tweede vader en Juan teleurgesteld. Het was over en uit.

Een impulsieve beweging van zijn linkerbeen bracht weer hoop. De motor gaf mee. Het gewicht dat zo bovennatuurlijk zwaar aanvoelde leek ineens lichter! Zijn ogen en hersens zochten gezamenlijk naar de achilleshiel van de BMW. In theorie diende de oplossing zich meteen aan. Met twee handen zette hij zich hard tegen de benzinetank af. Tegelijkertijd wurmde hij zijn benen onder het frame vandaan. Leer en praktijk sloten een verbond. Drie lange ademtochten later stond hij weer op zijn benen. Zonder te aarzelen trok hij de motor overeind. Zijn rechterhand draaide het sleuteltje om, waarna hij met zijn duim op de startknop drukte. De motor sloeg aan alsof er niets was voorgevallen. Zijn linkerhand trok de koppelingshendel in. Met zijn tenen vond hij de eerste versnelling. Daarna gaf hij gas en scheurde slippend weg.

De jager achtervolgde zijn prooi.

Nog nooit had Stig zoveel sterretjes gezien. Na de explosies had het heelal zich voor hem geopend. Ontelbare vonkjes straalden. De gitzwarte achtergrond benadrukte de ongelofelijke glans van de dansende hemellichamen.

Zich nauwelijks bewust van zijn omgeving, had hij de auto toch op de weg weten te houden. Plankgas tot de landweg, vol in de remmen, in de eerste versnelling en wegwezen. In de luttele seconden dat hij volledig van deze planeet weg was geweest, had een automatische piloot het godzijdank van hem overgenomen.

Op het moment dat zijn hand de versnellingspook in de eerste versnelling duwde was hij weer bij de les, in elk geval met zijn ogen. Om zijn hoofd leek een onzichtbare band gesnoerd die elk geluid tegenhield. Hij zag alles vrij helder, maar hoorde helemaal niets.

Toen hij naar de tweede versnelling schakelde, doorboorde een gil zijn trommelvliezen.

'Stig!'

Omdat hij reed alsof de duivel hem op de hielen zat, duwde hij de pook in de derde versnelling en trapte weer op het gas.
'Stigggggg!!!' schreeuwde Lotte met overslaande stem. 'Stoppen!!!'
Terwijl zijn voet richting bodemplaat ging, keek hij snel over zijn schouder. Ondanks de snelheid waarmee ze over de landweg raasden, hield voor Stig de wereld op met draaien. Ingrid lag als een lappenpop tegen Lotte gesmeten. Haar rechteroog keek hem aan. Haar linkeroog was een gapend gat waaruit bloed stroomde.
'Nee!!!'
Het daaropvolgende moment voelde Stig hoe de auto van de grond loskwam en een serie capriolen maakte die hem aan zijn jeugd in Trondheim deden denken. Zijn laatste gedachten waren bij Ingrid. Dat ze zo grappig gilde toen ze samen in de achtbaan hadden gezeten.

Zijn hart sloeg een slag over toen het vage schijnsel in zijn blikveld kwam. Hij liet het gas los en remde voorzichtig bij. Tal van oneffenheden in de weg en de drastische afname van de snelheid waren niet van invloed op de stabiliteit van de BMW. De dikke banden van de machine kleefden aan de ondergrond.
Hij parkeerde de motor aan de verste zijkant van het landweggetje. Verse sporen in de berm waren stille getuigen die een duidelijke verklaring toonden: de auto was met hoge snelheid van de weg geraakt, gelanceerd door de berm en vijftig meter doorgeschoten. Het laatste gedeelte van dit traject was het voertuig gaan rollen. Diepe putten waar hij met stevige pas langs liep gaven dit aan.
De Renault Megane was een wrak. De carrosserie van de wagen leek afgebeuld door een dozijn slopershamers. Op de achterruit na waren alle ramen versplinterd, overal lag glas. Het linkervoorportier ontbrak. Van de verlichting functioneerde slechts de linkerkoplamp. In het uiterste verlengde van deze lichtbundel bevond zich een langwerpige hobbel. Bij elke stap die hij zette werd het duidelijker dat het om een lichaam ging dat uit de auto was geslingerd. Aan het verminkte gezicht en gehavende postuur herkende hij ternauwernood de bestuurder. Na deze bevredigende conclusie gaf hij een trap tegen het gemaltraiteerde lijf.
'Klootzak!'
Het resultaat van de aansluitende inspectie van de auto was eveneens bevredigend. In combinatie met het maanlicht zorgden uitlopers van de

nog werkende koplamp voor een schemering. Het wazige schijnsel was net voldoende om de desastreuze gevolgen voor de schimmige inzittenden te kunnen onderscheiden.
De man op de passagiersstoel had minimaal zijn nek gebroken. Zowel de rechterkant van de auto als een stuk van het dak was door de klappen een centimeter of zestig naar binnen gebogen. Omdat de veiligheidsgordel hem enigszins op zijn plek had gehouden, leek het ontzielde lichaam op dat van een lappenpop. Lekker elastisch, dacht hij met een brede grijns.
Wat hij op de achterbank zag vervulde hem van trots. Zijn schot had doel getroffen, precies in het linkeroog. Top. De slachting die het ingedeukte plaatwerk bij de vrouw had aangericht zei hem weinig: onbelangrijke details die er eigenlijk niet toe deden. Zijn schot was van een fenomenale schoonheid geweest. Dát telde!
Een hinderlijk gekreun onderbrak de weldadige gloed die probeerde bezit van zijn lichaam en geest te nemen. Het klonk verraderlijk dichtbij, wat aangaf dat de vrouw op de achterbank de crash had overleefd. Ontstemd over de hoeveelheid geluk die sommige mensen hadden, boog hij naar voren. Voorzichtig stak hij zijn hoofd door de opening waar eens het linkerportier had gezeten, zijn rechterhand om de kolf van het pistool.
Haar positie in de wagen plus het feit dat ze een gordel droeg, hadden voor uitstel van executie gezorgd. Voor zover hij het kon inschatten was de vrouw er redelijk ongeschonden vanaf gekomen. Uit een wond aan de zijkant van haar hoofd gutste bloed. Gezien de toestand van haar medepassagiers had ze niet meer dan een schrammetje.
'Help me,' fluisterde ze. Grote ogen keken hem smekend aan. '*Please.*'
Dat de vrouw het kon opbrengen om in zo'n situatie Engels te spreken, verbaasde hem. Die is nog aardig bij de tijd, was zijn volgende gedachte. Zijn rechterarm kwam omhoog. Hij moest de opdracht hier en nu afmaken. Geen onverwachte wendingen meer.
Bewust richtte hij een zakelijke blik op haar gehavende gezicht. Hoewel hij zich sterk voelde, was het beter om geen risico's te nemen. Ook hij was een man van vlees en bloed. De knapste van allemaal en een geweldige minnaar. Dat moest de reden zijn waarom de blonde hoer zich langzaam in zo'n houding manoeuvreerde. Onder haar korte rokje weken haar benen iets uiteen, waardoor een klein gedeelte van haar witte slipje zichtbaar werd.
'*Please... help me...*'

Hij wist waar ze opuit was. Die snollen wilden allemaal hetzelfde. Als ze hem eenmaal aan het werk hadden gezien, waren ze verkocht. Dan dréven ze uit hun slipjes. Iedereen die na hem kwam kon het wel schudden. Voor die slettenbakken was hij de personificatie van het ultieme genot.
Zijn neusvleugels begonnen te trillen. De huid rond zijn gezicht spande zich aan. Terwijl zijn voortanden hard op zijn lippen beten, schudde zijn onderkaak oncontroleerbaar heen en weer. Zijn hartslag bonsde in zijn oren.
Hij blies krachtig uit, alsof hij het kwaad met één lange uithaal uit zijn lichaam wilde laten vloeien. De gewenste rust in zijn hoofd bleef echter uit. Tientallen duivelsstemmetjes vertelden hem over de vernederingen: hoe het was onder de douche na het sporten, de beledigingen van zijn klasgenootjes. Uitgesproken op een toon die bol stond van walging. De heimelijke blikken van de meisjes. Bedekt gelach, dat spoedig overging in uitbundigheid. Ze hadden hun freak gevonden...
Er verscheen een hand in zijn vertroebelde blik. De vrouw had zich een stukje naar voren gebogen en zocht nadrukkelijk naar steun: een arm, een hand, een schouder. Ze wist inmiddels hoe de stilte van de hel klonk en zocht wanhopig naar een uitweg.
De stemmen en beelden vervlogen. De demonen waren teruggekeerd naar hun krochten en zijn hoofd werd weer helder. Hij keek de vrouw recht aan, een smerige glimlach om zijn mondhoeken.
'Dus jij denkt te weten hoe diepe wanhoop en volstrekte hulpeloosheid voelen?'
Hij richtte de loop van het pistool op het voorhoofd van de Noorse.
'Geloof me, je hebt er werkelijk geen flauw benul van.'
De resonantie van het schot deed pijn aan zijn oren.

14

Zaterdag 21 april, Madrid, 02.35 uur

Het was schitterend weer. De zon scheen uitbundig en er stond een heerlijk briesje. Ze liep op haar blote voeten door de branding. Uitgerangeerde golven gleden langs haar enkels en trokken zich daarna weer terug om op kracht te komen. Het leven lachte haar toe.
Ze zwaaide naar Enrique, die door een speedboot werd voortgetrokken. Zelfs vanaf het strand kon ze de spieren van zijn armen zien. Het leken net kabels: niet overdreven groot, maar uitermate krachtig. Na een oefening waarvan ze de naam even niet meer wist, maakte hij een vrolijk armgebaar in haar richting.
Een vervelend, zoemend geluid weerhield haar ervan om nogmaals naar haar geliefde te zwaaien. Ze draaide op de bal van haar voet in de rondte, maar kon het geluid niet lokaliseren. Het had het meest weg van een horzel die op afstand rondjes om je hoofd vloog. Ze graaide een paar maal in het luchtledige in de hoop het dier zo de stuipen op het lijf te jagen. Het geluid ging echter onverminderd door.
Carmen opende haar ogen. Op het nachtkastje trilde en rinkelde haar mobieltje. Omdat ze nachtdienst had, stond het volume op de hoogste stand. Als je tijdens zo'n shift werd gebeld, ging het ergens over. Niet bereikbaar zijn, oftewel doorslapen, gold dan als een doodzonde.
Ze ging rechtop in bed zitten. Aan het gewoel naast haar merkte ze dat Enrique inmiddels het dromenland had verlaten. Met slaperige ogen keek hij haar aan.
'Wat dacht je ervan?' zei hij nukkig. 'Jij hebt dienst, ik niet.'
Morgen was zijn vrije dag. Hij had gisteren al aangekondigd flink uit te gaan slapen. Ze negeerde zijn commentaar, wat niet zo moeilijk was. Mede door zijn horkerige gedrag zag hij er stukken minder aantrekkelijk uit dan in haar dromen. Ze pakte de telefoon op.

'Ja?'
'We hebben beet.' De stem van Alfonso Silva klonk akelig helder. 'Kom zo snel mogelijk hierheen.'
Omdat een serie vragen door haar duffe hoofd kaatste, duurde het drie seconden voordat ze reageerde.
'Ik ben er binnen vijftien minuten.'
'Tien,' antwoordde Silva meteen. 'En neem Enrique mee. Het wordt een spoedklus.'
Carmen knikte en realiseerde zich vervolgens het nutteloze daarvan.
'We komen eraan.'
De eentonige ruis op de lijn meldde dat Silva de verbinding had verbroken. Ze draaide zich een kwartslag om. Enrique had beide ogen gesloten. Er lag een vredige trek op zijn gezicht. Waarschijnlijk droomde hij van wakeboarden.
De por in zijn ribben kwam hard aan. Hij was meteen klaarwakker.

Twintig kilometer ten noordwesten van Manresa, Catalunya, 05.20 uur

Hier hield de wereld dus echt op, dacht Carmen. Naaldbomen en heuvelkammen, steile hellingen die bedekt waren met scherpe stenen, overal doodse contouren waarvan je het bizarre gevoel kreeg dat ze elk moment tot leven konden komen. Een bedreigende omgeving met een ijskoude wind die elk onbedekt plekje van haar lichaam opspoorde en geselde. Terwijl ze bewegingloos bleef liggen, dook ze in gedachten nog dieper weg in haar gevoerde parka.
Anderhalf uur na het telefoontje van Silva waren ze in Barcelona geland. Vanaf daar waren ze met twee SUV's naar dit onherbergzame oord gegaan. Tot Manresa ging het soepel. Met zo'n 150 kilometer per uur bliezen ze over de snelweg. Helaas hield die na Manresa op. De tweebaansweg die volgde was een ramp voor hun gemiddelde snelheid, maar was nog een walhalla vergeleken bij de bergweggetjes die daarop volgden. Een andere route was er echter volgens het gps-systeem niet voorhanden.
De blokhut lag aan de voet van een heuvelrug waarvan de top zich op tweehonderd meter bevond. In dit dunbevolkte gedeelte van Catalunya trof je veel soortgelijke schuilplaatsen aan. Ze waren in eerste instantie gebouwd voor jagers die werden overvallen door slecht weer. Vanwege de

spartaanse bouwstijl waren deze blokhutten pertinent ongeschikt als langdurig onderkomen.
Carmen richtte nogmaals haar infraroodkijker op het houten optrekje. De ingebouwde hittesensoren definieerden met een groen schijnsel het lichaam van de enige aanwezige persoon. Waarschijnlijk een man die sliep. Vervolgens verkende haar blik het aangrenzende terrein. De leden van Nueve hadden hun posities ingenomen. In totaal lagen er zes man in het veld: een trio op een meter of tien van de voordeur en drie man die afzonderlijk een tactische positie aan de zijkanten van de blokhut hadden ingenomen. Voor het onwaarschijnlijke geval dat hun doelwit dwars door het hout naar buiten zou stormen, waren de west-, noord- en oostzijde afgedekt. De voordeur lag pal op het zuiden.
De man die in de blokhut lag te slapen was vermoedelijk Patxi Ochoa, de al geruime tijd spoorloze voorman van de jongerenorganisatie JARRAI. Het was namelijk zijn mobiele telefoon waarmee twee minuten voor halfdrie een gesprek was gevoerd. Administratie had het gesprek direct opgepikt en de plek getraceerd waarvandaan werd gebeld: een desolaat gebied in het noorden van Catalunya, een plaats waar het redelijk eenvoudig was om onder te duiken.
Nu ze zijn schuilplaats kenden, werd ineens een stuk duidelijker waarom de pogingen van zowel de Basken als hun eigen mensen om Ochoa op te sporen nog geen resultaat hadden gehad. Na de uit de hand gelopen bijeenkomst in maart had de geboren ruziezoeker meteen het Baskenland verlaten om vanuit deze blokhut te opereren. Dat was hem goed gelukt want tot aan het moment van het onderschepte belletje hadden ze geen vat op hem gehad. Een uitermate pijnlijke conclusie voor de opsporingsdiensten.
De mobiele telefoon van Ochoa was op de kop af zeven seconden in de lucht geweest. Dat tijdsbestek was met behulp van de huidige technologie ruimschoots voldoende geweest om zijn exacte positie te lokaliseren. De tijd dat een gesprek minstens een halve minuut moest duren voordat de plek kon worden bepaald, was voorbij. Als het sein van een mobieltje in de lucht kwam, werd er gepeild en meldde het systeem direct waar het zich bevond. Er hoefde geeneens een daadwerkelijk gesprek plaats te vinden, alleen het signaal was al voldoende.
Volgens hun informatie had er ook geen gesprek plaatsgevonden. Het signaal was zeven seconden in de lucht geweest. Mobieltje aan, mobieltje uit:

een uiterst onhandige en merkwaardige actie, waarvan zij nu profijt trokken.
Toen Silva haar tijdens de vlucht op de hoogte bracht van de situatie, was er een flits in zijn blik voorbijgetrokken die zij zo verdomde goed herkende: het twijfelspook. Ook hij had zijn bedenkingen over de toestand waarin ze zo plotseling waren gerold. Terwijl de piloot de landing van het tweemotorige vliegtuigje inzette, eiste dit dubbele gevoel een prominente plek in haar gedachten op.
De logica vertelde haar dat deze dus ontbrak. Uit alles was gebleken dat de moordenaar zijn zaakjes goed voor elkaar had. De klussen waren tot in detail toe voorbereid en uitgevoerd. Nergens had hij een steek laten vallen. Tenminste, zij hadden hem er niet op kunnen betrappen. Hij was een prof met een vooraf aangekondigd schema waaraan hij zich angstaanjagend strak hield.
Als je al deze feiten op een rijtje zette, leek het godsonmogelijk dat een beroeps van dit kaliber zo'n kinderlijke fout zou maken. Op het niveau waarop hij zich bevond waren de huidige afluister- en peiltechnieken eveneens bekend. Door zijn mobieltje te activeren speelde hij zijn tegenstanders een blauwdruk van zijn verblijfplaats in handen. Dat hij zo dom zou zijn was ongeloofwaardig.
Dat was de ene kant van de medaille. Anderzijds hadden vele misdadigers lachwekkende fouten gemaakt. Ridicule missers waardoor ze alsnog tegen de lamp liepen – van een verloren visitekaartje naast een lijk tot een masker dat scheurde tijdens een bankoverval. Ze had al de meest vreemdsoortige gevallen onder ogen gehad. Slordigheden, pech of gewoon puur toeval waren onomstreden factoren die de meest geharde en ervaren misdadigers uiteindelijk de das omdeden. Zoals het er nu naar uitzag gold dat ook voor Patxi Ochoa. Tegen het einde van de rit had hij een cruciale fout begaan.
Het woord 'overmoed' diende zich aan. Zonder er verder over na te denken verwierp ze die mogelijkheid echter. Een stomme fout leek meer voor de hand te liggen, wellicht op het moment dat hij zijn opdrachtgever wilde opbellen en hij per ongeluk zijn eigen mobieltje had geactiveerd in plaats van een uitsluitend daarvoor bestemd toestel met een onbekend nummer. Het leek op z'n minst twijfelachtig. Aan de andere kant... Ze had wel vreemdere dingen meegemaakt.
Evenals Silva checkte ze nog een laatste maal de omgeving. Hij was ver-

antwoordelijk voor het 180-360-gradengebied, oftewel de linkerkant van de blokhut waarvoor ze in een rechte lijn lagen. Haar zorg was het grondstuk wat tussen de 0 en 180 graden lag. Ze hielden allebei de 50-metergrens aan. Als ze werden bespioneerd, zou de oppositie deze afstand als uiterste limiet nemen. Het terrein leende zich gewoonweg niet voor observatie vanuit de verte; daarvoor bezat het landschap te veel obstakels die de natuur kriskras had opgeworpen.

Het ging wat ver om de oppositie ditmaal met tegenstanders te associëren. Als ze sowieso in de gaten werden gehouden, kon dat eigenlijk alleen maar door mensen van UDEV gebeuren. Logischerwijze hadden ook zij het signaal onderschept en alarm geslagen. Daarna waren de factoren paraatheid en snelheid van doorslaggevend belang geweest: wie was er het eerste in volle bepakking op de door de gps aangegeven plek? Uit de beelden die hun nachtkijkers hun voorspiegelden, bleek dit toch Nueve te zijn.

Carmen onderdrukte een geeuw. Al met al had ze vannacht hooguit een uurtje geslapen. Silva had haar vanuit de auto in steno op de hoogte gebracht van de aanslag in Cantabria. Vier Scandinaviërs waren op een landweggetje afgeslacht. De datum en het aantal slachtoffers in ogenschouw genomen was dit het werk van de meest gezochte man in Spanje. Na het korte gesprek had ze zich aangekleed en was ze naar kantoor gereden. Enrique wenste haar veel sterkte en was met een sardonische grijns onder de dekens gedoken. Hem uit zijn bed schoppen na het tweede telefoontje van Silva voelde daarom aan als pure gerechtigheid.

Eenmaal op kantoor werd het al snel duidelijk dat haar aanwezigheid meer een formaliteit dan een noodzakelijkheid was. Torres en Romero waren al door Silva naar de onheilsplek gedirigeerd. Hun taak bestond alleen uit waarnemen, had hij hun nadrukkelijk medegedeeld. Voor de buitenwacht kwam deze klus op het conto van UDEV.

'Dertig seconden,' sprak Silva in het microfoontje van de headset. In tegenstelling tot hun gebruikelijke manier van werken maakten ze nu gebruik van een 'open systeem'. Naast hun standaarduitrusting droegen alle leden een oortje en microfoontje. Ze stonden met elkaar in verbinding, waardoor elke opmerking door iedereen in het veld werd gehoord. Deze werkwijze vroeg om uiterste discipline.

Na Silva's aankondiging bleef het stil. Een bevestiging van de order was overbodig; iedereen wist wat hem te doen stond. Vanaf het moment dat er een 'Go' zou klinken, moest de operatie binnen twintig seconden zijn

afgerond, waren ze na een korte verkenning van het terrein en doelwit overeengekomen.
Toen de manschappen zich positioneerden, had Silva voor de laatste maal contact met Torres en Romero opgenomen. Vanaf de *crimescene* in Cantabria was geen nieuws te melden. De technische recherche uit Santander was inmiddels volop bezig, onder auspiciën van vier UDEV-medewerkers die een blik nors kijkende kerels van de Policía Local hadden opengetrokken om nieuwsgierigen op afstand te houden. Er heerste onder het viertal zeker geen opgetogen stemming en ze maakten sporadisch gebruik van hun mobiele telefoon. Uit niets bleek dat ze spoedig weggeroepen zouden worden of dat UDEV op het punt stond een grote slag te slaan. Mocht dat laatste wel aan de orde zijn, dan zou dat onherroepelijk uit hun lichaamstaal af te lezen zijn. Een vuistregel waar Silva bij zwoor. Onderdeel van de training bij Nueve was het urenlang bekijken van opnames van mensen voor- en nadat ze een opmerkelijk bericht hadden ontvangen. Het ging daarbij om de doorsneebevolking, dus ook door de wol geverfde individuen die het bericht schijnbaar gelaten over zich heen lieten komen. Het draaide in deze waarneming om het detail in de details: een twinkeling in een oogopslag, de stand van de vingers tijdens een achteloos armgebaar.
'Tien seconden.'
Carmen hield haar kijker strak gericht op de drie mannen die soepel naar de voordeur van de blokhut slopen. Castro liep voorop. Het bleef een merkwaardig gezicht om iemand met zo'n gigantisch postuur zich met de lenigheid van een panter voort te zien bewegen. In zijn handen rustte een voorhamer. Hij gaf de voorkeur aan dit sloopwapen boven de stormram die bij de meeste van zijn collega's favoriet was. Vandaag was het echter niet van belang hoe zijn maten hierover dachten. Castro zou de deur namelijk in zijn eentje forceren. Een klus die je hem kon toevertrouwen.
Achter hem tijgerden Javier en Enrique. Trujillo en Navarro, corrigeerde ze zichzelf. Deze twee kozen links van de deur positie. Met getrokken wapen zaten ze op hun hurken. Castro stond rechts van de deur. Wapen over zijn schouder en gereed om met de hamer een harde, maar precieze klap uit te delen.
'Go,' zei Silva emotieloos.
Castro haalde verwoestend uit. De deur vloog uit de post. Op de voet gevolgd door Trujillo stapte Navarro naar binnen. Castro gooide de hamer

weg, liet het geweer met een vloeiende beweging van zijn schouder glijden en liep achter zijn twee collega's aan.
De klok in Carmens hersens was na de klap van de hamer gaan lopen. Vijf, zes... bij acht bleef de denkbeeldige wijzer stilstaan.
Een blauwe flits schoot door het dak van de blokhut. Een spectrum van felle kleuren verlichtte de omgeving. Hout vloog alle kanten op. Oranje kaken van vrijgekomen vlammen hapten naar alles wat zich maar aandiende. De oerknal die volgde reet elk trommelvlies in een straal van twintig meter aan flarden. De orkaan van vrijgekomen krachten piekte enkele seconden, om zonder overgang tot een briesje te transformeren. De betrekkelijke stilte die hierop volgde was even oorverdovend als de daadwerkelijke climax. Het zenuwcentrum van de toeschouwers, dat door de klap even plat had gelegen, startte weer op. Door de vrijgekomen emoties werd rationeel denken ineens onmogelijk.
'Neeeeeee!' schreeuwde Carmen. Haar gezicht was een masker van afgrijzen. Tegen alle regels in sprong ze op en rende naar de ruïne van hout, vlees en bloed.

Madrid, 20.30 uur

Omdat ze de stroom geestelijke input had drooggelegd was ze één met haar gedachten. Elke gedachte die afweek van haar strakke denkwijze werd onherroepelijk afgeserveerd. Details kregen geen kans. Alles was onbelangrijk, dus besteedde ze er verder geen aandacht aan. Dat zo'n manier van denken gekunsteld was interesseerde haar niets. Ze zat alleen in het appartement. Hun appartement. Dat het woordje 'hun' inmiddels was vervangen door 'haar' was evident, cruciaal en onherroepelijk. Het appartement was nu van haar. Hier zou ze haar hele leven doorbrengen. Alleen, want Enrique was dood. Over en sluiten. Haar leven in een notendop.
Door de geopende ramen klonk Madrid. De stem van de metropool kende geen nuances. Gisteren, vandaag en morgen waren gelijk. Het geluid van leven. Opwekkend of deprimerend – de interpretatie was voor eigen rekening. Zo was de stad ook weer. Je kon erom lachen of janken. En als je dood was had je pech, want dan kon je niet meer kiezen. Niet dat de stad daarmee zat, want die leefde gewoon verder. Eentje meer of minder maakte niet uit, toch?

De televisie stond aan, voor de show en uit gewoonte. Ze had er geen flauw idee van welke onderwerpen zo belangrijk waren dat ze aandacht verdienden. Wat ze zag waren beelden zonder enige betekenis. Hoewel het geluid op normale sterkte stond, gingen de klanken geheel langs haar heen. Ze zag sprekende poppen zonder stem. Precies wat ze wilde zien. Als het leven geen nut meer had, kon simplisme immers verhelderend werken.

Sommige beelden lieten zich echter niet verdringen. Flitsen en vlagen. Felle kleuren op een surrealistisch levensdoek. Rook, bloed, ontreddering. Portret van een totale catastrofe. Dood, verdriet, woede, onmacht.

Fragmenten trokken aan haar geest voorbij. Waarom dit in vertraging gebeurde was onduidelijk. Was ze nog niet genoeg gestraft? Moest elke stap die ze zette zo worden benadrukt? Konden de resten van de blokhut niet gewoon als achtergrond of bijzaak fungeren, als noodzakelijke attributen die het drama enige geloofwaardigheid moesten geven? Blijkbaar niet.

Ze sloot haar roodomrande ogen. Een traan gleed over haar linkerwang. Een opwellende snik slikte ze weg. Geen jankpartij, beval ze zichzelf. Daar is later nog tijd genoeg voor. Een heel leven, zelfs. De nagalm van de woorden vervormde haar stem, waardoor het leek alsof die aan een ander toebehoorde.

De film werd ineens versneld afgedraaid: vlammen na een flits, de grond die haar voeten nauwelijks raakte. Op resten afgeblakerd hout lagen drie mannen. De onderlinge afstand bedroeg twee meter en geen van hen bewoog meer. De penetrante geur van smeulend hout en verbrand vlees deed haar bijna kokhalzen. Ze knielde naast het voorste lichaam en keek recht in de opengesperde ogen van haar geliefde.

De bittere golf kwam zo onverwacht dat ze zelfs geen kans meer zag om op te staan. Ze opende haar mond en gaf over. De daaropvolgende minuten kronkelde de slang in haar maag als een bezetene. De opgekropte zenuwen hadden een zwakke plek in haar gestel gevonden, wist ze. Zwalkend bereikte ze het toilet.

De krampen hielden een halfuur aan. Ondertussen bleven de beelden als mentale pijnscheuten aan haar geest voorbijtrekken. Alle korte stukjes bijeen vormden een samenvatting van de meest vreselijke dag uit haar leven. In willekeurige volgorde kwamen de hoofdrolspelers voorbij. Silva die geen troostende woorden sprak, maar niet van haar zijde week; op hun benen tollende teamleden, ambulancepersoneel dat Castro en Trujillo met brancards afvoerde, Antonio de la Gándara die opeens met een handvol mannen naast haar stond, de lijkwagen...

In eerste instantie kon ze het vreemde geluid niet thuisbrengen. Het zweefde door haar gedachten heen. Gezoem van een mug, maar dan anders, korter en bovenal intenser. Een wesp die door de kamer vloog?

De bel.

Hoewel ze elk moment onderuit kon gaan, bereikte ze zonder lichamelijke interrupties de voordeur. Ze drukte op het knopje van de intercom.

'Ja?'

'Hallo, Carmen,' sprak Alfonso Silva ingetogen. De deur zwaaide voor hem open, waarna hij in de richting van de lift liep.

Carmen liet de voordeur op een kier staan en ging terug naar de woonkamer. Hoewel het nergens op sloeg, deed het haar goed dat ze de kracht had kunnen opbrengen om het braaksel op te ruimen en er aansluitend een halve fles luchtverfrisser aan te spenderen. De flat rook als een dennenbos in hartje Madrid.

Silva kwam schuifelend binnen. Hij wist zich duidelijk geen raad met zijn houding.

'Gaat het een beetje?'

Carmen knikte. Op haar gezicht lag een zwaar gekunstelde grijns.

'Vanavond ga ik op stap. Lekker alles van me af zetten.' Het was eruit voordat ze er erg in had. Niet dat het haar veel uitmaakte. Op dit moment deed weinig tot niets er meer toe. Zeker iets triviaals als een verkeerde woordkeus was het opnoemen niet waard; dat stond gelijk aan druppeltjes verdriet in een oceaan vol ellende.

'Sorry,' antwoordde Silva. Hij nam plaats in de stoel tegenover haar.

'Dat moet ik dus zeggen.' Hoewel ze meende wat ze zei, stemde de intonatie er niet mee overeen. Die was vlak, hard en onpersoonlijk.

'Carmen... ik...' Zijn adem stokte. De chef van Nueve was zichtbaar van slag. De zinnen die hij onderweg had gerepeteerd bleven ergens in zijn keel steken. Zijn hart hamerde net zoals dat van een sprinter tijdens een olympische finale.

'Trujillo en Castro gaan het redden,' perste hij er moeizaam uit. 'Volgens de artsen hebben ze zo'n beetje alles wat menselijkerwijs maar mogelijk is gebroken en gekneusd.' Zijn stem daalde een paar octaven. 'Maar godzijdank halen ze het. Er is zelfs goede hoop op volledig herstel.'

Carmen knikte, maar zonder overtuiging. Wat overheerste was het gevoel van onrecht: zij leefden en Enrique was dood. Dat kon je toch niet eerlijk noemen? Bovendien waren Trujillo en Castro vrijgezel. Niemand wachtte...

Uit schaamte sloeg ze haar handen voor haar gezicht. Deze manier van denken was haar vreemd. Het was niet eens een kromme redenatie, maar het was... ziekelijk. Verteerd door verdriet projecteerde ze haar frustraties op de verkeerde personen. Trujillo en Castro waren fijne collega's, mensen die haar hadden gesteund in de tijd dat ze net bij Nueve kwam kijken. Diezelfde twee mannen lagen nu in het ziekenhuis, vechtend voor hun leven. Familieleden, vrienden en geliefden baden aan de rand van hun bed om herstel.

Maar zonder enige vorm van spijt zou ze hun leven inruilen voor dat van Enrique. Die gedachte bleef maar door haar hoofd spelen. Het was verkeerd, onfatsoenlijk en egoïstisch, realiseerde ze zich. De donkere zijde van haar ziel gaf ditmaal echter geen duimbreed toe. Om Enrique terug te krijgen zou ze zonder aarzeling ieder willekeurig persoon in een duivelse ruil betrekken.

Silva stond op, want Carmens lichaamstaal sprak boekdelen: hij was te veel. Ze stond op de drempel van een rouwproces. Voor haar was een omstander een indringer van de cirkel van smart die ze om zichzelf had getrokken. Ze wilde alleen zijn met haar verdriet.

Hij schraapte zijn keel.

'Voordat ik ga moet ik je nog wat zeggen.' In de auto had de verklaring die hij haar wilde geven vooral logisch geleken, een lastig moment waar hij zich doorheen moest bijten. Nu het eenmaal zover was, kreeg het met de seconde meer weg van een schuldbekentenis van moord met voorbedachten rade.

'Mede door de tijdsdruk heb ik onvergeeflijke fouten gemaakt, Carmen.' Voor zijn gevoel behoorde zijn stem aan een ander persoon toe, aan een klootzak wiens daden tot een ramp hadden geleid. 'Onvergeeflijke fouten' klopte trouwens van geen kant, maar de waarheid was vele malen erger.

'Ik ga nu naar huis en trek in alle rust mijn conclusies. Zoals ik het op dit moment zie, is het onvermijdelijk dat ik morgen mijn ontslag indien.'

De aansluitende zinnen die hij nog tegen haar had willen zeggen, bleven in zijn gortdroge keel steken. Elk woord dat nog zou volgen was er een te veel. Een verkapte verontschuldiging aan het adres van een medewerkster wiens verloofde hij de dood in had gejaagd sloeg nergens op, in elk geval niet op dit tijdstip. Zijn woorden hadden als zout gefungeerd die de pijn in haar open wonden alleen maar had verhevigd. Nog meer verdriet, het enige wat hij had bereikt. Dat was wederom een foute inschatting, zo'n beetje het enige waarin hij uitblonk. Beschaamd draaide hij zich een kwartslag om en liep naar de deur.

'Alfonso!' Voor de eerste maal in haar leven noemde ze hem bij zijn voornaam. Silva hield zijn pas in en keek haar verbaasd aan, niet omdat ze hem tutoyeerde, maar vanwege de felheid waarmee ze zijn naam uitsprak.

'Enrique was de liefde van mijn leven.' Ze keek hem strak aan. De eerste woedevonken tekenden zich in haar blik af.

'Ik hield van hem... en kende hem als geen ander.' Ze slikte een vlaag aanstormende emotie weg. 'Zijn laconieke manier van doen was in veel gevallen een pose. De harde jongen van Nueve met een aura van onoverwinnelijkheid die je vanaf kilometers afstand zag stralen, kende ook zijn onzekerheden. Hij had een leegte in zichzelf die hij in stilte opvulde.' Ze schudde geïrriteerd haar hoofd. 'Ik zeg het verkeerd. Dat heeft ongetwijfeld met de spanningen te maken.' Ze haalde diep adem.

'Hoewel hij dat nooit zo expliciet heeft gezegd, weet ik dat jij zijn held was, Alfonso,' ging ze toen verder. 'Hij keek enorm tegen je op. Als partner merk je dat soort zaken gewoon. Aan onbeduidende dingen, zoals een simpel gebaar, de klemtoon op een bepaald woord of de twinkeling in een blik waaruit je zulke dingen na verloop van tijd afleidt.' Ze forceerde een glimlach en vervolgde: 'Enrique hield van het leven. Elke dag haalde hij eruit wat erin zat. Hij was een fantastische man.'

De tik die de emotie hierna uitdeelde was er één te veel. Haar keel werd dichtgesnoerd, waardoor ze even niet meer kon praten. Ze probeerde het nog wel, maar kwam niet verder dan geluidloos naar adem happen. Omdat de tranen haar tegen haar wil in de ogen sprongen, sloeg ze haar rechterhand voor haar gezicht.

'Op het moment dat je ontslag neemt, steek je Enrique postuum een mes in zijn rug,' fluisterde ze. 'Dan veeg je alles waarin hij geloofde op één grote hoop, om het daarna minachtend in zijn graf te gooien.'

Langzaam legde ze beide handen in haar schoot. Ze oogde kwetsbaar, geknakt en dodelijk vermoeid. Een jonge, sterke vrouw die de afgrond voor zich zag opdoemen. De richel waarop ze liep was smal.

'Wij weten wie dit op zijn geweten heeft, Alfonso.' Een vonkje strijdlust vocht zich door een leger tranen heen.
'Pak die hufter. De manier waarop doet er niet meer toe. Hij heeft zelf alle regels geschonden.' Een ader klopte wild in haar nek. 'Grijp dat stuk ellende bij zijn kladden, sleur hem naar de hellepoort en flikker hem in het vagevuur.'
Hun blikken kruisten elkaar. In haar oogopslag las Silva ultieme haat.
'En als jij daarvoor de ballen niet hebt, dan doe ik het zelf. De consequenties neem ik met plezier op me.'
In elk ander geval had zo'n scherp statement bij Silva een snelle, snedige reactie opgeroepen. In plaats van haar van repliek te dienen, sloeg hij echter zijn ogen neer en draaide zich om. Met gebogen schouders liep de chef van Nueve naar de deur.

Madrid, 23.30 uur

'Ik hou van je,' zei Grace. Ze kuste hem op zijn rechterwang. Haar vingertoppen gleden liefkozend door zijn zwarte haardos.
'Ik hou ook van jou,' antwoordde Silva. En dat meende hij ook, want Grace was zijn droomvrouw. Van haar en hun dochter Carmen hield hij meer dan van het leven zelf.
Zonder verder iets te zeggen verliet ze de kamer. Tanden poetsen, een douche nemen en naar bed, wist hij; dan zou ze nog een halfuurtje gaan lezen, om vervolgens geeuwend het boek weg te leggen. Zo was de dagelijkse routine in huize Silva.
Ook vanavond ging ze lezen, maar uitsluitend voor de vorm, want terwijl haar ogen op de letters gericht waren, vertoefde haar geest ergens anders. In gedachten was ze bij hem, streed ze tegen de kronkels die door zijn hoofd ploegden – een gevecht dat parallel liep aan het zijne. Dat wist hij zeker, omdat ze zich slapend hield als hij 's nachts naast haar kroop. Details in haar lichaamstaal verraadden evenwel het hele verhaal.
'Lul toch niet zo stom, wijsneus.' Op wat obligate antwoorden na waren dit de eerste woorden die hij in tweeënhalf uur sprak. Naast zelfverwijt klonk er vooral agressie in door, een gemoedstoestand die hij altijd ver van zich af probeerde te houden. Agressiviteit was immers een slechte partner, die steevast een dominante rol afdwong. Vanavond stond zijn geest echter

open voor allerlei invloeden die hij normaal gesproken meed. Wat inhield dat ook voor agressie de imaginaire deur wijd openstond. Het was namelijk crisis.
Ook hij nam zijn werk mee naar huis. Sporadisch, maar het gebeurde. Grace kende inmiddels de gradaties. Wat dat betrof liet zijn gedrag van de laatste uren niets aan de verbeelding over: het was foute boel.
De redenen waren duidelijk. De media brachten uitgebreid verslag uit van zowel de viervoudige moord op het platteland van Cantabria als de enorme explosie ergens in een uithoek van Catalunya. Feiten en speculaties gingen hierbij hand in hand en de beschuldigingen aan de opsporingsdiensten waren niet van de lucht. Zo'n beetje iedereen die een microfoon kon vasthouden verweet de wetsdienaren incompetentie. De dader had voor de vierde maal toegeslagen zonder dat men hem een strobreed in de weg had gelegd. Men vroeg zich af hoe het in 's hemelsnaam mogelijk was dat honderden ambtenaren zich al wekenlang in het ootje lieten nemen door een krankzinnige moordenaar. Om nog meer zout in de wonden te strooien, eiste men dat er koppen bij de hiervoor verantwoordelijke overheidsdiensten zouden rollen. Genoeg was genoeg! Dit was een schande, Spanje en zijn burgers onwaardig!
Tussen de eerste reportages door had Grace een poging gewaagd hem uit zijn tent te lokken. Met nietszeggend gemompel gooide hij de deur in het slot, waarna zij haar conclusies had getrokken. Toen het voorval in Catalunya breed werd uitgemeten, werd de stemming in de woonkamer drukkend. Het commentaar op de televisie kon niet voorkomen dat de stilte om hen heen geladener was geworden.
Omdat gedegen informatie ontbrak, speculeerde het journaille erop los, van een ontploffing in een clandestiene stokerij tot een inval met dodelijke afloop van de geheime dienst. Tussen deze gissingen door werd er eveneens een afrekening in de onderwereld geopperd. De aanleiding daarvan zou een meningsverschil over een flinke hoeveelheid drugs betreffen.
Dat zich tussen de prutsers ook goede journalisten bevonden, bleek in de loop van de avond. Er kwamen berichten door over de dood van Patxi Ochoa, de meest gezochte man van heel Spanje. Hij was de voornaamste – en enige – verdachte in de roemruchte moordzaken. Na een ontploffing die door de geheime dienst was veroorzaakt, zou zijn lichaam tussen de resten van de blokhut zijn aangetroffen. Steeds sterker wordende geruchten bevestigden tevens dat bij de explosie minstens één lid van het arrestatie-

team was omgekomen. Twee van zijn collega's zouden met zware verwondingen in een gesloten afdeling van het ziekenhuis in Santander verblijven. Silva drukte op de afstandsbediening. In een flits verdween de met ingehouden opwinding ratelende reporter. De plotselinge stilte deed hem goed. Dat had je veel eerder moeten doen, dacht hij. Nu de storm in je hoofd nog.

Het was nog een kwestie van uren voordat de waarheid boven water kwam, wist hij. Er waren te veel mensen bij betrokken geweest. Na de explosie meldden de hulpdiensten zich betrekkelijk snel. Binnen twintig minuten was de traumahelikopter ter plaatse. De ambulances volgden hooguit vijf minuten later.

Voor Enrique Navarro deed het er niet meer toe. Hij had de volle laag gehad en was direct na de detonatie gestorven. Terwijl Trujillo en Castro werden afgevoerd, bleef de rest van het team met schaafwonden, kneuzingen en barstende koppijn achter.

'Je bent zo sterk als je zwakste plek,' fluisterde Silva. Als afleidingsmanoeuvre beet hij hard op zijn lip. Elke seconde dat hij zijn lichaam om de tuin kon leiden was meegenomen. Wellicht bleven die verdomde tranen op die manier ergens onderweg steken.

Enrique was de eerste man geweest die de blokhut betrad. De door de enorme explosie gelanceerde houtsplinters hadden zich in zijn keel geboord, recht in de achilleshiel van hun uitrusting. Omdat hij vooraan liep, ving hij voor zijn collega's de eerste klap op die de muur van luchtdrukverschil en ongeleide projectielen uitdeelde. Daarmee redde hij het leven van Trujillo en Castro. Ze droegen de standaarduitrusting. De nieuwe kevlar vesten met keelbeschermer kwamen volgende week binnen...

Tegelijk met de traumahelikopter arriveerden Antonio de la Gándara en zijn team. Door mechanische pech van het vliegtuig waren ze qua timing kansloos. Nadat de chef van UDEV een blik op de ravage had geworpen, bedankte hij in stilte de mecanicien die weigerde het vliegtuig vrij te geven, waardoor er vertraging was opgetreden.

Het gesprek dat ze onderling voerden was kort. De la Gándara was professional genoeg om in te schatten dat op deze onheilsplek woorden zowel zin- als respectloos waren. Hier golden de regels van een begraafplaats voor oorlogshelden: eer in stilte. Hij vertrok nadat ze hadden afgesproken spoedig contact op te nemen. Wie van hen het initiatief zou nemen lieten ze in het midden.

Silva stond op en liep naar de keuken. Hij schonk een glas water in. Geen whisky, daarvoor duurde de nacht nog te lang.
Hij nam weer plaats in zijn favoriete stoel. Een onderdrukte geeuw wees hem op slaapgebrek. Met een flinke slok water spoelde hij de vermoeidheid voor even weg.
Het idee dat steeds nadrukkelijker door zijn hoofd speelde diende zich aan op het moment dat hij de deur van Carmens appartement achter zich had dichtgetrokken. Als een geslagen hond was hij naar zijn auto gelopen, en het enige lichtpuntje in een zee van zelfverwijt was een beginnend plan waaraan echter zoveel haken en ogen zaten dat het in eerste instantie onuitvoerbaar leek. Voornamelijk ethisch gezien, want in tegenstelling tot de oppositie moest hij zich wel degelijk aan bepaalde regels houden. Hoofdzakelijk degenen die in de wet beschreven stonden...
In gedachten maakte hij een wegwerpgebaar. De wet kon hem nu gestolen worden. Zijn tegenstanders hadden die meerdere malen achtereen op een schandalige manier overtreden. En zoals het er nu naar uitzag kwamen ze daar ook nog eens mee weg. Een scenario waarmee hij geen genoegen kon en mocht nemen, wet of geen wet.
Het lichaam in de blokhut behoorde toe aan Patxi Ochoa. De voorman van JARRAI leefde nog toen de boel de lucht in vloog. De in allerijl opgetrommelde patholoog-anatoom had dat bevestigd. De door de medicus opgesomde Latijnse benamingen had hij voor lief genomen; in simpel Spaans kwam het erop neer dat Ochoa door de explosie om het leven was gekomen – een conclusie die hijzelf al eerder had getrokken. De infraroodnachtkijker had warmtesignalen van Ochoa's lichaam geregistreerd, wat op twee mogelijkheden kon wijzen: Ochoa leefde, of hij was hooguit een paar uur dood. Het eerste klopte, wist de patholoog-anatoom zeker.
Ze waren dus in een hinderlaag gelopen, een ruim van tevoren geplande valstrik. Een uitgekiende opzet, waarvan Ochoa eveneens het slachtoffer was. Daarover bestond geen twijfel. Maar Ochoa was een querulant, en geen moordenaar, laat staan een zelfmoordenaar. Nee, Patxi Ochoa had als kop van Jut gediend, terwijl hij in feite niets meer was dan een onderdeeltje van een ingewikkeld mechanisme.
De megalomane strateeg die verantwoordelijk was voor deze drama's was Aitor Belasko. Wat Silva betrof bestond daarover geen enkele twijfel meer. De Patriarch had na een gedegen voorbereiding alle poppetjes op de voor hem juiste plekken neergezet, marionetten waarvan hij op het gewenste

moment de touwtjes door kon knippen. Zij dienden allemaal het grote einddoel dat hij voor ogen had. Een mensenleven had in dit lugubere spel geen waarde, zelfs geen emotionele. Mensen waren slechts schaakstukken, waarbij elke zet hem dichter naar zijn doel bracht.

'Baskenland,' fluisterde Silva. De hegemonie in een onafhankelijk Baskenland leek het gewenste eindpunt. Een stemmetje dat op momenten van crisis altijd op zijn schouder meeliftte, was preciezer in zijn bewoordingen. Dat zei dat een autonoom Baskenland al aan de orde was als Belasko 'schaak' riep. Dit was het eerste doel dat de Patriarch zichzelf had gesteld. Pas op het moment dat hij 'schaakmat' meldde, was zijn missie volbracht; dan had hij heel Spanje te pakken.

Ik moet snel ingrijpen, dacht Silva. Het is Russische roulette om ervan uit te gaan dat de moordenaar niet nogmaals toeslaat. De geheimzinnige groepering El Fuego de los Vascos is ook een verzinsel van Belasko, een instrument dat hij gebruikt om de juiste stemming te kweken, waardoor zijn politieke denkbeelden ineens bijzonder zinnig lijken. Een kunstmatig geschapen plaatje van saamhorigheid...

Silva schudde nadrukkelijk zijn hoofd. De tijd van bespiegelingen was over. Voor een groot gedeelte wist hij al hoe de vork in de steel zat. Het was nu alleen nog een kwestie van de zinloze wreedheden met een geplaatste counter beantwoorden. Oog om oog, een onfatsoenlijk harde knock-out.

Carmen twijfelde openlijk of hij wel capabel genoeg was voor zijn job. Dat ze emotioneel gezien tegen de klippen op liep deed niets aan die vraag af. Haar geestestoestand was ervoor verantwoordelijk dat ze zich uitsprak in plaats van opkropte, maar het verwijt in haar visie kwam aan als voltreffer, geplaatst door iemand die hij heel hoog had zitten.

Waar wil je eigenlijk naartoe? hoorde hij zichzelf in stilte zeggen. Gaat de grote Alfonso Silva nu soms de uitlatingen van zijn rechterhand relativeren? Loopt het allemaal niet zo'n vaart met haar omdat ze een beetje in de war is? Morgen is ze weer op kantoor, ook al is haar verloofde dood. Maar ja, dat is het risico van het vak, nietwaar? Daar moet je vooral niet te moeilijk over doen.

Hij ademde zwaar. 'Wat kun je soms toch een onvoorstelbare klootzak zijn,' gromde hij tussen zijn opeengeklemde kaken door. Het liefst wilde hij zijn ongenoegen over deze vorm van zelfkastijding uitschreeuwen, maar verantwoordelijkheidsgevoel voor zijn dochter die een paar meter verderop lag te slapen weerhield hem hiervan.

Silva sloot zijn ogen, reguleerde zijn ademhaling en dwong zichzelf om afstand te nemen van zijn ziekelijke cynisme. Het waarom interesseerde hem niet, want dan kon je wel aan de gang blijven. Overal was wel een reden voor. Deze ijzige houding had zijn smerige kop opgestoken en moest nu resoluut verdwijnen. Als je zo ging denken, was je reddeloos verloren. Met veel moeite zette hij de daaropvolgende minuten zijn negatieve gedachten van zich af.
Carmen heeft voor een gedeelte gelijk, dacht hij toen het troebele waas van bijtend cynisme oploste. Ik heb in deze affaire fouten gemaakt. Anderhalve, om precies te zijn. Bij de scherpschutter in San Sebastián was het fiftyfifty. Aan de ene kant kon hij het zichzelf verwijten dat hij deze klus met te weinig mensen had willen klaren. Aan de andere kant bleef het twijfelachtig of het met een grotere bezetting wel was gelukt. De schutter had zich terdege voorbereid, wat inhield dat hij rekende op de aanwezigheid van bijstandseenheden en dus zijn vluchtplan uit en te na had uitgewerkt. Merkwaardig detail was overigens dat de scherpschutter Goncha in eerste instantie had gezegd het gevoel te hebben gehad dat hij een fractie van een seconde een vrouw in zijn vizier had. Later had hij die verklaring weer ingetrokken. De onzekerheid was te groot.
Al met al kon je stellen dat hij, Silva, deze zaak misschien te licht had opgenomen, maar van echt falen was geen sprake. Het was meer een twijfelgeval. Deze conclusie gold helaas niet voor gisteren. Het kwam er niet eens bij in de buurt. In het gebergte van Catalunya was hij compleet door het ijs gezakt. Dooddoeners als 'tijdsdruk' en 'afgelegen locatie' waren onacceptabel als excuus. Er waren eenvoudigweg geen verontschuldigingen te bedenken die deze catastrofale afloop konden rechtvaardigen. Hier en nu wist hij precies hoe hij het toen had moeten aanpakken. Dit gaf aan dat hij incapabel was. Hij had namelijk toen moeten weten wat hij nu wist en daarnaar moeten handelen.
Dat hij ontslag zou nemen stond zo goed als vast. Zijn blunders waren van dien aard geweest dat hij zijn mensen niet meer zonder schaamtegevoel in de ogen kon kijken. Als je eenmaal een misser in deze orde van grootte had gemaakt, bleef dat voor altijd sluimeren, zowel bij het team als bij jezelf. Daardoor ontstond een onwerkbare situatie, want rondom elke beslissing van importantie hing dan automatisch een zweem van wantrouwen. Niemand wilde door de inschattingsfout van de leiding een doodklap krijgen.

Het getuigde echter van weinig inzicht en moed als hij er nu de brui aan gaf. Zijn vervanger – ondanks de huidige omstandigheden zou hij toch Carmen voordragen – had tijd nodig om ingewerkt te raken. Precies datgene wat niet voorhanden was. Het was dus onzin om zijn opvolger direct in het diepe te gooien. Hij of zij zou meteen verzuipen.
Nee, hij zou de klus afmaken. Helaas was de methode die hij daarvoor in gedachten had verre van fris. Er werden onschuldige burgers in betrokken, wat hem tegen de borst stuitte. Toch weerhield dat hem er niet van om vannacht de details van het plan uit te werken. Die schoft van een Belasko moest worden gestopt. Silva was bereid om daarvoor zijn eigen ethische normen te laten vervagen, desnoods te negeren.
Het werd tijd om zijn ballen te tonen.

15

Zondag 22 april, Madrid, 20.00 uur

Ondanks al haar pogingen om de tijd stil te zetten, draaide de wereld gewoon door. Een mix van dagelijkse geluiden drong door het geopende raam naar binnen. Het opgewonden geschreeuw van opgeschoten knapen die een partijtje voetbal speelden overheerste. Met gemak klonk dat boven het monotone gedruis van het stadsverkeer uit. Madrid leefde, net als gisteren. En morgen zou het niet veel anders zijn.

Na Silva's vertrek had Carmen haar longen uit haar lijf gejankt en enkel pijn gevoeld. Elke centimeter van haar lijf werd gemarteld door het werktuig dat verdriet heette. Denken was onmogelijk; dat liet de pijn niet toe. Er moest lichamelijk geleden worden. De geestelijke kwelling was van later zorg. Tijd genoeg, daar had je immers voldoende van als je alleen achterbleef.

Toen stopte het oncontroleerbare schokken, wat haar geest als een signaal zag om actief te worden. Als bij toverslag ontstond het lumineuze idee om het met God op een akkoordje te gooien. De deal was zowel simpel als glashelder: zij zou haar leven voortaan in dienst van de mensheid stellen. Elke opdracht die Hij haar gaf zou ze zonder morren aanvaarden! Aidsweesjes in donker Afrika injecteren met een wondermiddel, ijs aanmaken op de poolkappen om de ozonlaag te dichten, of de leiders in het Midden-Oosten vermanend toespreken waardoor de wereld weer een stukje veiliger werd... Ze zou het allemaal met ongebreideld enthousiasme uitvoeren. Dit alles in ruil voor slechts één gunst. Voor Hem een aantrekkelijke overeenkomst die Hij in een handomdraai kon bezegelen, nietwaar? Zo moeilijk kon dat toch niet zijn?

Toen God haar smeekbede categorisch negeerde, begon het gevloek. Van de woorden en verwensingen die ze eruit gooide zou iedere notoire straatcrimineel rode oortjes krijgen. De ziektes die zij Hem toewenste waren voor het overgrote deel nog niet door de medische wetenschap ontdekt. Terwijl ze als een waanzinnige tekeerging, stond het schuim op haar lippen en klauwden haar vingers in het luchtledige in de hoop Gods serene gezicht tot bloedens toe open te halen. In niets deed Carmen meer denken aan het lieve, stille meisje uit Alicante dat zo'n keurige katholieke opvoeding had genoten.

Toen ze eenmaal was uitgeraasd, diende de slaap zich plotseling aan. Een zware mokerslag verscheen uit het niets en sloeg haar van de wereld. Drie uur later opende ze haar ogen, gedesoriënteerd. In de daaropvolgende warrige minuten bevond ze zich in een schemerwereld. Zonder daadwerkelijk geluid te maken riep ze Hem aan. Eerst vriendelijk, waarna haar dwingende toon al snel dreigend werd. Er gloorde een sprankje hoop toen ze in de verte een geluid hoorde. Het klonk zachtaardig, speels, repeterend. Een teken van de hemel? Een voorzichtige glimlach brak door op haar harde gelaatstrekken. God had haar smeekbeden opgevangen en zou ze nu verhoren. Alles kwam toch nog goed.

Samen met het sterker wordende geluid op de achtergrond joeg de werkelijkheid de waanideeën uit haar geest. Een combinatie van rillingen, hoofdschudden en onbeheerst knipperen met haar ogen was de laatste stap die Carmen weer in het heden bracht. De loeiende sirene van de ambulance die door de straat reed was voor haar het bewijs dat er geen God bestond.

Na een paar uur voor zich uit te hebben gestaard, was ze klaar voor het onvermijdelijke. Met een stem die op breken stond sprak ze met haar ouders, maar hun voorstel om een paar dagen naar huis te komen wimpelde ze af. De warme herinneringen aan haar geboorteplaats wilde ze koesteren. Als ze nu terugkeerde was het een vlucht en zou Alicante in haar gedachten voortleven als een toevluchtsoord voor onbedwingbaar verdriet.

Anderhalf uur na het onderhoud met haar ouders volgde een gesprek met Enriques moeder. De intensiteit van de wanhoop die haar vanuit een driekamerflat in Zaragoza werd toegezonden doorbrak in een oogwenk haar broze verdedigingslinie. Vergeleken bij deze overspoelende ontreddering leek de voortwoekerende pijn in haar eigen lichaam slechts een tijdelijk ongemak. Ze sloeg volledig dicht en kon slechts met suizende oren luisteren naar een gebroken vrouw die in kort tijdsbestek zowel haar man als haar enige zoon had verloren. Na een paar minuten werd haar klaagzang onderbroken. Christina, de twee jaar oudere zus van Enrique, nam de telefoon van haar over en hervatte het gesprek op een rustige toon. Gezien de mentale staat waarin Enriques moeder zich bevond leek dat voor beide partijen de beste oplossing. Ze spraken een tiental minuten over zaken die men tijdens normale dagelijkse conversaties zo veel mogelijk trachtte te vermijden. De begrafenis was het hoofditem. Over Enrique zelf repten ze met geen woord, want dat lag nu nog te gevoelig.

Door een achteloze beweging van Carmens rechterduim kwam het beeldscherm tot leven. Het journaal was net begonnen. Beelden van op elkaar gepropte mensen in gammele bootjes, bange gezichten, kustwacht, vrijwilligers en meer ellende op één vierkante meter dan een normaal denkend mens kon bevatten. De emigrantenstroom vanuit het meest duistere plekje op de wereld was een gebed zonder end. Afrika liep leeg, elke dag een beetje meer.

De commentaren gingen langs haar heen. Af en toe bleef er een trefwoord hangen, om enkele seconden later te vervagen: uitzichtloos, quarantaine, repatriëring, voedselhulp, verblijfsvergunning. Een man met een uitgestreken gezicht zei tegen de interviewer dat 'de prognoses uitwijzen dat Europa minstens tot 2025 een constant toenemende emigratiestroom te verwerken krijgt'. De laatste woorden bleven een paar tellen door haar hoofd gonzen.

Omdat haar gedachten constant zijwegen insloegen, ontging de overgang naar het volgende onderwerp haar. Terwijl de presentator zijn tekst voorlas, vulde het beeld zich met duizenden mensen die door de straten van een stad liepen. In het onderste gedeelte van het beeldscherm verscheen in rode letters de tekst: BILBAO VANDAAG. Het tweede gedeelte van zijn slotzin drong tot haar door: '... wilde voor onze camera's reageren.'

De overgang van menigte naar individu was naadloos. Ogenblikkelijk gaf elke zenuw in haar lijf een signaal af. Het was alsof ze miljoenen naaldjes in zichzelf stak. Haar bovenlichaam kwam met een schok omhoog en het vuur in haar blik doorboorde het lethargische waas voor haar ogen. Een geluid dat overeenkwam met het vervaarlijke gegrom van een gewond roofdier rolde uit haar keel.

'Meneer Belasko,' sprak een stem buiten het zicht van de camera. 'Hoe verklaart u deze massale opkomst?'

De Patriarch keek bedachtzaam. Tijdens zijn antwoord knikte hij traag.

'Het is een optelsom van factoren die uitermate actueel zijn. De Basken hebben de afgelopen weken tussen hoop en vrees geleefd. Met deze vreedzame tocht geeft men wederom een signaal af.'

'Doelt u op de regering in Madrid?'

'In eerste instantie wel,' antwoordde Belasko. 'Maar ik sluit ook de lidstaten van de EU niet uit. Spanje is lid van deze familie, dus gaat het hun eveneens aan.'

'Het is een stille tocht,' ging de interviewer verder. 'Ik zie geen spandoeken en leuzen. Wat is hiervan het doel?'

Belasko glimlachte meewarig. 'Om hierop een gedegen antwoord te geven heb ik al uw zendtijd nodig.' Een aarzeling volgde; hij leek met zichzelf te overleggen. 'Ik zal proberen het voor u samen te vatten.' Hij keek nu recht in de camera. Zijn stem daalde een octaaf, waardoor het volume ervan prettig in het gehoor lag.

'De Baskische bevolking heeft decennialang in angst geleefd vanwege de gewapende strijd om onafhankelijkheid. De juistheid van de politieke insteek laat ik in het midden, over dat "gewapend" kan ik heel kort zijn: dat dient men te allen tijde af te keuren.' Hij bleef recht in de camera kijken en gaf de journalist niet de kans hem te interrumperen. 'Na al die zware jaren gloorde er opeens hoop. Niet achter de horizon, maar recht voor hen. Die werd zelfs tastbaar, je voelde het op straat en in de huiskamers. De vrede, het meest gesproken woord in Baskenland, lag voor het oprapen.

Gedurende dit proces, dat zich voor Baskische begrippen met een sneltreinvaart voltrok, kwam er een genadeloze tegenstroom op gang. Ik refereer aan een volkomen onbekende groepering die zich in de naam van de Basken schuldig maakte aan moord, een respectabel aantal gerenommeerde politici die zich onder druk terugtrokken uit de nieuwe partij en de dood van Patxi Ochoa, wiens naam nu in verband wordt gebracht met dat tuig dat ons zoveel ellende heeft bezorgd.'

Omdat het antwoord van de Patriarch nauwelijks aan de normen voldeed, moest de interviewer keuzes maken. In de korte stilte die er viel hoorde je de onzichtbare man denken. Hij besloot het meest actuele thema aan te boren en vroeg: 'Volgens u had Patxi Ochoa dus niets met de moorden te maken?'

Belasko reageerde fel. 'Nee, natuurlijk niet! Patxi kon soms een lastige jongen zijn. Noem hem van mijn part een oproerkraaier, maar dat is toch echt iets anders dan een moordenaar. Er wordt nu naar een zondebok

gezocht en Patxi Ochoa lijkt de meest geschikte kandidaat, helemaal omdat hij de aantijgingen niet kan ontkrachten.'
'U geeft hiermee aan dat er sprake is van een grootschalig complot?' In de stem van de journalist klonk sensatiezucht door.
Omdat Belasko met zijn rechterarm een weids gebaar maakte, leek hij de vraag te negeren. Even later zou echter duidelijk worden dat hij twee vliegen in één klap wilde slaan.
'Het antwoord ligt recht voor u,' sprak hij met gevoel voor dramatiek. 'Na de officiële bevestiging van Ochoa's dood én de daaropvolgende insinuaties van overheidszijde, zijn de mensen de straat op gegaan. Geen spandoeken, spreekkoren of agressie. Deze tocht is een oproep aan iedereen met gezond verstand. De boodschap is duidelijk: de eenheid in Baskenland is nabij, gun het ons. De vrede in Baskenland ligt voor het oprapen, wij willen ervan proeven. De kans op een normaal leven zonder geweld is nog nooit zo groot geweest... Laat ons alsjeblieft met rust.'
De zin waarmee de journalist het interview afsloot drong niet meer tot Carmen door. In een vlaag van woede wierp ze de afstandsbediening naar het hoofd van de man die ze haatte. Terwijl haar onderarm zich strekte, nam het automatisme van jarenlange training de beweging een fractie van een seconde over. Het apparaatje miste de beeldbuis op een haar na en knalde tegen de muur.
Getergd kwam Carmen overeind. Elke spier in haar lichaam spande zich. Terwijl ze haar woede projecteerde op de trillende grijze stipjes op het scherm, balde ze haar vuisten. Adrenaline spoot door elke ader. Agressie toverde donkere vlekken op haar netvlies.
Haar innerlijke tweestrijd duurde drie minuten. Ze bedwong het fatalisme, waardoor het interieur uiteindelijk heel bleef. Omdat het schichtige gevoel zich niet zo snel uit haar systeem liet verjagen, sloot ze een compromis. Met afgepaste stappen liep ze naar de keuken en weer terug, een parcours van niks, dat ze veertig keer aflegde. Het duurde ruim een kwartier voordat de rebel in haar zich gewonnen gaf.
De interne strijd had haar hoofd in een slagveld veranderd. Heftige emoties werkten zelfs door op haar lijf. Ondanks haar goede conditie was ze kapot. De afgelopen uren hadden bewezen dat een gevecht in de frontlinie minder inspanning vergde dan een oorlog in je binnenste.
Ze ging op bed liggen en sloot haar ogen. Aansluitend bevond ze zich in een achtbaan. Haar maag kwam direct in opstand. Ze opende haar ogen,

waarna de turbulentie afnam. Ze keek naar het plafond en probeerde haar verstand op nul te zetten. Een kansloze poging.
Een gevoel van eenzaamheid overviel haar, greep haar bij de keel en drong in elke porie. Ze was alleen op de wereld; geest en lichaam bevestigden dat. Haar vingers gleden over het kussen naast haar, en haar zoektocht naar het tastbare mondde uit in een flits aan herinneringen: zijn glimlach, geur en manier van lopen. De smaak van zijn huid lag voor even op haar lippen.
Nu ze ervan had geproefd wilde ze meer, kunstmatig of niet. De afstand naar de kledingkast overbrugde ze in twee passen. De schuifdeuren gleden soepel naar beide kanten open. In het linkergedeelte van de ruimte was ze niet geïnteresseerd; daar lag en hing haar eigen kleding.
Als eerste liet ze de stof van een wit overhemd tussen haar vingertoppen door glijden. Daarna bracht ze de mouw naar haar gezicht en inhaleerde diep. De wasverzachter had een vleug van zijn lichaamsgeur niet kunnen overstemmen.
Achter de overhemden hingen drie colberts. Die droeg hij zo weinig mogelijk. 'Alleen tijdens bruiloften, partijen en begrafenissen,' was zijn vaste reactie als er kledingvoorschriften ter sprake kwamen. En altijd trok hij er een scheve grijns bij.
Om het brok beton dat zomaar in haar keel schoot weerstand te bieden, slikte ze krachtig. Haar rechterhand gleed strelend over de voorkant van het colbert.
Omdat ze voornamelijk tegen tranen van ontroering vocht, merkte ze de oneffenheid in de stof pas op op het moment dat haar hand de vreemde uitstulping al was gepasseerd. Ze weet het aan haar fantasie, die door de opspelende emotie op hol was geslagen. Meer om haar zintuiglijke indrukken te bevestigen dan uit nieuwsgierigheid gleed haar hand de binnenzak van het colbert in.
Het fluwelen doosje dat even later in de palm van haar hand lag was afkomstig van een bekende juwelier uit Madrid. De naam stond in fijne gouden letters op de bovenkant.
'Perez,' mompelde ze. Verbaasd over de merkwaardige vondst opende ze het doosje. Haar adem stokte. Het kleine beetje licht in de kamer weerkaatste in de diamantjes van twee identieke ringen.
Dáárom wilde hij op vakantie, schoot het door haar heen. Toen voelde ze de wereld draaien en maakte het vage licht plaats voor een diepzwart gat.

Madrid, 21.30 uur

Inspecteur Isidro Alarcón keek vanuit zijn ooghoeken naar de mensen om hem heen; die vond hij veel interessanter dan hetgeen zich op het toneel afspeelde. Zo te zien was hij de enige die er zo over dacht, want het volk vermaakte zich opperbest. Met grote regelmaat vulden lachsalvo's de imposante zaal van het Teatro Alcazar. De man die hiervoor persoonlijk verantwoordelijk was heette Ehedey Del Pino, een stand-upcomedian uit Las Palmas.

Omdat Alarcón omwille van zijn vrouw Sonia toch enige belangstelling wilde veinzen, wierp hij regelmatig een blik op het toneel, waar de Canario zijn fratsen uithaalde. Onder luid gebulder rende Del Pino als een bezetene heen en weer. In zijn rechterhand hield hij een opblaasbare plastic knuppel waar hij wild mee zwaaide. Over zijn linkerarm droeg hij een blauw badlaken waarop in gele letters UD LAS PALMAS was gedrukt: de voetbaltrots van Gran Canaria.

'Pak aan!' brulde Del Pino door de aan zijn knalgroene T-shirt bevestigde draadloze microfoon. Om zijn verschijning nog schreeuweriger te maken, droeg hij een hardroze driekwartbroek en felgele gympen. Door zijn korte zwarte haar liep een witte streep. Als je die gozer op straat tegenkomt sla je hem direct in de boeien, dacht Alarcón. Vanwege belediging van de mensheid in het openbaar, of iets dergelijks.

Met tomeloze energie rende Del Pino op en neer. Af en toe maakte hij ridicule sprongen, waar het publiek meteen op reageerde. De scène die de mensen nu voorgeschoteld kregen had hij 'toeristje pesten' gedoopt, een persiflage op zowel het molesteren van toeristen door straatbendes waarmee Gran Canaria het nieuws regelmatig haalde, als de afzichtelijke stierengevechten die op de Canarische archipel verboden waren, maar op het vasteland populair bleven.

'De doodsteek!' brulde Del Pino. 'Ik weet niet meer of het een toerist of een stier is.' Hij hield abrupt stil en keek het publiek peinzend aan. De zaal pikte het op en er viel een stilte. Na enkele seconden schudde de entertainer beslist zijn hoofd.

'Ik ben het stomweg vergeten.' Hij draaide zich om en zijn rechterhand met de knuppel kwam dreigend omhoog.

'Ach, het maakt ook geen flikker uit. Ze zijn allebei toch kansloos.'

Terwijl de knuppel neerdaalde, viel het toneellicht uit. Toen het weer

werd ontstoken, was Del Pino verdwenen. Het eerste deel van de voorstelling zat erop. De mensen klapten hun handen stuk.
Alarcón stond op. De ingelaste pauze was een zegen voor zijn volle blaas. Hij liep snel door het roodpluchen gangpad in de richting van de toiletten, in de hoop de mensen voor te zijn die ook waren opgestaan en, zich verontschuldigend, door een woud van benen langs de rijen wurmden.
Van alle kanten hoorde hij een goedkeurend geroezemoes. De vrouwelijke bezoekers waren tot nu toe vol lof over het optreden van de eigenzinnige Canario. Vooral over de ongepolijste performance en het merkwaardige taalgebruik was men bijzonder te spreken. Zó afwijkend van hetgeen de cabaretiers van het vasteland brachten...
Eenmaal op het toilet overstemde slechts het regelmatige geklater van urinerende kerels de stilte. Niemand sprak een woord. Ze genoten van het kakelloze moment. Binnen afzienbare tijd moesten ze weer terug naar het culturele tumult waarin ze stuk voor stuk door hun echtgenote of vriendin waren beland.
Terwijl inspecteur Alarcón naar de straal keek die hij produceerde, had hij een dubbel gevoel. Niet over zijn flinke hoeveelheid pis, maar over de explosie in Catalunya. Hij baalde enorm van wat er was voorgevallen. Tegelijkertijd dankte hij de voorzienigheid dat het op zijn vrije dag had plaatsgevonden, want wat had hij in godsnaam moeten doen als het nummer van Patxi Ochoa's mobiele telefoon tijdens zijn dienst – nachtdienst in dit geval – zou zijn getraceerd? Alfonso Silva bellen? Zonder het uitdrukkelijk te zeggen, was het natuurlijk wel zo afgesproken. Hij was in deze zaak een mol van Binnenlandse Zaken die toevallig voor justitie werkte. Dat hield in dat hij Antonio de la Gándara, de man voor wie hij met de dag meer bewondering kreeg, achter diens rug om moest bedriegen. Een Judasrol die hem steeds zwaarder op de maag lag.
Godzijdank was dat dilemma hem bespaard gebleven, want de dodelijke klap was gevallen toen hij naast Sonia lag, in een dromenland waar diepe meren en dikke blauwbaarzen de omgeving meerwaarde gaven. Terwijl hij met de zoveelste vis stoeide, rukte een team van UDEV uit. De la Gándara had hem laten slapen. De kans was vrij groot dat hij zo zijn vermoedens had over de vreemde eend in de UDEV-bijt.
Alarcón liet zich gedwee meevoeren met de mompelende massa die weer in het theater plaatsnam. Er hing een verwachtingsvolle sfeer in de zaal. Ook hierin verschilde hij met de rest: zij keken uit naar de voortzetting

van de voorstelling, hij naar het einde ervan.
'Ik ben benieuwd,' sprak zijn vrouw.
'Ik ook,' antwoordde hij. Liegen ging hem de laatste tijd steeds beter af.
Het zaallicht dimde, toneelspots gingen aan. Meteen gonsde er een gelach door de zaal. Del Pino stond in de spotlights. Op zijn gezicht lag een oerdomme grijns. Hij droeg een witte pet, een knalgeel mouwloos T-shirt, een helblauwe korte broek en zijn blote voeten staken in lichtgroene, afgedragen slippers. In zijn rechterhand hield hij een plastic tas met daarop het donkergroene logo van een supermarkt. In deze creatie was hij de vleesgeworden nachtmerrie van elk modeconcern.
'*Coño*, wat lach je nou?' sneerde hij tegen een man op de voorste rij die dubbel lag. 'Nog nooit een Canario in vrijetijdskleding gezien?'
Zonder op een reactie te wachten deed hij twee stappen naar voren, legde de plastic zak neer en wreef omstandig in zijn handen.
'Ik ben laatst op vakantie geweest. Ik had namelijk een boek gelezen. Nou ja, gelezen... Het was een luisterboek, om precies te zijn. En daar weer de Canarische versie van... Aangepaste woorden, dan luistert het lekker weg, weet je wel?'
Een wegwerpgebaar volgde. 'Nou ja, dat doet er ook niet toe. Het was een indrukwekkend boek. Jullie zullen het ongetwijfeld kennen: *De schaduw van de... van de storm*, geschreven door Zaf... Zafó... Saviola. Die spits van Barcelona, dat kleine opdondertje. Thuis noemen we hem "El Rata", de rat, omdat hij zo makkelijk tussen de verdedigers door glipt.'
Een paar houterige schijnbewegingen werden gevolgd door gejuich toen hij zogenaamd scoorde. Op Del Pino's gezicht verscheen een uitdrukking van onverholen trots.
'Tja, over voetballen hoeven jullie ons echt niets te leren, hoor. Vroeger bestond het halve Spaanse team uit toppers van de Canarische Eilanden. Jarenlang maakten onze jongens de dienst uit. Gouden tijden waren dat.'
Hij boog iets naar voren, bedekte zijn mond en fluisterde: '1959 en 1960. Als je het snel zegt lijkt het net gisteren.'
Toen keek hij verdwaasd om zich heen. 'Waar had ik het ook weer over?'
Hij knipperde overdreven met zijn ogen. 'Ach ja, Barcelona. De mooiste stad van de wereld.'
Hier en daar klonk een afkeurend geluid.
'Hou toch je bek, stelletje cultuurbarbaren!' reageerde Del Pino ongemeen fel. 'Hebben jullie hier soms een spits die naast het voetballen ook

boeken schrijft? Nee? Kop houden, dus. De enige twee dingen die jullie spits tegelijkertijd kan is zijn trouwring kussen en met zijn andere hand de tieten van zijn vriendin kneden.'

Hoofdzakelijk vrouwen grinnikten. Het merendeel van de mannelijke toehoorders hield de kaken op elkaar. Dat ze hier zaten was al erg genoeg. En dan strooide die Canario ook nog eens extra zout in oude wonden door de spits van Real Madrid te beledigen. Het moest niet veel gekker worden met die Del Pino, werd er op dat moment overal in de zaal gedacht.

'Afijn, deze jongen is dus op vakantie. In Barcelona. Ik had er zelfs een reisgids voor gekocht. Op cd. Kon ik lekker tegelijkertijd kijken en luisteren.'

Hij stak zijn duim op tegen een man op de eerste rij die zojuist nog afkeurend met zijn tong had geklakt.

'Wat een stad, dat Barcelona. Prachtige gebouwen en sublieme winkelstraten. Ik heb mijn ogen uitgekeken.'

Hij keek schichtig om zich heen. Daarna wenkte hij het publiek en trok een samenzweerderig gezicht.

'Oké, ik begrijp dat het wat gevoelig ligt. Jullie zijn tenslotte Madrilenen. Maar zeg nou zelf: die gozer was toch geniaal? Terwijl hij die Sagrada Familia bouwde, vond hij ook nog tijd om een modelijn te ontwerpen. In praktisch elke winkelstraat zie je wel iets van Gucci. Knap staaltje denkwerk, hoor.'

Deze grap sloeg aan, al was het alleen maar omdat een groot aantal aanwezigen zich helder voor de geest kon halen hoe Gaudí zichzelf in zijn graf zou omdraaien.

Voor zover hij dat nog niet eerder had gedaan, haakte Alarcón nu definitief af. Hij had het helemaal gehad met de ongein die Del Pino fulmineerde. Hij was zelf niet zo'n lolbroek, een karaktertrek waarmee hijzelf overigens prima kon leven. Of dat ook voor zijn vrouw gold was een tweede. Daarom keek hij ter compensatie regelmatig mee naar een comedy op televisie of vergezelde haar naar het theater. Zijn liefde voor Sonia was groter dan de gezonde tegenzin die hem tijdens dat soort tripjes immer begeleidde.

Hij keek recht voor zich uit, een oude truc die altijd werkte. Het leek op die manier alsof hij de onemanshow van de Canario aandachtig volgde. In werkelijkheid zagen zijn ogen vage contouren, hoorde hij nietszeggende klanken en waren zijn gedachten geheel bij zijn werk, waarvan hij ook niet bepaald vrolijk werd. Alles was echter beter dan het stompzinnige geleuter van Del Pino.

Voor iemand die een paar uur daarvoor nog bakzeil had gehaald, viel het humeur van De la Gándara reuze mee. Hij was een opvallend rustige gesprekspartner in de conversaties die meer over het verlies van het Nueve-lid gingen dan dat hun eigen optreden ter sprake kwam. Door mechanische problemen stierf de inbreng van UDEV een vroege dood. Domme pech, waarna men heel anders keek toen de onheilsplek werd aanschouwd. Ze hadden onwaarschijnlijke mazzel gehad. De standvastige mecanicien die had geweigerd het vliegtuig vrij te geven, bleek later hun redding te zijn geweest. Dat was achteraf een voor hen beschamende conclusie, aangezien ze de man verrot hadden gescholden. Gelukkig was hun getier tegen dovemansoren gericht: ondanks alle verwensingen had hij zich niet laten intimideren.

Alarcón wilde dit verloren uurtje aangrijpen om wat dingen op een rijtje te zetten. Als iedereen nou eens niet zo overdreven hard lacht, kom ik misschien nog ergens, dacht hij. Wederom deed hij een poging zich volledig voor zijn omgeving af te sluiten.

Deze zaak zat dus volledig op slot. De dood van Patxi Ochoa veranderde daar geen ene moer aan. De combinatie van gezond verstand en zeer summiere informatie gaf aan dat hij de moordenaar niet was. Het beetje DNA dat ze op drie van de vier plaatsen delict hadden geïsoleerd matchte niet met dat van Ochoa. Informatie die ze voorlopig voor zich hielden. Er was al genoeg herrie in de tent. Een mededeling van importantie zou de heersende onrust enkel vergroten.

Als je pessimistisch tegen de zaak aankeek, kon je stellen dat alle onderzoeken niets hadden opgeleverd. De optimisten konden concluderen dat uiteindelijk elk onderzoek een opleving kende. Wanneer die zou komen, was ook voor hen een raadsel.

Ze zaten op een dood spoor. Zolang zich geen serieuze verdachte aandiende, was het DNA-materiaal nutteloos. De luttele getuigenverklaringen die ze hadden waren vaag en spraken elkaar tegen. Onderzoek van de kogels bracht hen bij een partij wapens die twee jaar geleden in het Baskenland uit een kazerne was gestolen. Goed om te weten, maar geen gegevens waar je op korte termijn iets mee kon. Op het moordwapen na was er na de roof niets uit die gestolen partij opgedoken. Hun informanten uit het zwarte circuit bevestigden dat.

Een por in zijn linkerzij bracht hem terug in het uit 1921 stammende Teatro Alcazar, dat ooit door de eerste eigenaren tot Palacio de los Recreos was gedoopt. Sonia keek hem breeduit lachend aan.

'La Palma, hoe verzint hij het!' bulderde ze. 'Hij staat op het verkeerde eiland, ha, ha, ha.'

Terwijl hij probeerde te achterhalen waar zijn vrouw het in godsnaam over had, wist Alarcón er met veel moeite een grijns uit te persen. Tevens knikte hij nadrukkelijk om aan te geven dat het een supervondst was. La Palma... La Palma... wat had die engerd nu weer voor ongein bedacht? Het spreekwoordelijke muntje viel vlak voordat zijn vrouw argwaan kreeg over zijn spontane reactie. La Palma, Las Palmas – Canarisch dialect. Die gasten waren te lui om de s uit te spreken als een woord daarop eindigde. In dat tropische Bargoens klonk Las Palmas dus als La Palma. Hij gaf zichzelf een schouderklopje en fluisterde tegen zijn vrouw: 'Leuk taalgrapje.' De simpelheid van de woordgrap had hem gered. Zijn reactietijd was op het randje van toegestane tijd geweest. Hij kon zich nu dus geen opzichtige misser meer permitteren. Zonder dat zijn lippen bewogen beledigde hij de entertainer: ik hoop dat jij straks vreselijk op je bek gaat, *tomatero*. Hij had er geen enkele moeite mee om in gedachte de Canario voor 'tomatenplukker' uit te schelden; op dat moment vond Alarcón het zelfs de sterkste grap van de avond.

'In eerste instantie dacht ik dat er een tsunami had huisgehouden,' zei Del Pino met een verschrikt gezicht. 'Het eiland was ineens stukken kleiner en overal stonden bomen.' Hij priemde zijn linkerwijsvinger op een schoolmeesterachtige manier in de richting van het publiek.

'Van veel water gaan de bomen namelijk groeien.' Hij knikte voldaan. 'Dat heb ik van juffrouw Esmeralda. Zij was onze lerares in mijn laatste schooljaar. Naast rekenen en taal gaf ze ook aardrijkskunde en handenarbeid.'

Del Pino knikte bedachtzaam. 'Hoeveel slimmer was ik geweest als ik toch voor de universiteit had gekozen? Tja, dat soort vragen schieten soms door mijn hoofd. Gebeurt dat jullie wel eens?'

Een algehele bevestiging volgde. De mensen hingen aan zijn lippen.

'Mijn probleem was de vooropleiding. Het voortgezet onderwijs, dat schijnt een toelatingseis voor de universiteit te zijn.'

De ene helft van de zaal keek hem vragend aan. De overigen grinnikten. Del Pino boorde zijn blik in de ogen van een man die twijfelde tussen wel of niet lachen.

'Wat zit jij me nou stom aan te kijken, sufferd? Na de lagere school vond ik het welletjes. Je denkt toch niet dat ik me tot vier uur 's middags liet opsluiten met een stelletje watjes die het verschil tussen Rode Libanon en Zwarte Afghaan niet kenden? In dat suffe *instituto* mocht je als brugklasser tijdens de pauzes geeneens roken, laat staan een vette joint draaien.'

Hij schudde verontwaardigd zijn hoofd. 'Voel jij je wel helemaal lekker, man? Dacht jij nou echt dat deze jongen zich van zijn vrijheid liet beroven? Ben je gek of zo? Trouwens, ik had het druk zat met dealen. Dat buitenlandse tuig uit de haven deed een moord voor een lekker blowtje. Die hadden soms maanden op zee gezeten met enkel derderangs sigaretten en tweedehands pornoboekjes.'

Hij stak een vinger op en glimlachte spottend. 'Dat laatste was trouwens ook goede handel. Niet die achterlijke boekjes, maar het echte werk. Ik had namelijk een buurmeisje...'

Opeens keek hij schichtig om zich heen, alsof hij zich had versproken en razendsnel inschatte of iemand het had opgemerkt. Na tien seconden blies hij luidruchtig uit. Hij toonde weer uitermate ontspannen.

'Pfff, ik dacht even dat jullie me doorhadden.'

Vervolgens begon hij enthousiast naar de menigte te zwaaien.

'Maar jullie begrijpen er geen ene klote van, nietwaar?' fluisterde hij achter een brede glimlach. 'Zeker op de universiteit gezeten, stelletje imbecielen?'

Het publiek vond het allemaal prachtig. Niemand stoorde zich aan de beledigingen die hij rondstrooide. Zij waren Madrilenen en waren dus wel wat gewend. Om hen op de kast te krijgen moest je het erg bont maken. Toch hield het gros er in hun achterhoofd rekening mee dat Del Pino zomaar over de grens van het toelaatbare kon stappen, want uit het hele optreden van het kleine, ordinaire, briljante, gekke, smakeloze en obstinate Canarische ventje concludeerden ze dat hij bovenal onberekenbaar was. Deze karaktertrekken hadden er overigens wel aan bijgedragen dat zijn ster inmiddels hoog aan het artiestenfirmament straalde. Met name de linkse pers was lyrisch over de Canarische entertainer die steevast tegen het establishment aanschopte. In hun recensies bewierookten ze zijn optredens. Nadat hij maandenlang had geploeterd in het bedompte circuit van kleine zalen en buurthuizen, besloten de gerenommeerde boekingskantoren hem een kans te geven voor een groot publiek op te treden. Na Valencia en Sevilla, die eigenlijk als try-outs golden, was nu Madrid aan de beurt.

Met 'Waar was ik gebleven?' vervolgde Del Pino zijn act. Hij sloot beide ogen en masseerde zijn slapen. 'Waar... was... ik... gebleven... Shit, ik moet echt met die rotzooi gaan kappen, man. Het lijkt wel of ik zweef, weet je wel.'

Hij schudde hevig met zijn hoofd heen en weer, en slaakte toen een kreet. Met gebogen hoofd liep hij naar de zijkant van het toneel, waar een kist en een stoel stonden. Uit de kist haalde hij een lange, donkere broek, een coltrui en een zwarte wollen muts. In een oogwenk schoot hij de kleren aan, waardoor zijn vakantie-outfit onzichtbaar werd. Hij zette snel een donkere zonnebril op, deed een zilveren oorbel in zijn linkeroor en pakte de stoel mee toen hij naar het midden van het podium liep. In een mum van tijd was de simpele Canarische jongen getransformeerd tot een heuse ETA-sympathisant. Hij nam plaats. Terwijl de woorden in een niet-aflatende stroom over zijn lippen rolden, spraken zijn handen een even drukke gebarentaal.

'Ik heb al die moorden niet gepleegd, meneer van de veiligheidsdienst! Vanwege een ruzie heb ik het Baskenland verlaten. Nee, meneer van de veiligheidsdienst, dat had niets met die moorden te maken. Het ging om een politieke keuze waar ik niet achter stond. Ik hou niet van vrede, ik sla graag mensen in elkaar. Verder gaan wij niet, hoor. Een beetje afpersen, misschien... Daarmee houdt het ook echt op. Waarom ik dan in deze hut op deze onherbergzame plaats zit? Nou, u weet toch ook wel dat de ETA nog bestaat, meneer van de veiligheidsdienst? En een nekschot... daar had ik effe geen zin in, begrijpt u wel? Wanneer ik terugga naar Baskenland? Als de rust is wedergekeerd, meneer van de veiligheidsdienst. Wat zegt u? Er zal nooit rust in Baskenland komen? En als zich een kans voordoet waardoor er eventueel vrede kan ontstaan, dan zorgen de Basken er hoogstpersoonlijk voor dat die direct om zeep wordt geholpen? O, dat klinkt wel erg ingrijpend, meneer van de veiligheidsdienst. Ah, u bént radicaal. Op dat vlak, dan. Politiek ligt het weer anders. U bent conservatief. Natuurlijk begrijp ik dat. Heb ik ook geen problemen mee. Zelf heb ik ook conservatieve trekjes, hoor. Noem het maar conservatief nationalistisch, ha, ha, ha. U kunt er niet om lachen? Sorry. Mag ik u dan een vraag stellen? Fijn. Waarom bent u eigenlijk hier, meneer van de veiligheidsdienst? Ik heb toch niemand iets misdaan? Tenminste, niet de afgelopen weken. Ook geen leuk grapje? Aha. Zondebok? Wat bedoelt u daarmee? Wat?! U zoekt iemand die opdraait voor de moorden die in naam van El Fuego de los Vascos zijn gepleegd?! En ik ben de meest geschikte kandidaat? Maar u werkt voor de regering. Dan kun je toch niet zomaar iemand vermoorden? Wel? Dat doet u vaker? Geleerd van uw vader die onder Franco diende? Maar dat boek is toch gesloten, meneer van de veiligheidsdienst? Wij leven nu in een democratie. Wat bedoelt u met "ja en nee"? Enkel voor de buitenwereld is Spanje een democratie? En daarmee moet ik het doen? Verder wilt u er niet op ingaan? Maar... wat doet u nu, meneer van de veiligheidsdienst? Als de pers hier lucht van krijgt? Ah, daar hebt u maling aan. Ik begrijp het. Iemand moet de schuld krijgen. Die iemand ben ik dus. Dank u wel voor de duidelijke uitleg, meneer van de veiligheidsdienst.'

Del Pino stond op en liep naar de kist. Toen hij aanstalten maakte om zich om te kleden, toonde zijn lichaamstaal aan dat hij twijfelde. Een paar seconden keek hij roerloos voor zich uit. Daarna draaide de Canario zich om, wandelde op zijn gemak naar het midden van het podium en zei: 'Boem.' Omdat hij het woord zonder enige stemverheffing uitsprak, klonk het extreem explosief. De ambiance was op zijn hand; je kon een zuchtje wind horen gieren.

Hij keerde terug naar de kist en kleedde zich razendsnel om. Drie grote passen brachten hem naar het middelpunt van het toneel. Op zijn gezicht lag de kenmerkende grijns die opperst simplisme suggereerde: de gezichtsuitdrukking waarmee hij reeds half Spanje had veroverd.

'Afijn, ik sta dus op La Palma. Veel groen, prachtig natuurschoon, geen hoogbouw of industrie en weinig toerisme. Kortom, een plek waar je nog niet dood gevonden wilt worden.'

Met een weids gebaar onderdrukte hij het aanzwellende gelach.

'Het vliegveld van La Palma ligt vlak aan zee. Mijn enige ontsnappingsroute, aangezien dat zelfingenomen pilootje weigerde om me even thuis af te zetten. Ik liep dus meteen na de landing in de richting van het water. Mijn enige doel was om zo snel mogelijk van dat enge ecoparadijs af te komen.'

Del Pino haalde laconiek zijn schouders op. 'Toen ik de kuststrook bereikte, dobberde er op nauwelijks vijftig meter van me vandaan een

bootje. Een heuse *cayuco*, volgestouwd met dorstige negertjes uit Afrika. Althans, daar ging ik van uit. Voor onze kust is een schuit vol vluchtelingen even vanzelfsprekend als een cruiseschip.'
Hij toonde het publiek beide handpalmen om zijn houding van 'volkomen logisch, toch?' nog wat aan te dikken.
'Ik zat er dus behoorlijk naast. De mensen aan boord kwamen uit Afrika, waarmee alles was gezegd. Elke vergelijking met de cayuco's zoals wij die kennen ging mank. Dit was meer een schip dan een boot. Een meter of vijfentwintig lang en goed onderhouden, nergens een plekje roest te bekennen. Aan boord was voldoende ruimte, aangezien de mensen gewoon heen en weer liepen. Op de achtergrond klonk muziek.
Op mijn geroep en gezwaai draaide de schipper het vaartuig en tufte mijn kant op. Zo'n twintig meter voor de kant zette hij de motor in z'n vrij.
"Verder kan ik niet, knul," riep hij vanaf zijn stuurhut, die anderhalve meter boven het dek lag. "Te veel rotsen."
"Duidelijk, schipper," antwoordde ik. "Waar gaat de reis naartoe?"
"Oorspronkelijk Tenerife." Hij lachte zijn witte tanden bloot. "Maar onderweg was het een beetje te gezellig, waardoor we dat eiland hebben gemist." Als bewijs verscheen er een fles rum in zijn pikzwarte hand. Een bodempje van het bruine vocht golfde tegen het glas.
"Ik zet hem nu op de automatische navigatie. Kan het mijn klanten niet aandoen om weer verkeerd te varen, ha, ha, ha."
Jullie begrijpen dat ik met stomheid geslagen was. Dit had ik nog nooit meegemaakt. "Zeg, schipper," vroeg ik. "Ik wil niemand beledigen, maar uw boot en lading lijken in de verste verte niet op een cayuco. Daar komt bij dat u prima Spaans spreekt. Wat is hier in godsnaam aan de hand?"
De man lachte hardop. Eigenlijk had ik het idee dat hij mij recht in mijn bek stond uit te lachen.
"Lading?" sprak hij met zijn donkere basstem. "Is dat geen term uit het koloniale tijdperk, knul?" Voordat ik de kans kreeg mijn verontschuldigingen aan te bieden ging hij verder.
"Maakt niet uit, vent. Ik vergeef het je. Tenslotte is jouw land altijd goed voor me geweest. Mijn Spaans heb ik in Granada opgepikt. Daar heb ik samen met mijn vrouw vijftien jaar lang een restaurant gerund. Hard werken, kan ik je verzekeren. Toen we het goed konden verkopen aarzelden we geen moment. Van dat geld konden we thuis tot aan onze dood goed leven."

Hij zag de mengelmoes van verbazing en vragen in mijn ogen.
"Thuis is Dakar, Senegal. Deze trips doe ik één keer per maand om de verveling te verdrijven. Leuke uitjes, waarbij je ook nog eens met verschillende mensen in aanraking komt."
Daarna gaf hij me een vette knipoog. "En als je een tijdje op zee bent geweest is moeder de vrouw extra blij als ze je weer ziet. Als je begrijpt wat ik bedoel."
Ik snapte er dus geen ene moer van. Een hagelnieuw schip met een Spaanssprekende kapitein die voor zijn lol Afrikaanse passagiers naar Tenerife vervoerde. Aan boord was geen spoortje van armoede te bekennen. Op welke planeet was ik beland?
"Luister, kerel. We moeten er nu vandoor. Tot de volgende keer." Als afscheidsgroet stak hij zijn hand op.
"Wacht even," riep ik. "Als ik het goed begrijp, is dit dus geen cayuco?"
Hoewel de onderlinge afstand vrij groot was, hoorde ik hem een zucht slaken. Tijdens ons gesprek was hij met meer onwetendheid geconfronteerd dan gedurende de hele reis vanuit Senegal.
"De cayuco's worden bevolkt door een heel andere klasse werkzoekenden. De ongeschoolden die tevens straatarm zijn. Voor een betrekkelijk laag instaptarief laten die zich naar de Canarische eilanden vervoeren. Je moet het vergelijken met de prijsvechters in de luchtvaart. Eten, drinken en comfort zijn niet bij de prijs inbegrepen. Om de kosten te drukken wordt er flink op het reismateriaal bezuinigd. Neerstorten, of in het geval van de cayuco's zinken, is dus min of meer een risico dat je bewust neemt."
Ik dacht dat ik gek werd.
"De luitjes op deze boot zijn allemaal ervaren vakmensen. Zij hebben al contacten gelegd met hun aanstaande werkgevers op het vasteland van Spanje. Sommigen hebben zelfs de baantjes voor het uitkiezen. Het probleem is echter dat ze geen burgers van een EU-land zijn. Vandaar deze oplossing. Ik vaar ze naar Tenerife en van daaruit worden ze doorgetransporteerd naar Spanje."
Hij wees naar een man die relaxed tegen de reling aanhing.
"Om je een voorbeeld te geven, dat is André, een eersteklas timmerman uit Ivoorkust. Hij gaat aan de slag bij een meubelmakerij in Albacete."
André boog schuin voorover en reikte naar het dek. In zijn rechterhand verscheen een indrukwekkende riem, waaraan allerlei gereedschap hing.
"André heeft zijn spulletjes altijd bij de hand," zei de schipper. "Dat geldt

eveneens voor Mohammed, een danser uit de westelijke Sahara. Hij treedt de komende maanden op in Barcelona. In het cabaretcircuit rond de Ramblas draaien wat voorstellingen met het thema Hot Afrika."
Mohammed maakte een sierlijke sprong die gevolgd werd door een pirouette.
"En dat zonder spitzen," zei de schipper vol bewondering. "Op zijn vakgebied is Mohammed echt van alle markten thuis. Als die voorstellingen erop zitten duikt hij in het travestietengebeuren. Dan treedt hij 's nachts op in clubs met voorstellingen als *Seninha, de erotische prinses uit de mysterieuze woestijn.*"
Mohammeds loopje veranderde van quasistoer in ontegenzeggelijk gracieus. Hij maakte een koket gebaartje met zijn hand en tuitte zijn lippen. Aansluitend toonde hij een sensuele glimlach waar normaliter dames van lichte zeden patent op hadden.
"Helemaal top," meldde de schipper lachend. "Het is dat ik getrouwd ben, anders mocht dat meisje de overtocht in natura betalen. Dat ben je toch met me eens, knul?"
Ik keek hem stomverbaasd aan en antwoordde: "Schiet mij maar lek."'
Isidro Alarcón lachte wederom voor de vorm met zijn vrouw mee. Terwijl Del Pino naar de kist liep voor zijn volgende verkleedpartij, zweefden de laatste zinnen van de Canario door het hoofd van de inspecteur. Het waren trefwoorden die elkaar zochten; ze moesten enkel in de juiste volgorde worden geplaatst. De zin die er dan uit rolde deed ertoe.
Misschien heb ik beet, dacht Alarcón, maar ditmaal was het geen blauwbaars. Deze vis was groter, zwaarder en stukken gevaarlijker.

16

Maandag 23 april, San Sebastián, 08.20 uur

Anna Belasko parkeerde haar Citroën in de parkeergarage van het ziekenhuis. Ze sloot de portieren met de automatische vergrendeling en liep langs de gereserveerde parkeerplaatsen. Ze keek naar het uitgestalde wagenpark van het hogere personeel en glimlachte vriendelijk. Terwijl bij andere medewerkers na een blik op deze luxe hun mondhoeken zakten, straalde zij als een schoolmeisje na haar eerste kus. Afgunst was haar vreemd. Dat had niets met haar financiële onafhankelijkheid, maar alles met haar karakter te maken.

Als ze naar deze auto's keek, zag ze de gezichten van de eigenaars in de lak weerspiegeld. Artsen, specialisten en directieleden van het ziekenhuis, harde werkers die jarenlang hadden gestudeerd om een gerespecteerde positie in de maatschappij te bereiken. Mensen die voor de buitenwacht wellicht wat arrogant overkwamen, maar leerde je ze eenmaal beter kennen, dan werd snel duidelijk dat het hier slechts een houding betrof die ze zich tijdens werktijd bewust aanmaten. En dan hoofdzakelijk tegenover de patiënten. Onderling waren er nauwelijks barrières. Een uitzondering daargelaten gingen de werknemers van het ziekenhuis leuk met elkaar om.

Ze keek op haar horloge, een gewoontegebaar. Ze wilde nooit te laat komen. Niet op het werk, niet bij een afspraak bij de tandarts en niet voor de schooluitvoering van het buurmeisje. Ze had er een uitgesproken hekel aan om niet op de afgesproken tijd ergens aanwezig te zijn. Met druk van buitenaf had dat niets te maken; het was een verplichting die ze zichzelf oplegde. Dat ze als vrijwilligster in het ziekenhuis werkte stond daar los van. Het draaide om fatsoensnormen. Tijd was tijd.

Het was nog een meter of tien naar de lift. Vanaf het moment dat ze daarin stapte, duurde het vanwege de tussenstops op verschillende etages tus-

sen de drie en vier minuten voordat ze op haar eigen afdeling was. Meestal was het vier minuten, maar mocht de rit door calamiteiten vijf of zelfs zes minuten duren, dan was ze nog op tijd. Voor Anna Belasko was dat een geruststellend idee.
Terwijl ze in gedachten bezig was met haar werkdag, die officieel over zeven minuten begon, werd er een arm om haar middel geslagen. Tijd om in paniek te raken werd haar niet gegeven, want meteen drong er een scherpe lucht van chloroform haar neusgaten binnen. Voordat haar lichaam de achterbank van de vierdeurs-Seat raakte, was de vrouw van de Patriarch reeds buiten bewustzijn.

Vitoria, 08.30 uur

'Goedemorgen, meneer. Politie. Mag ik uw rijbewijs en kentekenpapieren zien?'
Ramon Belasko keek verbaasd naar het identiteitsbewijs dat tegen het portierraam werd gedrukt. De man van de foto was dezelfde die zich zojuist op luide toon had geïdentificeerd als politiefunctionaris. Dat de politieman in burger met stemverheffing had gesproken was logisch, dacht Belasko. Uit angst voor een overval of erger had hij namelijk de portieren vergrendeld en het raam gesloten. Je hoorde tegenwoordig zulke vreemde dingen. Gewelddadigheden op straat bleven niet meer beperkt tot de late uurtjes. Het gebeurde zelfs dat zakenmensen tijdens hun lunchpauze werden overvallen of gemolesteerd. Dergelijke gedachten waren bij hem opgekomen toen de twee mannen zijn kant op kwamen terwijl hij zijn auto recht voor de deur van zijn kantoor parkeerde. In een reflex had hij gehandeld, wat achteraf nutteloos was gebleken, realiseerde hij zich nu. Tegelijkertijd schoot er een gevoel van opluchting door hem heen. Hij had namelijk niets te verbergen.
'Dank u wel,' zei de politiefunctionaris toen Ramon Belasko hem de papieren overhandigde.
'Heb ik soms een verkeersovertreding begaan?' vroeg de zoon van de Patriarch.
De politieman schudde zijn hoofd.
'Niet dat ik weet, meneer... Belasko. Gewoon een routinecontrole.' Hij gaf de papieren weer terug.

'Hebt u er bezwaar tegen dat mijn collega even in uw kofferbak kijkt?'
Belasko drukte op een knopje onder het dashboard, waarna er een klik klonk.
'Gaat uw gang.'
Zijn achteruitkijkspiegeltje werd gevuld door zwart metallic, wat inhield dat de andere agent de inhoud van zijn kofferbak inspecteerde. Terwijl hij overwoog om uit te stappen, liep de man die het woord had gevoerd naar zijn collega, die iets riep wat hij niet kon verstaan. Niet dat het hem verontrustte. Hij had namelijk niets te verbergen. Zijn hart bleef in hetzelfde ritme doorkloppen.
Het hoofd van de foto verscheen weer naast hem. Het viel hem direct op dat de gezichtsuitdrukking van de politiefunctionaris was veranderd; de man keek hem nu met een harde en scherpe blik aan.
'Meneer Belasko, wilt u uitstappen? Ik wil constant uw handen zien.'
Ramon Belasko keek hem verbaasd aan.
'Wat is er mis?'
De agent die zijn kofferbak had doorzocht stond ineens naast zijn collega. In zijn hand hield hij een plastic pakket dat sterk op een pak meel leek. De kleur van de inhoud was in elk geval identiek.
'U bent gearresteerd wegens bezit van harddrugs,' sprak hij kil.

11.00 uur, Clínica San Roque, achttien kilometer ten noorden van Pamplona

De psychiatrische inrichting lag in een omgeving waarin zelfs de meest gestreste zakenman stante pede tot rust zou komen. Een ondoordringbare cirkel van duizenden bomen schermde elk contact met de jachtige maatschappij af. Slechts het geritsel van bladeren of een sporadische kreet van een opgeschrikte vogel doorbrak de tijdloze stilte.
Isidro Alarcón zat in de wachtkamer van psychiater Sergio Mendez en waande zich eeuwen terug in de tijd. Alles in deze ruimte ademde oudheid uit. De statige stoelen met dikke zachtroze kussens, het notenhouten bijzettafeltje en de kroonluchter aan het hoge plafond konden zo als rekwisieten in een historische film fungeren. De schilderijen die aan de gebroken witte muren hingen waren zonder uitzondering vergezichten uit lang vervlogen tijden: een verstarde blik op de Middellandse Zee, een pa-

noramische kijk op en over Madrid en een weids uitzicht over de glooiende heuvels van Spaans Baskenland. Van de gekriebelde namen op de onderkant van de doeken had hij nog nooit gehoord. Een gemis in zijn opvoeding en interesse, maar kunst was nou eenmaal zijn ding niet.

De eiken deur voor hem ging open – langzaam, statig bijna. Zelfs de manier waarop paste helemaal in de omgeving, wat geenszins gold voor de man die in de opening verscheen. Hij was klein en gezet, en droeg een bruine pantalon en een crèmekleurig overhemd met daarop een donkergrijze stropdas. Wat direct opviel was het montuur van zijn bril: een modern, metalen montuur, dat vloekte met zijn werkomgeving.

'Komt u verder, inspecteur.'

Alarcón volgde Mendez, die achter een imposant mahoniehouten bureau plaatsnam.

'Gaat u zitten,' zei de psychiater, en hij stak daarna zijn rechterhand uit.

Alarcón schudde deze en zei: 'Fijn dat u tijd voor me vrij kon maken.'

Mendez glimlachte. 'Ik neem aan dat ik weinig keus had. Toen ik hier vanmorgen arriveerde, werd ik direct aangeklampt door een paniekerige secretaresse die meldde dat een zekere hoofdinspecteur Alarcón me dringend wilde spreken. Uit haar hele gedrag kon ik opmaken dat het hier geen onschuldige aangelegenheid betrof.'

Alarcón grijnsde geniepig.

'Ik heb behoorlijk aangedrongen op een snelle afspraak,' zei hij. 'Hopelijk heb ik haar niet te veel schrik aangejaagd.'

Mendez schudde kort zijn hoofd. 'Het personeel van deze kliniek kan wel een stootje hebben.'

Alarcón knikte. Hij kon zich goed voorstellen wat voor taferelen zich achter de gesloten deuren hier afspeelden. De rustieke omgeving en de kalmerende decoraties dienden allemaal ter camouflage en leidden enigszins af van de gietijzeren hekken die om het complex waren geplaatst. Of de wachthokjes waarin de bewakers ogenschijnlijk doodkalm hun krant zaten te lezen, met evenwel een wapenstok onder handbereik.

Naast het huis-tuin-en-keukengebeuren op het gebied van schizofrenie werden hier eveneens zware gevallen intern behandeld. Dat was informatie die hij die nacht van internet had geplukt, want voorheen had hij nog nooit van deze instelling gehoord.

'Ik neem aan dat een van mijn patiënten zich in de nesten heeft gewerkt?'

Alarcón keek hem nietszeggend aan.

‘Welke naam komt als eerste in uw gedachten op?’
Mendez glimlachte wederom. Ditmaal lag de spot er duimendik bovenop.
‘Ongeveer vierhonderd tegelijk, inspecteur. Zoveel verschillende dossiers heb ik namelijk in de loop der jaren opgeslagen. Dan tel ik de gegevens niet mee van de patiënten die op dit moment intern zijn.’
Naast zijn moderne brilmontuur was de stem van de psychiater iets anders wat meteen opviel. Of was het soms zijn manier van spreken, dacht Alarcón; die was bedachtzaam, tegen het zalvende aan. Je zou er lang naar kunnen luisteren zonder je te vervelen. Een voorleesstem die kabbelend verhalen voordroeg.
Bullshit, wist hij. Sergio Mendez was dé autoriteit op het gebied van schizofrenie. Als je de berichtgeving moest geloven – en waarom niet? – dan stond hij in zijn vak op eenzame hoogte. Zijn conversatietoon was gewoon een van de wapens uit het arsenaal van deze psychiater. Een trucje waarmee hij mensen op hun gemak probeerde te stellen. Of, in zijn geval, een bres te slaan in de sceptische houding die politiemensen eigen was.
‘U spreekt over vierhonderd patiënten. Ik neem aan dat er verschillende symptomen tussen zitten. Ik bedoel qua ziektebeeld.’ Hij hief beide handen om zich voor zijn ongelukkige woordkeus te verontschuldigen.
‘Sorry, dokter. Ik ben een volstrekte leek op dit gebied. Alles wat ik over schizofrenie weet, heb ik vannacht op internet gelezen.’ Hij slaakte een theatrale zucht. ‘Het is me zelfs nog steeds niet duidelijk hoe ik u dien aan te spreken. Is het “dokter”, “psychiater” of “arts”?’
Mendez lachte spontaan. ‘Een beetje van alles, inspecteur. Strikt volgens het boekje, om eens een terminologie uit uw beroep te gebruiken, is het “professor”. Zelf prefereer ik “dokter”. Wat mij betreft dekt dat ruimschoots de lading.’
Hij plantte beide ellebogen op het bureaublad en drukte zijn vingertoppen tegen elkaar: de houding van een docent die op het punt stond zijn leerling bij te spijkeren.
‘Ik begrijp dat u hier niet bent gekomen om dieper op de complexiteit van schizofrenie in te gaan. Toch wil ik u een paar zaken aanreiken om enige helderheid in onze aanvangssituatie te scheppen.’
Alarcón knikte op een manier waarvan hij dacht dat dit nu de juiste was: tussen dociel en geïnteresseerd in.

'Laten we ons tot de basis beperken door de zaken waarover we praten op de juiste manier te benoemen. Daarmee doel ik op vormen van schizofrenie en de symptomen ervan. Dit zijn essentiële verschillen, die we vooral niet door elkaar moeten halen. Dan ontstaan er misverstanden en spraakverwarring.'
'Duidelijk,' antwoordde Isidro Alarcón. Omdat hij de halve nacht achter zijn computer had doorgebracht, kreeg hij een vermoeden waar de psychiater met zijn minicollege heen wilde. Hij wilde de man zeker niet onderbreken, want Mendez was zo'n beetje zijn laatste hoop. Als de zielenknijper hem vroeg op zijn handen te gaan staan of in een boom te klimmen, zou hij dat zeker overwegen.
'Schizofrenie is een psychische aandoening die zich in verschillende vormen en gradaties aandient. De letterlijke betekenis is "gespleten geest". Misschien zeggen de woorden *schizo* en *phrenos* u iets.'
Aangezien het een mededeling was die als een vraag werd uitgesproken, hield Alarcón zijn mond.
'Schizofrenie is ruwweg in vijf vormen op te splitsen. Katatoon, gedesorganiseerd of hebefrenie, paranoïde, ongedifferentieerd en schizofrene resttoestand. Met die gradaties werken wij tijdens het stellen van een diagnose.'
Omdat zijn toehoorder geen aanstalten maakte hem te interrumperen of een vraag te stellen, vervolgde Mendez zijn monoloog.
'De symptomen daarentegen laten zich niet zo eenvoudig definiëren. Daarvan zijn er honderden, variërend van angstig gedrag tot onvoorspelbare woede-uitbarstingen of een vreemde motoriek tot zelfverzonnen woorden en praten met niet werkelijk aanwezige personen. Voor de behandelend geneesheer is het koppelen van de symptomen aan de vormen voornamelijk een kwestie van inschatten en ervaring.'
Zijn rechterwijsvinger tikte tegen de toppen van zijn linker.
'Dit waren dus in een notendop de basisprincipes van schizofrenie. Met vakjargon zal ik u verder niet lastigvallen.'
'Bedankt,' antwoordde Alarcón naar waarheid.
Mendez keek op zijn horloge. 'Aangezien mijn tijd beperkt is, zou ik nu graag overschakelen op de reden van uw komst.'
Alarcón realiseerde zich dat de standaardrecherchetechnieken nutteloos waren. De man tegenover hem was uitermate intelligent en zat hier op vrijwillige basis. Als Mendez er genoeg van kreeg, beëindigde hij gewoon het

gesprek. Niemand kon hem verwijten dat hij niet over zijn patiënten wilde praten. In geval van externe druk zou hij zich altijd op zijn beroepsgeheim kunnen beroepen. Daarom besloot hij recht op zijn doel af te gaan.
'Ik neem aan dat u op de hoogte bent van de moorden die de laatste weken in naam van een Baskische organisatie zijn gepleegd?'
Mendez knikte. 'Wij zijn er net met het gezin een weekje uit geweest naar Florida. Ik weet echter waar u op doelt. Een vreselijke zaak. Voor zover ik uit de commentaren opmaak is de man die in de blokhut is opgeblazen niet de dader.'
'Inderdaad,' antwoordde Alarcón. 'Ik ga nu buiten het legendarische boekje door dit te zeggen.'
'Dus bent u nog steeds op zoek naar de dader?'
'Hele teams zijn er dag en nacht mee bezig. Ik ben slechts een van de velen die zich met deze zaak bezighouden.'
Mendez legde zijn handen plat op het bureau.
'U bent hier vanwege een theorie, gerucht of bewijsstuk dat in de richting van een schizofrene dader wijst.'
'Helaas is het eerste het geval,' antwoordde Alarcón. 'Geruchten zijn er te veel en bewijzen te weinig. Zeg maar gerust: bijna niet. Vanaf het allereerste begin heeft deze zaak op een dood spoor gezeten, dokter. We lopen continu achter de feiten aan, terwijl het ons aan elk greintje geluk ontbreekt.'
Mendez keek hem begripvol aan.
'Dus hebt u ergens onderweg een ingeving gekregen. Een schot in het duister. Met een beetje dramatiek zou je dit bezoek een wanhoopsdaad kunnen noemen.'
Het beviel Alarcón allerminst dat de psychiater in zo'n kort tijdsbestek de vinger exact op de zere plek wist te leggen. Hij voelde zich met de minuut kleiner worden. Pleister op de wonde was de vaststelling dat de man inderdaad zo goed was als men beweerde.
'Kunt u mij vertellen hoe deze theorie is ontstaan?'
Hij besloot nu open kaart te spelen. Zijn gevoel zei hem dat dit de enige manier was om nog wijs te worden uit deze schijnbaar uitzichtsloze situatie. Mendez was uitermate bedreven in zijn vak. Als hij merkte dat er tegen hem werd gelogen, was het zonder meer over en uit.
'Gisteravond bezocht ik met mijn vrouw het theater. Een show van Edehey del Pino, een stand-upcomedian uit Gran Canaria. In zijn act deed hij

een typetje na dat zowel voor een man als voor een vrouw kon doorgaan. In een paar getuigenverklaringen die we hebben, worden voor de dader beide seksen genoemd. De een verklaart een jonge vrouw te hebben gezien, terwijl iemand anders een jongeman beschrijft.'

In de ogen van Mendez las hij oprechte interesse.

'Toen begon het opeens bij u te malen, inspecteur: man, vrouw, gewelddadig, schizofrenie. Voor een leek in deze materie niet eens zo'n onlogische gevolgtrekking.'

Voor de eerste maal tijdens het onderhoud voelde Alarcón zich duidelijk in de hoek gezet. Het domme agentje met zijn burgerlijke theorieën moest maar even zijn mond houde, nu was het tijd dat de grote mensen zich over het probleem bogen. Tenslotte hadden zij ervoor gestudeerd.

'Ik begrijp uw scepsis, dokter. Vaktechnisch gezien zal mijn theorie ongetwijfeld zo lek zijn als een zeef. Ik ben maar een simpele rechercheur die praktisch niets van deze materie weet en met zijn rug tegen de muur staat. Wij gaan ervan uit dat de dader nog steeds rondloopt en nog een spetterend slot in petto heeft. Daarmee doel ik op een grote aanslag waar veel onschuldige burgers het slachtoffer van zullen worden.'

Hij keek Mendez doordringend aan.

'Mocht ik dat via allerlei omwegen kunnen voorkomen, dan wil ik de rest van mijn leven met alle liefde te boek staan als een paljas die er wereldvreemde theorieën op na houdt.'

Het gezicht van Mendez verstrakte.

'Generaliseren is in ons vak een doodzonde, inspecteur. Niet iedere patiënt die aan een bepaalde vorm van schizofrenie lijdt is gek of gewelddadig. Integendeel, in de meeste gevallen behandelen wij zachtaardige, gevoelige mensen die ergens onderweg de controle over hun leven zijn verloren. Het is onze taak om hen door middel van bijvoorbeeld medicatie of cognitieve therapie niet verder te laten afglijden. Soms lukt dat, maar meestal niet. Laat ik daar vooral eerlijk over zijn. Schizofrenie is in de meeste gevallen moeilijk behandelbaar.'

Hij hief nadrukkelijk zijn rechterhand.

'Uw target is de zwaarste doelgroep. Dat ligt in elk geval het meest voor de hand. Gewelddadig en waarschijnlijk met een crimineel verleden. De patiënten die hier intern verblijven hebben geen strafblad, hooguit een aantekening vanwege een ondoordachte actie die ze onder invloed van hun ziekte hebben begaan. Daarmee wil ik niet ontkennen dat er in San

Roque “zware gevallen”, zoals u het zou betitelen, onder behandeling staan. Deze mensen zijn hier echter op vrijwillige basis, op verzoek van henzelf of hun familie. Ze zijn preventief opgenomen, want als ze in de maatschappij blijven is het leed op den duur niet meer te overzien. Noch voor de patiënt, noch voor zijn familie en de omwonenden.’

‘U verwijst me dus naar de psychiatrische afdeling van het gevangeniswezen?’ zei Alarcón snel. ‘Volgens mijn informatie staat u daar regelmatig mee in contact, en hebt u zelfs bij enkele instellingen een adviserende functie.’

Mendez lachte flauwtjes. ‘Nee en ja. Ik verwijs u niet naar de psychiatrische afdeling van penitentiaire instellingen. De kans dat de man of vrouw die u zoekt daar zit is vrij klein, nietwaar? Mijn adviserende functies bij deze overheidsorganen vormen overigens maar een klein onderdeel van mijn werkzaamheden. De staf aldaar is bekwaam genoeg om zelf diagnoses te stellen. Maar het komt wel eens voor dat men bij uitzonderlijke gevallen mijn advies vraagt.’

Alarcón reikte naar zijn laatste strohalm.

‘Schieten u wellicht gevallen te binnen die in aanmerking zouden kunnen komen?’ Hij wist dat zijn formulering van geen kant deugde, maar aan die onvolkomenheid in zijn taalgebruik had hij geen enkele boodschap. Hij stond namelijk op een wankel trapje dat elk moment kon omvallen. Terug naar af.

‘Nee,’ zei Mendez. ‘De patiënten waarmee ik heb gewerkt en die eventueel aan uw profiel zouden voldoen, zitten in een streng beveiligde gevangenis of zijn inmiddels overleden. Ík kan u verder niet meer van dienst zijn.’

De klemtoon die Mendez op het woordje ‘ik’ legde, zorgde voor een opleving in Alarcóns houding.

‘Ú kunt mij niet meer helpen, maar...?’

‘Wellicht een collega uit Segovia wel,’ antwoordde de psychiater stoïcijns. ‘Een paar jaar geleden vertelde hij me tijdens een congres in Madrid een bijzonder interessant verhaal.’

12.00 uur, San Sebastián

Alfonso Silva en Carmen Marrero kwamen het kantoor van Aitor Belasko binnen. Met strakke gezichten liepen ze naar het bureau waarachter de Patriarch zat. Silva trok twee stoelen bij. Zonder een woord te zeggen namen ze plaats.

'Altijd fijn om gelukkige mensen in je omgeving te hebben,' schmierde de Patriarch. 'De top van de veiligheidsdienst wil ineens met me praten. Beetje laat, nietwaar?' Hij glimlachte vals.

Zowel Carmen als Silva negeerde de steek onder water. Hun mimiek drukte desinteresse uit. De chef van Nueve haalde een laptop uit zijn aktetas. Hij opende deze en bleef een halve minuut onverstoorbaar naar het oplichtende scherm kijken. Nadat hij op enkele toetsen had gedrukt, legde hij de computer op het bureau en draaide hem een halve slag. Belasko had nu frontaal zicht op het beeldscherm.

'Opiniepeilingen?' sprak hij gekscherend. 'Daar ben ik momenteel dol op. Onze partij doet het buitengewoon goed.'

Silva boog naar voren en drukte met zijn wijsvinger op een knop aan de linkerkant van het paneel. Het projectievlak kwam tot leven. Een dunne zwarte streep verdeelde het beeld in twee gelijke stukken. Elk afzonderlijk vlak toonde zijn eigen scène. Links zag Belasko een opname van een cel waarin een geboeide jongeman op een brits zat. Hoewel zijn hoofd op zijn borstkas rustte, was het duidelijk dat dit Ramon Belasko was.

De rechterkant van het scherm liet een kamer zien, met minieme decoratie en een hoog ligbed dat in het midden van het vertrek stond. Hierop lag een vrouw. Ze sliep of was buiten kennis. Anna Belasko lag er vredig bij.

'Wat moet dit voorstellen?' sprak de Patriarch met ingehouden woede.

'Vanmorgen om halfnegen is uw zoon Ramon aangehouden op verdenking van cocaïnebezit. Tijdens een routinecontrole vonden politiefunctionarissen twee kilogram pure cocaïne in zijn auto. Op ons verzoek is hij overgebracht naar een safehouse van de veiligheidsdienst, de CESID. Tot nader order blijft hij in verzekering. Isolatie, om precies te zijn.'

Voordat Belasko de kans kreeg om te reageren, ging hij op onverstoorbare toon verder.

'Terwijl ze op weg was naar haar vrijwilligerswerk in het ziekenhuis, werd uw vrouw ineens onwel. Gelukkig waren onze werknemers ter plekke. Die hebben haar naar een gesloten kliniek even buiten de stad vervoerd.

Ze is nu nog buiten kennis, maar de dienstdoende artsen hebben me verzekerd dat het goed met haar gaat. Tenminste, als er geen complicaties optreden.' Doordat hij monotoon sprak, ging er vooral van de laatste zin een onderhuidse dreiging uit.
Met zijn blik op beide beelden gericht schudde Belasko traag zijn hoofd. 'Dit kunnen jullie niet maken,' fluisterde hij. Hij haalde diep adem en leek strijd met zichzelf te voeren.
'Jullie bluffen,' concludeerde hij tien tellen later. Zijn donkere ogen schoten steekvlammen.
Silva haalde uit de binnenzak van zijn colbert een telefoon en toetste een nummer in, met zijn keiharde blik ondertussen op Belasko gericht.
'Begin,' zei hij in de telefoon, en hij legde het toestel voor hem op het bureau. In gedachten begon hij de seconden te tellen.
De kin van Ramon Belasko rees vijf centimeter. Hij keek schuin tegen de man op die de cel binnenkwam. Een vuistslag trof hem net onder zijn borstbeen, waardoor hij dubbelklapte. Zijn belager droeg een zwarte bivakmuts, een dito trui en handschoenen. Met zijn ene hand pakte hij zijn gevangene bij de haren en trok diens hoofd ruw naar achteren. Zijn andere vuist trof de zoon van de Patriarch vol in de onderrug. Omdat de laptop enkel beeld verzond, bleef de resonantie van de kreet gevangen binnen de kleine cel. De intensiteit ervan was vanuit het kantoor op het gezicht van Ramon Belasko af te lezen.
Silva pakte de telefoon. 'Genoeg voor nu.'
Met het puntje van zijn tong likte de Patriarch langs zijn lippen. 'Daar gaat hij niet dood van,' probeerde hij met een cynische ondertoon, die zijn doel echter voorbijschoot vanwege het gebrek aan overtuiging in zijn stem.
'Klopt,' antwoordde Silva. 'Nog niet.'
Hij toetste wederom een nummer in. 'De eerste naald,' sprak hij emotieloos, en hij legde de telefoon weer weg.
Naast de bewusteloze Anna Belasko verscheen een vrouw in verpleegstersuniform. Ze droeg een mondkapje, waardoor het onderste gedeelte van haar gezicht zo goed als onzichtbaar was. Ze stroopte de linkermouw van Anna's blouse op en begon haar bovenarm in te smeren met een goedje uit een doorzichtig flesje.
'Desinfecteren,' verduidelijkte Silva de glasheldere beelden. 'Uw vrouw staat op het punt geïnjecteerd te worden met een experimentele vloeistof. De naam ervan is me ontschoten, maar wel weet ik dat binnen afzienbare

tijd haar lichaamsfuncties aan de linkerkant wegvallen. De eerste vijf jaar treedt hierin geen verbetering op, wat inhoudt dat ze zich op korte termijn in een rolstoel zal moeten voortbewegen. Hopelijk laat uw drukke schema het toe om haar in deze moeilijke tijd te begeleiden.'

Er verscheen een injectiespuit in de rechterhand van de verpleegster. Haar duim drukte licht op de onderkant, waarna er een straaltje vocht uit de naald spoot.

'Stop,' sprak de Patriarch mat.

Silva pakte de telefoon en zei: 'Geen injectie.' De verpleegster draaide zich om en verdween uit beeld.

'Wat is de deal?' vroeg Belasko. Zijn stem klonk als die van een dorstige in de woestijn.

'Uw vrouw en zoon gaan vrijuit. Ze krijgen een spuitje met een serum dat hun kortetermijngeheugen wist. Ze zullen zich niets meer van deze dag herinneren. Meer dan een zwart vlekje in hun geheugen houden ze er niet aan over. Morgen pakken ze hun leven weer op.'

Belasko's blik switchte van Silva naar Carmen en weer terug.

'Waar willen jullie dat ik begin?'

Silva onderdrukte een zucht van verlichting. Ondanks het brandende verlangen om Belasko aan de hoogste boom op te hangen, zou hij zich er nooit toe verlagen onschuldigde burgers zwaar te mishandelen of te doden. De klappen die Ramon Belasko had gekregen waren op dat moment pijnlijk. Op de lange termijn zou hij er echter geen schade van ondervinden. De gemaskerde Gomez wist exact waar hij zijn slachtoffer moest raken zonder dat het ernstige gevolgen voor diens gezondheid had.

De naald waarmee Anna Belasko geïnjecteerd zou worden, bevatte een onschuldige zoutoplossing. De zogenaamde verpleegster die haar de injectie moest toedienen, was een door hem geïnstrueerde CESID-agente met een medische achtergrond. Doordat Belasko zo snel overstag was gegaan, bleven haar vaardigheden met de naald hun bespaard.

Silva pakte een minicamera, sloot die aan op de laptop en richtte de lens op Belasko. Vervolgens drukte hij drie knoppen in. Het gezicht van de Patriarch bedekte nu grotendeels het beeldscherm. Silva's wijsvinger tikte nog eenmaal een toets aan, waarna hij achteroverleunde. Vanaf dat moment werd alles opgenomen.

'We beginnen bij vrijdagavond 23 maart,' sprak Silva met de neutrale klankkleur van een ervaren ondervrager.

'De maandelijkse bijeenkomst van de vertegenwoordigers van de Baskische partijen in San Sebastián. Wie waren daar aanwezig?'
Belasko schrapte zijn keel.
'Dat waren Idoca Mendiazabal van Euskal Heritarrok, Maikel Gorrotxatequi van de PNV, Ainhoa Etxeberia van Eusko Alkartasuna, Jon Erkiana van de communistische partij en Patxi Ochoa van JARRAI. Zoals gebruikelijk zat ik de vergadering voor.'
'Welke vraagstukken werden er die avond behandeld?'
'Het draaide maar om één ding: excuses aan Spanje namens de ETA.'
'Waarom?'
'Het vredesproces stagneerde. Het uitblijven van excuses bleef voor de Spaanse regering een heet hangijzer. In ruil daarvoor zouden er ongetwijfeld politieke concessies worden gedaan die bijdroegen aan de autonomie van Baskenland.'
'Kletskoek.'
'Gedeeltelijk. Naar aanleiding van eventuele excuses zouden er ongetwijfeld toezeggingen volgen, maar niet in de mate die door ons werd voorgespiegeld.'
'Wat was de werkelijke reden van de bijeenkomst op vrijdag 23 maart?'
'Een ruzie veroorzaken tussen Patxi Ochoa en de rest van het gezelschap.'
'Wie waren daarvan op de hoogte?'
'Idoca Mendiazabal, ETA-kaderlid Iñigo Salaberri en ikzelf.'
'Hielden jullie geen rekening met de mogelijkheid van tegenwerking van Gorrotxatequi, Etxeberia of Erkiana?'
'Nee, die kans was verwaarloosbaar. Als kaderlid van de ETA vertegenwoordigde Salaberri het hoogste orgaan. In naam was hij een van de drie kaderleden, in de praktijk was hij de onbetwiste leider. Iedere aanwezige wist dat. Op de hiërarchische ladder nam Mendiazabal als leider van de voormalige Batasuna eveneens een hoge positie in. Ikzelf heb inmiddels ook mijn sporen wel verdiend. De overigen waren meelopers. Kontlikkers die niet wisten hoe snel ze met het plan moesten instemmen.'
'Behalve Patxi.'
'Dat heethoofd reageerde precies zoals wij verwachtten. Hij schopte een fikse scène en ging er ziedend vandoor.'
'Waarna iemand hem buiten opwachtte en drogeerde, en hij werd opgesloten in een blokhut in een afgelegen streek in Catalunya.'
'Klopt.'

'Wie overmeesterde, vervoerde en bewaakte hem?'
Belasko aarzelde een paar seconden en antwoordde: 'Later.'

Sinds hun binnenkomst had Carmen geen woord gezegd. Vooraf waren ze dit overeengekomen, en wel om twee redenen. Ten eerste was het al een godswonder dat Silva haar mee wilde hebben. Ze zat midden in een rouwproces, wat haar op z'n zachtst gezegd instabiel maakte. Om haar in zo'n korte periode voor de leeuw te gooien die verantwoordelijk was voor de dood van haar geliefde getuigde van krankzinnigheid of genialiteit. Ze hield het voorlopig op het laatste.

Hun strategie was de tweede reden waarom ze haar kaken op elkaar hield. Omdat ze Belasko een hoge graad van intelligentie toedichtte, was er gekozen voor de moeilijkste vorm van verhoren: de directe. Vanwege de grote kans op een misser werd deze techniek alleen door experts toegepast. Vanaf de eerste seconde diende de ondervraagde onder druk te worden gezet; hij moest worden opgejaagd. Om zo'n missie tot een goed einde te brengen diende de ondervrager welbespraakt te zijn en over een flinke portie intelligentie, durf en feiten- en mensenkennis te beschikken. Deze manier van verhoren was vergelijkbaar met rijden op een op hol geslagen paard: ging je in de fout, dan maakte je onherroepelijk een doodsmak. Hield je het echter vol, dan liep de viervoeter na verloop van tijd geheid langzamer, waarna jij het dier uiteindelijk jouw wil oplegde.

Het grenzeloze respect dat ze voor Silva had kon niet verhinderen dat de uitkomst van het verbale duel voor haar geen prioriteit had. De hoofdzaak was haar aanwezigheid. De afstand tussen haar en het monster dat verantwoordelijk was voor de dood van Enrique bleek verwaarloosbaar. Ze hoefde niet eens het dienstwapen te trekken om hem te doden. Binnen vijf seconden kon ze hem met haar blote handen naar de andere wereld helpen, een straf die deze schoft verdiende. Hij ging naar een plek waarbij de hel verbleekte. Tot die tijd bleef ze kijken en zwijgen.

'Nadat Patxi voor de buitenwereld van de aardbodem was verdwenen, werd het tijd voor El Fuego de los Vascos, een onbekende groepering met ridicule eisen. Het eerste slachtoffer werd een Duits jochie van zes. De eerste, geplande golf van afschuw rolde over Spanje.'
Silva liet een korte stilte vallen.
'Die groepering was een verzinsel. In uw opdracht werden de moorden

gepleegd door een professional. Ik wil zijn naam.'
Belasko onderdrukte de aanzet tot een glimlach al in het beginstadium. De halve seconde waarin dit stukje emotie rond zijn mondhoeken speelde, was voor Silva voldoende om te realiseren dat hij een fout had gemaakt. Te vroeg en te gretig, gierde het door zijn hoofd.
'Later,' zei de Patriarch met een stalen gezicht.
'Oké,' zei Silva. 'Ook daar komen we later op terug. Wat ik nu interessanter vind is de rol van de oude Salaberri en uw politieke kompaan Mendiazabal. Nadat ze hun bijdrage hadden geleverd moesten ook zij het veld ruimen. Salaberri die zich zogenaamd naar de andere wereld dronk en Mendiazabal die als dank voor bewezen diensten een kogel uit een sluipschuttersgeweer kreeg te verduren. Ik neem aan dat ze te veel wisten en daarom moesten sterven.'
De Patriarch knikte onverschillig.
'Salaberri gold als boegbeeld, maar dan op de achtergrond. Omdat hij zijn fiat had gegeven voor de excuses en het samensmelten van de Baskische politieke partijen die ertoe deden, gingen de mensen met politieke bevoegdheid overstag. In Baskenland heeft iedereen op wat voor manier ook een band met de ETA. Dat kan een rechtstreekse zijn, maar eveneens via de achterneef van de tuinman die collecteert voor de goede zaak.'
'Dat was juist een reden om hem in leven te laten.'
'Met Salaberri lag het gecompliceerder. Zoals ik al zei had hij toestemming gegeven voor excuses en samenvoeging.'
Silva overdacht razendsnel de opties. Hij koos voor de meest voor de hand liggende. Mocht hij mistasten, dan bleef er nog genoeg gespreksstof over om dat tussen de regels door recht te trekken.
'Salaberri had dus expliciet toegestemd in die twee zaken. Toen het gebeuren al in een vroegtijdig stadium dreigde te escaleren, kreeg hij zijn bedenkingen en dreigde zijn steun in te trekken.'
De Patriarch grijnsde vals. 'Zo zou je het kunnen samenvatten. Hij dacht dat het om een statement ging, waarna het verder politiek zou worden opgelost. In zijn visie klopte het. Hij was er namelijk van overtuigd dat het om een vastomlijnd plan ging met een opening, een middenstuk en een eindfase. Wat hem echter ontging was het niet-onbelangrijke detail dat het hier slechts het begin betrof.'
'De ETA zou nooit instemmen met executies van personen die in hun ogen buiten de politieke arena stonden. Toen het Duitse jochie werd vermoord,

drong het tot Salaberri door dat hij was voorgelogen. Aansluitend vermoordde u hem.'

Belasko zweeg. De uitdrukking op zijn gezicht zei Silva echter genoeg.

'Mendiazabal was voor u een essentiële schakel. U spiegelde hem voor dat hij de nieuwe leider van Baskenland zou worden. Er werd hem een strategie voorgelegd, waarna de stukjes een voor een in elkaar pasten. Een hele klus, die een flinke voorbereidingsperiode vergde. Hoe lang heeft die eigenlijk geduurd?'

'Met Mendiazabal heb ik drie jaar aan de uitwerking geschaafd. Zelf liep ik al zo'n tien, twaalf jaar met het idee rond. Pas in het stadium dat het klimaat ideaal leek voor deze coup heb ik het startsein gegeven.'

Silva's reactie bleef uit. Hij kneep beide ogen een stukje toe en knikte langzaam. Het moment voor een tactische zet was aangebroken. Een wisseling die zo natuurlijk mogelijk moest verlopen. Hij realiseerde zich dat het niet meer was dan een probeersel. Qua intelligentie was Belasko niet voor de poes. De kans bleef aanwezig dat de schoft zichzelf opeens in een vlaag van grootheidswaanzin zou verliezen. Maar het was de gok waard.

'Onderhandelingen die in een impasse zaten, de ETA die enkel in naam nog bestond, een achterban die het helemaal zat was... Ik begrijp het. Dat was inderdaad het ideale tijdstip voor de grote ommekeer.' In de blik die hij Belasko zond, probeerde de chef van Nueve bewondering te laten doorschemeren: een verkapte uitdaging voor de Patriarch om deze schilfers uit te laten groeien tot iets fundamenteels.

'Het hele plaatje klopte,' zei Belasko zonder dat er een spoortje van euforie in zijn stem doorklonk. 'De situatie, de uitvoering en de reacties erop. Alles liep zoals zorgvuldig was gepland.'

Silva beet op zijn onderlip, waardoor het 'vandaar dat je nu in het beklaagdenbankje zit, ellendeling' een vroege dood stierf.

'Om het leiderschap te bemachtigen moest Mendiazabal in actie komen,' ging Silva verder. 'Hij was degene die de politici van de PSOE overhaalde om te zijner tijd de overstap naar La Paz te maken. "Chanteren" is trouwens een beter woord. La Lista Sangrinta speelde hierin een cruciale rol.'

De Patriarch haalde nonchalant zijn schouders op. 'Ik ging ervan uit dat iemand in de regering of een topfunctionaris bij de veiligheidsdienst wel van het bestaan af wist. Dat hele gedoe met die politieke overlopers was niet meer dan een intermezzo.'

'Waarmee u tijd won en goodwill onder de Basken kweekte. Voor de man in de straat kwam het als een geniale zet over. Het eenheidsgevoel kwam weer bovendrijven. Alle politieke geschillen opzijzetten voor één Baskenland. Daar zaten de mensen op te wachten! Dat het politieke zelfmoord was en de regering dit nooit ofte nimmer kon accepteren was op dat moment van ondergeschikt belang. Waarschijnlijk wist de meerderheid het wel, maar ze schoven het bewust onder tafel. Euforie wás de waan van de dag en regeerde met zachte hand. Een heerlijk gevoel, dat ze zo lang mogelijk wilden vasthouden.'

'U schetst het behoorlijk waarheidsgetrouw,' zei Belasko stoïcijns.

Silva negeerde de opmerking en schakelde een tandje bij.

'Voor zover wij weten was u nooit officieel lid van de ETA. Dit houdt in dat La Lista Sangrinta nooit in uw bezit is geweest. Volgens de statuten van de ETA was dat onmogelijk.'

'Inderdaad. La Lista de Oro is door Salaberri aan Mendiazabal overgedragen. Dit gebeurde drie jaar geleden, toen het duidelijk werd dat de lichamelijke problemen van de drie kaderleden van serieuze aard waren. Als roerganger van Batasuna was Mendiazabal de eerste in de lijn van opvolging.'

'Waar is de lijst nu?'

Belasko glimlachte flauw. Hij opende zijn mond om 'later' te zeggen, maar Silva was hem voor.

'De grote lijnen van het plan snap ik. De onbekende Baskische organisatie die aan het moorden slaat, waardoor de ETA grote ogen van verontwaardiging kan opzetten. Een omgekeerde wereld dus. Via de bevriende mediakanalen lekt men over de ophanden zijnde excuses en een nieuwe wonderpartij dient zich aan. Ondertussen gaat het moorden door en worden de onderlinge banden in Baskenland verstevigd. Er ontstaat een stemming van "Euskadi tegen Madrid", precies zoals u had voorzien. Onder uw hoede staat een nieuwe partij op, die op grote bijval kan rekenen. Na wat ongeregeldheden over en weer wordt de grote troef uitgespeeld. Bij een inval van de veiligheidsdienst in een blokhut in Catalunya wordt Patxi Ochoa gedood. Het vuurtje in Baskenland wordt hiermee nog verder opgestookt. Niemand gelooft de onuitgesproken aantijging dat hij de precisiemoorden van de laatste weken op zijn geweten heeft. Dat er bij de inval één dode en twee zwaargewonden bij de veiligheidsdienst vallen lijkt iedereen koud te laten. Vervolgens...'

De kamer begon te draaien. Meubilair wisselde van kleur. Belasko's gezicht leek klei die zich door onzichtbare handen in de meest vreemde vormen liet kneden. Carmen knipperde een paar maal met haar ogen, maar het effect was nihil. De wereld zweefde en haar gedachten vlogen mee.
De blokhut explodeerde meerdere malen. Keer op keer stierf ze zonder dood te gaan. De man met de zeis weigerde haar te halen, barmhartig zoals hij voor Enrique niet was geweest. Hij stierf maar één keer, zonder afscheid te nemen. Smeulend tussen resten hout die roken naar permanente vernietiging. Tussen de puinhopen lag ook haar leven begraven, want het leven werd alleen geleefd als je het wilde leven.
Toen keerden de juiste proporties en bijbehorende kleuren terug op haar netvlies. Wat bleef was een allesverterende woede. De man die haar leven had verwoest zat recht tegenover haar, had zijn blik strak op Silva gericht en was aan één stuk door aan het woord. Daar leek het in elk geval op, want zijn lippen gingen constant op en neer. De precieze woorden drongen niet tot haar door. Het klonk als een geroezemoes dat je hoorde op een station tijdens het spitsuur: hinderlijk aanwezig, volkomen onverstaanbaar.
Terwijl de geluidsgolven langs haar heen gingen, dacht ze aan haar dienstwapen. Het zat vlak onder haar rechteroksel in een leren schouderholster. Als ze weer helder kon denken en Silva de informatie had gekregen waarvoor hij was gekomen, zou ze het wapen trekken om het aansluitend op Belasko te legen. Wat er daarna met haar zou gebeuren deed er verder weinig toe, zolang die klootzak maar het loodje legde. Dan was het weer een stukje beter met de wereld gesteld. Ze moest zichzelf bevelen om de kolf van het instrument der gerechtigheid niet te strelen. Helse voorpret.
'... kan er eenvoudigweg nooit eenheid ontstaan. Dit heeft onder meer te maken met de superieure genetische kwaliteiten die de Basken zichzelf toebedelen. Zowel fysiek als mentaal voelen ze zich boven andere volken verheven. Feitelijk is er dus sprake van een omgekeerde situatie: het heeft niets te maken met een onderdrukt volk, maar alles met een genetisch bepaalde groepering die zich superieur voelt en daarom geen deel wil uitmaken van Spanje. Dat is het grondbeginsel van deze onafhankelijkheid, namelijk die specifieke onafhankelijkheid zelf. Doordat wij numeriek ten onder gaan tegen de bezetter, is er nog steeds geen autonoom Euskadi. Uiteindelijk draait het allemaal om de cijfertjes. We staan tegenover een

overmacht van veertig miljoen Spanjaarden en evenzoveel Fransen.'
De Patriarch bereed zijn stokpaardje. Hij haalde een teug adem om zijn monoloog van brandstof te voorzien.
'Op een Castiliaan als u komt het wellicht vreemd over als ik stel dat de Basken een ras zijn. Die bewering is echter verre van stoutmoedig. Het overgrote gedeelte van de echte Basken is namelijk in het bezit van een bloedgroep met resusfactor negatief. Dit komt slechts bij vijftien procent van de wereldbevolking voor.'
Silva onderdrukte de glimlach die door het gebazel van Belasko was veroorzaakt. Op dit soort 'weetjes' zat hij niet te wachten. De wereld hing aan elkaar van toevalligheden die door groeperingen als onomstotelijk bewijsmateriaal werden opgevoerd. Toch peinsde hij er niet over om Belasko te onderbreken. Nu de Patriarch eenmaal aan het woord was, bleef de mogelijkheid bestaan dat hij zich tijdens zijn uiteenzetting versprak.
'De superioriteit van het Baskische ras ten opzichte van de Spanjaarden veroorzaakt intern strubbelingen: de grote tragedie van een hoogontwikkeld ras. Zie het als begaafdheid die genetisch is bepaald. Zet dit volk dicht op elkaar en er komt geheid gedonder in de glazen. Onze grote makke. Een overmaat aan intelligentie die beknot wordt door een halfdebiele bezetter met een onuitputtelijk aantal volgelingen.'
De eerste twijfels knaagden nu aan Silva's inschattingsvermogen. Belasko liet nu een heel ander gezicht zien dan dat van de beschaafde politicus die bedachtzaam antwoordde op de vele vragen die de journalisten hem stelden. Op zich was dit niet zo verwonderlijk, zij wisten allang dat de Patriarch in feite een fanatieke nationalist met verwerpelijke en gevaarlijke ideeën was. Daar kwam bij dat Belasko zich realiseerde dat het spel over was, waardoor hij ongecensureerd zijn denkbeelden kon spuwen. De manier waarop de Bask dit deed, was echter te hoogdravend, op het ridicule af. Silva besloot het nog even aan te horen. Wellicht dat de versprekking nog kwam.
'Ons grote probleem was eenheid. Ik spreek bewust in de verleden tijd, omdat mij iets is gelukt waar niemand in onze rijke geschiedenis zelfs maar bij in de buurt kwam. Eenheid onder de Basken gold sinds mensenheugenis als een utopie. Het leek onmogelijk om het gedachtegoed van een volk dat het onderling overal over oneens is op één lijn te krijgen. Logisch, als je bedenkt dat er in Euskadi meer politieke splinterpartijen

zijn dan sportverenigingen en dat een Bask niet wegloopt voor een pittige discussie over de zekerheid "je wordt geboren en sterft". Reken er maar op dat het een echte Bask lukt om hiaten in deze stelling te vinden.'

De gelaatsuitdrukking van Belasko vertoonde geen spoortje van humor. Zijn neusvleugels trilden licht, terwijl zijn donkere ogen vlamden. De aderen in zijn nek zwollen op. Zijn rechterwijsvinger priemde venijnig in de lucht.

'Ik heb geschiedenis geschreven. Voor de eerste maal in zijn bestaan is Euskadi één. Hoe deze ontwikkeling tot stand is gekomen doet er verder niet meer toe. Wat telt is het resultaat. Ruim twee miljoen mensen staan achter een en hetzelfde doel. De onderlinge geschillen zijn begraven. De ontwikkelingen voltrekken zich in een tempo dat politiek Madrid niet meer kan bijbenen. Aangezien het aloude geweld niet meer van deze tijd is, zal Euskadi zeer binnenkort zijn onafhankelijke status tegemoet kunnen zien.'

De signalen waren overduidelijk. Als hij ze bleef negeren kon dat tot een scenario leiden waarbij hij een gedeelte van de controle verloor. Belasko zou geen fouten maken en was absoluut niet van plan om informatie prijs te geven. Met opgekropte woede spuwen had dit niets te maken. Hier was sprake van een statement, voorgedragen door een man die met de seconde meer de controle over zichzelf verloor zonder daarbij zijn hoofd te verliezen.

'Er is een onomkeerbare situatie voor Spanje ontstaan.' Hij grijnsde vilein. 'Herstel: Ík heb deze toestand geschapen. Na Euskadi zal Catalunya met vergaande eisen komen. In hun kielzog zullen de nationalisten uit andere provincies opstaan en onafhankelijkheid eisen. Het Spanje zoals wij dat nu kennen houdt binnen enkele jaren op te bestaan. Om escalatie te voorkomen zal de Europese Unie haar bemoeizuchtige handen van Spanje af trekken. Zij hebben al problemen genoeg met de nieuwkomers uit het Oosten en de immigratiestroom vanuit Afrika. Spanje zelf zal enkel nog in naam bestaan. Het nieuwe land wordt bewoond door verschillende rassen die in vrede en met behoud van hun eigen identiteit naast elkaar leven.'

Belasko boog wat naar voren. Met zijn ene hand opende hij een bureaula. Zijn koortsige blik was op de twee afgezanten van Nueve gericht.

'Mijn missie is geslaagd. In de geschiedenisboeken zal ik als de grote hervormer worden herdacht, een man die voor zijn idealen de hoogst mogelijke prijs betaalde.'

Silva reageerde ogenblikkelijk: met gestrekte armen sprong hij uit zijn stoel. Tijdens de fracties van seconden die zijn vlucht bedroeg, meldde de geprogrammeerde vechtmodule zijn verstand dat hij te laat was. Terwijl zijn handen naar Belasko reikten, haalde de Patriarch een pistool uit de lade, stak de loop in zijn mond en drukte af. Midden in zijn vlucht knalde Silva tegen de borst van Belasko aan, waardoor ze samen tegen de muur botsten. Hij draaide zich weg van het ontzielde lichaam. Vanuit zijn ooghoek zag hij Carmen opstaan. Haar lichaamstaal was als die van een robot. Drie stappen later stond ze over Belasko gebogen, haar gezichtsuitdrukking was kil en berekenend. De lugubere mix van bloed en hersens op de muur was een detail waar ze zich niet aan stoorde. Ze trok haar dienstwapen en richtte op Belasko's borst.

'Zo makkelijk kom je er niet van af, hufter.' Na die woorden vuurde ze.

Klik. Uit ergernis trok haar lip omhoog, waarna een wolfachtige grimas verscheen. Haar rechterwijsvinger ging nu in een razend tempo op en neer.

Klik, klik, klik, klik, klik.

Silva stond langzaam op. Hij legde zijn linkerhand op Carmens schouder. 'Hou maar op,' zei de chef van Nueve lijzig. 'Toen jij in het vliegtuig lag te dommelen heb ik de kogels verwijderd.'

14.00 uur, Clínica San Roque

Als het niets oplevert, heb ik in elk geval het wereldrecord klokkijken verbeterd, dacht Isidro Alarcón toen hij voor de zoveelste maal op zijn horloge keek. Drie uur lang had hij de wijzers zien kruipen. Een nuttelozere bezigheid was nauwelijks voor te stellen. Toch was met het verstrijken van de seconden de spanning toegenomen. Op zich een hele prestatie, aangezien de omgeving vergeven was van de natuurlijke stressremmers.

Nadat psychiater Sergio Mendez contact had gezocht met zijn collega in Segovia, volgde de eerste domper van de dag: Manolo Pera was weggeroepen voor een spoedgeval. Zijn mobiele telefoon stond uit en men verwachtte dat hij rond een uur of twee weer bereikbaar was. Tot die tijd hield Alarcón zich afwisselend bezig met naar de natuur staren en de wijzers van zijn polshorloge volgen.

Om vijf over twee opende Mendez de deur van zijn spreekkamer. Ervan uitgaande dat Alarcón hem volgde, liep hij direct naar zijn bureau en draaide het mobiele nummer dat hij van Pera's secretaresse had gekregen. Toen hij na vijf seconden zei: 'Hallo Manolo, je spreekt met Sergio Mendez', voelde Alarcón een adrenalinestoot door zijn aderen jagen.

'Ik hou het kort,' vervolgde Mendez. 'Naast me in mijn werkkamer staat hoofdinspecteur Alarcón. Hij werkt aan de moordzaken die door de onbekende Baskische organisatie worden opgeëist. Vanmorgen legde hij me een mogelijk daderprofiel voor. Naar aanleiding daarvan besloot ik jou te bellen, vanwege dat verhaal dat jij me tijdens het congres in Madrid vertelde.'

Mendez luisterde naar het antwoord van zijn collega en gaf de hoorn door aan Alarcón. De daaropvolgende drie minuten luisterde deze voornamelijk naar het verhaal van de psychiater. De man uit Segovia beschikte over een uitstekend geheugen, waardoor hij zijn relaas niet hoefde te onderbreken om te zoeken naar en te spieken in dossiers. Hetzelfde kon worden gezegd van Alarcón: op een paar aantekeningen na sloeg hij alle informatie in zijn systeem op. Toen Pera was uitgesproken bedankte hij de psychiater voor zijn medewerking en gaf de hoorn terug aan Mendez.

Even later schudden ze elkaar de hand. Inspecteur Isidro Alarcón liep naar zijn auto, terwijl Mendez zich weer met de complexiteit van de schizofrenie bezighield. Voor beide mannen was het einde van deze werkdag echter nog lang niet in zicht.

Alarcón ging naast het linkerportier van zijn auto staan en haalde zijn mobiele telefoon tevoorschijn. Gedurende de drie verloren uren had hij naast het bekijken van de natuur en zijn horloge uitgebreid de tijd gehad om te overdenken hoe hij in geval van een mogelijke treffer moest handelen. Tegelijkertijd knaagde er een misselijkmakend gevoel aan zijn geweten. Ooit was hij een consciëntieus man geweest. Althans, dat had hij zichzelf lang wijs kunnen maken. Die eigenschap behoorde nu echter definitief tot het verleden. Daarvoor zat hij veel te diep in de stront.

Hij toetste het nummer van Antonio de la Gándara in en hoopte vurig dat ze bij Nueve op hun qui-vive waren.

14:30 uur, A8, vijf kilometer voor de afslag Eibar

Hij zat in zijn auto en keek zoals veel vertegenwoordigers deden: een gehaaste blik die smeekte om rust. Een moment van ontspanning dat hij op de parkeerplaats van een wegrestaurant probeerde te vinden en voor even vast te houden.

Met zijn vingertoppen masseerde hij beide slapen, en toen zijn nek. Mocht iemand hem in de gaten houden, dan kon deze persoon niet anders concluderen dan dat de man in de middenklasser nog een lange dag voor de boeg had. Dit was slechts een korte stop tussen de rits klanten die hij dagelijks op de commerciële aantrekkelijkheid van zijn producten wees. Nieuwsgierigheid van de bespieder zou snel plaatsmaken voor een vorm van medelijden, waarna verveling zijn of haar blik automatisch naar een ander object zou drijven.

De rol van vertegenwoordiger was echter geen lang leven meer beschoren. De zenuwen gierden namelijk door zijn keel. Het liefst wilde hij tegen de ramen bonken en het uitschreeuwen van woede, pijn en ontzetting. Dat hij het desondanks volhield om het prototype burgermannetje uit te beelden, had alles met zijn opleiding te maken. Een lange, harde leerschool die helemaal op het conto van Aitor Belasko kon worden geschreven. Een korte blik op het dashboardklokje vertelde hem dat diezelfde Aitor Belasko niet zou komen opdagen. Die vaststelling leverde hem direct een steek in de borst op, waardoor ademhalen een paar tellen onmogelijk was. De emoties waren eenvoudigweg te heftig.

Hij veegde zijn natte handen af aan het lichtblauwe forenzenoverhemd en de bijpassende donkerblauwe stropdas. Over vlekken maakte hij zich niet meer druk; er kwam toch niemand meer. Door krachtig te slikken onderdrukte hij een hartverscheurende kreet.

De afspraak was om twee uur op de parkeerplaats van dit wegrestaurant. Over de locatie kon geen misverstand bestaan: de snelweg San Sebastián naar Bilbao, vijf kilometer voor de afslag Eibar. Het vorige wegrestaurant bevond zich negentien kilometer ten oosten van hem en het volgende lag vijftien kilometer westelijk. Ging het maar om een misverstand, dacht hij; dan was er tenminste nog hoop.

Het mechanisme van de secondewijzer liet zich niet door emoties van de wijs brengen. Met blikken precisie tikte de tijd door. Om tien over halfdrie accepteerde hij het onvermijdelijke: de man die hij zoveel dank ver-

schuldigd was, zou vandaag niet komen. De kans bestond dat zijn tweede vader diep in de problemen zat, of erger.
Hij draaide het contactsleuteltje naar rechts en reed de parkeerplaats af. Op het oog de zoveelste vertegenwoordiger die zich in de drukte van de A8 wierp. Was het maar waar, dacht hij. Had ik maar een vrouw, twee kinderen en een doorsneebaan. Was ik maar normaal...
De maximumsnelheid bedroeg 120 kilometer, een regel waar hij zich aan hield. Een van de vele richtlijnen uit zijn opleiding: vermijd altijd verkeersovertredingen. De geschiedenis leerde dat het aantal gezochte personen dat tegen de lamp liep door een lullig foutje zoals door rood licht rijden of een snelheidsovertreding, onvoorstelbaar hoog was. Dat criminelen zich vaak schietend een uitweg baanden, berustte op een groot misverstand. Meestal reden ze in een politiefuik, zagen het kansloze van een gewelddadige ontsnapping tijdig in en gaven zich zonder slag of stoot over.
Als een forens die het verzet al jarenlang had opgegeven, liet hij zich gedwee door de verkeersstroom meevoeren. Inwendig gilden allerlei stemmen echter de meest vreselijke dingen, gevoed door het onmetelijke verdriet dat als bijtend zuur in zijn ziel brandde.
Om tegengas aan de verschrikkelijke gevoelens te geven, probeerde hij rationeel te denken, wat hij enkele minuten wist vol te houden. In dat tijdsbestek kwam hij tot de conclusie dat Aitor Belasko iets was overkomen. De kans was groter dat het hier een arrestatie betrof dan een simpel verkeersongeluk. Ze hadden elkaar al twee jaar niet gezien, wat inhield dat deze afspraak ook voor zijn tweede vader een hoge prioriteit had. Als hij niet buiten bewustzijn was, zou hij ongetwijfeld hebben gebeld. Volgens het zieke brein van de man die op het punt stond om een vrachtwagen in te halen, was er geen speld tussen deze redenatie te krijgen. Voor de verandering zag hij het eens helder.
Sinds hij de belangrijkste opdracht uit zijn leven had gekregen, was er uitsluitend telefonisch contact geweest, via een mobiele telefoon die hij altijd bij zich droeg. Als Belasko had gebeld, wierp hij het mobieltje weg en ging de volgende dag naar een door zijn tweede vader opgegeven kluis op het station waar een gloednieuw exemplaar lag. Na het volgende belletje herhaalde het ritueel zich. Hij werd altijd gebeld. Zijn tweede vader had hem nog nooit een telefoonnummer gegeven waar hij hém kon bereiken. In deze moderne tijden was dat te link, had hij ooit gezegd, want mobiele

telefoons waren traceerbaar. Vandaar de regelmatige en anonieme wandeling naar de kluisjes op het station.
De eerste tranen meldden zich. Hij haalde zijn neus op en probeerde het branderige gevoel achter zijn ogen te negeren. De emotie waarmee hij ineens werd geconfronteerd was nieuw voor hem. Ditmaal had hij verdriet om een ander, in plaats van zichzelf. Er waren geen demonen die hem naar de peilloze diepten van zijn ziel sleurden terwijl ze zijn tekortkomingen opsomden. Voor de eerste maal kwam hijzelf op de tweede plaats. Verdriet om een ander – de pijn die hierdoor vrijkwam bleek verbazingwekkend hevig.
Vuurpijlen schoten door zijn hoofd, met in elke lichtstraal of gekleurde explosie een herinnering. De oudste betrof de dood van zijn moeder toen hij zes jaar oud was: huilende mensen om een kist. Aansluitend zag hij het gezicht van zijn biologische vader toen die hem acht jaar later vertelde dat hij nog drie maanden te leven had. Uiteindelijk werden het er vier. De mensen die zijn begrafenis bezochten waren op de vingers van één hand te tellen.
Herinneringen die zich tussen deze twee aangrijpende gebeurtenissen afspeelden waren door zijn geheugen gewist. Dat stuk van zijn leven was te pijnlijk geweest om het op zijn harde schijf vast te leggen. Een maagdelijke leegte verborg de vernederingen die hij had ondergaan. Heel soms bestookten venijnige puntjes uit die periode zijn geest. Dat waren de momenten die zich alleen lieten opsluiten, in plaats van verwijderen. Ineens deelden de naalden van zijn ziel dan een paar steken onder de gordel uit. Elke nieuwe scheut was pijnlijker dan de vorige.
Op zijn achtste openden zich de poorten van de hel waarin hij inmiddels zestien jaar verbleef. Tot die tijd werd zijn vreemde gedrag meestal met de mantel der liefde bedekt. Hij had tenslotte zijn moeder verloren, meldden de ouders van zijn klasgenootjes aan hun kroost als die hun verschrikt vertelde dat hij opeens een oncontroleerbare woede-uitbarsting had gekregen of beweerde met dieren te kunnen spreken. Ook zijn juffrouw nam hem altijd in bescherming tegen de kinderlijke scepsis van zijn medeleerlingen uit groep 5.
Deze tolerantie kreeg een knauw toen de grootste durfal uit zijn klas tijdens de gymles zijn korte broek naar beneden trok. Omdat hij razendsnel was, konden de aanwezigen slechts een korte blik op zijn geslachtsdeel werpen. Deze drie seconden waren echter ruimschoots voldoende om zijn

leven te ruïneren. De rest van zijn schooltijd noemden zijn klasgenootjes hem steevast 'meisjeslul', een bijnaam die hun ongetwijfeld was ingefluisterd door oudere broers of zussen die het verhaal in geuren en kleuren hadden vernomen. Later werd deze spotnaam door de leerlingen van zijn middelbare school overgenomen: hij was de freak met een piemel die zo groot was als het kootje van een mannenpink, een aanhangsel waarmee je enkel kon pissen. Misschien een muis neuken, maar daarmee hield het echt op. Na het geestelijke isolement volgde het sociale, wat weer een voorloper was van het totale.

In een kleine gemeenschap weet iedereen alles van elkaar. Het was dus slechts een kwestie van tijd voordat zijn vader er met hem over begon. Dat gebeurde in zijn tiende levensjaar. Aangezien zijn vader een in zichzelf gekeerde man was die elke tegenslag of opspelende emotie in stilte verwerkte, was een diepgaand gesprek van vader tot zoon een uitzondering.

De ouderwetse denk- en leefwijze van zijn biologische vader was voor hem een tijdelijk geluk bij een ongeluk met onherstelbaar letsel. Vanaf de eerste seconde was het duidelijk dat zijn vader er de grootst mogelijke moeite mee had het onderwerp aan te snijden, laat staan erover te spreken. Voor een eenvoudige bosarbeider lag het diep in de taboesfeer. Dat hij direct de geruchten bagatelliseerde bleek zichtbaar een opluchting voor de man die in een paar minuten wel tien jaar ouder leek. Terwijl zijn vader zijn blik afwendde, vroeg hij terloops of het misschien verstandig was om eens een keertje bij de dokter langs te gaan. Toen hij stellig antwoordde dat het allemaal in orde was en de kwestie door zijn klas- en dorpsgenoten vreselijk werd opgeblazen, knikte zijn vader. Aansluitend vertelde de noeste arbeider in afgebeten zinnen over zijn werkzaamheden in het bos en daarna kwam het heikele onderwerp nooit meer ter sprake.

Hij had zijn vader om de tuin kunnen leiden. Dat de man wellicht de weg van de minste weerstand had gekozen kwam toen nog niet in hem op. Hij was pas tien. Daarentegen werd het hem wel steeds duidelijker dat er zowel geestelijk als lichamelijk het nodige aan hem mankeerde. In zijn hoofd woedde regelmatig een storm waarin vreemde stemmen hem keihard toeschreeuwden. Ook zag hij dingen die er niet bleken te zijn. Wat hem echter het meest stoorde was de geringe afmeting van zijn piemel. Die bleef klein. En de balletjes in het zakje dat eronder hing hadden de afmetingen van erwten. Hij kon er normaal mee urineren, maar daar was ook alles mee gezegd.

Tweehonderd meter voor de afslag Eibar hoorde hij zichzelf snikken. Hij knipperde fel met zijn ogen, waarna alles weer helder werd. Hij vloekte driemaal hardop en kon zichzelf wel voor zijn kop slaan. Hij had het weer laten gebeuren: een paar minuten compleet van de wereld. En nog wel op een moment dat hij met 120 kilometer per uur tussen de forensenkoetsen reed. Jezus, wat een geluk dat de automatische piloot naar behoren had gefunctioneerd!

Hij nam de afslag Eibar en reed vervolgens de N634 op richting San Sebastián. Op de eerste de beste parkeerplaats zette hij de auto aan de kant. Vervolgens slaakte hij een diepe zucht. Het was onverantwoord om nu verder te rijden. De emoties waren te hevig. Eerst rustig worden, gebood hij zichzelf. Alleen dan kun je de benodigde concentratie opbrengen voor de laatste klus. Hij sloot zijn ogen en liet zijn geest meedrijven op de wolken van het verleden.

Ruim voor het uitblazen van zijn laatste adem had zijn biologische vader voor een groot gedeelte zijn toekomst bepaald. De laatste weken van diens lijdensweg was een vrouw van middelbare leeftijd van de ene op de andere dag bij hen ingetrokken. Haar naam was señora Isabella. Zij verzorgde hem als de kanker zijn lichaamsfuncties lamlegde en deed het huishouden. Toen zijn vader stierf, bleef ze in hun nederige optrekje wonen. Hij had haar nooit gevraagd waarom, en zij had het nimmer ter sprake gebracht. Sommige dingen gingen nu eenmaal zo.

Op zijn vijftiende zou hij zijn tweede vader voor de eerste maal ontmoeten. Aitor Belasko kwam bij hem thuis en sprak een halfuur met hem. Hij vertelde over zijn vader, die zich naast zijn werk in de bosbouw ook voor 'de goede zaak' had ingezet. Wat dat inhield bleef onbesproken. Wel vertelde Belasko hem dat, nu zijn vader dood was, hij de man in huis was en dat daarbij bepaalde verantwoordelijkheden hoorden. Omdat zijn tweede vader er verder niet op doorging, nam hij aan dat vooral goed gedrag onder deze noemer viel. Hij nam zich ter plekke voor om altijd een voorbeeldige jongen te zijn, iemand op wie zijn ouders in de hemel trots zouden zijn. Maar bovenal wilde hij de man die zo vriendelijk en rustig met hem sprak nooit ofte nimmer teleurstellen. De warmte die hij in dat halfuur kreeg toegezonden was meer dan hij ooit van zijn biologische vader had gekregen. Toen Aitor Belasko hem een hand gaf en zei dat ze elkaar spoedig weer zouden zien, wist hij dat deze man zijn tweede vader zou worden. Bij die gedachte zwol zijn borstkas van trots. Isabella, die gedurende het gesprek in haar eigen kamer verbleef, merkte de vergulde blik in zijn ogen op en glimlachte op haar eigen, geheimzinnige wijze. Ze zag dat het goed was, dacht hij toen.

De daaropvolgende jaren zette de ontwikkeling van zijn persoonlijkheid zich voort. Die ging gepaard met enorme dalen; de pieken zouden pas veel later volgen. Die kwamen pas toen hij Angela ontmoette, of zij hem – dat zou altijd onduidelijk blijven. In de periode dat ze samensmolten, vond er nog een beslissende gebeurtenis plaats. Twee dagen na zijn zeventiende verjaardag gaf señora Isabella hem een warme hand en vertrok om nooit meer terug te keren. Haar taak zat erop, begreep hij uit het gesprek dat Aitor Belasko een dag later met hem voerde. Zijn tweede vader vertelde hem dat hij vanaf nu een echte man was, een zelfstandig persoon die zich alleen bezig moest houden met de dingen waarin hij uitblonk. Wat Aitor Belasko daarmee bedoelde werd hem duidelijk in de jaren die volgden.

Zoals aangekondigd in het gesprek, verscheen Juan, een gespierde man van doorsneelengte met een spitse neus en ravenzwart haar. Zonder plichtplegingen legde Juan hem de nieuwe regels uit. Over een eventueel verder verblijf in de schoolbanken hoefde hij zich geen illusies te maken. De enige goede leerschool was het leven zelf, wist Juan zeker. Die stelling werd door hem in stilte met gejuich begroet. Omdat hij er toch met niemand contact had, was het *instituto* voor hem een kwelling. Hij ging er alleen naartoe omdat het deel uitmaakte van de manier van leven die zijn tweede vader hem had voorgespiegeld: je verantwoordelijkheden nemen, zodat de mensen die om je geven trots op je kunnen zijn. Tenminste, zo interpreteerde hij het. Blijkbaar was dat juist, aangezien Aitor Belasko het tijdens de schaarse gesprekken die ze voerden nooit ter sprake bracht.

Juan vertelde verder over het autobedrijf waar hij drie dagen per week als poetser aan de slag kon. Hoewel de man met de opvallend spitse neus er verder niets over zei, was het duidelijk dat zijn tweede vader hem het baantje had bezorgd. In de overige drie dagen zou Juan hem begeleiden in zijn ontwikkeling tot een echte vakman. Om welk vak het ging, zei Juan er echter niet bij. Hij vroeg er ook niet naar. Het was al spannend genoeg dat Juan hem iets wilde leren. En de zondag had hij vrij, wat mooi meegenomen was.

Bij het autobedrijf liet iedereen hem met rust. Aan het begin van zijn eerste werkdag vertelde de chef wat er van hem werd verwacht, en daarmee was de kous af. Een hele verademing, aangezien hij zich tijdens het wassen en poetsen van de auto's volledig in zijn eigen wereld kon terugtrekken. De werkdagen vlogen voorbij.

Dat kon niet worden gezegd van de lessen die Juan hem gaf. De eerste maanden waren loodzwaar, wat voornamelijk te maken had met de concentratie die Juan van hem vroeg. Als zijn gedachten dreigden met hem op de loop te gaan, gebruikte zijn leraar regelmatig het woord 'focussen'. Zijn trage vorderingen hadden alles met zijn persoonlijkheid te maken. Het omgaan met wapens, de conditietraining en het ongewapende gevecht waren fysiek tastbare zaken die helemaal niet bij zijn manier van leven pasten. De confrontatie met de lichamelijke werkelijkheid van een judoworp of de terugslag van een geweer had een grote impact op zijn mentale gesteldheid: hij ging er langzaam maar zeker aan onderdoor.

Angela was degene die hem redde. Hij vond haar op een zondagmiddag toen hij op zijn gemak een boswandeling maakte. Ze stond tegen een boom geleund en lachte naar hem. Niet uitdagend, maar vriendelijk en tegelijk begripvol. Ze spraken urenlang en met een heerlijk gevoel keerde hij bijna zwevend terug naar huis. In zijn hoofd klonk mooie muziek en zijn buik was gevuld met kleine beestjes die hem op een aangename kriebelden. De hele weg moest hij glimlachen. Ook dat was een vreemde gewaarwording, want hij lachte anders nooit.

De ontmoeting met Angela had hem kracht geschonken. Een deel van haar krachten vloeide in zijn lichaam, waardoor hij zowel fysiek als mentaal sterker werd. Al na een week gaf Juan hem zowaar een compliment, iets waar hij verre van scheutig mee was. 'Misschien wordt het wat', had zijn leraar tussen de oefeningen door gebromd.

In de daaropvolgende jaren kwam Angela regelmatig bij hem thuis. Dat gebeurde altijd 's avonds na het werk of de afmattende trainingen. Ze spraken urenlang over de meest uiteenlopende zaken. Lichamelijk contact was uit den boze. In tegenstelling tot de sletten die hun auto voor een wasbeurt bij hem achterlieten, was Angela een keurige jonge vrouw. De gevoelens die ze voor elkaar hadden waren zuiver platonisch. Toen nog wel.

Dat veranderde nadat zijn tweede vader op bezoek was gekomen. Het verhaal dat die vertelde maakte diepe indruk op hem. Er was zelfs sprake van ontroering. Dit had voornamelijk te maken met het door Aitor Belasko in hem gestelde vertrouwen. Voor de eerste maal in zijn leven was hij geen

freak bij wie je ver uit de buurt moest blijven, maar een man aan wie een belangrijke missie werd toevertrouwd.
Tot zijn grote opluchting was Angela eveneens opgetogen. In haar enthousiasme omhelsde ze hem innig. Vanaf dat moment speelden er andere gevoelens in hun relatie mee. Ontkennen had geen zin, ze verlangden ineens op een andere manier naar elkaar.
De opdracht was een verlengstuk van zijn trainingen. Hij had er dubbele gevoelens over. Het was prettig om te weten waarvoor hij het allemaal deed, maar aan de andere kant was zijn opdracht verre van een plezier-tochtje. Omdat hij er voor zichzelf niet uitkwam, vroeg hij Angela om advies. Zoals hij al min of meer verwacht had, had zij direct een uitgesproken mening. Ze refereerde aan de geweldige dingen die zijn tweede vader voor hem had gedaan en het wereldwijde oorlogsgeweld waarbij dagelijks honderden slachtoffers vielen. Tevens liet ze hem terugblikken op zijn jeugd. Binnen twee uur had hij zijn visie drastisch aangescherpt.
Het stond buiten kijf dat hij schatplichtig was aan zijn tweede vader. Als Aitor Belasko hem om een gunst vroeg, dan diende hij die te verlenen. Dat was onderdeel van de verantwoordelijkheid die hij moest nemen. Het schimmige concept was eindelijk veranderd in een optieloze definitie. Door deze opdracht vlekkeloos uit te voeren kon hij een aanzienlijke terugbetaling doen op de fictieve rekening van datgene wat in hem was geïnvesteerd.
Zijn acties werden ingegeven door politieke motieven. De exacte strekking ervan kende hij niet, wat verder van geen belang was. Zijn tweede vader had het project opgezet, en dat hield automatisch in dat de achterliggende gedachte zuiver was. Omdat de wereld er na zijn missie stukken beter uit zou zien, kon je eerder van offers op kleine schaal dan van slachtoffers spreken. Het aantal mensen dat het leven zou laten was nauwelijks het noemen waard – hooguit een druppel op een gloeiende plaat. Wereldwijd stierven per uur evenveel mensen in een oorlog als gedurende zijn hele missie het geval was.
Ten slotte de ethiek. Een woord dat Angela bijna plechtig had uitgesproken. Die bestond dus niet, voegde ze er direct aan toe. Om te begrijpen wat ze daarmee precies bedoelde, moest hij terugkeren naar zijn jeugd. Kende hij, op zichzelf na, nog andere slachtoffers? Het antwoord op die vraag moest hij schuldig blijven. Daar buiten was het vergeven van de daders, maar slachtoffers moest je met een lampje zoeken. Murw en rade-

loos door de terugkerende beschimpingen van hun belagers zochten die bescherming in hoeken en gaten waar het daglicht geen toegang had. De mensen die hij ging doden bevonden zich in het centrum van de maatschappij, wat dus de kans uitsloot dat hij een waar slachtoffer het leven zou benemen.
Meer en meer raakte hij ervan overtuigd dat er een lotsbestemming in het spel was. Angela was het daarmee eens. De hem opgelegde taak kende overeenkomsten met een heilige missie. Als hij die met goed gevolg volbracht, wachtte hem bij thuiskomst een passende beloning. Voor eeuwig opgaan in elkaar was het enige passende geschenk dat ze samen konden bedenken.
Ze raakten er beiden van doordrongen dat er ook van hen een offer werd gevraagd. Het meest voor de hand liggende was een tijdelijke scheiding. Ze besloten echter een pad in te slaan dat nog nooit iemand had betreden: fysieke verwijdering en geestelijke samensmelting ineen. Hun lichamen werden gescheiden, terwijl hun geest één werd. Samen sterk, met z'n tweetjes konden ze de hele wereld aan. Deze unieke fusie hield eveneens in dat ze zelfstandig konden opereren.
Hoewel hij achter hun beslissing stond, bleef zijn geest verre van rustig. Op papier leek hun overeenkomst waterdicht, maar in de praktijk bleek het toch anders te liggen. Dat had voornamelijk te maken met zijn stemmingen. Het gebeurde steeds vaker dat stemmen in zijn hoofd hem erop wezen dat zijn geestelijke huishouden één grote puinhoop was. Dat hij dingen fantaseerde en zaken gruwelijk door elkaar haalde. Kleine duivels opperden zelfs dat Angela helemaal niet bestond. Andere belagers meldden dat zijn overeenkomst aan alle kanten rammelde.
Hij wist van zijn ziekte, maar was ervan overtuigd dat door deze meesterzet de chaotische taferelen en waanideeën onschadelijk waren gemaakt. Dat was een foute inschatting, want de kwelgeesten van zijn ziel lieten zich nergens door stoppen.
Op een zwak moment verbrak hij zijn belofte om buiten zijn reguliere bezigheden om contact met anderen te zoeken. De verwarring in zijn hoofd was opeens te hevig. Hij besloot hulp te zoeken. Internet bood uitkomst. De hulpgroepen en wekelijkse therapieavonden liet hij voor wat ze waren; hij zocht een psychiater, een heuse wonderdokter die de stemmen in zijn hoofd tot zwijgen kon brengen, al was het maar voor even.
Het dichtst in de buurt was de Clínica San Roque. De vrouw die hij aan

de lijn kreeg was echter onvermurwbaar: hij kon daar alleen op afspraak terecht. Bij spoed was het zaak om eerst de huisarts te bellen, doceerde het secreet. Hij gooide de hoorn op de haak en vervloekte alles en iedereen. Ze vervloekten gezamenlijk de hele wereld, aangezien Angela voor even uit haar rol viel.

Omdat de psychopaten in zijn hoofd de teugels nog strakker aantrokken, stapte hij in de auto en reed naar een kliniek in Segovia. Zij zouden hem echt niet schreeuwend voor een gesloten deur laten staan, redeneerde hij. Angela was het met hem eens. Hij had hulp nodig. Zij ook, maar iets minder dringend. Tenslotte was zij de meest standvastige van het onlosmakende duo dat ze sinds kort vormden.

Het plan lukte. Waarschijnlijk omdat zijn ogen uit zijn kassen dreigden te rollen, werd hij direct doorverwezen naar een psychiater. Diens naam was hem allang ontschoten, maar hoe hij zich had misdragen stond hem daarentegen nog helder voor de geest. Dit gold niet voor datgene wat hij precies tegen de man had gezegd, daarvoor was hij te ver heen. Het was een waterval van woorden, waarmee hij zijn gemoedstoestand duidelijk wilde maken. Een onbegonnen zaak, aangezien de schoften in zijn hoofd het hem onmogelijk maakten om helder te formuleren. Zelfs Angela was hiertegen kansloos.

Ergens midden in een tirade was er een blokkade opgetreden. Er kwam ineens een stukje gezond verstand bovendrijven dat meldde dat hij volstrekt verkeerd bezig was. Om tegenover een psychiater zo uit de school te klappen druiste tegen alle afspraken in. Hij – of was het Angela? – wist zichzelf bij de kladden te grijpen en verliet vervolgens rennend het kantoor van de zielenknijper. Opmerkelijk genoeg had de man geen enkele poging gedaan om hem tegen te houden.

Op de terugweg had hij zijn hersens gepijnigd wat hij precies tegen de psychiater had gezegd. Logischerwijze bleven de exacte woorden uit. Het onsamenhangende geblaat dat hij op de man had losgelaten liet zich niet vertalen in begrijpelijke zinnen. Toch wist hij vrijwel zeker dat er over zijn training geen woord was gevallen. Angela kon daarbij niet als souffleur fungeren. Zij was alleen verbolgen dat hij zich zo had laten gaan tegenover een onbekende. Hierop reageerde hij geërgerd dat zij in wezen hem was en hij haar, en dat zij hem dus had kunnen, nee, had moeten tegenhouden! Ze kibbelden wat, waarna internet ter sprake kwam.

Angel Uranga ontwaakte uit de door zijn zieke geest gecreëerde kijk op de werkelijkheid. Hij knipperde een paar maal met zijn ogen en voelde dat zijn bovenkamer redelijk in orde was. In elk geval goed genoeg om naar behoren te kunnen functioneren.
Hij startte de auto en reed richting San Sebastián. Onderweg zette hij op een rijtje wat hem nu te doen stond, in chronologische volgorde. Hij aanvaardde dat zijn tweede vader er slecht aan toe was, wat inhield dat er nog een opdracht zou volgen. En als hij die met succes had volbracht, kon hij eindelijk Angela in zijn armen sluiten, ditmaal voorgoed.

17.00 uur, 15 kilometer ten zuiden van Azpeitia

Alfonso Silva drukte op het groene symbooltje van zijn mobieltje, dat even daarvoor in zijn camouflagejack had liggen trillen. Hij had het belletje verwacht, vond dat het wat aan de late kant kwam.
'Ja?'
'Hoeveel tijd heb jij nog nodig?' hoorde hij Antonio de la Gándara vragen.
'Een minuut of tien.'
'Zoals je ongetwijfeld weet, ligt de voorkant pal op het oosten. Samen met het westen heb ik die zijde al bezet. Als jij teams aan de zuid- en noordkant positioneert, zijn we volledig gedekt.'
'Oké,' antwoordde Silva. 'En wie doet de inspectie?' Een retorische vraag, die hij echter uit hoofde van zijn functie diende te stellen. Nadat ze het telefoontje van inspecteur Isidro Alarcón hadden onderschept, had hij de explosievendienst in San Sebastián gebeld met een verzoek om bijstand. De officier aan de andere kant van de lijn reageerde verbaasd; enkele seconden geleden had hij dezelfde vraag ontvangen. UDEV was hem net voor geweest, wist de chef van Nueve.
'De explosieveneenheid uit San Sebastián,' antwoordde De la Gándara volgens verwachting. 'Die is met zwaar materieel uitgerukt.'
'We positioneren ons zoals afgesproken,' zei Silva, en hij verbrak de verbinding.

17.45 uur

Het was klam in de blokhut. Voor de open haard lagen de houtblokken keurig opgestapeld. De enige zichtbare warmtebron had uren geleden zijn laatste energie vrijgegeven. De restjes hout die te onbeduidend waren om na te smeulen vormden daarvan het bewijs. Ondanks de karige decoratie kon iemand met een beetje fantasie zich voorstellen dat het met het knapperige geluid van brandend hout en de daarbij behorende warmte best gezellig in de blokhut kon zijn. Het werd lastiger als je je realiseerde dat dit onderkomen het huis van een moordende psychopaat was.

Vijf leden van UDEV kamden alle hoeken en gaten uit op aanwijzingen. Rondom de blokhut deden de mensen van Nueve hetzelfde werk. Het team van de explosievenopruimingsdienst pakten hun spullen weer in. Hun werk zat erop. Ze hadden niets gevonden wat een stevige knal kon veroorzaken en vonden dat prima. Hoe minder explosief materiaal ze vonden, hoe beter het was.

Alfonso Silva, Antonio de la Gándara en Carmen Marrero stonden in het midden van de woonkamer. Drie paar ogen waren gericht op de rug van de man die achter de computer had plaatsgenomen: een lid van UDEV die volgens De la Gándara zijn gelijke op het gebied van het kraken van computercodes nog moest vinden. De onvoorstelbare snelheid waarmee de vingers van de UDEV-man over het toetsenbord vlogen onderstreepte deze stelling. Silva had 'indrukwekkend' gegromd en Carmen had 'interessant' gemompeld.

Op wat verplichte beleefdheden na waren dat de enige woorden die het drietal onderling had gewisseld. Met de eventuele gespreksstof had het verder weinig te maken. Als ze per se wilden, waren er genoeg onderwerpen te bedenken waar ze urenlang over konden spreken. Hun werk in het algemeen en de raakvlakken die tussen beide diensten bestonden, of de details zoals het plaatsen van een geschikte mol en onderling afluisteren van telefoons.

In plaats van over al deze zaken op fluistertoon te converseren, zwegen ze echter. Dit was niet het juiste moment voor Antonio de la Gándara om Carmen zijn deelneming te betuigen of Silva te vertellen dat hij vanaf de eerste dag had geweten dat inspecteur Isidro Alarcón een mol was die door Binnenlandse Zaken was gestuurd. Met dit vermoeden in zijn achterhoofd was het simpel te concluderen dat de telefoon van Alarcón door

Nueve werd afgetapt. Omdat Alarcón niet op zijn achterhoofd gevallen was, besloot hij vanuit Segovia met zijn eigen telefoon te bellen. Op die manier bracht hij Nueve op de hoogte zonder daarbij zijn tijdelijke chef te verraden – een kromme denkwijze die wel enigszins paste bij de netelige positie waarin zijn meerderen de inspecteur van Ernstige Geweldsdelicten hadden gedwongen.

Alfonso Silva en Carmen Marrero hadden op hun beurt lacherig kunnen doen tegen de chef van UDEV vanwege zijn rol tijdens het oprollen van de jeugdbendes in Madrid. Over manipulatie gesproken! Ook bestonden er volop mogelijkheden om steken onder water uit te delen omtrent de resultaten van zijn recherchewerk. Die waren weinig florissant te noemen. Er waren twee redenen waarom ze in stilte naar de waanzinnig snelle computerman keken. Ze wisten van elkaar dat ze veel van elkaar wisten, en hierover spreken voegde weinig relevants toe. Zwijgen was dus de beste keuze.

18.05 uur

'Ik denk dat u dit wel wilt zien,' zei het computerfenomeen op lijzige toon. Geheel volgens de etiquette sprak hij in enkelvoud. Wat De la Gándara er verder mee deed viel buiten zijn verantwoordelijkheid. Hij had zijn werk gedaan en meldde dat aan zijn directe chef. Het was niet aan hem om te beslissen of die gasten van Nueve mee mochten gluren.

Dit bleek geen issue, aangezien ze meteen gezamenlijk om hem heen gingen staan. Hun blikken waren gefocust op het beeldscherm.

'Vertel,' zei De la Gándara.

'Dit zijn de e-mailberichten van Angel Uranga. Zoals we al vermoedden, staat het account op zijn naam. Dat maakte het werk wel een stuk gemakkelijker, moet ik bekennen.'

Zijn vinger drukte een toets in, waarna een bericht werd geopend dat het drietal zorgvuldig las. Mocht iemand zich over de inhoud verbazen, dan wisten ze dat goed voor de anderen verborgen te houden. Hun gezichten bleven strak in de plooi.

'Hier is de volgende.' Wederom tikte de vinger op een toets. Een nieuw bericht verscheen. Zes ogen verslonden de woorden.

De la Gándara was de eerste die een opmerking maakte: 'Erotisch getinte e-mails van Angel naar Angela en vice versa. Mensen die verliefd zijn doen wel vreemdere dingen. Niks geen schizofrene toestanden. Het lijkt op loos alarm.'

'De data van de e-mails komen anders wel overeen met die van de dagen waarop de aanslagen plaatsvonden,' zei Carmen.

De chef van UDEV haalde zijn schouders op. 'Nou en? Gewoon toeval.'

'Dus geen Bonnie en Clyde van Baskenland,' zei Silva cynisch.

De man achter het toetsenbord stak voorzichtig een hand omhoog. Meteen had hij alle aandacht.

'De berichten zijn allemaal van hetzelfde adres verstuurd.'

De impact van deze woorden liet voor even hun wereld stilstaan. Het leek of ze opeens zweefden in een cocon die zich met theorieën vulde. Vijf seconden van collectief ingehouden adem later zei De la Gándara: 'Hij heeft ze aan zichzelf geschreven...'

Carmen stond als eerste weer met beide benen op de grond. Ze legde haar linkerhand op de linkerschouder van de computerman. Haar blik bleef op het scherm gericht toen ze haar vraag stelde: 'Hoe zit het met de rest van zijn e-mail? Wat voor soort berichten staan er nog meer op?'

De medewerker van UDEV schudde vol ongeloof zijn hoofd. Hij drukte op een toets.

'Heel apart, in totaal staan er slechts vier berichten in zijn inkomende en uitgaande e-mail. De overige twee verschillen weinig van degene die jullie net hebben gelezen. Wat hij in de tussentijd heeft gewist, weet ik niet. Op dit moment, bedoel ik. Het is een kwestie van tijd voordat ik ook die gegevens heb.'

Silva boog zich naar voren.

'Bestanden?'

'Die heb ik bijna te pakken. Hij heeft ze op zijn manier verstopt.' Een schamper lachje volgde. 'We hebben het hier over een echte amateur. Geef me een paar minuten.'

Het werden er drie. Het eerste bestand dat werd geopend bevatte foto's van alle plekken waar de aanslagen waren gepleegd. Mochten er nog twijfels bestaan, dan namen deze beelden ze direct weg. Ze hadden de juiste man te pakken.

'Er zijn in totaal twee bestanden.' Zijn vingers gleden over de toetsen. 'Dit is het andere.'

Wederom foto's, alleen waren deze van acht grote Spaanse steden en de

buitenring ervan. Bij elke stad werd een richting aangeduid. Achter Alicante, de eerste op het lijstje, stond: 'West'. Valencia, de laatste in het rijtje, moest het doen met: 'Noordwest'.
'Windrichtingen,' concludeerde Carmen. De la Gándara knikte bevestigend. 'Die kans is vrij groot, ja.'
'Welke windrichting hebben we vannacht?' wilde Silva weten. De medewerker van UDEV pakte een palmtop uit de binnenzak van zijn colbert.
'Ik doe het even zo,' zei hij. 'Draadloos internet. Ik wil zo min mogelijk gebruikmaken van de computer.' Zijn vingertoppen flitsten over de minuscule knoppen. Een halve minuut later volgde het antwoord: 'Ze verwachten wind uit het zuidwesten.'
De drie wisselden een blik die het midden hield tussen hoop en vrees. Ze wisten naar wie ze moesten zoeken: een psychopaat die tot nog toe door een mix van gedegen voorbereiding, brutaliteit, doorzettingsvermogen en een flinke portie geluk uit hun handen had weten te blijven. Al deze krachten die invloed hadden op het eindresultaat dienden ze met de juiste tegenmaatregelen te bestrijden. Een opdracht die succesvol moest worden afgerond, want falen stond ditmaal gelijk aan duizenden slachtoffers.
'Vannacht wordt zijn laatste kunstje,' verwoordde Carmen ieders gedachten. 'Hij gaat Barcelona uitroken.'

17

Dinsdag 24 april, 00.15 uur, 17 kilometer ten zuidwesten van Barcelona

Silva vervloekte in stilte het briesje dat langs zijn wang streek. Zuidzuidwest, windkracht 5. Over windrichtingen en de redelijke voorspelbaarheid daarvan had hij in de vooravond het een en ander geleerd. De meteoroloog die hem had uitgelegd wat voor weertype hij die nacht kon verwachten, somde de voorspellingen van zijn computermodellen op. Volgens de specialist waren die voor zo'n negentig procent betrouwbaar. Verder vertelde hij over windstoten en de marges in graden die bepaalden hoe een windrichting werd aangeduid. Dan ging het om nuances, bijvoorbeeld zuidwest, of zuidzuidwest. Voor vannacht gold het laatste. In de loop van de avond was de wind enkele graden gedraaid, waardoor ze de eerdere voorspelling van zuidwestenwind iets moesten bijstellen. De rest van de verwachtingen bleef onveranderd. Er was sprake van een hogedrukgebied en dat zou de komende dagen zo blijven. Geen regen, dus.

Terwijl Silva zich liet voorlichten over het weer, sprak Carmen met een expert op het gebied van bosbranden. De man werkte bij de brandweer in Córdoba, Andalucía, een regio die bekendstond om zijn bosbranden. In vogelvlucht gaf hij een samenvatting van zijn kennis. Zij luisterde aandachtig en stelde toen gerichte vragen over de effectiviteit van een bosbrand als je al een specifiek doel op het oog had. Vanwege de grote belangen moest zij, net zoals Silva bij de meteoroloog, wat informatie prijsgeven. Nadat ze hem had verteld dat het waarschijnlijk om Barcelona ging, vroeg hij haar een paar minuten aan de lijn te blijven; in de tussentijd zou hij een berekening maken.

Toen hij zich weer meldde, benadrukte de man dat het een voorlopige calculatie betrof, aangezien de omstandigheden ter plekke met de minuut konden veranderen. Het ging om details waar hij vanaf achthonderd kilometer afstand, tussen zijn werkplek en de eventuele brandhaard, geen zicht op had. Carmen antwoordde dat ze het fantastisch vond dat hij zo goed met hen meedacht. Met die opmerking had ze de juiste snaar geraakt. De brandweercommandant vertelde haar meteen dat hij de factoren zoals omgeving, windrichting, windkracht en hitteontwikkeling het zwaarst had laten wegen. Tot haar opluchting liet hij onbesproken welke details óók een plekje in zijn overwegingen hadden gespeeld. Terwijl hij zijn stem een octaaf liet dalen, meldde hij dat het ideale ontvlampunt zich dertien kilometer ten zuidzuidwesten van de Catalaanse hoofdstad bevond. De meest voor de hand liggende aanmaaksubstantie was benzine. Hij liet hier direct op volgen dat het een professionele schatting was; een amateur hield er wellicht een andere visie op na. Carmen bedankte hem en bracht de informatie over naar haar eigen harde schijf.

Tijdens de gesprekken die Carmen en hij voerden, trad Antonio de la Gándara kordaat op. Hij regelde dat de brandweerkorpsen van Tarrasa, Sabadell, Badalona Hospitalet de Llobregat en Barcelona zelf in paraatheid werden gebracht. Dat moest in alle rust gebeuren. Binnen enkele uren zou hij zich weer melden met verdere instructies. Daarna dirigeerde hij acht leden van UDEV vanuit hun hoofdkantoor in Madrid richting Barcelona en bestelde en passant een helikopter. Toen hij weer een telefoonnummer intoetste, stak Silva zijn rechterhand op: de hoogste tijd om gezamenlijk te coördineren.

01.15 uur

De temperatuur daalde met het uur. Het was twaalf graden, en het briesje werd fris. Voor zijn gevoel was de wind iets aangetrokken, maar het kon ook dat zijn verbeelding hem parten speelde.

Ze bevonden zich inmiddels ruim anderhalf uur op de plek die De la Gándara gekscherend tot 'hoofdkwartier' had gebombardeerd. Meer dan een beboste heuvel was het niet, een pukkel in een landschap waar overdag de kleur groen nadrukkelijk aanwezig was. En juist in deze bomen, die vanuit hun positie als zwarte hekgolven oogden, school het gevaar. Ze waren zo verdomde brandbaar.

Na overleg besloten ze om er een gezamenlijke operatie van te maken. Onder leiding van UDEV, weliswaar. Tenslotte golden zij voor het overgro-

te deel van de bevolking als de speciale eenheid die jacht maakte op de moordenaar. Om het voor de buitenwacht aannemelijk te maken, vaardigde De la Gándara de orders uit. Althans, voor het officiële gedeelte, want de strategie en regie bepaalden ze in overleg.
Dat de omvangrijke onderneming voor een groot gedeelte op vermoedens was gebaseerd, daar stonden ze inmiddels niet meer bij stil. Gedurende de reis van Baskenland naar Catalunya werd er afgerekend met de twijfels die altijd voor een beslissende confrontatie opdoemden.
Ja, ze hadden de juiste man op het oog.
Ja, de windrichtingen werden gebruikt als leidraad voor brandstichting.
Ja, het ging vandaag gebeuren.
Ja, als ze het mis hadden, zaten ze allemaal in een schuitje dat naar de diepste kelder op deze aardkloot zou zinken.
Silva keek met een schuin oog naar Carmen. Haar instelling was bewonderenswaardig. Nee, daarmee deed hij haar tekort. Wat zij deed was niet onder woorden te brengen; dat viel in een categorie die nog bedacht moest worden. De begrafenis van Enrique Navarro was morgen. Ieder ander zou gebroken in bed liggen of zich onder de hoede van troostende familie bevinden. Carmen niet, die gaf op de dag voor de teraardebestelling van haar verloofde mede leiding aan de jacht op een seriemoordenaar. Dat ook zij menselijke trekjes kende, bewees haar optreden in het kantoor van Aitor Belasko. Hoewel hij zich kon voorstellen dat derden er anders over dachten, kon hij zich de reactie van Carmen goed indenken. Ieder mens had een breekpunt. Bij Carmen was dat het moment geweest dat Belasko zich voor zijn kop schoot. Toen was er iets in haar geknapt. Een gevoel dat hem niet onbekend voorkwam. Ooit had men zijn gezin aangevallen. Degenen die daarvoor verantwoordelijk waren bevonden zich niet meer onder de mensen. Een klus die anderen voor hem hadden opgeknapt... Maar toch. Hij had de blauwdrukken voor die acties geleverd en er persoonlijk op toegezien dat ze vlekkeloos werden uitgevoerd. De drive erachter was haat, pure haat tegen het tuig dat zijn vrouw en kind pijn had gedaan. Dit stuk verleden, dat hij altijd met zich meedroeg, was een kompas voor de gevoelens waarmee Carmen kampte. Vandaar dat hij uit voorzorg op een onbewaakt moment de kogels uit haar wapen had verwijderd, wat achteraf geen slechte zet was geweest.
Carmen hield nauwlettend de twee beeldschermen in de gaten. Ze stonden op een tafel waarachter Nueve-lid Alfredo Guayre zat. Zijn vingers

bedienden een joystick die deel uitmaakte van een klein paneel. De beelden die op het rechterbeeldscherm verschenen, waren afkomstig van de infrarode thermische camera waarmee *La Paloma*, de duif, was uitgerust. Dit kleine vliegtuigje met een spanwijdte van anderhalve meter legde zeshonderd meter boven de grond een geluidloze spionagevlucht af. Door middel van lichaamswarmte onderscheidde de geavanceerde thermische camera mens van dier.
In theorie was dit dé ideale manier om iemand op te sporen. En zolang je het instrument gebruikte voor datgene waarvoor het in feite was ontworpen – guerrilla's opsporen in onherbergzame gebieden zoals Afghanistan of Irak – klopte het tot in detail. Het werd echter anders als je La Paloma boven een landstreek inzette waar zich veel mensen bevonden; dan lichtte het scherm constant op.
Hun primaire taak lag in het analyseren van de stroom informatie die La Paloma aanreikte. Het gebied was vergeven van de campings, uitgaansgelegenheden, picknickplaatsen en stranden. Die werkten als een magneet op vakantievierend volk, ook 's nachts. Op sommige plekken van het beeldscherm vormden de rode stippen een bol ter grootte van een knikker: ongetwijfeld een dancing of camping die overuren draaide, of een restaurant.
De joystick was de stuurknuppel waarmee Alfredo Guayre het minivliegtuig zo veel mogelijk over de gebiedsdelen liet vliegen waar weinig activiteiten plaatsvonden. Het leek logisch dat Angel Uranga in de geselecteerde zone een afgelegen plek zou zoeken om zijn vuurwerk op te starten. Daar kon hij ongestoord zijn gang gaan, waarna het vuur zich een weg naar het noorden zou vreten.
Nueve-man Guayre meed dus zo veel mogelijk de wirwar van rode stippen. Ze zochten naar één, hooguit twee solitaire puntjes in een zwarte oase van rust. In zo'n gebied zou de psychopaat toeslaan. Dat ze naar twee rode puntjes zochten, had te maken met het plan van Aitor Belasko. Er klopte iets niet, had die tijdens hun evaluatie gezegd; er was een tweede man.
Carmens blik flitste van rechts naar links, van de rode stippen naar de witte op de linkermonitor. Dat waren de duo's van Nueve en UDEV die met een gps waren uitgerust. In totaal veertig man die een cirkel van twintig stippen vormden. Hoewel er zich tussen de teamleden zwarte stukken bevonden die in werkelijkheid ongeveer vijfhonderd meter bedroegen,

hadden ze het terrein redelijk afgegrendeld. De hulptroepen van de Policía Nacional die niet op het beeldscherm zichtbaar waren, zorgden ervoor dat de gaten in hun vangnet enigszins werden verkleind.
Wat haar betrof was een tweede man eerder een zekerheid dan een optie. Het was duidelijk dat Belasko met zijn zelfmoord enkele cruciale zaken mee in zijn graf had genomen. Zo wisten ze niet wie Patxi Ochoa had ontvoerd en wekenlang had verzorgd, en was La Lista Sangrinta spoorloos. Wat hen echter het meest bezighield was de aantoonbare winst die Belasko had willen behalen. Daarbij lieten ze zijn verhalen over het smeden van eenheid in Baskenland buiten beschouwing. Dit was een te schamel resultaat voor iemand die zo grootschalig dacht. Er moest nog ergens een heel dik konijn uit de hoed worden getoverd, een hoofdprijs waarmee zijn scepsis tegenover Madrid bewaarheid werd.
Carmen keek naar de rode puntjes, waarvan er wellicht eentje de minuscule afspiegeling van Angel Uranga bleek. Een schizofrene psychoot die zichzelf een hele jager vond, maar feitelijk de prooi was van een moordenaar zonder gezicht. Dezelfde schoft die de dood van haar Enrique op zijn geweten had.

02.05 uur

Angel Uranga ritste de flap van zijn tentje open en stak zijn hoofd buitenboord. Op wat gekuch na was het stil op de camping. Vanuit zijn ooghoek zag hij twee jongeren gearmd lopen. Ze bleven staan voor een innige kus, wandelden toen op hun gemak naar een tent en kropen gezamenlijk naar binnen.
Hij bleef nog een paar minuten zitten zoals hij zat. Hier en daar klonken wat geluiden door: jongeren die terugkeerden van een avondje stappen of er juist op uitgingen. Op deze camping kon je van alles verwachten, vandaar dat hij er zijn oog op had laten vallen. Zolang je het niet te gek maakte, kon hier veel.
Hij stapte uit de tent, met een jerrycan van tien liter in zijn hand. Zo nonchalant mogelijk liep hij in de richting van de ideale plek die twee kilometer verderop lag. Ondanks de spanning die door zijn lijf gierde, produceerde hij een grijns: wederom wist hij iedereen een rad voor ogen te draaien. Nog wel recht voor hun snufferd! Want mocht hij beloerd wor-

den – en die kans was vrij groot – dan zagen ze een jonge man met een jerrycan vol water over de camping lopen. Het laatste wat op een camping verdachtmakingen opriep.
Hij was geniaal.

02.20 uur

'Deze twee vertrouw ik niet,' zei Guayre, net terwijl Carmen hetzelfde dacht. In een vrij afgelegen gebied dansten twee rode puntjes. Je moest goed kijken om te zien dat het twee afzonderlijke puntjes waren. Dat hield automatisch in dat de twee personen vlak bij elkaar liepen.
De la Gándara boog zich wat naar voren en kneep zijn oogleden tot spleetjes. Van zijn gezicht was pure concentratie af te lezen. Hij bleef vijf seconden zo staan en zei toen: 'Oké, we gaan ervoor.' Vervolgens gaf hij de coördinaten door aan het team dat zich het dichtst bij de twee verdachte personen bevond. Het was de vijfde maal die nacht dat een duo van Nueve of UDEV werd opgeroepen om ergens poolshoogte te nemen. De vier voorafgaande keren was het loos alarm geweest.

02.25 uur

Op vijftig meter van het doelwit splitste het Nueve-duo zich op. Het smalle bospad veranderde hier in natuur waarin mensenhanden nog geen structuur hadden aangebracht. Sosa sloop als eerste het kreupelhout in. Suarez bleef schuin rechts van hem en zorgde dat de afstand tussen hen ongeveer tien meter bedroeg. Op die manier gaf hij zijn partner rugdekking en hield hij de mogelijkheid open voor een kruisvuur tegen de opdoemende vijand. Zonder een noemenswaardig geluid te maken naderden ze het door hun gps aangegeven doelwit.
Als voorste man nam Sosa geen enkel risico. Hij vermeed zo veel mogelijk de takken die onder zijn gymschoenen een knappend geluid konden veroorzaken – een lastige opgave in een gebied dat vergeven was van dor hout. Toch lukte het hem om zich geluidloos voort te bewegen. Op het moment dat hij tussen de bomen door de eerste glimp van het doelwit opving, bleef Sosa tien seconden doodstil staan, waarna hij zich omdraai-

de en door zijn knieën zakte. Met zijn linkerhand maakte hij een gebaar naar zijn partner. Dominquez deed wat hem geluidloos werd verteld. Samen slopen ze terug.
Eenmaal op het bospad zei Sosa kortaf: 'Loos alarm' in zijn microfoontje, waarna ze in de richting van hun auto liepen. De details hielden ze voor zich. Elk woord dat hij over vrijende paartjes de ether in slingerde was overbodige informatie – óók als het om twee mannen ging.

02.35 uur

Het was een bizarre plek, om verliefd op te worden: donker en verlaten, een equivalent van zijn geest. Drie vierkante kilometer heuvellandschap die 's nachts een groot donker vierkant vormden. Duizenden sparren maakten van dit stukje Catalunya een ondoordringbare vesting.
Angel Uranga slalomde stapvoets langs de buitenste rij van de twee tot drie meter hoge sparren. Toen het door zijn hoofd schoot dat de kerstman dit jaar wel erg vroeg op pad was, gleed er een valse glimlach over zijn gezicht. Hij had immers een prachtig cadeau voor het Spaanse volk meegenomen. Bij elke stap die hij zette, vloeide er een kleine hoeveelheid van dit geschenk op de met naalden bezaaide grond.
'Ho, ho, ho,' fluisterde Angel Uranga met een donkere stem die totaal niet bij hem paste. Vervolgens beet hij op zijn lip om de aanstormende lachbui een halt toe te roepen. Waar dit uitbundige gedrag vandaan kwam was hem een raadsel. Misschien kwam het doordat de alsmaar in kracht toenemende storm in zijn hoofd opeens was gaan liggen. Een andere verklaring kon hij zo snel niet bedenken.
Nog twintig meter, schatte hij. Dan kon de show beginnen.

02.40 uur

Naarmate de tijd verstreek, verminderde het aantal rode stippen op het beeldscherm drastisch. Dat was het goede nieuws. Dat er nog een aanzienlijk aantal overbleef, was de minder rooskleurige keerzijde van de medaille.
Drie paar ogen hielden onophoudelijk de verrichtingen van Alfredo Guay-

re in de gaten. Hoewel het een praktisch onmogelijke opgave leek, probeerden ze elk afzonderlijk stipje in een hokje 'nee' of 'misschien' te plaatsen. Daarmee hield het aantal keuzes op. Van de duizenden 'nee's' en honderden 'misschiens' waren er vijf in een 'ja' veranderd. Evenzovele malen hadden ze ernaast gezeten.

'Dit is een aparte,' zei Guayre. De top van zijn wijsvinger tikte een fractie van een seconde tegen het beeldscherm. Silva knikte. Hij hield het rode stipje in kwestie al een halve minuut in de gaten.

'Dat is een redelijk afgelegen...' De rode flits die oplichtte snoerde Carmen de mond. In een schrikreactie deinsden hun bovenlijven een tiental centimeters terug, maar vier paar ogen bleven gefocust op het scherm.

Antonio de la Gándara moest twee keer diep ademhalen om een inschatting te maken en daarnaar te handelen. Aangezien ze het scenario al hadden doorgenomen, verspilde hij geen tijd aan overleg met het duo van Nueve. Zoals besproken diende hij nu de beslissingen te nemen. Alleen wanneer Silva of Carmen zeker wist dat hij blunderde, zou men hem corrigeren.

Als eerste gaf hij de exacte locatie van de brandhaard aan alle eenheden door. Dat leek een formaliteit, omdat zij vanaf hun positie de eerste flikkeringen konden waarnemen. Maar dat gold niet voor iedereen; er waren ook eenheden die postten op lagergelegen gebieden, waar het uitzicht vrijwel nihil was.

Aansluitend dirigeerde hij de verschillende brandweerkorpsen naar het oplaaiende vuur. Doordat ze in de vooravond de brandweerauto's naar de rand van de door hen ingestelde cirkel hadden laten verplaatsen, kon een groot aantal van hen binnen tien minuten op de onheilsplek zijn. Vanwege de kleine kans dat het hier om een afleidingsmanoeuvre ging, hield de chef van UDEV vijf wagens in reserve. Vanaf het vliegveld in Barcelona stegen twee blusvliegtuigjes op. In principe moesten die met hun lading als eerste het aanwakkerende vuur een halt toeroepen. Mocht dat goed uitpakken, dan hoefden de grondtroepen zich in het gunstigste geval enkel bezig te houden met het uitslaan en besprenkelen van de dovende vlammen.

De dertig surveillanceauto's van de Policía Nacional, die zich eveneens op strategische plekken bevonden, liet hij in slagorde optrekken. Samen met de Nueve- en UDEV-eenheden moesten zij de fuik aanspannen. Een aantal mannen van de uniformbrigade diende de brandhaard ontoegankelijk voor eventueel publiek te maken. Een ander deel van deze eenheid moest zich bezighouden met het evacueren van nabijgelegen woonhuizen, campings, disco's enzovoort. Tijdens de evacuaties bleef de lijn met de brandweer open. Wellicht werden ze het vuur snel meester, wat een heleboel moeite en tijd zou besparen.

Alle politiemensen die werden ingezet waren in het bezit van Angel Uranga's persoonlijke gegevens. De twee jaar oude foto van de Bask waarop men beslag had kunnen leggen, was bijgevoegd, alsmede een korte verklaring waaruit men kon opmaken dat het hier een gevaarlijk sujet betrof, met zowel een mannelijke als een vrouwelijke versie.

De geavanceerde detectieapparatuur in La Paloma classificeerde de hitteontwikkeling op de grond als extreem. Door de overproductie die het systeem te verwerken kreeg, vielen de details weg. De brandhaard werd gesymboliseerd door een lange rode streep. De daaromheen liggende stippen waren van het beeldscherm verdwenen.

'Naar de helikopter,' zei De la Gándara.

02.45 uur

Het strakke tijdschema kon niet verhinderen dat hij gebiologeerd naar de vlammen bleef kijken. De stoere sparren waren geen partij voor de gloeiende monden. Opgejaagd door de wind vraten ze zich een weg waarvan de afbakening per seconde veranderde. Het was een heerlijk gevoel om met eigen ogen te aanschouwen dat theorie en praktijk onderling nauwelijks verschilden. Wat hij achter zijn computer had bedacht, werd hier werkelijkheid.

Tijdens de uitwerking van deze aanslag was hij constant met twijfels geconfronteerd. Dat had voornamelijk te maken met de aard van de opdracht. Hiervoor was hij niet opgeleid. Een brandhaard creëren die exact het doel verwoestte dat de aanstichter ervan voor ogen had, was puur specialistenwerk. Zelfs Juan, die toch van alle markten thuis scheen te zijn, wist niet hoe hij dit zou moeten aanpakken.

Internet bood echter uitkomst. Op aanraden van Juan was hij redelijk bekwaam geworden als het aankwam op zoeken op de digitale snelweg. De hoeveelheid informatie die je daar kon vinden was imposant, meldde zijn mentor voordat hij met dit fenomeen in aanraking kwam. Eenmaal aan de slag, bleek al snel dat het vergaren van inlichtingen verre van gecompliceerd was, dankzij de verschillende zoekmachines. Binnen enkele seconden spogen die massa's links uit waarop meer antwoorden stonden dan je vragen vereisten.

Tijdens de eerste maanden van voorbereiding had hij internet als een nuttig supplement gezien, handig voor bijvoorbeeld plattegronden die hem een beter inzicht gaven in de omgeving waar hij zou toeslaan. De gedetailleerde plannen voor de aanslagen maakte hij zelf. Met hulp van Juan, natuurlijk. Op de perfecte uitvoering ervan oefenden ze regelmatig in het bos, en voor die ene opdracht bracht hij menig uurtje onder water door.

In tegenstelling tot bij de andere projecten lag zijn motivatie voor deze klus ver onder het nulpunt. Dat kwam door de gedachte erachter: als hij daadwerkelijk aan deze klus begon, was het mis met zijn tweede vader. Echt mis. Juan sprak herhaaldelijk op hem in, maakte hem duidelijk dat het daarom juist zo belangrijk was om deze opdracht tot in de perfectie voor te bereiden. Mocht het zover komen, dan was dit de enige manier om Aitor Belasko te wreken. Hij voegde er direct aan toe dat het heus niet zo'n vaart zou lopen. Zijn taak bestond uit vier opdrachten. De vijfde was meer een bonus die ze hoogstwaarschijnlijk nooit zouden verzilveren.

Hij volgde de raad van Juan op en surfte menige avond over sites waar vuur centraal stond. Sites van brandweerkorpsen, amateurillusionisten en pyromanen die hun afwijking maskeerden door zich voor te doen als vrijwilligers die erop uittrokken om een brandje te bestrijden dat ze vaak zelf hadden aangestoken. Het verbergen van je ware ik... Hij was er zelf een meester in.

Naast de sites waarin vuur het hoofdthema was, bezocht hij eveneens pagina's van amateurmeteorologen. Daarvan leerde hij veel over windrichtingen en het voorspellen ervan. Tijdens deze opdracht was de wind een doorslaggevende factor, een vaststaand feit dat onmogelijk te manipuleren viel. Dat hield automatisch in dat hij zijn operatie flexibel diende te maken en moest aanpassen aan de wind.

Het laatste item was de gebiedskeuze. Honderden topografische opnames later viel zijn oog op acht over het land verspreide terreinen. Elk gebied werd gekoppeld aan een windrichting, en daarmee was het plaatje compleet. Het enige wat restte was de uitvoering.

Angel Uranga rukte zich los van de hypnotiserende werking die de vuurzee op hem had. Zo resoluut als zijn muitende gedachten toelieten, draaide hij zich om en liep naar het vierhonderd meter verderop gelegen struikgewas. Daar zou hij met de resterende benzine een tweede brandhaard laten ontstaan. Zijn berekeningen wezen uit dat de twee afzonderlijke branden zich over anderhalve kilometer zouden samenvoegen om daar als één grote vlammenzee in noordelijke richting dood en verderf te zaaien. Hij grijnsde bij het idee van een vluchtende mensenmassa. Dat het Catalanen betrof was de kers op de rokerige taart. Hij kon zich namelijk herinneren dat zijn tweede vader ooit had gebromd: 'Die Catalaanse joden kopen zich gewoon uit. Als ze maar genoeg betalen, laat Madrid ze graag met rust.'

Het acute gevaar dat Barcelona bedreigde kon je niet met geld afkopen, wist Angel Uranga. Zijn tweede vader zou trots op hem zijn.

Bij het struikgewas aangekomen, vertraagde hij zijn pas en draaide de dop van de jerrycan. Terwijl hij langzaam liep, volgde de vrijgekomen benzine hem op de voet. Toen de inhoud nog maar een bodempje bedroeg, schudde hij het laatste restje eruit en smeet de jerrycan weg. Zijn hand graaide in zijn broekzak naar het doosje lucifers.

Enkele momenten later realiseerde Angel Uranga zich dat zowel het geluid als het beeld dat nu tot hem doordrong niet correspondeerde met zijn scenario. Het gebrom in de verte behoorde onmiskenbaar toe aan een laagvliegend vliegtuig. Op dit tijdstip bevonden er zich geen vliegtuigen op deze hoogte; daarvoor was het vliegveld van Barcelona te ver weg. Het lag op zestien kilometer afstand, wist hij uit zijn hoofd.

De lichtflitsen werden geëscorteerd door sirenes – het laatste geluid dat hij had verwacht, en had gehoopt te horen. Hij hield zijn adem in en constateerde dat alles wat hij vreesde en verfoeide met grote snelheid op hem af kwam. Hij bevond zich in een donker stiltecentrum dat door een cirkel van lawaai en licht werd ingesloten.

Angel Uranga streek de lucifer aan. Hij gooide hem in het benzinespoor en zette het op een lopen. Een door paniek ingegeven handeling, waarmee hij zichzelf geen dienst bewees.

02.48 uur

'Tweede brandhaard,' sprak Alfredo Guayre kalm. 'Pal ten oosten van de eerste. Ik schat de afstand op zo'n vijfhonderd meter.'

Vanuit de helikopter was de meest recente vuurbal duidelijk waar te nemen. In het donkere landschap gloeide die als een baken dat alleen een blinde over het hoofd kon zien.

'Vlieg ernaartoe,' riep Antonio de la Gándara in zijn enthousiasme tegen de piloot. De man schudde echter ontkennend zijn hoofd, waarna het toestel naar rechts afboog.

'De blusvliegtuigen komen eraan. Ik moet een andere koers volgen.'

De la Gándara vloekte uit pure frustratie. Zij waren getuige geweest van het oplaaiende vuur van de tweede brandhaard. De simpele conclusie kon dus alleen maar luiden dat de aanstichter daarvan zich nog vlak bij die plek bevond. Met de helikopter was het hooguit een paar minuten vliegen. Bij wijze van spreken konden ze zich zó op die psychopaat storten. Een geweldig plan, dat in duigen viel door de komst van twee blusvliegtuigjes.

Hij gooide er nogmaals een serie scheldwoorden uit. Toen hij was uitgeraasd nam hij contact op met zijn mensen in het veld. In afgebeten zinnen vertelde hij hun wat de vermoedelijke vluchtroute van Angel Uranga was.

02.52 uur

Overal klonken sirenes, elk stukje bos werd door de zwaai-en zoeklichten uit de anonimiteit gehaald. De mensen van de Policía Local deden exact wat van hen werd verwacht: ze rookten Angel Uranga met licht en geluid uit zijn schuilplaats. Alles wat zich in de duisternis verborg werd in het licht gezet, zo luidde hun opdracht. Ondertussen stonden hun dienstpistolen op scherp en rustten in holsters waarvan het veiligheidskoord loshing.

Angel was tot twee keer toe bijna door de uitlopers van een lichtbundel gevangen. Hij had zich razendsnel laten vallen en was achter een boom gekropen. Met meer geluk dan wijsheid had hij de rand van de camping bereikt. De moed zakte hem echter in de schoenen toen hij zijn situatie in ogenschouw nam. Van de slaperige toestand waarin de camping zich zonet nog had bevonden was weinig meer over. Drie politiewagens met zwaailichten stonden in het midden van het terrein. Opgeschrikte gasten stonden verdwaasd naast hun tenten. De verwarring was op hun gezichten te lezen.

Hij schatte zijn kansen in, wat enkele tellen in beslag nam. Zijn vluchtroute was geblokkeerd. Nu de camping oplopen en de vermoorde onschuld spelen stond gelijk aan zelfmoord. Het noodplan, dus.
Van Juan had hij geleerd dat je altijd een noodplan achter de hand diende te hebben. Ondanks alle secure voorbereidingen kon er toch het een en ander misgaan. Hoe en waarom deed niet ter zake. De onvoorzienigheid liet zich namelijk niet beredeneren of uitsluiten. Trof je het misfortuin op je weg, dan schakelde je over op het doemscenario, oftewel de alternatieve vluchtroute.
De wijze lessen van Juan bonkten tegen zijn trommelvliezen. Tijdens de voorbereiding had het allemaal zo logisch geklonken, bijna simpel. Gewoon narigheid die je kon overkomen en waarnaar je automatisch zou handelen.
Dat was niet zo, wist hij inmiddels. Als je plat op de stinkende grond lag terwijl de halve politiemacht je naarstig zocht, was geen enkele handeling meer vanzelfsprekend. Dan wilde je alleen maar in een donker hoekje kruipen om te horen hoe de storm uiteindelijk overwaaide. De stilte was dan je beste vriend, eentje die je nooit verraadde.

02.57 uur

'Zomaar goed nieuws,' brulde De la Gándara tegen het Nueve-duo. 'De eerste reactie van de brandweer is positief. Dit fikkie baart hun weinig zorgen. Binnen het uur hopen ze het sein "brand meester" te geven.'
Carmen antwoordde met: 'Mooi.' Silva stak zijn linkerduim omhoog.
'Het komt voor een groot gedeelte op het conto van de piloten van die blusvliegtuigen,' ging De la Gándara verder. 'Die gasten hebben goed gemikt, waardoor de brandhaard niet verder kon oplaaien. De mensen op de grond maken nu het werk af. Van evacuatie is dus geen sprake.'
Zowel Carmen als Silva knikte begrijpend.
'Zijn jullie het ermee eens dat Uranga is gevlucht vanaf de tweede plek waar hij brand stichtte?'
Zonder een antwoord of bevestiging af te wachten ontvouwde hij zijn theorie: 'Het westen vervalt. Als hij die kant op wil, zou hij er een andere volgorde op na hebben gehouden. Het noorden lijkt me eveneens onwaarschijnlijk, dan vlucht hij namelijk voor het vuur uit. Dit is het

bedreigde gebiedsdeel, dus staan er veel van onze hulpdiensten gestationeerd.'
Er volgde een pantomime, waarbij zijn beide handpalmen omhoog wezen: 'Zelfs een gestoorde kan dat bedenken.'
Silva schudde ontkennend zijn hoofd.
'Hij is niet achterlijk. Eerder hoogbegaafd. Tevens heeft hij al zijn aanslagen tot in detail voorbereid. Zijn logica strookt wellicht met de onze.'
De la Gándara beet op zijn onderlip.
'Ik begrijp wat je bedoelt. Ditmaal heeft hij echter met geografische beperkingen te maken. Er vallen gewoonweg te veel mogelijkheden af.' Hij knikte zelfverzekerd. 'Ik ga voor het zuiden.'
'Het zuidoosten,' zei Carmen. Na die woorden keek ze haar chef aan, die met de vingertoppen van zijn rechterhand in zijn ogen wreef. 'Dit is de eerste keer dat zijn plannen worden gedwarsboomd. Omdat het hier een onstabiel persoon betreft, zal hij in eerste instantie ontkennend reageren en terug naar zijn basis proberen te komen. Tijdens die vlucht dringt het tot hem door dat hij noodgedwongen gebruik moet maken van zijn backup. Gezien de gedetailleerde voorbereiding van zijn acties, moeten we ervan uitgaan dat hij over een alternatieve vluchtroute beschikt.'
'Dus?' wilde De la Gándara weten.
'Als je een denkbeeldige lijn trekt, komt hij uit het oosten. Ik gok erop dat hij terug in die richting loopt en ergens onderweg probeert te vluchten.'
De chef van UDEV keek zijn collega bedachtzaam aan.
'Oké, we gaan voor de gulden middenweg. Dan houden we meteen alle opties open.' Daarna draaide hij zich een kwartslag om en brulde tegen de piloot: 'Zuidoostelijke richting.'
De man keek hem direct narrig aan, want sinds de intercom was uitgevonden was schreeuwen niet meer nodig. Om over de ergernis die het vliegend personeel daarvan ondervond maar te zwijgen.

03.03 uur

Op papier leek een afstand van vierhonderd meter niks, maar als je die tijgerend langs afgebroken takken en door stekelig kreupelhout moest afleggen, was de vergelijking met een commandotraining zo gek nog niet. Bij elke schram beet Angel Uranga op zijn tong. Elk verdacht geluid kon hem

fataal worden. Meter na meter kwam hij dichter bij zijn tot nu toe onzichtbare doel.
Hij dwong zichzelf om zijn gedachten onder controle te houden. Als hij in paniek zou raken, was het over, wist hij; dan sloeg hij op een vlucht die alleen maar tot ontmaskering zou leiden. Denk nergens aan, sommeerde hij zichzelf keer op keer.
Voor twee zaken diende hij zich geestelijk af te sluiten. Het tumult om hem heen was de externe bedreiging. De felle lichten die van alle kanten kwamen leken dwars door hem heen te schijnen. De luide stemmen konden elk moment aanzwellen tot een schreeuwerig, aan zijn persoon gericht bevel.
Maar naast de kans op ontdekking, speelde er nog de interne strijd. Het conflict dat hij met zichzelf uitvocht, ging over de situatie waarin hij opeens was beland. Hoe kon dit? Waar was het fout gegaan? Met geestelijke krachtsinspanning kapte hij de vragen af en haalde de wijze woorden van Juan boven. Het had nu geen zin om terug te blikken. Ontsnappen ging vóór analyseren. In sommige gevallen kon superioriteit op het slagveld synoniem zijn aan een geslaagde vlucht. Hij hoorde het zijn mentor zó zeggen.
Beelden verdrongen zijn wilskracht. Hij zag zichzelf rijden na tevergeefs op zijn tweede vader te hebben gewacht. De omschakeling naar de gevechtsmodus terwijl de tranen over zijn wangen stroomden was een wrede overgang. Toch lukte het. Toen hij zich eenmaal in de gehuurde garagebox in een buitenwijk van San Sebastián bevond, hadden de tranen plaatsgemaakt voor een strakke gezichtsuitdrukking. Er klonk slechts af en toe een snik toen hij vanuit dat onderkomen de laatste details regelde. De grote finale. Voor papa.
De scherpe punt van een tak die een snee over zijn wang veroorzaakte, bracht Angel weer terug in het heden. Hij uitte geluidloos enkele verwensingen en kroop verder. Terwijl hij dwars door het kreupelhout tijgerde, sprak hij zichzelf verwijtend toe. Dit mocht niet meer voorkomen. Hij had zeker een halve minuut in het verleden vertoefd. Een zonde die tot een ramp had kunnen leiden!
De toekomst was nu het enige wat telde, en die stond of viel met zijn ontsnapping. Dus concentreer je op de route. Denk aan... Een flikkering onderbrak zijn peptalk. Het was de mooiste glimp die hij in tijden had opgevangen. Tussen de dichte begroeiing door had hij in een flits het maanlicht op een golf zien afketsen. Hij was er bijna.

Deze opleving zorgde voor de benodigde concentratie. Als een tijger die een nietsvermoedende gazelle besloop, naderde hij de kuststrook. De laatste meters stelden weinig meer voor. Daar kon hij zich eindelijk oprichten om met gebogen rug langs de bomen te lopen die aan de rand van het zandstrand stonden. Het zwaarste gedeelte van de tocht zat erop. Hij rekte zich uit en voelde de spanning uit zijn lijf vloeien.

'Goedenavond.'

Het woord trof hem als een salvo uit een mitrailleur. Hij draaide zich een kwartslag om in de richting van het geluid. Tien meter verderop stapten twee mannen achter een boom vandaan en liepen naar hem toe. Angel Uranga handelde instinctief. Met de duim en wijsvinger van zijn rechterhand opende hij de rits van zijn camouflagejack, waarna hij zijn pistool trok. Hij richtte en vuurde viermaal. De mannen vielen als lappenpoppen om. Hij stopte het pistool terug in zijn binnenzak en begon te rennen. Bij de twee bewakers van de omliggende campings die hun ronde deden, was de hartslag reeds gestopt.

03.08 uur

Hoe was het in 's hemelsnaam mogelijk dat Fernando Alonso wereldkampioen in de Formule 1 was geworden terwijl er iemand als Miquel Tavarés rondscheurde, dacht hoofdinspecteur Isidro Alarcón. Om te voorkomen dat hij heen en weer werd geslingerd, omklemde zijn rechterhand de steun die net boven het portierraam was bevestigd. In de minuten die ze op volle snelheid onderweg waren, had hij meerdere malen zijn ogen gesloten. Tijdens die hachelijke momenten schoot zijn leven in een flits aan hem voorbij. Hij was ervan overtuigd dat een boom of lantaarnpaal deze rit ruw zou beëindigen. Vergeleken bij dit geweld stond de rijstijl van Antonio de la Gándara gelijk aan die van een overbezorgde achttienjarige in een leswagen tijdens het spitsuur. Dat ze nog steeds op het schema van een professionele rallycoureur zaten was een wonder. Tegeltjeswijsheid leerde hem echter dat wonderen niet bestonden. De klap moest eens volgen. En 'eens' kon elke seconde vanaf nu betekenen.

Hij sloot zijn ogen voor de zoveelste maal toen Tavarés een flauwe linkerbocht in stuurde met een snelheid die G-krachten losmaakte. Hevig piepende banden gaven een extra macaber tintje aan deze helse manoeuvre.

De achterkant van de auto wilde dolgraag uitbreken, maar op de een of andere manier wist het lid van UDEV het voertuig onder controle te houden.
'Kun je niet sneller?' probeerde Alarcón. Blijkbaar ontging de cynische ondertoon Tavarés geheel, aangezien hij kort met zijn hoofd schudde.
'Ik zit al tegen de grens aan,' was het antwoord waar Isidro Alarcón niet op zat te wachten. Wat hem betrof werd de grens van het toelaatbare constant overschreden.
Het was echter zinloos om dat aan Tavarés te melden. De verbeten trek op het gezicht van zijn tijdelijke partner sprak wat dat betrof boekdelen. Hij wilde zo snel mogelijk op de plaats van de schietpartij zijn. Om dat te bereiken nam hij de absurde risico's op de koop toe.
Boven het gebrul van de motor uit hoorde hij het kenmerkende geluid van een laagvliegende helikopter. Ook zij mengden zich dus in deze ratrace, ging het door hem heen. Angel Uranga moest ten koste van alles in de boeien worden geslagen. Dat de leiding actief aan de operatie deelnam zei genoeg.
Ze naderden met een bloedvaart de camping. Naar schatting vijftig meter voor de parkeerplaats stampte Tavarés op de rem. Alarcón voelde hoe de veiligheidsgordel in zijn bovenlichaam sneed. Hij onderdrukte een zucht van verlichting toen ze stilstonden.
'Kom op,' sprak Tavarés strijdlustig toen ze uitstapten. Samen volgden ze op een drafje het wandelpad dat naar het strand leidde. Ze gingen er gemakshalve van uit dat de lichten in de verte de plaats van het delict beschenen.
Het aantal aanwezigen op het strand viel tegen. Vanuit de optiek van Tavarés, viel het alleszins mee. Zijn ultieme doel was het Angel Uranga persoonlijk te arresteren. Hoe minder collega's in de buurt die hetzelfde wilden, des te beter het was. Hij wierp een korte blik op de twee dode bewakers en haalde vlot zijn identificatie uit de binnenzak van zijn jack. Daarna schoot hij een politieman aan die enkele nieuwsgierigen op afstand hield.
'In welke richting is de dader gelopen?'
De agent haalde zijn schouders op. Tijdens de schietpartij had hij mensen op de camping ondervraagd. Na de schoten was hij samen met zijn collega deze kant op gerend en had hij melding van het incident gemaakt. Op de twee lijken na, had hij niemand gezien.

Voordat Tavarés de gelegenheid kreeg om nog iets te zeggen, legde inspecteur Alarcón zijn hand op de schouder van zijn collega. Tegelijkertijd wees hij met zijn andere wijsvinger naar het zoeklicht van de helikopter. De leiding bevond zich tweehonderd meter van hen vandaan, en het leek er verdacht veel op dat ze iemand in hun lichtbundel gevangenhielden.
Zonder verder iets te zeggen renden ze in zuidelijke richting. Op het mulle zand konden ze een redelijke snelheid ontwikkelen. Na honderd meter vertelde de natuur hun dat ze bij de uitlopers van het strand gekomen waren. Hier ging de kustlijn over in struikgewas, om enkele honderden meters verderop te veranderen in grillige rotspartijen die voor een mens vrijwel onbegaanbaar waren.
En daar moet ik Tavarés dus kwijt zien te raken, nam Alarcón zich onder het rennen voor. Dat hij zo dacht, had niets te maken met de dubbele agenda waarmee hij vanaf het begin van zijn opdracht was opgezadeld; het was het gevolg van de geheime agenda die hij er sinds kort op na hield.

03.17 uur

De man die als een bezetene over het strand holde was Angel Uranga. Hoewel positieve identificatie ontbrak, gingen ze daarvan uit. Dat het technisch gezien een verkeerde interpretatie was, namen ze voor lief. De man die ze volgden droeg een zwart jack en een baseballpet, waardoor zijn gezicht een donkere plek bleef. Maar zijn postuur kwam wél overeen met dat van Spanjes meest gezochte misdadiger.
De piloot reikte Antonio de la Gándara een microfoon aan, waarna diens stem door de luidsprekers van de helikopter galmde: 'Geef je over, Angel Uranga. Je bent omsingeld door de politie. Ga op de grond zitten, met je handen in je nek.'
Als reactie hierop verhoogde de man onder hen zijn tempo. Mede daardoor was het voor iedereen duidelijk dat Uranga zich niet zou overgeven aan de autoriteiten. Hij ging tot het bittere einde door.
'Kun je hem in zijn benen raken?' vroeg de chef van UDEV aan Carmen.
'Dat wordt lastig met die turbulentie,' antwoordde ze. 'Bij een verkeerde beweging raak ik hem zomaar in zijn rug.'
De la Gándara knikte begrijpend. Het risico was inderdaad te groot. Een kogel in de rug van een op de vlucht geslagen persoon was lastig verdedig-

baar. Hoewel... het ging hier wel om Angel Uranga. Hij overwoog heel even om Carmen toestemming te geven voor een schot, maar uiteindelijk zag hij daarvan af. Eén reden was de positieve identificatie, die ineens zwaarder woog dan enkele minuten geleden. De kans was minuscuul klein, maar het kon altijd zijn dat de rennende man een in zijn werk gestoorde inbreker was, of een gestoorde geilneef die zijn oog had laten vallen op een jong meisje dat alleen in een tent lag te slapen. Het kón, nietwaar?

Alfonso Silva voelde instinctief dat zijn collega zaken overwoog. Als ervaren operatieleider was het voor hem vrij simpel om te raden welke knelpunten Antonio de la Gándara bezighielden.

'Laat Carmen en mij uitstappen,' zei Silva op een toon waarin het dwingende werd gemaskeerd. Ze hadden ervoor gekozen om UDEV de operatie te laten leiden; dat hield in dat hij formeel onder bevel van De la Gándara stond.

'Wij houden Uranga wel even bezig. Als de cavalerie arriveert, sluiten we hem gezamenlijk in.'

De la Gándara grijnsde. 'Waarom niet met z'n drieën? Dan hebben we hem zo te pakken.'

'De operatieleider blijft van de actie vandaan, Antonio.' Silva wist dat hij met deze opmerking een risico nam. Hij kende zijn evenknie van UDEV niet goed genoeg om te kunnen inschatten hoe hij hierop zou reageren. Mocht het verkeerd uitpakken, dan ontstond er een onprettige en wellicht onwerkbare situatie. In het meest dramatische scenario diende hij zelfs het commando over te nemen – een situatie waar niemand wijzer van werd.

'Je hebt gelijk,' zei De la Gándara na een lichte aarzeling. Daarop vertelde hij de piloot over hun plan. De piloot knikte, waarna de helikopter aan snelheid won. Het gevolg hiervan was dat Angel Uranga uit de lichtbundels verdween.

'Hij zet jullie honderd meter verderop neer. Normaal gesproken staan jullie dan in het midden van Uranga's looplijn.'

De piloot minderde drastisch vaart. Het toestel hing nu bijna stil in de lucht. Opmerkelijk traag zakten ze meter voor meter. De lichtbundel die het zandstrand deed oplichten, was hun enige referentie.

'Tien meter,' sprak de piloot. Carmen en Silva maakten hun veiligheidsriemen los. Hun dienstpistolen bleven in de schouderholsters. Pas nadat

ze veilig waren geland, zouden die in hun hand verschijnen.
'Vijf meter.' Het Nueve-duo stond op. Hun gelaatstrekken waren strak. Hoewel ze bij Nueve heel wat gewend waren, stonden nachtelijke droppings vanuit een helikopter op het strand terwijl er een seriemoordenaar in de omgeving rondliep niet dagelijks op hun programma.
'Drie meter.'
'Als je hem zelf te grazen kunt nemen, moet je dat vooral doen, hoor,' grapte De la Gándara.
'Ik zal erover denken,' antwoordde Silva droog. Daarna sprong hij als eerste het strand tegemoet. Hij kwam goed op beide voeten tegelijk neer, rolde naar voren en stond op. Zijn rechterhand reikte naar zijn dienstpistool. Carmen deed precies hetzelfde. Ze landde perfect, rolde door en kwam op minder dan een meter van Silva overeind. Ze trok haar pistool en richtte de loop in de richting waarin ze vermoedde dat Uranga zou opduiken. Op het moment dat ze beiden door hun linkerknie zakten om hun stabiliteit te vergroten en zichzelf als mogelijk doelwit te verkleinen, werden ze onder vuur genomen. Een salvo van vier schoten brulde door de nacht. Carmen hoorde een kogel vlak langs haar oor suizen en liet zich meteen plat op haar buik vallen. Een reflex, die het lichaam van Silva een fractie van een seconde te traag uitvoerde. Hij werd vol in zijn borst geraakt en sloeg naar achteren.

Een geweldig schot van de beste schutter op aarde, dacht Angel Uranga vergenoegd. Hij was verheugd over zijn inschattingsvermogen en handelingssnelheid. Toen de helikopter voor hem uit vloog en even daarna in de lucht bleef hangen, waren de bedoelingen van zijn tegenstanders hem direct duidelijk. Cruciaal was hoeveel man ze op het strand zouden droppen. Al rennend nam hij een besluit. Eerst een snelle blik op de hoeveelheid mankracht. Kwamen er een half dozijn of meer kerels uit de helikopter zeilen, dan zou hij meteen naar rechts afbuigen en geluidloos in het struikgewas verdwijnen. Sprongen er echter een paar man uit, dan maakte een overrompelingsactie een kans. Het laatste was dus het geval geweest en hij had minstens één van de twee geraakt. Perfect. Bij de oppositie zat de schrik er nu ongetwijfeld goed in.
Op een draf gleed hij langs de bomen. Rennen was hier onmogelijk. Eén verkeerde stap kon desastreuze gevolgen hebben. Vanuit zijn linkerooghoek zag hij hoe zich iemand over iemand anders boog die languit in het

zand lag. Ha, die was er dus aan! Terwijl hij een boomstam ontweek, richtte hij nog een snelle blik op het tafereel.
Degene die zich vooroverboog was een vrouw! De oppositie was inmiddels zo wanhopig dat ze het andere geslacht op hem af stuurden. Hij grijnsde breeduit. Een prettig gevoel waarvan Angel Uranga exact vijf seconden genoot. Daarna werd hij getroffen door een bliksemstraal die zijn hersens een vreselijke opdonder verkocht. De lading van deze flits bestond uit verwijten die meedogenloos in zijn ziel wroetten. Hij bedekte beide oren met zijn handen in een poging de stemmen tot zwijgen te brengen. Hij zwalkte langs de eindeloze rijen wezenlijke obstakels en prevelde verontschuldigingen.
'Het spijt me. Vrouwen zijn gelijk aan mannen. Vaak zijn ze beter.'
Zijn rechterscheenbeen schampte een stronk. Een pijnkreet ontsnapte aan zijn lippen. Hij hinkte verder en begon te prevelen: 'Niet nu... Deze opdracht doe ik alleen... Straks zie ik je weer... Niet nu... alsjeblieft.'

Antonio de la Gándara sprintte naar het Nueve-duo toe. Nadat hij zag hoe Silva werd geraakt, had hij de piloot opdracht gegeven te dalen. De laatste twee meter overbrugde hij met een sprong. Zijn training garandeerde een vlekkeloze landing.
Hij ging naast Carmen zitten. Omdat hij dat vrij onbehouwen deed, spatten er rond zijn rechterknie fonteintjes zand op. De intermediair van Nueve sprak met haar chef, wat inhield dat hij bij bewustzijn was.
'In zijn borst geraakt,' zei ze tegen De la Gándara. Ze pakte Silva bij zijn schouder en trok hem voorzichtig overeind.
'Mijn complimenten voor de fabriek,' kreunde Silva. Met de knokkel van zijn wijsvinger tikte hij tegen het kogelwerende vest dat hij onder zijn jack droeg.
'Dat neemt niet weg dat ik het gevoel heb dat mijn borstkas plat is. Alsof er een kudde olifanten over me heen is gewandeld.'
Om zijn woorden te benadrukken kreunde hij tweemaal.
'Gekneusde ribben,' meende De la Gándara. 'Voor jou is het einde oefening.'
Samen met Carmen ondersteunde hij de onfortuinlijke chef van Nueve toen deze opstond.
'Dat dacht ik niet,' antwoordde Silva met een van pijn vertrokken gezicht. 'Elke seconde dat we hier langer staan te lummelen loopt Uranga verder op ons uit.'

De la Gándara pakte hem steviger beet.
'Naar de helikopter. Over een paar minuten heeft het zoeklicht hem weer te pakken.'
Hij stapte opzij en voelde direct weerstand. In een tijdsbestek van enkele seconden was er bij het Nueve-duo een merkwaardige verandering opgetreden. Alfonso Silva en Carmen Marrero stonden doodstil en keken elkaar strak aan; dit was chemie tussen twee geestverwanten. Van het ene op het andere moment voelde Antonio de la Gándara dat hij daarbuiten stond. In een handomdraai was hij van leider tot vreemdeling geworden. Hij stond erbij en keek ernaar.
'Zo ver kan hij nog niet zijn,' zei Carmen. Haar blik was uitsluitend op Silva gericht.
'Rennen!' antwoordde de chef van Nueve. Net op tijd wist hij een 'En doe alsjeblieft voorzichtig' in te slikken. Woorden van dergelijke strekking waren in hun vak uit den boze.
Zonder iets te zeggen draaide Carmen zich om en sprintte weg.

Het speelde zich net even te ver van hen af om precies te weten wat er gebeurde. Ze hoorden de schoten en zagen de helikopter die daalde. Dat er iemand van hun team was geraakt, leek de meest voor de hand liggende conclusie.
Isidro Alarcón en Miquel Tavarés hielden er een straf tempo op na. De actie die zich vierhonderd meter voor hen afspeelde, was de beste indicatie dat het niet snel genoeg ging. Aangespoord door deze voor hem onbevredigende gang van zaken, versnelde Tavarés zijn pas, wat Alarcón naar adem deed happen. De rustige dagen op het bureau, waarbij liters koffie drinken als grootste prestatie gold, begonnen nu zijn tol te eisen. In vergelijking met zijn superfitte UDEV-partner was zijn conditie allerbelabberdst. Weer een extra obstakel waar hij mee af diende te rekenen.
'Ik trek het niet.' Hij hijgde overdreven om Tavarés duidelijk te maken dat hij op het punt stond een hinderlijk blok aan zijn been te worden – een situatie waarmee de ambitieuze UDEV-man verre van gelukkig zou zijn.
'Ga maar door, ik haal je straks wel bij.'
Om het aan te dikken vertraagde hij zijn pas.
Tavarés keek over zijn linkerschouder.
'Zeker weten?' De glinstering in zijn ogen vloekte met de zogenaamde twijfel omtrent het vervolg van hun missie.

'Absoluut. Ik moet echt even op adem komen.'
Hij stond stil, boog voorover en legde zijn handen op zijn knieën. Deze houding hield hij aan tot Tavarés definitief door de nacht was opgeslokt. Toen zijn ademhaling weer een aanvaardbaar ritme bereikte, kwam hij overeind. Hoewel de situatie waarin hij zich bevond verre van rooskleurig was, had hij zijn eerste doel bereikt: hij was Tavarés kwijt.

Toen hij het struikgewas verliet, steeg de helikopter wederom op. Hij schatte de afstand tussen hem en de machine op driehonderd meter. Het gat dat hij had getrokken was dus ruim voldoende. Hij zou zich geen tweede keer door de schijnwerpers laten verrassen.
De kuststrook boog enigszins af naar rechts, het begin van de kleine baai die in zijn totaliteit een lengte van honderd meter bestreek. Een kleine hap uit de staart van een kilometerslang zandstrand. Het eind ervan werd gemarkeerd door vervaarlijke rotspartijen die door mensen met een beetje verstand categorisch werden vermeden. De kans op een pijnlijke glijpartij was even groot als smogvorming tijdens lunchtijd in het centrum van een metropool.
Ongeveer in het midden van de baai stond een steiger, een houten verbindingsweg waarover het strandvolk de gang naar het kleine watersportcentrum kon maken. In volle vaart vloog hij de steiger op. Hij ging zo snel dat het hout geen kans kreeg piepend te protesteren.
Vanuit zijn ooghoek zag Uranga de helikopter naderen. Terwijl het geluid van de rotors verhevigde, knielde hij vlak voor de krakkemikkige ingang, haalde een sleuteltje uit zijn binnenzak en opende het hangslot. Hij opende de deur en stapte naar binnen. Voorzichtig deed hij vier passen voorwaarts. Toen strekte hij zijn armen, om even later met beide handen op de tast langs de metalen kasten te glijden. Zijn vingertoppen vonden de rondingen, waarna zijn rechterduim de schakelaar van de onderwaterlamp beroerde. Heel even baadde de kleine ruimte in het licht – nuttige seconden waarin zijn geest een update omtrent de huidige situatie kreeg.
Wat hij had gezien, beviel hem opperbest. Nadat hij een paar uur geleden het oorspronkelijke hangslot had vervangen door eentje uit zijn eigen collectie en aansluitend wat voorbereidingen had getroffen, was er niets veranderd. Alles wat hij zorgvuldig had neergezet, stond nog op dezelfde plek. Top.
Uranga verwisselde de onderwaterlamp voor een kleiner model, een back-

uplight ter grootte van een pen. Hij stak deze tussen zijn tanden en graaide de benodigde uitrustingsstukken bij elkaar: vinnen, schoenen, loodgordel, trimvest plus duikfles en een bril. De wetsuit liet hij voor wat die was. Het kostte te veel tijd om dit aan te trekken.

Twee minuten na zijn insluiping stond Angel Uranga weer buiten. De helikopter vloog inmiddels in de baai en het zoeklicht tastte het goudgele zand af.

Hij glimlachte vals, om daarna met een sierlijke commandosprong zijn vlucht te vervolgen.

Carmen rende de steiger op. Ondanks de herrie die de helikopter produceerde, had ze een geluid gehoord dat heel sterk op een plons leek. De enige mogelijkheid was de steiger of het daaraan gelegen watersportcentrum. Omdat de kale steiger zelf geen geheimen kende, nam ze de eerste twintig meter ervan in een hoog tempo. Pas op tien meter van het houten gebouw hield ze haar pas in. Met de behoedzaamheid van een kat die zijn prooi nadert, sloop ze verder. Haar ogen schoten heen en weer. Op dit gedeelte van de steiger lagen enkele zeilboten en waterski's aangemeerd. Terwijl ze de afstand naar de ingang van het watersportcentrum verkleinde, zocht de loop van haar pistool naar een mogelijke belager die zich tussen de vaartuigen had verschanst.

De deur was open. Aangezien de tijd voor een omzichtige verkenning ontbrak, werd ze gedwongen risico's te nemen. Ze negeerde het stemmetje dat haar dringend op de fatale inval in Catalunya wees en ging het gebouwtje binnen. Twee stappen later bleef ze doodstil staan. Haar zintuigen tastten nu op volle toeren de ruimte af. Ze moest voornamelijk op haar zesde zintuig afgaan, dat door de jaren heen sterk was ontwikkeld. Dit meldde haar dat ze alleen in de veredelde keet was. De prooi was ontsnapt.

De eerste contouren werden zichtbaar. Ze bevond zich hoogstwaarschijnlijk in een gedeelte dat gevuld was met spullen voor de onderwatersport. Ze liet haar handen langs de voorwerpen glijden en vond na een paar missers eindelijk wat ze zocht. Zonder aarzeling klikte ze de lamp aan en scheen er kort mee door het vertrek. Een snelle blik op het interieur bevestigde haar vermoedens: dit wás een duikcentrum, én ze stond hier in haar eentje.

Ze bedacht zich geen seconde. Met grote stappen liep ze naar buiten. Ze schatte in vanaf welke plek Uranga was gesprongen. Met haar gezicht naar

de zee gekeerd nam ze deze positie in. Daarna richtte ze de lichtbundel op de golven. Omdat ze niet meteen vond wat ze zocht, liet ze haar rechterhand zwenken. Eindelijk was het geluk met haar: in de mistige uitlopers van de straal zag ze opeens enkele luchtbellen verschijnen.
Ze nam een beslissing.

'Richt het zoeklicht op die luchtbellen.' Vanwege de oplopende spanning steeg het volume van De la Gándara's stem een flink aantal decibellen. De piloot knikte en voerde uit wat van hem werd verlangd. Ook hij was niet ongevoelig voor alsmaar toenemende druk en nam daarom het gebrul van zijn tijdelijke bevelhebber maar op de koop toe. Hij manoeuvreerde het toestel zodanig dat het zoeklicht aan de luchtbellen kleefde.
'Klasse,' zei De la Gándara. 'Houden zo.'
Na Carmens melding dat ze binnen enkele minuten onder het wateroppervlak zou verdwijnen, waren ze over de baai gescheerd. Omdat het er sterk op leek dat Uranga onder water probeerde te ontsnappen, probeerden ze zijn vluchtroute te vinden. Na enkele vruchteloze pogingen zag Silva stijgende bellen langs de rand van het zoeklicht. De piloot zwenkte het toestel om het recht boven het bellenspoor te stabiliseren. Vijf meter onder hen zagen ze hoe stijgende lucht de vlucht van Angel Uranga markeerde.
'We zijn nu recht boven het bellenspoor,' zei De la Gándara. Hij keek met een schuin oog naar de steiger, waar Carmen met haar lamp knipperde.
'Ik ben klaar, kom me maar oppikken.'
De piloot zwenkte en vloog recht op de steiger af. Honderdvijftig meter later minderde hij drastisch snelheid. De vakman in hem liet het toestel meter voor meter dalen.
'Twee meter naar links,' zei Silva, die de positie van Carmen nauwlettend in de gaten hield. De piloot deed exact wat hem werd opgedragen.
'Nu nog ruim een meter zakken,' sprak De la Gándara met een voor zijn doen beschaafd volume.
Carmen omklemde het landingsgestel met beide handen. Toen ze voelde dat er voldoende grip was, riep ze: 'Gaan!'
Silva hing met zijn hoofd uit de helikopter. De afstand tussen hem en zijn intermediair bedroeg twee meter. Omdat ze haar communicatieapparatuur op de steiger had achtergelaten, hielden ze op deze primitieve wijze contact.
'We droppen je op de plek van het bellenspoor,' brulde hij boven het

geweld van de klappende wieken uit. 'We denken dat hij zich inmiddels een meter of vijftig ten zuiden van die plek bevindt.'
'Begrepen!' gilde Carmen. Voornamelijk door het gewicht van de duikfles op haar rug was elke inspanning een aanslag op haar arm- en schouderspieren. Een zwaar ongemak, waarvan de mannen in de helikopter zich terdege bewust waren. Het vervelende was echter dat zij niets aan deze situatie konden veranderen; ze konden slechts vertrouwen op Carmens fysieke fitheid.
Het gps-systeem leidde de piloot vlekkeloos naar de plaats waar de bellen waren gesignaleerd. Hij liet het toestel stil in de lucht hangen en zakte tot op twee meter van het wateroppervlak.
'Go!' schreeuwde Silva.
Opgelucht liet Carmen zich in de Middellandse Zee vallen.

Nog nahijgend van de lange sprint taxeerde Isidro Alarcón de nieuwe omstandigheden en bedacht aansluitend hoe hiernaar te handelen. In gedachten liep hij in een wandeltempo naar Tavarés toe. Blijkbaar had zijn partner al een besluit genomen, aangezien de UDEV-man demonstratief met zijn handen in zijn zij stond.
'Dat was het dan,' gromde Tavarés afkeurend. 'De verdachte probeert onder water te ontsnappen en de bazen grijpen hem persoonlijk in z'n kladden.'
Alarcón knikte afwezig. 'Dat proberen ze. Het lijkt me een verre van gemakkelijke klus.'
Tavarés keek hem misnoegd aan. 'Ik had er anders verdomde graag aan meegedaan.' Het was overduidelijk dat hij zijn frustratie op zijn maat wilde botvieren. Dat de hoofdinspecteur van Ernstige Delicten in slechte conditie verkeerde leek een voor de hand liggende aanname. Als hij niet regelmatig had hoeven inhouden, was hij wellicht op tijd bij de steiger aangekomen. Hoe verder hij hierop doordacht, des te meer kon hij de schuldvraag naar Alarcón schuiven. Als die bureaucowboy fitter was geweest, waren zij eerder bij de steiger gearriveerd. Zo simpel lag het dus, dacht Tavarés. Mocht iemand hem ooit een verwijt maken, dan zou hij dat direct aanvoeren. Dat hij daarmee zijn partner min of meer voor schut zette, kon hem op dat moment niet schelen. Hij was boos en teleurgesteld tegelijk. Maar zo te zien was hij de enige, want die dooie Alarcón leek er niet warm of koud van te worden; hij keek als een verdwaalde toerist om zich heen.

‘We weten precies waar Uranga zich bevindt, maar kunnen geen ene moer uitrichten,’ beet Tavarés hem toe. Om zijn woorden kracht bij te zetten wees hij naar het zuiden. ‘Die maffe Bask zwemt langs voor ons onbegaanbare rotspartijen. Het enige wat we kunnen doen is eromheen lopen. Een omweg van zeker twee kilometer, dwars door kreupelhout, dicht struikgewas en ander ongemak. Hiep, hiep, hoera!’

Alarcón haalde zijn schouders op en liep in de richting van de vervaarlijk uitziende rotsen.

‘We leven in een nare wereld,’ zei hij tegen het lid van UDEV, die geen aanstalten maakte hem te volgen.

Angel Uranga liet zich niet opjagen. Hij hield zich aan het rustige tempo waarmee hij zijn slag keurig afmaakte. Qua snelheid mocht het weinig indrukwekkend zijn, maar op deze wijze kon hij het wel lang volhouden. Uiteindelijk draaide het daar wel om. Gerekend vanaf de steiger bedroeg de afstand die hij diende te overbruggen maar liefst anderhalve kilometer. Het kwam nu dus voornamelijk op dosering van zijn inspanningen aan.

Om de halve minuut drukte hij de schakelaar van de kleine staaflamp naar rechts en liet het licht zo kort mogelijk op zijn kompas schijnen. Als de naald stijf naar het zuiden wees, wat tot nu toe steeds het geval was, drukte hij de schakelaar direct naar links en zwom in het pikkedonker verder. De diepte en het luchtverbruik waren geen issue: in dit gedeelte was het maximaal zes meter diep en hij was met een volle fles gestart. Zelfs als je je inspande, kon je met een inhoud van tweehonderd bar zomaar zeventig minuten op deze diepte verblijven. ‘Decompressieziekte’ oplopen was nagenoeg onmogelijk, daarvoor was in die tijdsduur de stikstofopname door het bloed op zes meter te gering.

Zijn alternatieve vluchtplan was spectaculair en door geen enkele achtervolger te dwarsbomen, wist hij. Daarvoor zat het eenvoudigweg te slim in elkaar. De basis had hij gisteravond gelegd. Toen duidelijk werd dat zijn tweede vader op hun afspraak niet zou komen opdagen, had hij geestelijk een knop omgezet en was aan de uitvoering van deze opdracht begonnen. Daartoe behoorde eveneens een tweede vluchtroute. Hoewel het om een aanhangsel ging dat normaal gesproken nooit aan de orde zou komen, bereidde hij deze back-up wel tot in de details voor, exact zoals hem door Juan was geleerd.

Het hem bekende operationele terrein speelde er een hoofdrol in. Nadat hij in het duikcentrum het slot had verwisseld en de duikspullen in gereedheid had gebracht, was hij teruggegaan naar de camping. Aan zijn auto hing een trailer met daarop de BMW-motor waarmee hij al eerder een klus had geklaard. De stoere motor was ontdaan van elk attribuut dat kon verwijzen naar zijn vorige optreden. Zelfs de kentekenplaat was verwisseld. Met de motor reed hij door het lastige terrein. De bestemming lag anderhalve kilometer naar het zuiden: een ritje dat hem maar liefst twintig minuten kostte. Omdat de eindbestemming zo lastig te bereiken viel, bleek die ideaal voor het afsluitende deel van zijn ontsnapping. Hij verborg de motor in het struikgewas. In de zijtassen bevonden zich kleren, valse identiteitspapieren en de sleutel van een kluis op het station van Valencia. Daarin lag een fors bedrag in contanten op hem te wachten. 'Om een nieuw leven mee te beginnen,' had zijn tweede vader hem verzekerd.

Terwijl hij met zijn gedachten al bij de volgende fase in zijn leven was, telde een denkbeeldige klok in zijn hoofd het aantal vinslagen. Elke op- en neergaande beweging van zijn benen was goed voor één meter voortgang: 482, 483, 484.

Het venijn zat 'm in de staart. Voor zijn eventuele achtervolgers, welteverstaan. In de voorbereidingsfase was hij op een gril van de natuur gestuit. Honderd meter ten noorden van de plek waar hij zijn motor had verborgen, was het landschap uit het standaardstramien voor deze kuststrook getreden. Er was een opening van vijftig meter breed die tweehonderd meter landinwaarts liep. De zee had deze spleet direct geannexeerd, waardoor een doodlopende rivier was ontstaan, een minuscuul Middellandse-Zeebekken.

Mocht hij ooit door een topograaf in kaart worden gebracht, dan zou deze plek hooguit met een stip ter grootte van een geslepen potloodpunt worden aangeduid. Werd je er echter in levenden lijve mee geconfronteerd, dan bleek het toch een flinke plas water te zijn waar je niet zomaar even doorheen kon waden.

Mede daarom had hij voor deze route gekozen. In het onwaarschijnlijke geval dat zijn achtervolgers een klimpartij over de rotsen overleefden én gelijke tred met hem konden houden, werden ze alsnog met een zware hindernis geconfronteerd. Ook voor de helikopter had hij een oplossing. Een heel simpele, zelfs. Hij zat namelijk onder water en zij niet, en hij kon dat heel lang volhouden. Daar kwam bij dat hij zowel het tijdstip als de plek van het aan land gaan bepaalde.

498, 499, 500. Angel Uranga hield zijn benen stil, draaide zich om, trok beide knieën op en ging op de zanderige bodem zitten. Dertig seconden rust. Even de spieren ontspannen, die nog minstens een kilometer mee moesten. Met zijn vingertoppen kneedde hij zijn dijbenen en kuitspieren. Toen hij besloot zijn weg weer te vervolgen, trok een flits in zijn ooghoek zijn aandacht. Hij hield zich stil en concentreerde zich op de lichtgevende speldenknop. Tien seconden later was zijn vermoeden bevestigd: er zat iemand achter hem aan.
En zijn achtervolger naderde snel.

Carmen wist dat ze kwetsbaar was. Van alle opties die ze in een oogwenk had doorlopen, was dit de enige met kans op succes. Als ze zichzelf hierdoor in een potentieel doelwit veranderde, dan moest dat maar. Elke mogelijkheid die haar kans vergrootte om Uranga te pakken, greep ze met beide handen aan, zelfs als dat ten koste van haar eigen veiligheid ging.
Uit de schappen van het duikcentrum had ze de meest robuuste lamp gepakt, waarmee ze nu de omgeving verkende. Terwijl haar dij- en kuitspieren de vinnen een stevig tempo oplegden, werkte haar linkerarm een vast patroon af: met een regelmatige beweging bestreek ze een gebied van honderdtachtig graden, van links naar rechts. Op een opgeschrikte school zeebrasems na had het tot nog toe bar weinig opgeleverd.
Ze wierp snel een blik op haar waterdichte horloge. Nog een krappe minuut voordat ze zich zou melden. Omdat ze geen communicatiemiddelen ter beschikking hadden, was er afgesproken dat ze elke tien minuten haar hoofd boven water zou steken. Wellicht was er vanuit de boven haar vliegende helikopter iets te melden.
Omdat ze er een flink tempo op na hield, miste ze bijna de zwarte vlek die heel even aan de uiterst linkerkant van haar lichtbundel verscheen. Ze hield haar benen stil, waarna de punten van haar vinnen in het zand als ankers fungeerden. Decimeter na decimeter liet ze de bundel naar links zwenken. Toen de eerste contouren van iets wat beslist niet in zee leefde zich aandienden, stokte haar adem.
Tien meter van haar vandaan lag iemand doodstil op de bodem. Ze prentte de plek in haar geheugen en deed de onderwaterlamp uit. In de volslagen duisternis visualiseerde ze wat ze zojuist had gezien. Daarna kwamen haar vinnen omhoog en zette ze aan voor een sprint op vol vermogen.

De lichtbundel werd sterker. Angel Uranga nam een andere houding aan. Hij ging op zijn knieën zitten en draaide zich recht naar het licht toe. De vingers van zijn rechterhand omklemden het lemmet van het duikmes. Hij trok het wapen uit het foedraal dat om zijn rechterkuit was gegespt en strekte zijn arm.

Zijn achtervolger had hem ontdekt en naderde snel. De lichtbundel werd breder en breder. Was het een enkeling die hem wilde torpederen, of ging er achter die straal een heel peloton van aanvallers verborgen?

Zijn ademhalingsritme schoot omhoog. Er ging een lichte trilling door de hand waarin het mes rustte.

Met een murmelend 'Kom maar op' sprak hij zichzelf moed in. Angel Uranga was namelijk doodsbang.

Na de derde vinslag kwamen de vragen. Wat had ze nou werkelijk gezien? Een zwart voorwerp dat doodstil op de bodem lag? Kon het een rots zijn? Of een autoband die uit een container van een vrachtschip was gedonderd? Een stuk plastic, wellicht?

Bij de vijfde ram van haar been dacht ze aan Steve Irwin, de Australische krokodillenjager die door de steek van een rog in zijn hartstreek zo jammerlijk om het leven was gekomen. Wie garandeerde haar dat het object waar zij slechts een korte blik op had geworpen geen familie van de stekelrog was? Bijvoorbeeld een zwarte variant die in ondiep water even uitrustte om eenmaal op krachten gekomen weer de diepte op te zoeken? Misschien was het wel...

Na de zevende vinslag boog haar linkerduim onverbiddelijk naar rechts. De zee baadde plotseling in het licht. Volgens haar berekening bevond ze zich nu op twee meter van Angel Uranga, die doodstil op de zeebodem lag. Omdat ze onbewust sneller zwom dan ze zich had voorgenomen, was deze inschatting wat aan de behoudende kant, want op het moment dat ze het licht weer ontstak, was Carmen het zwarte object tot op een halve meter genaderd.

De vuisten van haar gestrekte armen raakten de bewegingloze persoon vol in diens bovenlichaam. Vanwege haar snelheid sleurde ze het lichaam twee meter met zich mee. Deze brute actie veroorzaakte enorme stofpluimen. Het opspattende zand vertroebelde het zeewater zodanig dat ze met veel moeite haar eigen lichaamsdelen kon onderscheiden.

De ingeslepen trainingsmethodes namen haar inschattings- en denkvermogen over. Ineens ging het op de automatische piloot verder. Vijf vingertoppen meldden haar zenuwstelsel op welke wijze de verdachte werd vastgepakt. Haar rechterarm voerde aansluitend een perfecte klem uit, zodat de man geen kant meer op kon.

Terwijl ze de rug van Angel Uranga tegen zich aan trok, gilden haar zintuigen het uit. Er ontbrak een duikfles. Ze had de verkeerde te pakken. Toen de consequenties daarvan tot haar doordrongen, was het te laat. Tijdens de door haar ingezette stijging was ze boven het zandkordon beland. Het licht van haar lamp had hier weer vrij spel. Omdat haar linkerhand deel uitmaakte van de ingezette klem, werd het in één verschrikkelijk moment duidelijk wie ze naar de oppervlakte bracht. Of beter: wat.

Het lichaam dat ze omklemde was in verregaande staat van ontbinding. De oogkassen waren holle openingen waaruit het leven was weggevreten. Rond de mond ontbraken de lippen, waardoor een volmaakt gebit in het kunstlicht glansde. Ook hadden de zeebewoners talloze aanvallen op de hoofdhuid uitgevoerd. Enkele overgebleven lapjes vlees die aan het bot hingen waren daarvan het levenloze bewijs.

In een schrikreactie liet Carmen de gerafelde blouse los. Het lijk van de bootvluchteling zonk direct naar de bodem, terug naar het zeemansgraf waarin duizenden van zijn lotgenoten hem waren voorgegaan. In de nabije toekomst zouden nog tienduizenden hetzelfde lot ondergaan.

Carmen schoot door het wateroppervlak. Ze spoog de ademautomaat uit en vulde haar longen met verse lucht. Ondanks de paniekaanval had ze nog wel de tegenwoordigheid van geest om de knop van de inflator in te drukken, waarna haar trimvest zich met perslucht vulde. Hevig hyperventilerend dreef ze op de deinende huid van de Middellandse Zee.

Hoewel het tijdstip van bovenkomen overeenkwam met de door hen gemaakte afspraak, zag Silva direct dat het mis was. Carmens lichaamstaal vertelde een verhaal dat hij helemaal niet wilde horen. Voor de details moest hij dichter bij haar komen.

'Naar beneden!' snauwde hij tegen de piloot. Binnen enkele seconden hingen ze drie meter boven de doelloos dobberende intermediair van Nueve.

'Carmen!' schreeuwde Silva. 'Wat is er gebeurd?'

Het duurde even voordat het antwoord kwam. Voor het overgrote gedeelte had dit met Carmens verstoorde concentratie te maken. Tijdens de aanval op de vermeende moordenaar had ze de trance opgeroepen waarin leden van Nueve tijdens het actieve gedeelte van een operatie verkeren. De afschuwelijke ervaring onder water had die flink in de war geschopt. Ze verkeerde in verwarring en was druk bezig haar emoties weer onder controle te krijgen.

'Alles in orde,' wist ze eruit te persen. Vanwege de herrie die de helikopter produceerde nam ze het zekere voor het onzekere en tikte met de vingertoppen van haar rechterhand tegen de bovenkant van haar hoofd: het internationale teken van een duiker in open water die meldt dat alles oké is.

'Ben je hem op het spoor?' wilde Silva weten. Het was meer een probeersel dan een vraag; hij wilde zeker weten dat Carmen voor honderd procent was gefocust. Een hoop die door haar gedrag van daarnet behoorlijk werd ondermijnd.

'Ik denk van wel,' antwoordde ze luidkeels. Een holle frase, die haar als eerste te binnen schoot.

'Dan zien we je weer over tien minuten.' Daarna gaf hij de piloot door middel van een opgestoken duim aan dat hij weer kon opstijgen. Toen het toestel langzaam hoogte won, zag Silva vanuit van zijn ooghoek iets wat hem een adrenalinestoot bezorgde.

De stijgende verbazing overtroefde zijn angstgevoelens. Stijf als een plank en met het kippenvel over zijn hele lichaam had hij gewacht op datgene wat zich met grote snelheid aankondigde. In plaats van een keiharde confrontatie waarin met name zijn mes centraal zou staan, was het uitgelopen op een smadelijke aftocht van de vijand! Van het ene op het andere moment verloor de sterke lichtbundel aan kracht, om uiteindelijk tot het volume van een veredeld dimlicht gereduceerd te worden.

De reden daarvoor werd hem langzamerhand duidelijk: niet hij, maar de oppositie was bang. Toen de contouren van zijn indrukwekkende torso in het licht van zijn achtervolger verschenen, schrok deze pseudojager zich een ongeluk. Op dit soort tegenstand had die verwaande trut namelijk niet gerekend!

Het bewijs van zijn gelijk bevond zich ongeveer tien meter voor en vijf meter boven hem. Zijn belager hing uitgeteld in de touwen, happend naar adem en hopend dat contact met de superieure Angel Uranga hem bespaard bleef.

Rond zijn ademautomaat rezen beide mondhoeken. Een euforisch gevoel stroomde door zijn lijf en verwarmde elk bot, elke zenuw en elke spier. Hij was onverslaanbaar. Iedereen die daaraan twijfelde of probeerde hem een voet dwars te zetten zou het bezuren. Hij strekte zijn rechterarm en steeg schuin op, recht op het miserabele lichtpuntje af.

'Blijven hangen!' zei Silva streng. Het toestel schokte toen de piloot de hoogte vast probeerde te houden. Hij omklemde met zijn rechterhand een stang en boog zich zo ver mogelijk voorover. Het zoeklicht gleed over een plek waarvoor hij geen interesse had.
'Naar links zwenken, zelfde hoogte aanhouden.'
De brede lichtbundel tastte het stuk water links van Carmen af. Silva's vermoeden werd even later bevestigd: de bellen waren duidelijk zichtbaar. Een schokkende constatering, aangezien ze recht op Carmen af kwamen.
'Blijf recht boven de voorste bellen van het spoor,' gaf Silva aan. Hij sprak het bevel op zo'n grimmige toon uit dat de piloot in opperste concentratie zijn ogen tot spleetjes kneep. Hij kende het klappen van de zweep en wist dat het er nu om spande.
'Wat is er in godsnaam aan de hand?' vroeg De la Gándara.
'Die klootzak komt van onderen,' antwoordde Silva kortaf. Zijn blik week geen seconde af van het bellenspoor. Hij bracht zijn linkerhand naast zijn mond om zijn geluid te centraliseren.
'Niet afdalen!' schreeuwde hij tegen Carmen, die de inflatorslang al in haar linkerhand had. Ze keek niet-begrijpend omhoog.
'Niet afdalen, verdomme!' herhaalde de chef van Nueve, en hij richtte zich tot de piloot.
'Positioneer mij anderhalve meter vóór de voorste bellen. Hoogte tussen de vijf en zes meter.'
De la Gándara schudde zijn hoofd.
'Dat kan ik niet toestaan, Alfonso. Als je verkeerd neerkomt, kan zo'n sprong je letterlijk je kop kosten.'
Silva negeerde de mening van de man die officieel leidinggaf aan deze operatie.
'Een fractie meer naar rechts.' De piloot reageerde meteen.
'Houden zo.' Hij spande zijn spieren.
'Ze is kansloos, Antonio,' zei Silva. Voor de laatste maal schatte hij de situatie in en sprong uit de helikopter.
Met weinig referentie en op zee oogt vijf meter hoogte vanuit een helikop-

ter als een afstand waarbij een parachute een must lijkt om te overleven. Silva wist echter beter: als je een vastomlijnd plan had, was het een sprongetje van niks. In de luttele seconden dat je daadwerkelijk zweefde moest elk detail kloppen; alleen dan creëerde je een mogelijkheid om het doel te bereiken. Plus de factor geluk, natuurlijk.

In de lucht concentreerde hij zich enkel op zijn houding: benen naast elkaar, armen langs het lichaam. De zogenoemde 'strijkplankmethode'. Hij wilde zo gestroomlijnd mogelijk het water raken.

Toen dat daadwerkelijk gebeurde, maakte hij zich direct breed. Omdat tussen constateren en reageren altijd fracties van seconden zitten, veranderde zijn houding toen hij zich op twee meter diepte bevond. Hoewel zijn snelheid drastisch verminderde, voelde Silva zich op die diepte nog steeds een geleid projectiel. Tijd om hierover na te denken was er niet, want zijn rechtervoet kreeg een dreun te verwerken. Maar de stekende pijn die zijn hele rechterbeen in vuur en vlam zette was ondergeschikt aan de ontvlammende opluchting. Hij had iets geraakt!

Het plotselinge contact had hem volledig uit balans gebracht, zodat hij nu ondersteboven in het water hing. De zwarte omgeving nodigde uit tot paniek, een emotie die Silva wist te onderdrukken. Hij hield zijn rechterhand vlak boven zijn mond en blies langzaam uit. De ontsnapte lucht steeg op. Een natuurkundige zekerheid waarvan Silva profiteerde. Hij zwom zijn eigen adem achterna.

'Jezus, Alfonso. Wat doe jij nou?' In Carmens stem klonk een mengeling van verbazing en pure schrik door. Hij zwom naar zijn intermediair, die vier meter verderop dreef.

'Ik heb hem geraakt,' zei Silva tussen twee zwemslagen door. 'Hij is nu aangeslagen. Dit is je kans om hem te grijpen.'

Carmen begreep dat ze snel moest handelen. Ze keek omhoog en zag dat het zoeklicht van de helikopter Angel Uranga's bellenspoor markeerde. Ze liet een beetje lucht uit haar trimvest ontsnappen en zwom in de richting van het felle licht.

De pijn was ondraaglijk. Een projectiel dat uit het zwarte niets kwam had zijn linkerarm geraakt. Die was gebroken of verbrijzeld, of erger. Voor zijn gevoel kon het lichaamsdeel elk moment van zijn romp af vallen. Als de vlammenzee die zijn lichaam teisterde hierdoor werd gedoofd, zou hij daar zeker voor kiezen.

Angel Uranga krijste het uit, wat een stroom bellen teweegbracht die samen een schild van ontsnappende ballonnetjes vormden. Hij negeerde de duizenden aanwijzingen omtrent zijn verblijfplaats en steunde met zijn rechterhand in het zand. Zijn linkerarm hing als een nutteloos aanhangsel langs zijn lichaam.
Naast de fysieke problemen nam zijn mentale weerbaarheid drastisch af, omdat de stem van zijn geliefde dwars door elke pijnscheut heen wist te dringen. De speerpunt was haar toon; die was verwijtend, minachtend. Sneed en hakte er ongecensureerd op los, alsof ze tegen een mislukkeling in plaats van haar minnaar sprak.
Hoe hij het in zijn hoofd haalde om hier als een gewonde ree op een roedel hongerige wolven te liggen wachten. Dat de tik tegen zijn arm een tegenslag was waarmee hij als een strijder om diende te gaan. Ze walgde van zijn gedrag en maakte dat in stevige bewoordingen duidelijk.
Angel Uranga voelde hoe hij de grip op de werkelijkheid verloor. De almachtige pijn maakte hem het functioneren verder onmogelijk. Hij schudde hevig met zijn hoofd om de beschuldigingen en beschimpingen een halt toe te roepen. 'Dit heb ik niet verdiend,' was het krachteloze mentale verweer waarmee hij tegengas gaf.
Terwijl hij met zichzelf worstelde, sneed er een lichtstraal door het donkere gordijn dat hem omfloersde. Hij keek verschrikt op en realiseerde zich dat er Problemen met een hoofdletter P in aantocht waren.

Carmen minderde vaart. Ze had Angel Uranga gevangen in haar lichtbundel. De Bask hield zijn rechterhand voor zijn ogen om het felle licht af te wenden. Het roestvrije staal van zijn duikmes veroorzaakte een witte schittering in de gele straal van de onderwaterlamp.
Ze naderde hem behoedzaam. Door zijn houding, die naar hulpeloos neigde, kwamen er twee gedachten in haar op die elkaar tegenspraken. Het was overduidelijk dat ze deze tegenstander gemakkelijk kon hebben, maar toch moest ze extra alert zijn tijdens de uitvoering hiervan. Want een kat in het nauw...
De eerste beweging die hij maakte was een parodie op een aanval; de punt van het mes kwam zelfs niet bij haar in de buurt. Ze zette met haar rechterbeen aan. Langzaam gleed ze naar zijn kwetsbare linkerkant. Uranga zag het gevaar blijkbaar aankomen en haalde wederom uit. Het snijvlak van het mes hakte een halve meter voor haar gezicht duizenden watermo-

leculen in stukken. Carmen liet haar bovenlichaam twintig graden naar rechts draaien, waardoor ze haar koers in de richting van Uranga verlegde. De gewonde moordenaar reageerde zoals ze hoopte: hij liet het mes zwenken. De punt ervan kwam akelig dicht bij haar keel. Op het juiste moment helde ze iets achterover, liet het mes passeren en maakte een krachtige zwemslag met haar benen. Met de lamp blokkeerde ze zijn rechterarm. De vingers van haar rechterhand strekten zich. De tik die ze met de zijkant ervan uitdeelde, raakte de gewenste plek in zijn nek. Angel Uranga ging in slow motion neer.
Het mes dat naast zijn geopende hand lag schoof ze met haar rechtervin een halve meter van zijn vingers vandaan. Daarna ging ze achter hem op haar knieën zitten en pakte met haar linkerhand zijn fleskraan stevig vast. Haar linkerduim drukte op de knop van zijn inflator, waarna Uranga's trimvest zich met perslucht vulde. Met een snelle beweging greep ze naar haar eigen inflator en pompte een paar scheuten in haar trimvest. De opwaartse druk van de gevangen perslucht was gedurende de korte opstijging die volgde een luxe.
'Bewusteloos?' vroeg Silva. Carmen knikte. Ze had de loodgordel van Uranga inmiddels verwijderd, waardoor hij nu stabiel in het water lag. Eenmaal boven had ze nog meer lucht in zijn vest laten lopen. Zo werd zijn hoofd gevrijwaard van contact met de golven.
Silva nam snel een beslissing. Dat was niet zo lastig, aangezien hij maar twee opties had. De helikopter viel af. Met een bewusteloze was dat veel te veel gedoe. Hij pakte de enkels van Uranga en gaf Carmen een teken. In een rustig tempo zwommen ze naar de kust.

Tussen al zijn gestuntel door had Isidro Alarcón zo veel mogelijk de gebeurtenissen op zee in de gaten gehouden. De prijs van deze afleiding bestond uit twee diepe sneeën in beide onderbenen, schaafwonden op zijn ellebogen en vier gebroken vingernagels. Toch kwam het niet in hem op om te klagen. Als hij deze opdracht met een ander doel zou uitvoeren, dan kon er zelfs sprake van enige euforie zijn. Zijn partner Tavarés had er de brui aan gegeven. Die stond mokkend op het strand op verdere instructies te wachten. De helikopter waarvandaan die opdracht moest komen hing boven Alfonso Silva en Carmen Marrero, die Angel Uranga in de richting van de rotsen sleepten. Als ze deze koers aanhielden, lag de plek waar ze aan land gingen ongeveer vijftig meter van zijn huidige positie af. Met wat duwen en trekken kon hij daar over enkele minuten zijn. Als ik hier met een zuiver geweten zou rondlopen, mocht je wel stellen dat het allemaal op rolletjes liep, dacht Alarcón cynisch.

'Over tien minuten moet ik terug naar de basis, meneer.'
'Waarom?' vroeg Antonio de la Gándara.
'Standaardprocedure. Op het moment dat de tank halfvol is, moet ik richting basis. Die tien minuten zijn een gift.'
'Dank je wel.' De chef van UDEV hield zijn blik op het drietal onder hem gericht.
'Wat is eigenlijk je voornaam, kapitein?'
'Sergio, meneer.'
'Prima, Sergio. Dan heb ik een vraag voor je.'
De piloot deed zijn best om zijn verbazing niet te laten blijken.
'Kun je een beetje zwemmen, Sergio?'
'Ja, meneer. Dat is verplichte kost bij de opleiding tot helikopterpiloot.'
'Dat is prettig om te horen, Sergio,' antwoordde De la Gándara op ijzige toon. Zijn blik bleef onveranderd rusten op het Nueve-duo en hun gevangene.
'Deze machine blijft namelijk net zo lang in de lucht als ik dat nodig vind. Het zoeklicht beschijnt mijn mensen tot aan het moment dat de versterkingen zijn gearriveerd en ze die hufter kunnen overdragen. Mocht de hoeveelheid brandstof van deze vogel hiervoor niet toereikend zijn, dan hebben wij, de luchtmacht en de geliefde belastingbetaler pech gehad.'
Hij draaide zijn hoofd een kwartslag en keek de piloot met een onverzoenlijke oogopslag aan.
'Wees dus maar blij dat je aardig kunt zwemmen, Sergio. Wellicht kan dat straks verdomde handig zijn.'

Hij kwam langzaam bij bewustzijn. Een mix van pijn en geroezemoes trok hem uit de leegte van het zwarte gat. De woorden die op zijn geest werden afgevuurd misten de kracht om daadwerkelijk tot hem door te dringen; daarvoor was hij nog te groggy.
Achter zijn gesloten oogleden scheen een verwoestend licht, feller dan de zon. Hij peinsde er niet over om zijn ogen te openen. De verschroeiende straal zou ze zeker uit hun kassen branden.
De vlijmscherpe haken van de dwingende teksten die zijn hersens enter-

den kregen steeds meer houvast in zijn psyche. Hij werd beschimpt, de liefde die ooit in haar woorden had doorgeklonken was verdwenen. Het geweer waarmee ze het verbale salvo afvuurde haperde nimmer. Het magazijn was gevuld met een ongekende hoeveelheid ammunitie.
Je bent een loser.
Ik had het zelf moeten doen.
Vrouwen zijn superieur aan mannen.
Je bent een lichamelijk gedrocht met een muizenpikkie...
De energiestoot die uit de kern van zijn ziel kwam zette zijn hele lichaam onder stroom. De kracht die daarbij vrijkwam zette zich om in woede. Angel Uranga opende zijn ogen. De felle lichtbundel die op hem gericht was werkte nu als een katalysator voor de aanstaande uitbarsting.
Hij trapte uit alle macht. De man die zijn benen vasthield werd een meter opzijgeslingerd. Meteen draaide hij zich om en stortte zich op de vrouw achter hem. Hij kwam boven op haar terecht. Zijn vingers haakten zich in de snelontluchter van haar trimvest. Een harde zucht van abrupt ontsnappende lucht floot langs zijn oor. Zijn belaagster zonk direct naar de bodem. Met zijn rechterhand gaf hij haar nog een extra duw. Daarna zwom hij zo snel mogelijk naar de rotsen, die nog maar tien meter van hem vandaan waren.
Tijdens de afzink gilde Carmen het uit van frustratie. Toen ze anderhalve meter verder iets scherps in haar linkerarm voelde dringen, deed ze het van de stekende pijn. Het vluchtige contact verschilde in hevigheid met de doffe klap waarmee haar benen de rotsen raakten. Ze was gestoken door een vis, wist ze. Het trillende gevoel onder haar linkerarm vlak na de pijnscheut was daar het bewijs van. In paniek was het dier weggezwommen.
Twee vinslagen brachten haar aan de oppervlakte. Silva was haar inmiddels voorbijgezwommen en zat Angel Uranga op de hielen. De Bask klom op de eerste rots die hij tegenkwam. Met twee venijnige bewegingen schopte hij zijn vinnen uit. Bij het volgende rotsblok aangekomen ontdeed hij zich vliegensvlug van het trimvest waaraan de duikfles was gekoppeld. Met een harde klap kletterde het metaal tegen de rotsen.
Omdat Silva niet werd gehinderd door duikmateriaal liep hij op zijn tegenstander in. Het verschil tussen hen bedroeg nu nog vijf meter. Een verwaarloosbare afstand, wist ook Uranga. In een poging zijn achtervolger ertoe te dwingen dekking te zoeken, pakte hij een losse steen en wierp die

in Silva's richting. In plaats van te bukken, boog de chef van Nueve naar rechts, waardoor de steen langs hem heen scheerde.
Dat Silva zijn plannen doorkruiste maakte Uranga nog furieuzer. In plaats van een poging te wagen om zijn voorsprong te vergroten, pakte hij nog een steen en liep recht op Silva af.
'Jij gaat eraan, klootzak!' schreeuwde hij. In zijn blik brandde een speciaal vuur dat enkel aan krankzinnigen was voorbehouden. Op het moment dat hij de steen wilde werpen, klonk er een schot. Angel Uranga verstijfde. Zijn ogen waren opengesperd en zijn gezicht vertrok in een kwaadaardige grimas. Twee tellen bleef hij zo staan; daarna viel hij voorover. De steen viel uit zijn hand en rolde hoekig tussen de rotsen.
Isidro Alarcón passeerde het levenloze lichaam zonder er verder aandacht aan te besteden. Hij liep naar Alfonso Silva. De chef van Nueve schudde vol ongeloof zijn hoofd. Zijn blik gleed van de dode Angel Uranga naar Isidro Alarcón, die een onnatuurlijk kalme indruk maakte.
'Wie?' vroeg de chef van Nueve toen ze recht tegenover elkaar stonden.
Alarcón keek een ogenblik recht omhoog en produceerde een grijns waaruit voornamelijk onmacht sprak.
'Jezus christus,' zuchtte Silva.
'Zijn plaatsvervanger,' antwoordde de inspecteur van Ernstige Delicten. Hij passeerde Silva en stak een helpende hand uit naar Carmen, voor wie het onhandig klauteren was met de duikfles op haar rug. Ze maakte een sissend geluid tussen haar tanden toen hij haar linkerarm vastpakte.
Toen de bundel van de helikopter een licht op haar verwonding wierp, klakte Alarcón afkeurend met zijn tong. Als visliefhebber kende hij zijn klassiekers.
'Jij hebt een steenvis boos gemaakt, dame. Jammer genoeg is de stekel op de rug van dat dier giftig. De komende vierentwintig uur lig je dus met hoge koorts op bed.' Hij trok een meelevend gezicht en voegde eraan toe: 'Sorry.'
Carmen wurmde zich uit haar trimvest, ging op het dichtstbijzijnde rotsblok zitten en haalde nonchalant haar schouders op.
'Dat kan er ook nog wel bij.'

18

Madrid, vrijdag 4 mei, 08.55 uur

Roberto Grimon kwam even gracieus als een nijlpaard met overgewicht het kantoor van Silva binnenlopen. Hij trok een stoel bij en ging tegenover de chef van Nueve zitten. Uit de linkerbinnenzak van zijn colbert haalde hij een envelop en gooide die op het bureau.

'Ontslagaanvraag afgewezen. Het is voor jou nog te vroeg om achter de geraniums te verpieteren.'

Silva pakte achteloos de envelop en legde hem in de rechterla van zijn bureau.

'Ik zou zweren dat ik die brief aan de minister van Binnenlandse Zaken had gestuurd.'

Grimon haalde zijn enorme schouders op.

'Ach, je weet toch hoe het gaat? De grote meneren nemen een beslissing, waarna de loopjongens het mogen overbrieven.'

Silva trok een bedenkelijk gezicht.

'Bespaar me dat gelul, Roberto. Trouwens, als ik wil opstappen legt niemand mij een strobreed in de weg.'

Grimon klakte met zijn tong. 'Stoere praat, jefe. Echt iets voor jou om de boel de boel te laten, nietwaar?' Daarna maakte hij een wegwerpgebaar. 'Schei toch uit, Alfonso. Vertrekken is geen optie. Jouw taak zit er hier nog lang niet op.'

'Dat maak ik verdomme zelf wel uit.'

Grimon knikte meegaand. 'Natuurlijk, natuurlijk...' Een bruggetje voor een rechtstreekse uitval. 'Dat van Alarcón zit je het meest dwars, nietwaar?'

Silva dwong zichzelf ertoe niet direct te reageren. Grimon was een van de slimste kerels die hij in zijn loopbaan was tegengekomen. Als je ergens een zwakte vertoonde, wist hij daar meteen gebruik van te maken.

'Hoe zou jij je voelen als je door je eigen baas werd belazerd?'
De intermediair van Binnenlandse Zaken schudde zijn hoofd. Een vermoeide glimlach speelde rond zijn mondhoeken.
'Dat gebeurt mij elke dag, Alfonso. *No big deal*, zoals de Amerikanen plegen te zeggen.'
Met een kort gebaar maakte hij duidelijk dat hij nog niet was uitgesproken.
'Het is niet anders. Ze konden gewoonweg het risico niet nemen. Als die Uranga was blijven leven zou er te veel stront komen bovendrijven, genoeg om heel Spanje er jarenlang in onder te dompelen.' Hij stak zijn rechterhand in de lucht en begon op zijn vingers af te tellen: 'Een rijke Bask die jarenlang ongestoord een plan kan uitwerken dat een zware bedreiging voor de democratie vormt. Een volk dat massaal in actie komt als hun een – denkbeeldige – politieke worst wordt voorgehouden. Een schizofrene gek die moorden pleegt en dat kan blijven doen omdat hij eenvoudigweg in geen enkel bestand van de overheid voorkomt. De...'
De vingers van Silva's rechterhand maakten een korte snijbeweging.
'Daar gaat het mij niet om, Roberto. Ik ben door Binnenlandse Zaken besodemieterd waar ik bij stond. Dit geldt overigens in nog sterkere mate voor Antonio de la Gándara.'
Zijn neusvleugels trilden licht toen hij ademhaalde.
'Wist jij ervan?'
'Nee, het is buiten mij om gegaan.'
'Wie heeft Alarcón benaderd en wanneer?'
'Het bevel is rechtstreeks van de top van Binnenlandse Zaken gekomen. De staatssecretaris, het manusje-van-alles, heeft iemand uit zijn eigen stal opgedragen contact met inspecteur Alarcón op te nemen. Naar wat ik me heb laten vertellen heeft dat rond de 20ste april plaatsgevonden, zo'n beetje het moment dat iedereen er eindelijk van was doordrongen dat het hier een serieuze bedreiging voor de democratie betrof.'
Silva knikte. Qua bronnen was Grimon in Madrid ongeëvenaard. Als hij zo ongecensureerd uit de hoek kwam, dan waren zijn beweringen waarheidsgetrouw of zaten ze daar heel dicht tegenaan.
'Alarcón kon geen kant op,' zei hij. De dikzak tegenover hem ontkende noch bevestigde dit met een vreemde beweging waarbij zijn brede onderkin deinde.
'Iedereen heeft een keus, ook Alarcón. Het bevel dat hem werd gegeven was een verkapt aanbod. Een promotie, die direct werd gevolgd door eer-

vol ontslag met behoud van het laatstverdiende salaris. De conclusie is dus dat onze hoofdinspecteur voor zichzelf heeft gekozen.'
'Onzin,' reageerde Silva fel. 'Dat is veel te makkelijk gesteld. Hij zat vanaf het begin in een onmogelijke positie. Binnenlandse Zaken heeft hem bewust op het randje laten balanceren en precies op het juiste moment een duwtje gegeven.'
Grimon haalde zijn schouders op.
'Zo kun je het ook zien. Al met al ligt Alarcón lekker in de zon te bakken, terwijl wij zitten te bakkeleien.' Toen keek de kolos met gespeelde verbazing om zich heen en vroeg: 'Waar is Carmen eigenlijk?'
Silva schonk hem een blik vol vermoeidheid en een lichte desinteresse. Ondanks zijn goede relatie met Grimon, wilde hij zijn laatste troefkaart niet aan de intermediair van Binnenlandse Zaken tonen. Voor hetzelfde geld bracht hij de dikzak ermee in een lastige situatie. Tenslotte deed 'Wiens brood men eet, diens woord men spreekt' nog steeds opgeld.
'Ze trekt wat tips na over radicale moslims,' loog hij met een stalen gezicht. Voor het eerst sinds tijden had hij er geen greintje schuldgevoel over.

Vrijdag 4 mei, 10.55 uur, Bayonne, Zuid-Frankrijk

Arturo Ansotegi genoot van het voorjaarszonnetje dat het terras van een aangename gloed voorzag. Hij dronk in alle rust van zijn koffie en gaf zijn ogen de kost. Zijn goedkeurende blik gleed langs de welgevormde heupen van een passerende Française. Dat de jonge vrouw qua leeftijd zijn dochter kon zijn, deed er niet toe. Het simpele feit dat hij naar de kanjer kon kijken was voldoende. Hij leefde – de allerbelangrijkste constatering. Hij zat hier op een terrasje naar de vrouwtjes te kijken terwijl de rest onder de zoden lag. Zo simpel was het dus.
Dat hij het kon navertellen was een kwestie van berekening, vakmanschap en toeval, waarbij de eerste twee factoren het zwaarst hadden gewogen. Alleen met toeval kwam je er niet, want eens hield het geluk op. Angel Uranga was daar een goed voorbeeld van. Bij hem had de pure mazzel een te grote rol vervuld, wat alles te maken had met zijn zieke persoonlijkheid. Iemand die mentaal van ellende aan elkaar hing kon je fysiek nog zo goed trainen, de definitieve uitvoering bleef immer een riskante zaak.

Hij had zijn bevindingen herhaalde malen bij Aitor Belasko neergelegd. Vreemd genoeg was zijn vriend min of meer doof geweest voor zijn argumenten. Of was hij zo verblind door zijn eigen ideeën dat hij een andere kijk op de realiteit kreeg? Waarschijnlijk wel, want anders kon je nauwelijks verklaren waarom hij bleef aandringen op de zwaarte en continuïteit van Uranga's trainingen. De schizofrene jongen moest en zou de aanslagen plegen. Andere opties waren voor de Patriarch onbespreekbaar.

Arturo Ansotegi zuchtte en nam nog een slok van zijn koffie. Het was voor hem nog steeds onbegrijpelijk dat Aitor Belasko niet meer leefde. Zo lang als hij hem had gekend, had er een aureool van onoverwinnelijkheid om de man heen gehangen. Een korte blik was voldoende om je te realiseren dat als de wereld mocht vergaan, er ten minste één persoon die catastrofe zou overleven. Een foute inschatting, bleek nu. Ook zonder Aitor Belasko draaide de aarde als vanouds.

Aitor Belasko was zijn vriend geweest, de enige die hij ooit had gehad. Een vriendschap die was ontstaan in het begin van de jaren tachtig, een roerige periode waarin de superioriteit van de ETA in Baskenland niet ter discussie stond. Vanwege de succesvolle aanslagen flirtten de leiders zelfs met andere provincies. De ETA kon beginnende nationalistische bewegingen best een helpende hand toesteken, was toen het idee geweest.

In het eindstadium van de voorbereiding van een bomaanslag in het toeristische Torremolinos ging het mis. Het doelwit was een appartementencomplex dat uitsluitend door gepensioneerde officieren van de Guardia Civil werd bewoond. Op het laatste moment veranderde de bestemming van hun op scherp staande bommen. Het werd een naburig gelegen hotel. Vol met toeristen – en hun kinderen.

Ondanks het feit dat hij diverse executies op zijn naam had staan, ging deze actie hem te ver. Hij weigerde, waarna de operatie werd afgeblazen. Eenmaal terug in Euskadi, schopte de legerleiding hem uit de ETA, een beslissing die helemaal in de lijn lag van de marxistische denk- en handelwijze van die periode. Je was voor of tegen. Op eigen initiatief werd geen prijs gesteld. Dat stond gelijk aan insubordinatie. Met verwijdering uit de ETA kwam hij eigenlijk nog goed weg. Voor de mensen in de kleine kring waarin hij zich bewoog, kwam het neer op regelrechte verbanning.

Van gewaardeerde vrijheidsstrijder degradeerde hij tot paria. Een aftakelingsproces dat gepaard ging met sociaal isolement en heel veel drank. Zijn vrouw kon er niet meer tegen en nam de benen, met medeneming van hun schamele spaartegoed en zijn laatste restje eergevoel. Hij werd dakloos en dacht er sterk over om het leven maar voor gezien te houden. Aitor Belasko was degene die hem uit de goot trok. De Patriarch leende hem geld, gaf hem een baan en regelde een appartement. In die tijd spraken ze regelmatig hele avonden over politiek, sport en over wat er verder spontaan in hen opkwam. Belasko maakte hem duidelijk dat hij begrip had voor zijn weigering om het hotel op te blazen. Hij voegde daar echter aan toe dat het altijd een kwestie van inzet was. En die stond in Torremolinos niet in verhouding tot het aantal slachtoffers. Wat de Patriarch daarmee precies bedoelde, zou hij pas jaren later begrijpen.

In de daaropvolgende jaren bouwde hij een bescheiden bestaan op: werk, huurhuis, af en toe een vriendin – ogenschijnlijk een saai leven voor een man die jarenlang leiding had gegeven aan ETA-cellen. Toch miste hij zijn oude levenswijze geen minuut. Om scherp te blijven rende hij elke dag door de bossen en leegde wekelijks zijn legale wapen op de schietvereniging – van hitman tot buurtsul.

Zijn leven nam een radicale wending toen Aitor Belasko hem in vertrouwen nam over 'de belangrijkste operatie van hun leven'. Na het plan te hebben aangehoord, kon hij zich daar wel in vinden. Opmerkelijk was wel dat de Patriarch er vanaf de eerste minuut van uitging dat hij zou participeren. Een weigering, of zelfs bedenkingen van zijn kant leken voor Belasko ondenkbaar. De tijd om oude schulden te vereffenen was aangebroken, al nam zijn weldoener die woorden niet letterlijk in zijn mond.

Vanwege de complexiteit en veiligheidsoverwegingen liet Belasko het politieke gedeelte grotendeels rusten. Hij vertelde hem over de hoofdlijnen en het uiteindelijke doel. De politieke arena was zijn gebied; niemand kon daar beter manipuleren en excelleren dan hijzelf.

De harde kant van het veldwerk viel onder zijn verantwoordelijkheid, de ideale klus voor een ex-ETA-man met zijn capaciteiten én verleden. Want als extra motivatie gold, naast een passende financiële beloning, rehabilitatie. Na deze succesvolle operatie zou hij achter de schermen als de verloren zoon worden onthaald, waarna hij in de nieuwe politieke constructie zijn partijtje zou meeblazen.

Het raamwerk van zijn taak stond als een huis. Angel Uranga gold als een soort klungelige protegé die tot een niets en niemand ontziende moordenaar omgeschoold diende te worden. De werk- en leefomgeving van de

jongen leende zich er perfect voor. Het enige probleem was Uranga zelf. Die was namelijk mesjokke.
Omdat Belasko doof was voor zijn bezwaren, bleef hij de geesteszieke Uranga begeleiden. Van een onderlinge band kon echter geen sprake zijn, want daarvoor liepen hun werelden te veel uiteen. Voor Uranga was hij Juan, zijn leraar. Hun conversaties beperkten zich tot het noodzakelijke.
De ziekte waaraan Uranga leed vormde tijdens de trainingen nauwelijks een probleem. In die uren stond de training centraal en werd hij zowel geestelijk als lichamelijk afgebeuld. Ruimte om weg te dromen werd hem niet gegund. Het duurde een paar maanden voordat Uranga deze discipline onder de knie had, een nare periode waarin hij vele malen de blik van de jonge Bask meed. De dieptes in diens ogen waren zo peilloos dat de rillingen hem vaak over zijn rug liepen. De jaren die daarop volgden leerde hij met die altijd aanwezige blik te leven. Hij zag het als een onderdeel van zijn werk, de enige manier om er niet aan onderdoor te gaan.
Buiten die griezel van Uranga om bracht de opdracht zelf een scala aan gevoelens bij hem boven. Hij verlaagde zich nu tot dingen die hij in het verleden pertinent had geweigerd. Het bezorgde hem tal van slapeloze nachten, waarin hij zichzelf voornam om ermee te kappen. Zijn verstand won het uiteindelijk van de emotie. Ieder mens kreeg ooit een kans om een klapper te maken. De zijne had zich aangediend. Hij zou hem pakken.
De afspraken met Belasko waren helder: Uranga mocht het niet overleven. Elke aanslag die de schizofreen succesvol afrondde was er één. Ging het ergens onderweg toch fout, dan zou hij onverbiddelijk ingrijpen en de rol van Uranga overnemen. Dat hield automatisch in dat hij bij elke aanslag lijfelijk aanwezig diende te zijn.
Gekleed in een toeristenuniform keek hij vanaf de boulevard van Benidorm toe hoe Uranga zijn eerste aanslag pleegde en er moeiteloos mee wegkwam. Door een verrekijker zag hij de jonge Bask uit het water komen nadat hij twee duikers hun strot had doorgesneden. Wederom had niemand hem tijdens zijn vlucht een strobreed in de weg gelegd.
Bij de demonstratie in San Sebastián liep het minder gesmeerd. De veiligheidsdienst had hem toen vlak op zijn hielen gezeten. Toch had Uranga het 'm weer geflikt. De eerste maal dat hij echt tussen de mazen van het net door glipte. Vanuit een portiek had hij het spectaculaire tafereel gadegeslagen, uitgedost als een zwerver en met zijn rechtervinger om de trekker van een geladen pistool.

Van enige structuur was geen sprake tijdens de vierde slachtpartij op het platteland. De voorbereiding was in orde, waar meteen alles mee was gezegd. Vanuit zijn schuilplaats, die vijftig meter verderop lag, zag hij door zijn nachtkijker hoe Uranga blunderde als de amateur die hij in feite was. Dat hij zijn opdracht voltooide, had alles met geluk te maken. Op de schouder van die idioot liftte een beschermengeltje mee ter grootte van een volwassen mannetjesolifant.

Na deze blamage, die uiteindelijk toch nog goed uitpakte, moest hijzelf aan de slag. Nadat hij Patxi Ochoa een knuppel in zijn nek had gelegd toen de voorman van JARRAI woedend uit de vergadering was gestormd, had hij zich in een negorij in Catalunya schuilgehouden. Alleen wanneer Angel Uranga op pad ging om een aanslag te plegen verliet hij de blokhut. De vastgebonden Ochoa liet hij achter.

Hij zette het telefoontje van Ochoa aan, waarna de veiligheidsdienst precies datgene deed waarop Belasko en hij vooraf hadden gespeculeerd: de bom explodeerde, met alle gevolgen van dien. Een aanslag waarvan hij overigens geen greintje spijt had. Daarvoor zat er nog te veel oud zeer in zijn donder. De enige goede agent van de geheime dienst was immers een dode agent.

De afronding van het project vond ten zuiden van Barcelona plaats. Wat volgens plan begon werd vervolgd door een felle nachtmerrie die van alle kanten kwam. De oppositie had zich gepositioneerd. Uranga was kansloos.

Zelf lag hij in een tentje op dezelfde camping als de jonge Bask, een meter of vijftig van hem vandaan. Het plan was om hem op te vangen nadat hij de boel in de fik had gestoken. Uranga zou zowel verbaasd als trots zijn geweest dat zijn leermeester hem persoonlijk kwam halen en meteen bij hem in de auto zijn gestapt. De laatste daad van een diepgestoorde, zonder wie de wereld stukken beter af was.

Het liep echter anders. Doordat de camping in het licht baadde, kon hijzelf ook geen kant op. Hij speelde de rol van de vakantie vierende vrijgezel op leeftijd. Tegen de politieagenten die van iedereen een verklaring opnamen vertelde hij dat hij door de herrie wakker was geschrokken. De mannen knikten, controleerden zijn identiteitsbewijs, zetten zijn gegevens op papier en vervolgden hun onderzoek.

Arturo Ansotegi slikte het laatste restje koffie door. Het leven lachte hem nu toe, doordat hij geen fouten had gemaakt. Degene die de minste

maakte haalde het potje uit. Vanwege zijn vlekkeloze optreden behoorde deze dus aan hem toe. De financiële regeling die hij vooraf met Aitor Belasko had getroffen was toereikend voor een rustig leven in een land dat als enige jaargetij de lente kende.
Tevreden met zichzelf keek hij wat in het rond. Zijn oog viel op een jonge vrouw die een paar tafeltjes verderop plaatsnam. Ze kwam hem bekend voor. Achter zijn zonnebril kneep hij zijn ogen tot spleetjes en dacht na waar hij de jonge vrouw eerder had gezien. Het antwoord moest van diep komen. Hij glimlachte flauwtjes toen het hem te binnen schoot. Ze leek sprekend op een Amerikaanse actrice. Een pittig dingetje. Zo'n vrouwtje dat opviel door haar natuurlijke uitstraling. Hoe heette ze ook alweer... In gedachten haalde hij zijn schouders op. Haar naam deed er niet toe; alleen het kijken naar zo'n aantrekkelijke vrouw was al een genot op zich.

11.05 uur

Daar zit je dan, Arturo Ansotegi, dacht Carmen. Lekker in het zonnetje, koffie erbij en helemaal vol van jezelf. Je geniet met volle teugen van het leven en denkt na over alle leuke, goede, geile en prachtige dingen die jou nog allemaal te wachten staan. In het mooiste scenario dat jij jezelf hebt voorgespiegeld ga je nog twintig jaar mee. Twee decennia zonder tobben met je gezondheid en geldzorgen. Het leven lacht je met gespreide armen toe. Je hoeft je er alleen maar door te laten omarmen.
Evenals je maatje Belasko ben je op leeftijd. Het essentiële verschil tussen jullie tweeën is echter dat hij dood is, en jij niet. En met geld laat je toch echt de duivel voor je dansen, nietwaar? Waarom zou de jonge vrouw naar wie jij nu vanachter je donkere glazen kijkt er een andere moraal op na houden? Voor een paar honderd euro doet ze misschien wel wat jij lekker vindt, toch? Het is in elk geval het proberen waard. Wat maakt het uit als zij er niet van gediend is? Helemaal niets. Want jij bent een winnaar. Sterker nog: jij bent onkwetsbaar, een heus wonder op twee benen.
Je moet vooral doorgaan met genieten en dagdromen, Arturo Ansotegi. De klok die deze geneugten toestaat tikt door en jouw tijd zit er bijna op. De periode die dan aanbreekt staat in het teken van terugbetalen. Niet dat jij het leed van velen ook maar een fractie kunt verlichten, laat ik daar duidelijk over zijn, maar toch gaan we een poging wagen. Het ultieme doel is

om jou een leven te bezorgen dat niemand wil leiden. Een leven waarbij je elk uur van de dag wenst dat iemand het beëindigt. Een lol die wij je overigens niet doen, Arturo. Wij openen de poorten van de hel en daarmee basta. Zet 'm op daar.
Je bent er nu nog van overtuigd dat je geen enkele fout hebt gemaakt. Als ik heel eerlijk ben, is dat ook wel zo. Daarom verheug ik me erop om je straks te vertellen hoe je door de mand bent gevallen. Ik wil je gezicht wel eens zien als ik meld dat droog recherchewerk ervoor verantwoordelijk is dat je in de toekomst slechts kunt dromen over een zonsopgang of de rondingen van een vrouwenlichaam.
Het korte gesprek met de agenten op de camping gaat je nekken, Arturo. En de volharding van het team van UDEV dat elke tip, notitie of gerucht heeft nagetrokken. Want voor de buitenwereld mocht het dan over zijn, wij dachten daar anders over. Er liep nog een tweede man rond, iemand die Uranga na zijn laatste klus het zwijgen moest opleggen.
Toen jouw naam opdook, was er in feite nog niets aan de hand. Je hebt namelijk geen strafblad en er liepen geen vorderingen tegen je. Normaal gesproken was het hier dus bij gebleven: de zoveelste naam van een ondervraagde die toevallig op de verkeerde tijd en plaats was.
Je leeftijd en woonplaats waren de eerste indicatoren. Wat doet een Bask van die leeftijd op een camping waar hoofdzakelijk jongeren bivakkeren? Met wat voor iemand hadden we hier te maken?
Het antwoord kwam beetje bij beetje. In Baskenland werden onze tipgevers flink onder druk gezet. We wilden meer van jouw historie weten, Arturo. En iedereen die hierbij kon helpen werd benaderd.
Zoals je wel weet, kun je informatie vergelijken met gestapelde stenen: als die eenmaal beginnen te kantelen, is er geen houden meer aan. Ook in jouw geval kwam de onderste steen boven: je verleden bij de ETA, je royement bij die club, je baantje bij een van Belasko's filialen. Verder circuleerden er wat verhalen over je vriendschap met het zwijn dat zich de koosnaam 'de Patriarch' had aangemeten. Voeg daarbij je verdwijning op het moment dat Patxi Ochoa hetzelfde overkwam, en de cirkel begon aardig rond te raken.
Jij bent medeverantwoordelijk voor de dood van vele onschuldige mensen, Arturo. Mijn verloofde bevindt zich onder hen. Ondanks de koers die de regering vaart, zul jij boeten voor hun dood. Ditmaal worden de doofpotten geopend. Alles komt uit. Het is ons om het even welke kop-

pen er gaan rollen. De versie van de regering wordt door ons niet onderschreven. Er zat meer achter dan alleen een schizofrene psychopaat die een brand probeerde te stichten en uit noodweer werd doodgeschoten. Wij gaan er niet mee akkoord dat de moorden in de archieven verdwijnen als 'onopgelost'.

Carmen zag de twee mannen naar het tafeltje van Arturo Ansotegi lopen. Tegelijkertijd stopte er een auto langs de stoeprand. Het rechterachterportier ging open. De twee pakten Ansotegi stevig vast. De verraste Bask had geen enkele kans. Voordat het in hem opkwam om tegen te stribbelen zat hij al op de achterbank van de zwarte Renault.

Carmen stak haar duim op naar de man die aan de overkant van de straat tegen een lantaarnpaal leunde.

Antonio de la Gándara glimlachte dunnetjes.

19

Donderdag 24 mei, 07.35 uur, linkeroever van de Ebro, 19 kilometer ten zuidoosten van Zaragoza

Isidro Alarcón keek naar de zachtjes schommelende top van zijn hengel. Deze bewegingen werden veroorzaakt door de stroming die zijn aas continu enkele centimeters van de bodem optilde, wist hij. Het was niet zijn favoriete manier van vissen: te saai, want van de visser zelf werd slechts concentratie verlangd. Toch voelde hij de opwinding onder zijn huid kriebelen. Voor de eerste maal in zijn leven viste hij op de meerval, Europa's grootste zoetwatervis, een moloch die ruim twee meter lang kon worden en over de honderd kilo woog.

Vanmorgen om vijf uur had hij zijn hengel uitgegooid. In volmaakte stilte had hij genoten van de opkomende zon. De indrukwekkende natuur gaf hem sterk het gevoel onderdeel van het grote geheel te zijn. Een poppetje dat zichzelf heel belangrijk vond, maar in wezen niets voorstelde. De omgeving was ontzaglijk en idyllisch tegelijk. Daar kon geen stad tegenop, zelfs niet voor een stadsmens.

Na zijn vertrek uit het korps was hij nog diverse malen bij zijn afdeling langs geweest. Je bureau leegruimen en met de noorderzon vertrekken kwam alleen in films voor. Om gezeik achteraf te voorkomen wilde hij zijn zaakjes op orde hebben. Dat hield onder meer in dat er aan zijn opvolger dossiers moesten worden overgedragen. Ook was het wel zo netjes om daar wat in de loop der jaren vergaarde kennis aan toe te voegen. Hierbij deed hij zijn uiterste best om niet in de rol van alwetende ijzervreter te vervallen die alles al veel te vaak had meegemaakt. Ook in de laatste uurtjes op kantoor wilde hij graag zichzelf blijven. Dat hij op een ongewone wijze zijn carrière beëindigde stond daar los van.

Het bleef opmerkelijk hoe zijn collega's reageerden, dacht hij terwijl zijn blik de top van de hengel niet losliet. Logischerwijze deden er allerlei geruchten de ronde over de manier waarop hij vertrok, van plichtsverzuim tot omkoping. Vreemd genoeg was er niemand die hem op de man af vroeg naar het hoe en waarom. Mocht dat wel het geval zijn geweest, dan zou zijn antwoord een pertinente leugen hebben omvat. Hij was geenszins van plan de afspraken met het hoogste orgaan te schenden. Voor de buitenwereld – en dat betrof dus praktisch iedereen – was hij met vervroegd pensioen. Een door het ministerie van Justitie goedgekeurde uittreding met behoud van salaris.

In plaats van vragen met betrekking tot zijn persoon, ving hij hier en daar flarden op over een gezamenlijke actie van Nueve en UDEV. Zover hij kon opmaken hadden ze in samenwerking met de Franse inlichtingendienst de 'tweede man' uit de zaak-Uranga in Bayonne te pakken genomen. In afwachting van een uitlevering verbleef deze arrestant in een Zuid-Franse cel.

Alarcón glimlachte meewarig. Zijn oud-collega's streden een kansloze strijd. De politiek had bepaald dat deze zaak in de doofpot ging. Niet specifiek de linkse rakkers van de PSOE of de rechtse balletjes van PP – nee, de politiek had dit besloten. Naast de regering kende Spanje talloze lobby's die door alle politieke stromingen heen fladderden. De beroepsambtenaren en lobbyisten. De vijfde, zesde en zevende colonne tegelijk. Zij bezaten de werkelijke macht. Vertegenwoordigers van de regering traden voor het voetlicht om de opdrachten uit te voeren die zij allang in luxueuze achterkamers hadden bekokstoofd.

Voor deze mensen was het een uitgemaakte zaak dat er een deksel op deze onverkwikkelijke affaire geplaatst diende te worden. Angel Uranga was een doorgedraaide schizofreen die in een vlaag van waanzin had geprobeerd een ramp aan te richten. Nadat hij een ambtenaar in functie naar het leven had gestaan, werd hij door een politiefunctionaris neergeschoten. Een legitieme actie. De functionaris die het fatale schot loste, had gebruikgemaakt van zijn recht op vervroegde uittreding.

Tussen Angel Uranga en voorafgaande moorden bestond geen enkel verband. Om dat te benadrukken werd UDEV van de zaak gehaald. Het werden cold cases, met een schuin oog in de gaten gehouden door de divisie Moordzaken in Madrid. Op deze mededeling na werd het onderwerp verder doodgezwegen.

Het beoogde effect werd bereikt. Na de roerige periode snakten de mensen in Baskenland naar rust; ze wilden hun leven terug. Een dagelijks ritu-

eel dat bestond uit discussies in restaurants en op pleintjes. Het was helemaal zo gek nog niet om het nooit ergens met elkaar over eens te zijn, beseften ze nu meer dan ooit. Praten en dromen over een onafhankelijk Euskadi; dat was precies waar het bij moest blijven.
Zonder de bezielende leiding van Aitor Belasko spatte La Paz als een zeepbel uit elkaar. De politiek stabiliseerde zich. De vertegenwoordigers van de regering en de Basken namen wederom plaats aan de onderhandelingstafel. Het was weer als vanouds loven en bieden. Een nare periode werd afgesloten.
Alarcón begreep de gevoelens en reacties van de leden van Nueve en UDEV. Zij voelden zich zwaar in de maling genomen en probeerden alsnog de waarheid boven water te krijgen. De actie in Zuid-Frankrijk was briljant, met name het recherchewerk dat die arrestatie mogelijk had gemaakt. Toch vermoedde hij dat het allemaal verspilde moeite was. Ergens in de toekomst zouden de lobbyisten het op een akkoordje gooien met hun Franse collega's. De man die nu in de cel zat zou nooit worden uitgeleverd. De beerput die hij kon opentrekken stonk te hevig. Het zou hem dan ook niets verbazen als men dit individu op een morgen dood aantrof, bungelend aan een broekriem of zo.
Zijn hart bonkte even in zijn keel toen de hengeltop boog. Hij omklemde de hengel en maakte zich klaar voor de aanslag. In plaats van een nog diepere buiging die gevolgd werd door het gieren van de lijn die van de slip af liep, verviel de top in het oude ritme. Teleurgesteld lieten zijn vingers het carbon los.
Over zijn eigen rol probeerde hij zo weinig mogelijk na te denken. Het was gelopen zoals het gelopen was, en daarmee moest het over zijn. Hield hij zichzelf voor als onuitgenodigde stemmetjes zich ineens probeerden te laten gelden. Op dat soort pijnlijke momenten dacht hij sterk aan iets anders. Alles wat zich dan aandiende was welkom, van het interieur van een sportwagen tot de winnende lottocijfers. Zolang daarmee de beschuldigingen naar de achtergrond werden gedrukt, vond hij het prima.
Maar natuurlijk realiseerde hij zich dat dat maar een lapmiddel was. De frequentie van onaangekondigde visites werden in rap tempo opgeschroefd. Afgezanten van de duivel zouden hem complimenteren met zijn keuzes. In het wit geklede tegenhangers zouden hem er zonder dralen op wijzen dat de hemelpoort altijd gesloten bleef voor mensen zoals hij.
Zijn verdediging had hij al voorbereid. In het beginstadium van de prik-

acties zou hij melden dat Angel Uranga een ziek en levensgevaarlijk individu was die het verdiende om zonder proces te sterven. Bovendien zou hij vertellen over de onmogelijke situatie waarin zijn superieuren hem hadden gemanoeuvreerd. Mede door de druk van boven had hij deze beslissing genomen. Wellicht een discutabele, maar dat was gelul achteraf. Toen hij voor de keiharde keuze stond, leek dit gewoon de beste optie. Het hield tevens in dat hij uit de ratrace kon stappen. In plaats van erover te fantaseren kon hij daadwerkelijk leuke dingen gaan doen.

Met dit weerwoord zou hij het wel een paar weken redden, dacht Alarcón. Misschien enkele maanden. Daarna zou zijn kunstmatige bastion onvermijdelijk vallen en zou zijn geweten gaan opspelen. Stukje bij beetje zou hij zichzelf erop wijzen dat hij alles waarvoor hij ooit had gestaan met één enkel schot had verraden. Dat mensen en omstandigheden hem tot deze beslissing hadden gedreven was volstrekt onbelangrijk. Goedkope excuses: hij, en niemand anders had een kapitale fout gemaakt. Eentje die hij nooit meer kon herstellen.

Dit was dus zijn voorland: onrust in zijn hoofd, in oorlog met zichzelf. Of hij daarmee verder kon leven zou de toekomst uitwijzen.

Tot die tijd bleef hij lekker vissen.

Dankwoord

Tijdens het tot stand komen van dit boek beheerde Arjan Kers wederom de sleutelrol. Om aanvullende of essentiële informatie te verkrijgen ging hij tot het uiterste. Mede hierom is het min of meer een belediging zijn aandeel in dit verhaal met een paar regels af te doen. Gelukkig ken ik hem goed genoeg om te weten dat hij het mij vergeeft.
Nederlands kampioen wakeboarden Nils Kroon vertelde vol vuur over zijn sport die wereldwijd een vlucht neemt. Dat er gedurende de daarbij behorende beelden in plaats van enthousiaste kreten slechts gekreun van mijn lippen rolde, had uitsluitend met leeftijd en moed te maken. In mijn geval contrasteert het een helaas met het ander.
José Ramón Ramos was behulpzaam waar het Spaanse namen, uitdrukkingen en woorden betrof. Bhiku Vadera is een solitaire denktank en visionair die altijd een helpende hand uitstak. *Lucky me.*
Internetsite Wikipedia toonde zich regelmatig een virtuele vriend. Een interactieve encyclopedie waaruit ik veel informatie en feiten heb opgedaan om deze in het verhaal te laten integreren.
Uitgever Steven Maat informeerde steekproefsgewijs naar mijn vorderingen en liet me verder mijn gang gaan. Hieruit zou je kunnen concluderen dat hij alle vertrouwen in het verhaal had. Iets wat ik mezelf overigens graag wijsmaak.
Tijdens, tussen en na iedere regel was en is er altijd mijn vrouw Annemiek. Samen met onze kinderen vormt zij de motor die mij van energie voorziet.